DUBLÊ DE CORPO

Obras da autora publicadas pela Editora Record

Série Rizolli & Isles

O cirurgião
O dominador
O pecador
Dublê de corpo
Desaparecidas
O Clube Mefisto
Relíquias
Gélido
A garota silenciosa
A última vítima
O predador
Segredo de sangue
A enfermeira

Vida assistida
Corrente sanguínea
A forma da noite
Gravidade
O jardim de ossos
Valsa maldita

Com Gary Braver
Obsessão fatal

TESS GERRITSEN

DUBLÊ DE CORPO

Tradução de
ALEXANDRE RAPOSO

7ª edição

EDITORA RECORD
RIO DE JANEIRO • SÃO PAULO
2025

CIP-Brasil. Catalogação-na-fonte
Sindicato Nacional dos Editores de Livros, RJ.

G326d
7ª ed.
Gerritsen, Tess
    Dublê de corpo: romance / Tess Gerritsen; tradução de Alexandre Raposo. – 7ª ed. – Rio de Janeiro: Record, 2025.

    Tradução de: Body double
    ISBN 978-85-01-07731-8

    1. Ficção americana. I. Raposo, Alexandre. II. Título.

CDD – 813
CDU – 821.111(73)-3

07-2613

Título original norte-americano:
BODY DOUBLE

Copyright © 2004 by Tess Gerritsen

Todos os direitos reservados. Proibida a reprodução,
no todo ou em parte, através de quaisquer meios.

Direitos exclusivos de publicação em língua portuguesa somente para o Brasil
adquiridos pela
EDITORA RECORD LTDA.
Rua Argentina 171 – Rio de Janeiro, RJ – 20921-380 – Tel.: (21) 2585-2000,
que se reserva a propriedade literária desta tradução

Impresso no Brasil

ISBN 978-85-01-07731-8

Seja um leitor preferencial Record
Cadastre-se no site www.record.com.br e receba
informações sobre nossos lançamentos e nossas promoções.

EDITORA AFILIADA

Atendimento e venda direta ao leitor
sac@record.com.br

Para Adam e Danielle

AGRADECIMENTOS

Escrever é um trabalho solitário, mas nenhum escritor trabalha sozinho de verdade. Tenho a sorte de ter tido a ajuda e apoio de Linda Marrow e Gina Centrello, da Ballantine Books, Meg Ruley, Jane Berkey, Don Cleary e a excelente equipe da Agência Jane Rotrosen, Selina Walker, da Transworld, e — o mais importante — meu marido Jacob. Sinceros agradecimentos a todos vocês!

Prólogo

Aquele menino estava olhando para ela outra vez.
Alice Rose, de 14 anos, tentou se concentrar na prova que tinha sobre a mesa, mas seus pensamentos não estavam nas questões de inglês. Estavam voltados para Elijah. Ela sentia o olhar do garoto, como um farol focado sobre seu rosto, e sabia estar ruborizada.

Concentre-se, Alice!

A questão seguinte da prova impressa em mimeógrafo estava borrada, e ela teve de forçar a vista para decifrar o que estava escrito:

Charles Dickens com freqüência escolhia nomes que refletiam as características de seus personagens. Dê alguns exemplos e descreva por que os nomes se encaixam nesses personagens em particular.

Alice mordeu a ponta do lápis, tentando engendrar uma resposta. Mas ela não conseguia pensar enquanto *ele* estava sentado na carteira ao lado, tão perto que ela podia sentir o aroma de sabão de pinho e fumaça de madeira. Cheiros masculinos. Dickens, Dickens, quem se importava com Charles Dickens, Nicholas

Nickleby e essa chatice de aula de inglês quando o belo Elijah Lank estava olhando para ela? Ah, meu Deus, ele era *tão* bonito, com aquele cabelo preto e olhos azuis. Olhos de Tony Curtis. Na primeira vez em que viu Elijah, foi isso que pensou: que ele era exatamente igual a Tony Curtis, cujo belo rosto ilustrava as páginas de suas revistas favoritas, a *Modern Screen* e a *Photoplay*.

Ela inclinou a cabeça para a frente e, quando o cabelo caiu sobre o seu rosto, lançou um olhar furtivo através da cortina de fios dourados. Sentiu o coração disparar quando confirmou que ele estava, de fato, olhando para ela, não do modo desdenhoso como os outros meninos da escola a olhavam, aqueles meninos malvados que a faziam se sentir burra e simplória. Cujos sussurros debochados estavam sempre fora de seu campo de audição, baixos demais para que ela entendesse o que diziam. Alice sabia que sussurravam a seu respeito, porque estavam sempre olhando em sua direção enquanto o faziam. Os mesmos meninos que haviam colado a fotografia de uma vaca em seu armário e que mugiam caso acidentalmente cruzassem com ela no corredor. Mas Elijah... Ele a olhava de um modo completamente diferente. Com olhos ardentes. Olhos de ator de cinema.

Ela lentamente ergueu a cabeça e o encarou, desta vez não mais através da proteção de um véu de cabelo, mas demonstrando com clareza estar ciente do olhar dele para ela. Ele já havia virado a prova sobre a mesa e afastado o lápis. Toda sua atenção estava voltada para ela, que mal conseguia respirar sob o feitiço de seu olhar.

Ele gosta de mim. Eu sei disso. Ele gosta de mim.

Ela levou a mão até o pescoço, até o primeiro botão de sua blusa. Seus dedos correram sobre a própria pele, deixando um rastro de calor. E pensou no olhar de Tony Curtis para Lana Turner, um olhar de fazer qualquer garota ficar sem fala e com as pernas bambas. O olhar que vinha sempre antes do beijo inevitável. Nessa hora, o filme sempre saía de foco. Por que isso tinha de acontecer? Por que sempre ficava fora de foco justo na hora em que a gente mais desejava ver?

— Atenção, o tempo acabou! Por favor, virem suas provas sobre a mesa.

A atenção de Alice voltou para a prova mimeografada, metade das questões ainda sem resposta. Ah, não. O que houve com o tempo? Ela *sabia* as respostas. Ela só precisava de mais alguns minutos...

— Alice. Alice!

Ela ergueu a cabeça e viu a mão estendida da Sra. Meriweather.

— Você não ouviu? Hora de virar a prova.

— Mas eu...

— Não me venha com "mas". Você tem de começar a *ouvir*, Alice.

A Sra. Meriweather pegou a prova de Alice e saiu. Embora Alice mal pudesse ouvir seus murmúrios, sabia que as meninas sentadas bem atrás dela fofocavam a seu respeito. Virou-se e viu as cabeças delas juntas, as mãos protegendo os lábios, rindo abafado. *Alice sabe ler lábios, portanto, não a deixe ver que estamos falando dela.*

Agora, alguns dos meninos também riam, apontando para ela. O que era tão engraçado?

Alice olhou para baixo. Para seu horror, viu que o primeiro botão havia caído e que sua blusa estava aberta.

A campainha da escola tocou, anunciando o fim da aula.

Alice pegou sua bolsa e abraçou-a contra o peito ao sair da classe. Não ousou olhar para ninguém nos olhos, apenas continuou a andar, cabeça baixa, o choro acumulado na garganta. Ela correu até o banheiro e se trancou em uma cabine. Quando as outras meninas entraram e começaram a rir, embonecando-se diante do espelho, Alice estava escondida atrás da porta trancada.

Conseguia sentir os diferentes perfumes e as lufadas de ar toda vez que a porta do banheiro se abria. Aquelas garotas douradas, com seus conjuntos de suéter novinhos, nunca perdiam botões. Nunca vinham para a escola trajando saias usadas ou sapatos com solas gastas.

Vão embora. Todas vocês, por favor, vão embora.

A porta afinal parou de abrir e fechar.

Grudada à porta da cabine, Alice se esforçou para ouvir se ainda havia alguém no banheiro. Olhando pela fresta, não viu ninguém em frente ao espelho. Só então saiu furtivamente.

O corredor também estava deserto, e todo mundo já fora para casa. Não havia ninguém para atormentá-la. Ela caminhou, ombros defensivamente curvados para baixo, o longo corredor com seus armários surrados e cartazes nas paredes anunciando o baile de Halloween dali a duas semanas. Um baile ao qual ela com certeza não compareceria. A humilhação do baile da semana anterior ainda lhe doía, e provavelmente doeria para sempre. Duas horas em pé sozinha, encostada à parede, esperando, desejando que algum menino a convidasse para dançar. E, quando um menino por fim se aproximou dela, não foi para convidá-la para dançar. Em vez disso, ele de repente curvou-se e vomitou em seus sapatos. Chega de bailes. Estava naquela cidade havia dois meses e já desejava que a mãe empacotasse tudo e se mudasse outra vez, levando-os para algum lugar onde pudessem começar tudo de novo. Um lugar onde as coisas finalmente seriam diferentes.

Só que nunca eram.

Ela saiu pelo portão da frente da escola, sob o sol outonal. Curvada sobre a bicicleta, estava tão concentrada em abrir a trava que não ouviu os passos. E só se deu conta de que ele estava de pé a seu lado quando percebeu a sombra de Elijah projetada sobre seu rosto.

— Olá, Alice.

Ela se levantou de imediato, deixando a bicicleta cair ao seu lado. Ah, meu Deus, ela era uma idiota. Como podia ser tão desastrada?

— Foi uma prova difícil, não foi? — perguntou ele, devagar e com clareza.

Esta era outra coisa de que ela gostava em Elijah. Diferente dos outros meninos, sua voz era sempre clara. E ele sempre a deixava ver seus lábios. Ele sabe o meu segredo, pensou. Ainda assim, quer ser meu amigo.

— Então, terminou todas as questões? — perguntou ele.

Ela se curvou para erguer a bicicleta.

— Eu sabia as respostas. Só precisava de mais tempo.

Quando se ergueu, viu que o olhar dele havia baixado até sua blusa. Para o espaço aberto do botão que faltava. Ruborizada, ela cruzou os braços.

— Eu tenho um alfinete — disse ele.

— O quê?

Ele enfiou a mão no bolso e tirou um alfinete.

— Eu também sempre perco botões. É meio embaraçoso. Aqui está, deixe-me prendê-lo para você.

Ela reteve a respiração quando ele tocou sua blusa. E mal conseguiu conter o tremor quando Elijah colocou o dedo sob o tecido para fechar o alfinete. Será que ele sentiu meu coração bater?, perguntou-se. Será que sabe que seu toque me deixa inebriada?

Quando ele se afastou, Alice voltou a respirar. Olhou para baixo e viu que a blusa estava decentemente fechada.

— Melhor? — perguntou ele.

— Oh. Sim!

Ela fez uma pausa para se recompor e disse a seguir, com a dignidade de uma rainha:

— Obrigada, Elijah. Foi muito gentil de sua parte.

Passou um instante. Os corvos crocitavam, e as folhas de outono eram como labaredas consumindo os galhos mais acima.

— Será que você poderia me ajudar com uma coisa, Alice? — perguntou ele.

— O quê?

Oh, pergunta estúpida. Bastava apenas dizer sim! Sim, faria qualquer coisa para você, Elijah Lank.

— Estou fazendo um trabalho de biologia. Preciso de alguém para me ajudar e não sei mais a quem pedir.

— Que tipo de trabalho?

— Vou lhe mostrar. Temos de ir à minha casa.

A casa dele. Ela nunca estivera na casa de um menino.

Assentiu com um menear de cabeça.

— Preciso deixar os meus livros em casa.

Ele pegou a bicicleta. Era quase tão velha quanto a dela, os pára-lamas enferrujados, o vinil do assento descascando. Aquela velha bicicleta fez com que gostasse ainda mais dele. Somos uma dupla de verdade, pensou. Tony Curtis e eu.

Foram até a casa dela primeiro. Ela não o convidou a entrar. Tinha vergonha de que ele visse os móveis velhos, a pintura descascando das paredes. Apenas entrou, jogou a bolsa de livros sobre a mesa da cozinha e saiu.

Infelizmente, o cachorro de seu irmão, Buddy, fez o mesmo. Assim que ela saiu pela porta da frente, ele fugiu.

— Buddy! — gritou Alice. — Volte aqui!

— Ele não ouve muito bem, não é mesmo? — disse Elijah.

— Porque é um cachorro idiota. *Buddy!*

O vira-lata olhou para trás, abanado o rabo, e então desceu a rua.

— Oh, deixa para lá — disse ela. — Ele vai acabar voltando para casa.

Ela subiu na bicicleta.

— Então, onde você mora?
— Na Skyline Road. Já esteve lá?
— Não.
— É um bom trecho ladeira acima. Acha que consegue?
Ela assentiu com a cabeça. *Faço qualquer coisa por você.*
Pedalaram para longe da casa dela. Alice esperou que ele pegasse a rua principal e passasse diante da lanchonete para onde ia o pessoal após a escola, para ouvir música da jukebox e beber refrigerantes. Nos veriam andando de bicicleta juntos, pensou ela, e ficariam de queixo caído. Lá vão Alice e Elijah-dos-olhos-azuis.

Mas ele não pegou a rua principal. Em vez disso, dobrou em Locust Lane, onde mal havia casas, apenas os fundos de algumas lojas e o estacionamento dos funcionários do Neptune's Bounty Cannery. Ah, bem. Ela estava andando de bicicleta com ele, certo? Mais atrás, embora perto o bastante para ver suas pernas pedalando e seu traseiro empinado sobre o banco.

Ele olhou para trás para vê-la, e seu cabelo negro oscilou ao vento.

— Tudo bem, Alice?
— Sim.

Mas a verdade era que ela estava ficando sem fôlego porque haviam deixado o povoado e estavam começando a subir a montanha. Elijah devia subir a Skyline todos os dias, de modo que estava acostumado com aquilo. Não parecia estar perdendo o fôlego, as pernas movendo-se como poderosos pistões. Ela, no entanto, ofegava, forçando-se a prosseguir. Subitamente, olhou para o lado e viu que Buddy os seguira. Também parecia cansado e corria com a língua de fora, enquanto tentava alcançá-los.

— Vá para casa!
— O que você disse? — falou Elijah olhando para trás.
— É este cachorro idiota outra vez — ofegou Alice. — Ele vai continuar a nos seguir. Ele vai... vai se perder.

Ela olhou feio para Buddy, mas o cão apenas continuava a correr ao lado dela, naquele seu modo alegre e bobo de ser cão. Bem, vá em frente, pensou ela. Que se mate de cansaço. Eu não me importo.

Continuaram a subir a estrada ligeiramente sinuosa. De vez em quando, por entre as árvores, ela podia ver Fox Harbor lá embaixo, a água como cobre batido sob o sol da tarde. Então a vegetação se adensou, e ela só conseguia ver a floresta, vestida de vermelhos e laranjas brilhantes. A estrada repleta de folhas curvava-se a sua frente.

Quando Elijah por fim parou, as pernas de Alice estavam tão cansadas e trêmulas que ela mal conseguia ficar de pé. Buddy não estava à vista. Ela só podia esperar que ele encontrasse o caminho de casa, porque com certeza não o procuraria. Não agora, não com Elijah ali de pé, sorrindo para ela, os olhos brilhantes. Ele encostou a bicicleta contra uma árvore e ergueu a bolsa de livros sobre o ombro.

— Então, onde é sua casa? — perguntou Alice.

— É naquela entrada de veículos ali.

Apontou para a estrada, para uma caixa de correio enferrujando em um poste.

— Não vamos até lá?

— Não, minha prima está doente. Ela vomitou a noite inteira, então é melhor não entrarmos. De qualquer maneira, meu trabalho de biologia está lá na floresta. Deixe a sua bicicleta aqui. Vamos caminhar.

Ela encostou a bicicleta junto à dele, as pernas ainda bambas da subida da montanha. Entraram na floresta, que se adensava a cada passo. O chão estava coberto de folhas. Ela o seguiu corajosamente, espantando mosquitos.

— Então sua prima mora com você? — perguntou Alice.

— É, ela veio ficar conosco no ano passado. Acho que é permanente agora. Não tem mais para onde ir.
— Seus pais não se importam?
— É só meu pai. Minha mãe morreu.
— Oh.
Ela não sabia o que dizer quanto àquilo. Finalmente, murmurou um simples "lamento muito", mas ele não pareceu tê-la ouvido.
As plantas rasteiras tornaram-se mais densas e arranhavam as suas pernas nuas. Ela tinha dificuldade de acompanhá-lo. Elijah caminhava à frente dela, deixando-a para trás, a saia agarrada a galhos de amoreira.
— Elijah!
Ele não respondeu. Apenas continuou em frente como um bravo explorador, a bolsa de livros pendurada no ombro.
— Espere!
— Quer ver ou não?
— Sim, mas...
— Então *vamos*.
De súbito, sua voz assumiu um tom de impaciência, e aquilo a assustou. Ele estava alguns metros mais à frente, olhando para ela, e Alice percebeu que ele fechara os punhos.
— Tudo bem — murmurou Alice, submissa. — Estou indo.
Alguns metros mais adiante, a floresta subitamente se abriu em uma clareira. Ela viu uma antiga fundação de pedra, tudo o que restava de uma casa de fazenda que ali existira. Elijah olhou para trás, o rosto mosqueado pela luz da tarde.
— É bem aqui — disse ele.
— O quê?
Ele se ajoelhou e afastou duas tábuas de madeira, revelando um buraco profundo.

— Olhe lá dentro — disse ele. — Passei três semanas cavando.

Ela se aproximou lentamente do buraco e olhou. A luz oblíqua da tarde morria por detrás das árvores, e o fundo do buraco estava na penumbra. Ela pôde discernir uma camada de folhas mortas que se acumulava no fundo. Havia uma corda enrolada ao lado.

— É uma armadilha de urso ou algo assim?

— Poderia ser. Se eu pusesse alguns galhos para ocultar a abertura poderia pegar muita coisa. Até mesmo um veado. — Ele apontou para o buraco. — Olha, consegue ver?

Ela se inclinou mais um pouco. Algo brilhava em meio às sombras lá embaixo. Traços de branco que despontavam por entre as folhas mortas.

— O que é?

— É meu trabalho.

Ele pegou a corda e puxou.

No fundo do buraco, as folhas farfalharam. Alice viu a corda se retesar e Elijah ergueu algo das trevas. Uma cesta. Ele a posou no chão. Afastando as folhas, revelou o que brilhava no fundo do buraco.

Era um pequeno crânio.

Ao afastar as folhas, ela viu tufos de pêlo negro e finas costelas. Uma coluna vertebral, ossos de pernas delicados como gravetos.

— Não é incrível? Não tem nem mais cheiro — disse ele. — Está lá embaixo há quase sete meses. Da última vez em que vi ainda tinha alguma carne. Incrível como desapareceu. Começou a apodrecer bem rápido depois que o tempo ficou mais quente, em maio passado.

— O que é isso?

— Não consegue ver?

— Não.

Ele torceu um pouco o crânio, separando-o da espinha dorsal. Ela esquivou-se quando ele o empurrou em sua direção.

— Não! — gritou Alice.

— Miau!

— Elijah!

— Bem, você perguntou o que era.

Ela olhou para as órbitas vazias.

— É um gato?

Ele pegou um saco de compras de sua bolsa de livros e começou a guardar os ossos ali dentro.

— O que fará com o esqueleto?

— É meu trabalho de ciências. De gatinho a esqueleto em sete meses.

— Onde você pegou o gato?

— Eu o encontrei.

— Você *encontrou* um gato morto?

Ele ergueu a cabeça. Seus olhos azuis sorriam. Mas não eram mais os olhos de Tony Curtis. Eram olhos assustadores.

— Quem disse que estava morto?

O coração dela começou a bater mais rápido. Alice deu um passo para trás.

— Sabe, acho que tenho de ir para casa agora.

— Por quê?

— Dever de casa. Tenho dever de casa.

Ele se ergueu sem esforço. O sorriso desaparecera, substituído por um olhar de plácida expectativa.

— Vejo você... na escola — disse ela.

Ela se afastou olhando para a esquerda e para a direita e a floresta parecia igual em todas as direções. De onde vieram? Para onde deveria ir?

— Mas você acabou de chegar, Alice — disse ele.

Ele segurava alguma coisa. Mas foi somente quando Elijah ergueu a mão acima da cabeça que ela viu o que era.

Uma pedra.

O golpe a fez cair de joelhos. Ela agachou-se no chão de terra, a visão obscurecida, os membros dormentes. Não sentiu dor, apenas a descrença atônita de que ele de fato a havia ferido. Ela começou a se arrastar, mas não conseguia ver para onde ia. Então ele agarrou suas pernas e puxou-a para trás. O rosto dela arrastou no chão quando Elijah a puxou. Alice tentava se livrar, tentava gritar, mas sua boca estava cheia de terra e gravetos. Quando sentiu os pés balançando na borda do buraco, agarrou um arbusto e ficou com as pernas penduradas.

— Solte, Alice — disse ele.

— Me ajude! Me ajude!

— Eu disse *solte*.

Ele pegou uma pedra e bateu na mão dela.

Alice gritou e soltou o arbusto. Caiu de pé dentro do buraco, sobre um leito de folhas mortas.

— Alice. Alice.

Tonta com a queda, ela olhou para o círculo de céu lá em cima e viu a silhueta da cabeça de Elijah inclinando-se para olhar para ela.

— Por que está fazendo isso? — choramingou. — *Por quê?*

— Nada pessoal. Só quero saber quanto tempo demora. Sete meses para um gato. Quanto você acha que vai demorar?

— Você não pode fazer isso comigo!

— Adeus, Alice.

— Elijah! *Elijah!*

As tábuas de madeira voltaram a se fechar sobre a abertura, cobrindo o círculo de luz. Seu último relance de céu esvaeceu. Isso não é real, pensou. Isso é uma brincadeira. Ele está só tentando me assustar. Vai me deixar aqui alguns minutos, então vai voltar e me deixar sair. Claro que vai voltar.

Então ela ouviu algo bater contra a cobertura de madeira. *Pedras. Ele estava empilhando pedras lá em cima.*

Ela se levantou e tentou escalar o buraco. Apoiou-se em um fiapo seco de mato que logo se desintegrou em sua mão. Ela agarrou a terra, mas não encontrou apoio, e não conseguiu erguer-se mais do que alguns centímetros sem escorregar de volta. Seus gritos ecoavam na escuridão.

— Elijah! — gritou.

A única resposta que teve foi o som de pedras golpeando a madeira.

1

Pesez le matin que vous n'irez peut-être pas jusqu'au soir,
Et au soir que vous n'irez peut-être pas jusqu'au matin.
Pondere pela manhã que você pode não durar até a noite.
E, à noite, que você pode não durar até a manhã.

— Placa gravada nas catacumbas de Paris

Uma fileira de crânios a observava sobre um muro de fêmures e tíbias empilhados. Embora fosse junho e ela soubesse que o sol brilhava nas ruas de Paris, vinte metros mais acima, a Dra. Maura Isles sentiu um calafrio ao atravessar a passagem escura com as paredes revestidas de restos humanos. Estava familiarizada com a morte, chegavam a ser íntimas, e confrontava sua face vezes incontáveis na mesa de necropsia, mas estava atônita com a escala daquela exibição, com o número formidável de ossos armazenados naquela rede de túneis sob a Cidade Luz. O passeio de um quilômetro levou-a por uma pequena seção das catacumbas. Fora do alcance dos turistas, porém, havia inúmeros túneis secundários e câmaras repletas de ossos, suas bocas escuras abertas sedutoramente por trás de portões fechados.

Ali estavam os despojos de seis milhões de parisienses que outrora sentiram o sol em suas faces, que sentiram fome, sede e amaram, que sentiram seus corações batendo em seus peitos, o ar entrando e saindo dos pulmões. Nunca poderiam imaginar que algum dia seus ossos seriam desenterrados de seus cemitérios e transportados para aquele ossuário escuro sob a cidade.

Que um dia seriam expostos para o assombro de hordas de turistas.

Um século e meio atrás, para abrir espaço ao permanente influxo de mortos nos cemitérios de Paris, os ossos haviam sido desenterrados e movidos para a vasta rede de antigas minas de calcário que jazia profundamente sob a cidade. Os trabalhadores que transferiram os ossos não os atiraram em pilhas descuidadas, mas executaram sua tarefa macabra com graça, empilhando-os de maneira meticulosa para formarem motivos caprichosos. Como pedreiros detalhistas, ergueram altas paredes decoradas com camadas alternadas de crânios e ossos longos, transformando a decomposição em arte. E penduraram placas gravadas com frases sinistras, lembrando a todos que caminhassem por aquelas passagens que a Morte não poupava ninguém.

Uma das placas chamou a atenção de Maura, e ela parou no meio do fluxo de turistas para lê-la. Ao lutar para traduzir as palavras usando o seu claudicante francês escolar, ouviu o som incongruente de risos de crianças ecoando pelos corredores escuros e o sotaque texano de um homem que murmurava para a mulher:

— Já viu um lugar desses, Sherry? Dá um medo danado...

O casal de texanos prosseguiu, suas vozes esvaecendo em meio ao silêncio. Por um momento, Maura ficou a sós na câmara, respirando a poeira dos séculos. Sob o brilho mortiço da luz do túnel, o mofo espalhou-se sobre um grupo de crânios, cobrindo-os com uma camada esverdeada. Um dos crânios possuía um único buraco de bala na testa, como um terceiro olho.

Sei como você morreu.
O frio do túnel penetrou até os ossos de Maura. Mas ela não se moveu, determinada a traduzir a placa, abrandando o seu horror com um inútil enigma intelectual. Vamos, Maura. Três anos de francês no colégio e você não consegue decifrar a inscrição? Agora era um desafio pessoal, todos os pensamentos sobre mortalidade temporariamente contidos. Então, as palavras fizeram sentido, e ela sentiu o próprio sangue gelar.

Feliz daquele que para sempre é confrontado com a hora de sua morte e que todos os dias se prepara para o fim.

De repente, deu-se conta do silêncio. Nenhuma voz, nenhum eco de passos. Virou-se e saiu da câmara sombria. Como se deixara ficar tão para trás dos outros turistas? Estava sozinha naquele túnel, sozinha com os mortos. Maura pensou em uma falta de luz imprevista, em errar o caminho na escuridão total. Ouvira falar que, um século antes, alguns trabalhadores parisienses se perderam nas catacumbas e morreram de fome. Acelerou as passadas enquanto tentava alcançar o grupo e voltar à companhia dos vivos. Ela sentia a Morte muito perto naqueles túneis. Os crânios pareciam olhá-la com ressentimento, um coro de seis milhões de vozes censurando-a por sua mórbida curiosidade.

Já fomos vivos, como você. Acha que pode escapar do futuro que vê aqui?

Quando por fim emergiu das catacumbas e caminhou sob o sol na Rue Remy Dumoncel, Maura respirou profundamente. Pela primeira vez deu boas-vindas ao tráfego barulhento, à pressão das multidões, como se lhe tivesse sido concedida uma segunda oportunidade de viver. As cores pareciam mais claras, os rostos mais amistosos. Meu último dia em Paris, pensou, e somente agora eu aprecio de verdade a beleza da cidade. Ela passara a maior parte da semana anterior presa em salas de reunião, comparecendo à Conferência Internacional de Patologia Forense. Houve pouco tempo para fazer turismo e até mesmo os passeios arranjados pelos organizadores da conferência eram relacionados a morte e doenças: o museu de medicina, a antiga sala de cirurgia.

As catacumbas.

De todas as memórias que trouxera de Paris, como era irônico o fato de a mais vívida ser a de despojos humanos. Isso não é saudável, pensou, ao se sentar em um café ao ar livre, saboreando uma última xícara de café espresso e uma torta de morango. Em dois dias, estarei de volta à minha sala de necropsia, cercada por aço inoxidável, longe da luz do sol. Respirando apenas o ar frio e filtrado do ar-condicionado. Aquele dia, então, pareceria uma lembrança do paraíso.

Demorou-se ali, gravando aquelas memórias. O cheiro de café, o gosto da massa amanteigada. Os executivos bem vestidos com telefones celulares apertados contra os ouvidos, os intrincados nós das echarpes ao redor dos pescoços das mulheres. Acalentou a fantasia que sem dúvida passava pela cabeça de todo americano que já visitou Paris: e se eu perdesse o avião? E se eu apenas ficasse aqui, neste café, nesta cidade gloriosa, para o resto de minha vida?

Porém, ela se levantou da mesa e pegou um táxi para o aeroporto. Finalmente, ela se afastou da fantasia parisiense, mas apenas porque prometeu a si mesma voltar ali algum dia. Só não sabia quando.

O vôo atrasou três horas. Três horas que eu poderia ter caminhado ao longo do Sena, pensou, desgostosa, enquanto estava sentada no Charles de Gaulle. Três horas que eu poderia ter passeado pelo Marais ou vagado por Les Halles. Em vez disso, estava presa em um aeroporto tão lotado que os viajantes não encontravam lugar para sentar. Quando ela afinal embarcou no jato da Air France, estava cansada e muito irritada. E bastou uma taça do vinho que acompanhava a comida de bordo para fazê-la cair em um sono profundo e sem sonhos.

Maura só acordou quando o avião começava a descer em Boston. Sua cabeça doía, e o sol poente rebrilhou em seus olhos. A dor de cabeça aumentou enquanto ela observava as mala passando pela esteira, nenhuma que lhe pertencesse. Ficou ainda pior enquanto esperava na fila para dar queixa da perda da bagagem. Quando por fim entrou em um táxi, trazendo apenas a bagagem de mão, já havia escurecido, e ela não queria outra coisa afora um banho quente e uma dose caprichada de analgésico. Afundou no banco do táxi e adormeceu outra vez.

O frear súbito do veículo a despertou.

— O que está acontecendo aqui? — ouviu o motorista dizer.

Espreguiçando-se, Maura olhou com olhos embaralhados para as luzes azuis que piscavam. Demorou um instante até entender o que estava vendo. Foi quando se deu conta de que haviam dobrado em sua rua. Ela se sentou, subitamente alerta, alarmada com o que via. Quatro carros da polícia de Brookline estacionados, as luzes do teto rompendo a escuridão.

— Parece que está acontecendo alguma emergência — disse o motorista. — Esta é a sua rua, certo?

— E aquela é a minha casa. No meio do quarteirão.

— Ali onde estão todos aqueles carros de polícia? Acho que não nos deixarão passar.

Como se confirmando as palavras do motorista, um policial se aproximou, acenando para que voltassem. O motorista enfiou a cabeça para fora da janela e disse:

— Tenho uma passageira aqui que preciso deixar. Ela mora nesta rua.

— Desculpe, amigo. Todo o quarteirão está isolado.

Maura inclinou-se para a frente e disse para o motorista:

— Olhe, acho que vou descer aqui mesmo.

Maura pagou a corrida, pegou a bagagem de mão e saiu do táxi. Momentos antes, sentira-se confusa e sonolenta. Agora, o próprio ar quente daquela noite de junho parecia tomado de tensão elétrica. Caminhou até a calçada, a ansiedade aumentando enquanto se aproximava do grupo de curiosos e via todos aqueles carros de polícia estacionados diante de sua casa. Teria acontecido alguma coisa com algum vizinho? Uma série de terríveis possibilidades passou por sua mente. Suicídio. Homicídio. Pensou no Sr. Telushkin, o engenheiro de robótica solteiro que morava na porta ao lado. Não lhe parecera particularmente melancólico quando ela o viu pela última vez? Pensou também em Lily e Susan, suas vizinhas do outro lado, duas advogadas lésbicas cujo ativismo pelos direitos dos gays as tornavam alvos proeminentes. Então viu Lily e Susan de pé entre a multidão de curiosos, ambas bem vivas, e sua preocupação voltou-se para o Sr. Telushkin, a quem ela não viu entre os curiosos.

Lily voltou-se para o lado e viu Maura se aproximando. Ela não acenou. Apenas ficou olhando, sem palavras, e cutucou Susan com força. Susan virou-se para olhar e ficou boquiaberta ao ver Maura. Agora, outros vizinhos também se voltavam para olhar, todos os rostos registrando assombro.

Por que estão olhando para mim?, perguntou-se Maura. O que eu fiz?

— *Dra. Isles?* — disse um policial do Brookline, boquiaberto. — É... é *você mesma*, não é? — perguntou ele.

Bem, aquela era uma pergunta idiota.

— Eu moro ali. O que está acontecendo, policial?

Ele expirou com força e disse:

— Ahn... acho melhor você vir comigo.

O policial tomou-a pelo braço e conduziu-a em meio à multidão. Seus vizinhos abriram-lhe caminho com ar solene, como se ela fosse uma prisioneira condenada. O silêncio era assustador. O único som era a estática dos rádios da polícia. Chegaram até uma barreira policial limitada por uma fita amarela presa a estacas, diversas delas cravadas no gramado da frente do Sr. Telushkin. *Ele tem orgulho de seu gramado e não vai gostar disso,* foi seu pensamento imediato e completamente fora de propósito. O patrulheiro ergueu a fita e ela passou por baixo, entrando no que agora percebia ser a cena de um crime.

Maura sabia que ali era a cena de um crime porque viu uma figura conhecida. Mesmo estando do outro lado do gramado, ela podia reconhecer a detetive de homicídios Jane Rizzoli. Agora com oito meses de gravidez, a pequena Rizzoli parecia uma pêra madura dentro de um terninho. Sua presença era outro estranho detalhe. O que uma detetive de Boston estava fazendo em Brookline, fora de sua jurisdição habitual? Rizzoli não viu Maura se aproximar. Seu olhar estava voltado para um carro estacionado junto ao meio-fio, em frente à casa do Sr. Telushkin. Ela balançava a cabeça, claramente transtornada, os cachos negros despenteados como sempre.

Foi o parceiro de Rizzoli, o detetive Barry Frost, quem viu Maura primeiro. Ele olhou para ela, desviou o olhar e de repente, pálido, virou-se para olhá-la novamente. Sem palavras, agarrou o braço da parceira.

Rizzoli ficou absolutamente imóvel, as luzes dos carros de polícia iluminaram a sua expressão de descrédito. Ela começou a caminhar, como se estivesse em transe, em direção a Maura.

— Doutora? — disse Rizzoli. — É você mesma?

— Quem mais seria? Por que todo mundo está me perguntando isso? Por que todos me olham como se eu fosse um fantasma?

— Porque...

Rizzoli parou de falar. Balançou a cabeça, sacudindo os cachos descuidados.

— Meu Deus. Por um minuto pensei que você *fosse* um fantasma.

— O quê?

Rizzoli voltou-se e gritou:

— Padre Brophy?

Maura não vira o padre por perto, mas agora ele emergia das sombras, o colarinho uma faixa branca ao redor do pescoço. Seu rosto, em geral belo, parecia desolado, a expressão fatigada. *Por que Daniel está aqui?* Padres não costumavam ser chamados a cenas de crime, a não ser que a família da vítima assim o desejasse. Seu vizinho, o Sr. Telushkin, não era católico e, sim, judeu. Não teria motivo para requisitar um padre.

— Poderia levá-la para dentro da casa, padre? — disse Rizzoli.

Maura perguntou:

— Alguém vai me dizer o que está acontecendo?

— Entre, doutora. Por favor. Explicamos depois.

Maura sentiu o braço de Brophy ao redor de sua cintura, seu aperto firme, claramente indicando que não era hora de resistir. Que ela devia apenas obedecer ao pedido da detetive. Ela deixou que ele a conduzisse até a porta da frente, e sentiu a emoção secreta do contato, o calor de seu corpo apertado contra o dela. Estava tão afetada pela presença dele que teve dificuldade para inserir a chave na porta da frente. Embora fossem amigos havia meses, ela nunca convidara Daniel Brophy a sua casa, e sua reação agora era uma lembrança de por que ela mantivera cuidadosa distância entre os dois. Entraram em uma sala de estar cujas lâmpadas já estavam acesas, acionadas por temporizadores automáticos. Ela fez uma pausa breve junto ao sofá, incerta do que fazer a seguir.

Foi o padre Brophy quem assumiu o comando:

— Sente-se — disse ele, apontando para o sofá. — Vou pegar algo para você beber.

— Você é a visita em minha casa. Eu é que deveria estar lhe oferecendo bebida — disse ela.

— Não nestas circunstâncias.

— E eu nem mesmo sei que circunstâncias são essas.

— A detetive Rizzoli vai lhe dizer.

Ele deixou a sala e logo voltou com um copo d'água. Não era bem a bebida que ela queria no momento, mas também não parecia apropriado pedir a um padre que buscasse uma garrafa de vodca. Ela bebeu a água, sentindo-se desconfortável sob o olhar dele. O padre Brophy afundou em uma cadeira em frente a Maura, observando-a como se tivesse medo de que ela desaparecesse.

Por fim ouviu Rizzoli e Frost entrarem na casa, ouviu-os murmurando no vestíbulo com uma terceira pessoa, uma voz que Maura não reconheceu. Segredos, ela pensou. Por que estão todos me escondendo coisas? O que não querem que eu saiba?

Ergueu a cabeça quando os dois detetives entraram na sala. Com eles estava um homem que lhe foi apresentado como detetive Eckert, de Brookline, um nome que ela provavelmente esqueceria em cinco minutos. Sua atenção estava completamente voltada para Rizzoli, alguém com quem ela já trabalhara. Uma mulher da qual gostava e respeitava.

Os detetives sentaram-se, Rizzoli e Frost de frente para Maura, do outro lado da mesinha de café. Ela sentiu-se em desvantagem, quatro contra um, todos olhando para ela. Frost sacou um bloco e uma caneta. Por que ele estava fazendo anotações? Por que aquilo parecia o início de um interrogatório?

— Como vai você, doutora? — perguntou Rizzoli, a voz terna e preocupada.

Maura riu da banalidade da pergunta.

— Estaria bem melhor se soubesse o que está acontecendo.

— Posso perguntar onde esteve hoje à noite?

— Acabo de chegar do aeroporto.

— Por que estava no aeroporto?
— Voltei de Paris. Do aeroporto Charles de Gaulle. Foi um longo vôo, e não estou com espírito para responder a um interrogatório.
— Quanto tempo esteve em Paris?
— Uma semana. Fui para lá na última quarta-feira. — Maura achou ter detectado um tom de acusação nas perguntas bruscas de Rizzoli, e sua irritação estava se transformando em raiva. — Se não acredita, pode perguntar a Louise, minha secretária. Foi ela quem marcou o vôo para mim. Eu estava lá para um evento...
— A Conferência Internacional de Patologia Forense. Certo?
Maura ficou pasma.
— Você já sabia?
— Louise nos disse.
Andaram fazendo perguntas a meu respeito. Mesmo antes de eu chegar em casa, falaram com minha secretária.
— Ela nos disse que seu vôo deveria aterrissar às 17h, em Logan — disse Rizzoli. — Já são quase 22h. Onde esteve?
— Tivemos um atraso no Charles de Gaulle. Algo a ver com uma verificação adicional de segurança. As companhias aéreas estão tão paranóicas que tive sorte de termos decolado com apenas três horas de atraso.
— Então a sua partida atrasou três horas.
— Acabei de dizer isso.
— Quando pousou?
— Não sei. Por volta das 20h30.
— Demorou uma hora e meia para vir do Logan até aqui?
— Minha mala sumiu. Tive de preencher um formulário de queixa na Air France. — Maura fez uma pausa, sentido-se subitamente no limite. — Mas que droga! O que está acontecendo? Antes de responder a qualquer pergunta, tenho o direito de saber. Vocês estão me acusando de alguma coisa?

— Não, doutora. Não estamos acusando você de coisa alguma. Estamos apenas tentando montar uma linha do tempo.
— Linha do tempo de quê?
Frost disse:
— Já foi ameaçada, Dra. Isles?
Ela olhou para ele, atônita.
— O quê?
— Conhece alguém que tivesse razão para feri-la?
— Não.
— Tem certeza?
Maura riu com frustração.
— Bem, quem pode ter certeza absoluta?
— Você deve ter tido alguns casos levados a julgamento em que seu depoimento irritou alguém — disse Rizzoli.
— Só se ficaram irritados com a verdade.
— Você criou inimigos no tribunal. Marginais que ajudou a condenar.
— Estou certa de que você também, Jane. Apenas por fazer seu trabalho.
— Recebeu alguma ameaça específica? Alguma carta ou telefonema?
— Meu telefone não consta da lista. E Louise nunca revela meu endereço.
— E quanto a cartas enviadas ao laboratório de perícia médica?
— Sempre há cartas esquisitas. Todos recebemos.
— Esquisitas?
— Gente escrevendo sobre alienígenas ou conspirações. Ou nos acusando de tentar ocultar a verdade de alguma necropsia. Simplesmente guardamos essas cartas na pasta de "malucos". A não ser que seja uma ameaça clara. Nesse caso, nós a enviamos para a polícia.

Maura viu Frost fazer anotações em seu bloco e imaginou o que ele escrevera. Estava tão furiosa que tinha vontade de passar por cima da mesinha de café e arrancar-lhe o bloco das mãos.

— Doutora — disse Rizzoli —, você tem uma irmã?

A pergunta, assim, vinda do nada, deixou Maura perplexa e ela olhou para Rizzoli, a irritação subitamente esquecida.

— O quê?

— Você tem uma irmã?

— Por que me pergunta isso?

— Preciso saber.

Maura expirou com força.

— Não, não tenho uma irmã. E você sabe que sou adotada. Quando diabos vão me dizer do que se trata?

Rizzoli e Frost se olharam.

Frost fechou o bloco de notas.

— Acho que é hora de mostrar para ela — disse.

Rizzoli guiou-os até a porta da frente. Maura saiu na noite quente de verão, iluminada pelas luzes dos carros de polícia. Seu corpo ainda funcionava no tempo de Paris, onde eram quatro horas da manhã, e ela via tudo através de uma névoa de exaustão, a noite surrealista como um pesadelo. No instante em que saiu de casa, todos os rostos voltaram-se para ela. Do lado oposto da fita de isolamento, no outro lado da rua, os vizinhos a observavam.

Como perita médica, estava acostumada a ficar sob as vistas do público, cada movimento que fazia sendo acompanhado pela polícia e pela imprensa, mas naquela noite a atenção era um tanto diferente. Mais intrusiva, até mesmo assustadora. Estava feliz por ter Rizzoli e Frost ao seu lado, como se a estivessem protegendo de olhos curiosos, enquanto desciam a calçada em direção ao Ford Taurus escuro estacionado junto ao meio-fio, em frente à casa do Sr. Telushkin.

Maura não reconheceu o carro, mas reconheceu o homem barbudo ao lado do veículo, as mãos grossas cobertas por luvas de látex. Era o Dr. Abe Bristol, seu colega do laboratório de perícia médica. Abe era um homem que gostava de comer, e sua cintura refletia seu amor por comidas gordurosas, a barriga excessiva caindo flácida sobre o cinto. Ele olhou para Maura e disse:

— Meu Deus, é fantástico. Eu teria me enganado. — Ele meneou a cabeça em direção ao carro. — Espero que esteja preparada para isso, Maura.

Preparada para o quê?

Ela olhou para o Taurus estacionado. Iluminada por trás pelas luzes dos carros de polícia, viu a silhueta de uma figura tombada sobre o volante. Havia manchas escuras no pára-brisa. *Sangue.*

Rizzoli iluminou a porta do lado do passageiro. A princípio, Maura não compreendeu para o que ela deveria olhar. Sua atenção ainda estava voltada para o vidro manchado de sangue e a pessoa imersa em sombras no banco do motorista. Então ela viu o que a lanterna de Rizzoli iluminava. Pouco abaixo da maçaneta, havia três arranhões paralelos, que se aprofundavam na pintura do carro.

— Como marcas de unhas afiadas — disse Rizzoli, curvando os dedos.

Maura olhou para as marcas. Não eram unhas, pensou em meio a um calafrio. *Eram as garras de uma ave de rapina.*

— Venha ver no banco do motorista — disse Rizzoli.

Maura não fez perguntas enquanto seguia Rizzoli, contornando a traseira do Taurus.

— Placa de Massachusetts — disse Rizzoli, com o facho da lanterna passando brevemente pelo pára-choque traseiro. Mas aquilo era apenas um detalhe mencionado de passagem. Rizzoli continuou até o lado do motorista. Ali ela parou e olhou para Maura.

— Foi isso que nos deixou tão chocados — disse ela. E apontou a lanterna para o carro.

O facho iluminou em cheio o rosto da mulher, que estava virado para a janela. A face direita repousava sobre o volante. Estava de olhos abertos.

Maura ficou sem voz. Olhou para a pele cor de marfim, o cabelo negro, os lábios cheios e ligeiramente abertos, como se tomados de surpresa. Ela cambaleou para trás, com as pernas subitamente bambas, e teve a sensação atordoante de estar voando para longe, o corpo não mais ancorado à terra. Uma mão agarrou-lhe o braço, mantendo-a de pé. Era o padre Brophy que estava ao seu lado. Ela nem mesmo havia percebido que ele estava ali.

Agora ela compreendia por que todo mundo ficara tão atônito com sua chegada. Olhou para o cadáver no carro, para o rosto iluminado pela lanterna de Rizzoli.

Sou eu. Aquela mulher sou eu.

2

Sentou-se no sofá, bebendo vodca com soda, os cubos de gelo tilintando no copo. Dane-se a água pura. Aquele choque pedia remédio mais severo, e o padre Brophy foi compreensivo o bastante para preparar uma bebida mais forte, entregando-a sem fazer comentários. Não é todo dia que você se vê morto. Não é todo dia que você entra na cena de um crime e encontra o seu duplo morto.

— É apenas uma coincidência — murmurou. — A mulher se parece comigo, e é só. Há um bocado de mulheres com cabelo preto. E seu rosto... como ver o seu rosto direito dentro daquele carro?

— Não sei, doutora — disse Rizzoli. — A semelhança é assustadora.

Ela se refestelou em uma cadeira, gemendo quando as almofadas acomodaram seu corpo grávido. Pobre Rizzoli, pensou Maura. Mulheres com oito meses de gravidez não deviam participar de investigações de homicídio.

— O estilo de cabelo é diferente — disse Maura.

— Um pouco mais comprido, só isso.

— Eu tenho franja. Ela não tem.

— Não acha que esse é um detalhe meio superficial? Olhe para o rosto dela. Ela podia ser sua irmã.

— Espere até a vermos com mais luz. Talvez não se pareça em nada comigo.

— A semelhança existe, Maura — disse padre Brophy. — Todos vimos. Ela é idêntica a você.

— Além disso, ela estava dentro de um carro em sua vizinhança — acrescentou Rizzoli. — Estacionado praticamente em frente à sua casa. E achamos isto aqui sobre o banco traseiro.

Rizzoli ergueu um saco de provas. Através do plástico transparente, Maura viu que ele continha uma matéria recortada do *Boston Globe*. A manchete era grande o bastante para que ela pudesse ler do outro lado da mesa de café.

BEBÊ RAWLINS ERA ESPANCADO, TESTEMUNHA MÉDICA PERITA.

— É uma foto *sua*, doutora — disse Rizzoli. — A legenda diz: "A médica perita Dra. Maura Isles deixa a Corte após testemunhar no julgamento Rawlins." — Olhou para Maura. — A vítima trazia este recorte dentro do carro.

Maura balançou a cabeça.

— Por quê?

— É o que estamos nos perguntando.

— O julgamento Rawlins... isso foi há quase duas semanas.

— Você se lembra de ter visto esta mulher no tribunal?

— Não. Eu nunca a vi antes.

— Mas ela obviamente *viu você*. No jornal, pelo menos. Então, apareceu mais tarde. Procurando você? Seguindo você?

Maura olhou para o copo. A vodca estava fazendo sua cabeça rodar. Há menos de 24 horas, pensou, eu caminhava pelas ruas de Paris. Desfrutando do sol, saboreando os aromas que vinham dos cafés ao ar livre. Como me meti neste pesadelo?

— Você tem uma arma de fogo, doutora? — perguntou Rizzoli.

Maura se empertigou.

— Que tipo de pergunta é essa?

— Não, não estou acusando você. Só me pergunto se tem algum meio de se defender.

— Não tenho armas. Sei o dano que podem causar ao corpo humano, e não teria uma em minha casa.

— Tudo bem. Só estava perguntando.

Maura tomou outro gole de vodca. Precisava de coragem líquida para fazer a pergunta seguinte:

— O que sabem sobre a vítima?

Frost sacou o bloco de notas, folheando-o como um escriturário afetado. Às vezes, Barry Frost lembrava a Maura um burocrata de bons modos, com a caneta sempre a postos:

— De acordo com a carteira de motorista encontrada em sua bolsa, o nome é Anna Jessop, 40 anos, com residência em Brighton. O registro do veículo bate com o nome.

Maura ergueu a cabeça.

— Fica a apenas alguns quilômetros daqui.

— O lugar é um prédio de apartamentos. Os vizinhos não parecem saber muito sobre ela. Ainda estamos tentando encontrar a senhoria para entrarmos na unidade.

— O nome Jessop lhe diz alguma coisa? — perguntou Rizzoli.

Ela balançou a cabeça em negativa.

— Não conheço ninguém com esse nome.

— Conhece alguém no Maine?

— Por que a pergunta?

— Havia uma multa por excesso de velocidade na bolsa dela. Parece que foi emitida há dois dias, ao sul da auto-estrada do Maine.

— Não conheço ninguém no Maine.

Maura respirou fundo e perguntou:

— Quem a encontrou?

— Seu vizinho, o Sr. Telushkin, foi quem ligou — disse Rizzoli. — Estava passeando com o cachorro e viu o Taurus estacionado junto ao meio-fio.

— Quando foi isso?

— Por volta das 20h.

É claro, pensou Maura. O Sr. Telushkin passeava com o cão precisamente à mesma hora toda noite. Os engenheiros eram assim, precisos e previsíveis. Mas naquela noite ele encontrara o imprevisível.

— Ele não ouviu nada? — perguntou Maura.

— Disse ter ouvido o que pensou ser um estouro de cano de descarga, talvez uns dez minutos antes. Mas ninguém viu acontecer. Depois que ele encontrou o Taurus, ligou para 911. Reportou que alguém baleara a sua vizinha, a Dra. Isles. A polícia de Brookline respondeu primeiro, com o detetive Eckert. Frost e eu chegamos perto das 21h.

— Por quê? — disse Maura, por fim fazendo a pergunta que lhe ocorrera quando vira Rizzoli pela primeira vez no gramado da frente de sua casa. — Por que estão em Brookline? Esta não é sua área.

Rizzoli olhou para o detetive Eckert, que disse, um tanto tímido:

— Você sabe, só tivemos um homicídio em Brookline no ano passado. Pensamos que, devido às circunstâncias, fazia sentido chamar Boston.

Sim, fazia sentido, deu-se conta Maura. Brookline não passava de uma comunidade-dormitório dentro da cidade de Boston. No ano anterior, o Departamento de Polícia de Boston investigara sessenta homicídios. A prática leva à perfeição, com investigações de assassinato assim como com qualquer outra coisa.

— Teríamos entrado nessa de qualquer modo, após sabermos quem era a vítima — disse Rizzoli. — Ou quem pensávamos que era. — Fez uma pausa. — Devo admitir, nunca me ocorreu que poderia *não* ser você. Dei uma olhada na vítima e presumi.

— Todos nós — disse Frost.

Fez-se silêncio.

— Sabíamos que voltaria de Paris esta noite — disse Rizzoli. — Foi o que sua secretária disse. A única coisa que não fazia sentido para nós era o carro. Por que você estaria em um carro registrado no nome de outra mulher?

Maura esvaziou o copo e pousou-o na mesinha de café. Um drinque era tudo o que ela conseguiria agüentar naquela noite. Seus membros já estavam ficando dormentes e ela estava tendo dificuldade para se concentrar. A sala tornou-se um borrão, os abajures cobrindo tudo com um brilho cálido. Isto não é real, pensou. Estou dormindo dentro de um jato em algum lugar sobre o Atlântico e vou acordar e descobrir que o avião pousou. Que nada disso aconteceu.

— Ainda não sabemos nada sobre Anna Jessop — disse Rizzoli. — Tudo o que sabemos... o que vimos com os nossos próprios olhos... é que, seja lá quem for, ela é um clone seu, doutora. Talvez o cabelo seja um pouco mais comprido. Talvez haja algumas diferenças aqui e ali. Mas o fato é que nos enganou. A todos nós. E nós *conhecemos* você. — Fez uma pausa. — Entende aonde quero chegar?

Sim, Maura entendia, mas não queria dizê-lo. Apenas ficou sentada, olhando para o vidro da mesinha de café. Para os cubos de gelo derretendo.

— Se nós nos enganamos, qualquer outro também se enganaria — disse Rizzoli. — Inclusive quem meteu aquela bala na cabeça dela. Era pouco antes das 20h quando o seu vizinho ouviu o tiro. Já estava ficando escuro. E lá estava ela, dentro de um carro estacionado a apenas alguns metros de sua casa. Qualquer um que a visse ali pensaria que era você.

— Você acha que eu era o alvo — disse Maura.
— Faz sentido, não faz?
Maura balançou a cabeça.
— Nada disso faz sentido.
— Você tem um trabalho muito público. Você presta testemunho em julgamentos de homicídio. Você está nos jornais. Você é a Rainha dos Mortos.
— Não me chame assim.
— É como todos os policiais a chamam. E a imprensa. Sabe disso, não sabe?
— Não quer dizer que eu goste do apelido. Na verdade, não o suporto.
— Mas significa que você é notada. Não apenas pelo que faz, mas também por sua aparência. Você sabe que os homens prestam atenção em você, não sabe? Teria de ser cega para não perceber. Mulheres bonitas sempre atraem a atenção. Não é, Frost?

Frost surpreendeu-se, obviamente sem esperar ser chamado à conversa, e seu rosto enrubesceu. Pobre Frost, corava tão facilmente...

— É apenas a natureza humana — admitiu ele.

Maura olhou para o padre Brophy, que não lhe devolveu o olhar. Perguntou-se se ele, também, era sujeito às mesmas leis de atração. Queria pensar que sim. Queria crer que Daniel não era imune aos mesmos pensamentos que passavam por sua cabeça.

— Uma mulher bonita e conhecida do público é seguida e atacada diante da própria casa — disse Rizzoli. — Já aconteceu antes. Como era o nome daquela atriz de Los Angeles? A que foi assassinada?

— Rebecca Schaefer — disse Frost.

— Certo. E houve o caso de Lori Hwang. Você se lembra dela, doutora.

Sim, Maura lembrava, pois fora ela quem fizera a necropsia de Lori Hwang. A apresentadora do Canal Seis estreara no ar havia apenas um ano quando foi baleada e morta em frente ao estúdio. Nunca se dera conta de estar sendo seguida. O assassino a vira na TV e escrevera algumas cartas de fã. Então, certo dia, esperou do lado de fora do estúdio. Quando Lori saiu e foi até o seu carro, deu-lhe um tiro na cabeça.

— Esse é o risco de estar em evidência — disse Rizzoli. — Você nunca sabe quem está vendo você. Nunca sabe quem está no carro de trás quando você dirige de volta para casa à noite. Não é algo com que a gente se preocupe normalmente... que alguém nos siga. Que fantasie a nosso respeito.

Rizzoli fez uma pausa e então disse:

— Já passei por isso. Sei o que é ser o centro das obsessões de alguém. Eu nem sou lá essa coisas, mas aconteceu comigo.

Ela estendeu a mão, revelando as cicatrizes nas palmas. Uma lembrança permanente de sua luta com o homem que duas vezes quase lhe tirara a vida. Um homem que ainda estava vivo, embora preso em um corpo tetraplégico.

— Por isso perguntei se recebeu alguma carta estranha — disse Rizzoli. — Estava pensando nela. Em Lori Hwang.

— O assassino dela foi preso — disse o padre Brophy.

— Sim.

— Então, não está sugerindo que seja o mesmo homem.

— Não, só estou destacando as semelhanças. Um único ferimento à bala na cabeça. Mulheres com trabalhos públicos. Faz a gente pensar.

Rizzoli esforçou-se para se levantar. Era trabalhoso erguer-se da poltrona e Frost logo ofereceu-lhe a mão, mas ela o ignorou. Embora pesadamente grávida, Rizzoli não era de pedir ajuda. Levou a bolsa ao ombro e olhou para Maura, inquisitiva.

— Gostaria de ficar em algum outro lugar esta noite?

— Aqui é a minha casa. Por que iria para algum outro lugar?

— Só estava perguntando. Acho que não preciso lhe dizer para trancar as portas.

— Sempre tranco.

Rizzoli olhou para Eckert.

— A polícia de Brookline pode vigiar a casa?

Ele assentiu com a cabeça.

— Vou mandar um carro de patrulha passar por aqui de vez em quando.

— Muito obrigada — disse Maura.

Maura acompanhou os três detetives até a porta da frente e observou-os enquanto voltavam a seus carros. Passava de meia-noite. Lá fora, a rua voltara a ser a vizinhança calma que ela conhecia. Os carros da polícia de Brookline haviam ido embora. O Taurus já havia sido rebocado para o laboratório da perícia. Até mesmo a fita de isolamento amarela fora removida. Pela manhã, pensou, vou acordar e achar que imaginei isso tudo.

Virou-se e olhou para o padre Brophy, que ainda estava em pé no vestíbulo. Nunca se sentira tão desconfortável na presença dele como naquele momento, ambos a sós em sua casa. As possibilidades certamente passavam pelas cabeças de ambos. *Ou apenas pela minha? Tarde da noite, sozinho em sua cama, você já pensou em mim, Daniel? Do modo como penso em você?*

— Tem certeza de que se sente segura aqui? — perguntou ele.

— Estarei bem.

E qual é a outra alternativa? Que você passe a noite comigo? É o que está oferecendo?

Ele se voltou para a porta.

— Quem o chamou aqui, Daniel? — perguntou Maura. — Como soube?

Ele se virou e respondeu:

— A detetive Rizzoli. Foi ela quem me contou... — Fez uma pausa. — Sabe, recebo chamados da polícia a toda hora. Uma morte na família, e alguém precisa de um padre. Sempre atendo prontamente. Mas desta vez... — Fez outra pausa. — Tranque as portas, Maura — disse ele. — Nunca mais quero passar por uma noite como esta.

Ela o viu sair da casa e entrar no carro. Não ligou o motor de imediato. Esperava para se certificar de que ela estaria segura dentro de casa.

Ela fechou e trancou a porta.

Através da janela da sala de estar, viu o carro de Daniel se afastar. Por um instante olhou para o meio-fio vazio e sentiu-se subitamente abandonada. Naquele momento, desejava poder chamá-lo de volta. Mas o que aconteceria a seguir? O que ela queria que acontecesse entre eles? É melhor evitar certas tentações, pensou. Olhou uma última vez para a rua escura, então se afastou da janela, preocupada por estar em evidência pela luz da sala de estar. Fechou a cortina e verificou as trancas e janelas de cada cômodo. Em noites quentes de junho ela normalmente dormiria com as janelas do quarto abertas. Mas naquela noite, deixou as janelas fechadas e ligou o ar-condicionado.

Acordou cedo pela manhã, tremendo de frio por causa do ar-condicionado. Sonhara com Paris. Com caminhar sob o céu azul, junto a vasos de rosas e lírios, e, por um instante, não se lembrou de onde estava. Não mais em Paris, mas em minha própria cama, deu-se conta afinal. E algo terrível acontecera.

Eram apenas cinco da manhã, embora se sentisse completamente desperta. São onze horas em Paris, pensou. O sol estaria brilhando e, caso estivesse lá agora, já estaria em minha segunda xícara de café. Ela sabia que a mudança de fuso horário a incomodaria mais tarde naquele dia, que aquele surto de vigor matinal se esvairia durante a tarde, mas ela não conseguia se forçar a dormir mais.

Levantou-se e se vestiu.

A rua em frente à sua casa era a mesma de sempre. O céu começava a se iluminar. Viu as luzes se acenderem na casa do Sr. Telushkin, ao lado. Ele acordava cedo e em geral saía para trabalhar uma hora antes dela, mas naquela manhã ela despertara primeiro, e via a vizinhança com olhos límpidos. Viu os aspersores automáticos ligarem do outro lado da rua, a água caindo em círculos sobre o gramado. Viu o jornaleiro passar de bicicleta, com o boné de beisebol virado para trás, e ouviu o ruído do *Boston Globe* caindo em sua varanda. Tudo parecia igual, pensou, mas não era. A Morte fizera uma visita à vizinhança, e todo mundo que morava ali se lembraria daquilo. Olhariam pelas janelas da frente de suas casas, para o meio-fio onde o Taurus estivera estacionado, e tremeriam de medo ao ver quão perto chegara.

Uma luz rebrilhou na esquina, e um veículo desceu a rua, reduzindo a velocidade ao se aproximar de sua casa. Um carro de patrulha da polícia do Brookline.

Não, nada será como antes, pensou, ao vê-lo passar.

Nunca é.

Ela chegou ao trabalho antes de sua secretária. Às seis, Maura estava em sua escrivaninha, lidando com a grande pilha de ditados transcritos e relatórios de laboratório que se acumularam em sua caixa de entrada durante a semana que passara em Paris. Estava já em um terço da pilha quando ouviu passos e ergueu a cabeça para ver Louise de pé a sua porta.

— Você está aqui — murmurou Louise.

Maura saudou-a com um sorriso.

— *Bonjour!* Achei melhor começar cedo, com tanta papelada para cuidar.

Louise olhou-a durante algum tempo, então entrou na sala e sentou-se na cadeira em frente à escrivaninha de Maura, como se estivesse cansada demais para ficar de pé. Embora tivesse 50 anos,

Louise sempre parecera ter duas vezes mais disposição que Maura, que era dez anos mais jovem. Mas, naquela manhã, Louise parecia esgotada, o rosto encovado e abatido sob as luzes fluorescentes.

— Você está bem, Dra. Isles? — perguntou Louise.

— Estou bem. Só um pouco desorientada com o fuso horário.

— Quero dizer... depois do que aconteceu ontem à noite. O detetive Frost parecia tão certo de que era você quem estava no carro...

Maura assentiu com um menear de cabeça, o sorriso esvaecendo dos lábios.

— Foi como estar no seriado *Além da Imaginação*, Louise. Voltar para casa e encontrar todos aqueles carros de polícia.

— Foi terrível. Todos pensamos... — Louise engoliu em seco e baixou o olhar. — Fiquei tão aliviada quando o Dr. Bristol me ligou ontem à noite para dizer que fora um engano...

Houve um silêncio cheio de reprovação. De repente Maura percebeu que ela mesma deveria ter ligado para a secretária. Devia ter se dado conta de que Louise estava abalada, de que gostaria de ouvir sua voz. Tenho vivido sozinha e sem compromissos há tanto tempo, pensou, que nunca me ocorreu que há gente neste mundo que pode se importar com o que acontece comigo.

Louise levantou-se e saiu.

— Estou feliz em tê-la de volta, Dra. Isles. Só queria lhe dizer isso.

— Louise?

— Sim?

— Trouxe-lhe uma coisinha de Paris. Sei que parece uma desculpa esfarrapada, mas está na mala. E a companhia aérea perdeu a minha bagagem.

— Oh. — Louise riu. — Bem, se for chocolate, minha cintura certamente não vai sentir falta.

— Nada calórico, prometo.
Ela olhou para o relógio sobre a mesa.
— O Dr. Bristol já chegou?
— Acabou de chegar. Eu o vi no estacionamento.
— Sabe quando ele vai fazer a necropsia?
— Qual? Ele tem duas hoje.
— O assassinato de ontem à noite. A mulher.
Louise olhou-a demoradamente.
— Acho que é a segunda que ele fará.
— Descobriram algo mais sobre ela?
— Não sei. Terá de perguntar ao Dr. Bristol.

3

Embora não tivesse necropsias marcadas para aquele dia, às 14h Maura desceu e vestiu o uniforme de laboratório. Estava sozinha no vestiário das mulheres, e demorou-se tirando as roupas de passeio, dobrando a blusa e as calças e empilhando-as cuidadosamente dentro do armário. Sentia o uniforme áspero sobre a pele nua, como o tecido de lençóis recém-lavados, e descobriu conforto na rotina familiar de apertar os cordões das calças e ajeitar o cabelo sob a touca. Sentia-se controlada e protegida por algodão limpo, e pelo papel de que se investira com o uniforme. Olhou para o espelho, seu reflexo tão frio quanto o de um estranho, todas as emoções resguardadas. Deixou o vestiário, desceu o corredor e entrou na sala de necropsia.

Rizzoli e Frost já estavam junto à mesa, ambos com toucas e luvas, as costas obstruindo a visão que Maura teria da vítima. Foi o Dr. Bristol quem viu Maura primeiro. Olhou-a assim que entrou na sala, sua cintura generosa preenchendo o avental cirúrgico extralargo. Suas sobrancelhas se franziram acima da máscara cirúrgica, e ela viu a pergunta em seus olhos.

— Pensei em dar uma passada para assistir — disse ela.

Agora, Rizzoli se voltava para olhá-la. Ela, também, estava com as sobrancelhas franzidas.

— Tem certeza de que quer ficar aqui?

— Você não ficaria curiosa?

— Mas não estou certa se você gostaria de ver. Considerando as circunstâncias.

— Só vou observar. Se estiver tudo bem para você, Abe.

Bristol deu de ombros.

— Bem, que diabos, acho que eu também ficaria curioso — disse ele. — Junte-se à festa.

Maura foi para o lado da mesa onde estava Abe e ficou com a garganta seca à primeira visão desobstruída do cadáver. Ela já vira a sua cota de horrores naquele laboratório, vira carne em todas as etapas do processo de decomposição, em corpos tão danificados pelo fogo ou pelo trauma que os restos mal podiam ser classificados como humanos. A mulher sobre a mesa estava, sob o ponto de vista de sua experiência, incrivelmente intacta. O sangue fora lavado e o ferimento de entrada da bala, no lado esquerdo do escalpo, fora obscurecido pelo cabelo negro. O rosto estava ileso, o torso marcado apenas por livores hipostáticos. Havia marcas de punções recentes na virilha e no pescoço, de onde o assistente do necrotério, Yoshima, tirara sangue para fazer exames laboratoriais. Afora isso, o torso estava intacto. O bisturi de Abe não fizera ainda sequer uma incisão. Tivesse o tórax já sido aberto e a cavidade exposta, o corpo não a teria chocado tanto. Corpos abertos são anônimos. Corações, pulmões e baços são meros órgãos, tão sem individualidade que podem ser transplantados entre corpos, como peças de automóveis. Mas aquela mulher ainda estava inteira, seus traços claramente reconhecíveis. Na noite anterior, Maura vira o corpo todo vestido e na penumbra, iluminado apenas pelo brilho da lanterna de Rizzoli. Agora, seus traços estavam cruamente expostos pelas luzes da mesa de necropsia, as roupas haviam sido retiradas para revelar o torso nu, e aqueles traços eram mais do que apenas familiares.

Meu Deus, aquele é meu rosto, é meu corpo, sobre a mesa.

Só ela sabia o quanto eram parecidas. Ninguém naquela sala conhecia o formato dos seios de Maura, a curvatura de suas coxas. Conheciam apenas aquilo que ela permitia que vissem, sua face, seu cabelo. Não podiam saber que a semelhança entre ela e aquele cadáver chegava a detalhes como as mechas marrom-avermelhadas nos pêlos pubianos.

Maura olhou para as mãos da mulher, dedos longos e delgados, como os dela. Mãos de pianista. As digitais já haviam sido tiradas. Também haviam feito radiografias do crânio e dos dentes. As radiografias dentárias estavam expostas na caixa de luz, duas fileiras de dentes brancos que brilhavam um sorriso de Gato de Alice. É assim que seriam minhas radiografias?, perguntou-se. Somos a mesma pessoa, até o esmalte dos dentes?

Com uma voz que lhe soou estranhamente calma, disse:

— Descobriram algo mais sobre ela?

— Ainda estamos verificando aquele nome, Anna Jessop — disse Rizzoli. — Tudo o que temos até agora é uma carteira de motorista de Massachusetts, emitida há quatro meses. Diz que tem 40 anos. Um metro e setenta, cabelos pretos, olhos verdes e 54 quilos.

Rizzoli olhou para o cadáver sobre a mesa.

— Diria que ela se encaixa na descrição.

Eu também, pensou Maura. Tenho 40 anos e meço um metro e setenta. Só o peso é diferente. Eu peso 56. Mas qual mulher não mente sobre o próprio peso na carteira de motorista?

Ela observou, sem palavras, quando Abe completou o exame de superfície. Ele fazia anotações ocasionais no diagrama impresso de um corpo feminino. Ferimento à bala na têmpora esquerda. Livores hipostáticos na parte inferior do torso e das coxas. Cicatriz de apendicectomia. Então, ele baixou o fichário e foi até o pé da mesa colher amostras vaginais. Quando ele e Yoshima abriram-lhe as coxas para expor o períneo, foi no abdome do cadáver que Maura se concentrou. Olhou para a cicatriz da operação de apendicite, uma linha fina e branca sobre a pele pálida.

Também tenho uma.

Amostras coletadas, Abe foi até a mesa de instrumentos e pegou o bisturi.

O primeiro corte foi quase insuportável de ver. Maura chegou a levar a mão ao peito, como se pudesse sentir a lâmina cortando sua própria carne. Aquilo fora um erro, pensou, quando Abe fez a incisão em Y. Não sei se consigo olhar. Mas permaneceu onde estava, presa por um fascínio horrorizado ao ver Abe afastar a pele da parede torácica, puxando-a com rapidez, como se tirasse a pele de um animal de caça. Trabalhou sem se dar conta do horror de Maura, sua atenção focada apenas na tarefa de abrir o tórax. Um patologista eficiente pode completar uma necropsia simples em uma hora e, àquela altura do pós-morte, Abe não perdia tempo com dissecações desnecessariamente elegantes. Maura sempre pensara em Abe como um homem simpático, com grande apetite para comidas, bebidas e ópera, mas, naquele momento, com seu abdome proeminente e o pescoço grosso como o de um touro, ele parecia um açougueiro gordo cortando carne a faca.

A pele do peito já estava aberta, os seios estavam ocultos pela carne virada do avesso, costelas e músculos expostos. Yoshima inclinou-se com a tesoura e cortou as costelas. Cada estalo fazia Maura estremecer. Como é fácil quebrar um osso humano, pensou. Achamos que nossos corações estão protegidos por uma sólida gaiola de costelas, mas basta um pouco de pressão no cabo de uma tesoura e, uma por uma, as costelas cedem ao aço temperado. Somos feitos de matéria muito frágil.

Yoshima rompeu o último osso, e Abe cortou os últimos músculos e cartilagens. Juntos, abriram a cavidade torácica, como se abrissem a tampa de uma caixa.

Dentro do tórax aberto, coração e pulmões brilhavam. Órgãos jovens, foi o primeiro pensamento de Maura. Mas logo se deu conta de que não era bem assim, de que ter 40 anos não era ser jovem, certo? Não era fácil reconhecer que, aos 40 anos de idade, estava já no meio do caminho da vida. Que ela, assim como aquela mulher na mesa, não mais poderia se considerar jovem.

Os órgãos que viu no tórax aberto pareciam normais, sem sinais óbvios de patologia. Com alguns cortes rápidos, Abe retirou os pulmões e o coração e pousou-os em uma bacia de metal. Sob as luzes brilhantes, fez alguns cortes para ver o parênquima pulmonar.

— Não era fumante — disse ele para os dois detetives. — Sem edema. Tecido saudável.

Exceto pelo fato de ser tecido morto.

Deixou os pulmões de volta na bacia, onde formaram um monte cor-de-rosa, e pegou o coração. Coube com facilidade em sua mão enorme. Maura de súbito percebeu o próprio coração pulsando no peito. Como o coração daquela mulher, caberia na palma da mão de Abe. Sentiu-se um pouco nauseada ao vê-lo verificando os vasos coronários. Embora mecanicamente não passe de uma bomba, o coração é o âmago do corpo de uma pessoa. Ao ver aquele coração tão exposto, sentiu o próprio peito vazio. Inspirou, e o cheiro de sangue piorou a sua náusea.

Afastou o olhar do cadáver e topou com o olhar de Rizzoli. Conheciam-se havia quase dois anos e tinham trabalhado juntas em casos suficientes para desenvolverem um grande respeito profissional mútuo. Mas junto com esse respeito vinha um pouco de cautela. Maura sabia quanto eram afinados os instintos de Rizzoli e, ao se encararem por sobre a mesa de necropsia, ela sabia que a outra certamente via que estava a ponto de sair correndo dali. Diante da pergunta muda que leu nos olhos de Rizzoli, Maura simplesmente se fez de desentendida. A Rainha dos Mortos confirmava sua invencibilidade.

Concentrou-se mais uma vez no cadáver.

Sem se dar conta da tensão que reinava na sala, Abe abriu as câmaras do coração.

— As válvulas parecem normais — comentou. — Coronárias macias. Vasos limpos. Puxa, adoraria que meu coração estivesse bem assim.

Maura olhou para a barriga imensa do colega e duvidou, sabendo de sua paixão por *foie gras* e molhos amanteigados. Desfrute da vida enquanto pode, era a filosofia de Abe. Satisfaça seus apetites agora, porque todos acabamos, cedo ou tarde, como nossos amigos na mesa. De que adiantam coronárias limpas se você viveu uma vida sem prazeres?

Pousou o coração na bacia e começou a trabalhar no conteúdo do abdome, o bisturi cortando fundo, através do peritônio. Estômago, fígado, baço e pâncreas foram expostos. O odor de morte, de órgãos gelados, era familiar a Maura, embora dessa vez estivesse muito perturbador. Como se assistisse a uma necropsia pela primeira vez. Ela observou Abe cortar com tesoura e faca, e a brutalidade do procedimento a chocou, como se não fosse a patologista calejada que era. Meu Deus, faço isso todos os dias. Mas só corto a carne de desconhecidos.

Aquela mulher não parecia uma desconhecida.

Entrou em um estado de dormência, observando Abe trabalhar como se estivesse muito distante de onde ele estava. Fatigada pela noite insone e pelo fuso horário, sentiu-se afastar-se da cena que se desenrolava sobre a mesa, recuando até um ponto seguro de onde podia observar com as emoções amortecidas. Era apenas um cadáver sobre a mesa. Sem ligação com ela, ninguém que ela conhecesse. Abe rapidamente retirou o intestino delgado e jogou-o na bacia. Com tesouras e uma faca de cozinha, esvaziou o abdome, deixando apenas uma concha oca. Levou a bacia cheia de entranhas até a bancada de aço inoxidável, onde ergueu os órgãos um a um para examinar mais de perto.

Na mesa de corte, abriu o estômago e esvaziou o seu conteúdo em uma bacia menor. O cheiro de comida não digerida fez Rizzoli e Frost virarem os rostos com uma careta de nojo.

— Parece que temos restos de um jantar aqui — disse Abe. — Diria que ela comeu uma salada de frutos do mar. Vejo alface e tomate. Talvez camarão.

— Quanto tempo antes da hora da morte foi a refeição? — perguntou Rizzoli, com a voz estranhamente nasalada e a mão sobre o rosto, bloqueando o cheiro.

— Uma hora, talvez mais. Acho que ela comeu fora, já que salada de frutos do mar não é o tipo de prato que eu faria para mim em casa.

Abe olhou para Rizzoli.

— Encontrou algum recibo de restaurante na bolsa dela?

— Não. Pode ter pagado em dinheiro. Ainda estamos esperando informações da empresa de cartão de crédito.

— Meu Deus — disse Frost, ainda desviando o olhar. — Isso acaba com a minha vontade de comer camarão.

— Ah, você não pode deixar isso incomodá-lo — disse Abe, agora fatiando o pâncreas.

— No fundo, somos feitos das mesmas coisas. Gordura, carboidratos e proteínas. Quando come um filé suculento, está comendo músculos. Acha que vou deixar de comer um filé só porque é o tecido que disseco todos os dias? Todos os músculos têm os mesmos ingredientes bioquímicos, só que às vezes alguns cheiram melhor do que outros.

Pegou os rins. Fatiou-os e então jogou pequenas amostras de tecido em um vidro de formol.

— Até agora, tudo parece normal — disse ele. E olhou para Maura. — Concorda?

Ela meneou a cabeça mecanicamente mas nada disse, subitamente distraída pela nova série de radiografias que Yoshima pendurava na caixa de luz. Eram chapas do crânio. Na vista lateral, o contorno do tecido macio podia ser visto como um fantasma semitransparente de um rosto de perfil.

Maura foi até a caixa de luz e olhou para o objeto denso em forma de estrela, brilhando intensamente contra os ossos mais escuros. Estava acomodado à base do crânio. O pequeno ferimento de entrada do couro cabeludo não dava mostras do dano que aquele projétil devastador fazia no corpo humano.

— Meu Deus — murmurou ela. — É uma bala Black Talon.

Abe olhou para a bacia onde estavam os órgãos.

— Não vejo uma dessas há muito tempo. Teremos de ser cuidadosos. As pontas de metal dessa bala são afiadas como lâminas. Cortam através das luvas.

Ele olhou para Yoshima, que trabalhava no laboratório de perícia médica havia mais tempo que os patologistas atuais e que servia como sua memória institucional.

— Quando foi a última vez que tivemos uma vítima de Black Talon?

— Acho que faz uns dois anos — disse Yoshima.

— Tão recente?

— Lembro-me de que o Dr. Tierney cuidou do caso.

— Pode pedir a Stella para ver se o caso foi encerrado? Essa bala é incomum o bastante para fazer a gente se perguntar se não há alguma ligação.

Yoshima tirou a luva e foi até o interfone para falar com a secretária de Abe.

— Alô, Stella? O Dr. Bristol gostaria que você procurasse o último caso envolvendo uma bala Black Talon. Foi um caso do Dr. Tierney...

— Já ouvi falar sobre essas balas — disse Frost, que se aproximou da caixa de luz para olhar as radiografias mais de perto. — Mas é a primeira vez que deparo com uma vítima deste tipo de munição.

— É uma bala de ponta oca, fabricada pela Winchester — disse Abe. — Projetada para se expandir e cortar tecido mole. Quando penetra na carne, a ponta de cobre se abre em forma de estrela de seis pontas. Cada ponta é afiada como uma garra.

Ele se moveu até a cabeça do cadáver e prosseguiu:

— Foram tiradas do mercado em 93, depois que um maluco em São Francisco usou-as para matar nove pessoas em uma chacina. A Winchester ficou com uma imagem tão ruim que decidiu parar a produção. Mas ainda há algumas em circulação. De vez em quando aparecem em uma ou outra vítima, mas estão ficando cada vez mais raras.

O olhar de Maura ainda estava voltado para a estrela branca na radiografia. Ela pensou no que Abe acabara de dizer: *cada ponta afiada como uma garra*. E lembrou-se das marcas feitas no carro da vítima. *Como as presas de uma ave de rapina*.

Voltou à mesa no momento em que Abe completava sua incisão no couro cabeludo. Naquele breve instante, antes de ele puxar a aba de pele para a frente, Maura descobriu-se inevitavelmente olhando para o rosto da vítima. A morte colorira seus lábios de um azul escuro. Os olhos estavam abertos, as córneas expostas, secas e opacas pela exposição ao ar. O brilho dos olhos dos vivos é apenas o reflexo da luz nas córneas úmidas. Quando as pálpebras não piscam, quando a córnea não é mais banhada em fluido, os olhos ficam secos e inexpressivos. Não é a partida da alma que tira a aparência de vida dos olhos dos mortos. É apenas a ausência do reflexo de piscar. Maura olhou para as duas córneas opacas e por um instante imaginou como aqueles olhos deviam ter sidos quando vivos. Era como olhar para o espelho. De repente, ela teve a vertiginosa sensação de que, na verdade, era *ela* quem estava ali, deitada na mesa. Que estava observando o próprio corpo sendo necropsiado. Os fantasmas não costumam vagar pelos mesmos lugares que freqüentavam em vida? Aqui é o lugar que devo assombrar, pensou. O laboratório de necropsia. É aqui que estou condenada a passar a eternidade.

Abe puxou o couro cabeludo para a frente, e o rosto desfigurou-se como uma máscara de borracha.

Maura estremeceu. Ao olhar para o lado, viu que Rizzoli estava olhando para ela outra vez. *Está olhando para mim? Ou para meu fantasma?*

Ouviu-se o som da serra Stryker atingindo o tutano. Abe cortou ao redor do topo do crânio exposto, preservando o segmento onde a bala entrara. Forçou a abertura delicadamente e removeu a tampa. A Black Talon caiu do crânio aberto e tilintou na bacia que Yoshima segurava mais embaixo. Ali ficou, brilhando, com as pontas metálicas abertas como pétalas de uma flor letal.

O crânio estava salpicado de sangue escuro.

— Hemorragia intensa, ambos os hemisférios. O que era de se esperar, considerando as radiografias — disse Abe. — A bala entrou aqui, osso temporal esquerdo. Mas não saiu. Pode ver nos filmes.

Ele apontou para a caixa de luz, onde a bala se destacava com brilho intenso, repousando sobre a curva interna do osso occipital esquerdo.

Frost disse:

— Engraçado como foi parar no mesmo lado do crânio em que entrou.

— Provavelmente houve ricochete. A bala penetrou o crânio e ricocheteou para lá e para cá, rasgando o cérebro por dentro. Despendendo toda sua energia no tecido mole. Como as lâminas de um liquidificador.

— Dr. Bristol? — Era a secretária, Stella, no interfone.

— Sim?

— Encontrei o caso com a Black Talon. O nome da vítima era Vassily Titov. O Dr. Tierney fez a necropsia.

— Quem era o detetive deste caso?

— Ahn... aqui está. Detetives Vann e Dunleavy.

— Vou falar com eles — disse Rizzoli. — Saber o que lembram sobre o caso.

— Obrigado, Stella — disse Bristol. A seguir, olhou para Yoshima, que estava com a câmera fotográfica a postos. — Tudo bem, fotografe.

Yoshima começou a tirar fotografias do cérebro exposto, capturando um registro permanente de sua aparência antes de Abe removê-lo da caixa de ossos. Ali estava uma vida inteira de memórias, pensou Maura ao olhar para as volutas brilhantes de massa cinzenta. O ABC da infância. Quatro vezes quatro é dezesseis. O primeiro beijo, o primeiro amante, o primeiro coração partido. Tudo estava depositado, como pacotes de RNA mensageiro, naquela complexa coleção de neurônios. A memória era puramente bioquímica, embora definisse cada ser humano como um indivíduo.

Com alguns golpes do bisturi, Abe liberou o cérebro e o levou com ambas as mãos até a bancada, como se carregasse um tesouro. Ele não o dissecaria naquele dia. Em vez disso, o deixaria imerso em uma bacia de fixador, para ser seccionado posteriormente. Mas não era necessário um exame microscópico para se ter a evidência do trauma. Estava ali, na descoloração da superfície.

— Então, temos o orifício de entrada na têmpora esquerda — disse Rizzoli.

— Sim, e os buracos na pele e no crânio se alinham perfeitamente — disse Abe.

— Isso é consistente com um tiro direto no lado da cabeça.

Abe assentiu.

— O assassino provavelmente apontou através da janela do motorista. A janela estava aberta, então não havia vidro para alterar a trajetória.

— Ela estava ali sentada — disse Rizzoli. — Noite quente. Janela aberta. São 20h, já está escurecendo. Ele caminha até o carro, aponta a arma e dispara. — Rizzoli balançou a cabeça. — Por quê?

— Não levou a bolsa — disse Abe.

— Nesse caso, não foi roubo — disse Frost. — O que nos deixa às voltas com um crime passional. Ou uma execução.

Rizzoli olhou para Maura. Ali estava, de novo, a possibilidade de um assassinato premeditado.

Teria atingido o alvo certo?

Abe deixou o cérebro em um balde de formol.

— Sem surpresas até agora — disse ele, ao se voltar para fazer a dissecação do pescoço.

— Vai fazer um exame toxicológico? — perguntou Rizzoli.

Abe deu de ombros.

— Podemos pedir, mas não estou certo se será necessário. A causa da morte está bem ali. — Ele meneou a cabeça para a caixa de luz, onde a bala se destacava contra o crânio. — Você tem algum motivo para querer um exame toxicológico? A perícia encontrou alguma droga ou parafernália suspeita dentro do carro?

— Nada. O carro estava em ordem. Quero dizer, exceto pelo sangue.

— E todo esse sangue é da vítima?

— Bem, é B positivo.

Abe olhou para Yoshima.

— Já verificou o tipo de nossa menina?

Yoshima assentiu com um menear de cabeça.

— Bate. Ela é B positivo.

Ninguém estava olhando para Maura. Ninguém a viu ficar boquiaberta nem a ouviu inspirar bruscamente. Ela se virou abruptamente para que não pudessem ver seu rosto, desamarrou e arrancou a máscara com um puxão.

Enquanto Maura ia até a lata de lixo, Abe gritou:

— Já se entediou conosco, Maura?

— Este fuso horário está acabando comigo — disse ela, tirando a touca. — Acho que vou para casa mais cedo. Até amanhã, Abe.

E deixou o laboratório sem olhar para trás.

A volta para casa foi um borrão. Apenas ao chegar na periferia de Brookline seu cérebro finalmente voltou a funcionar. Só então ela rompeu a seqüência obsessiva de pensamentos que se repetia em sua cabeça. *Não pense na necropsia. Tire-a de sua mente. Pense no jantar, sobre qualquer coisa que tenha visto hoje.*

Parou no mercado. A geladeira estava vazia e, a não ser que ela quisesse comer atum e ervilhas congeladas, precisava fazer compras. Era um alívio ter de se concentrar em outra coisa. Jogava as compras em seu carrinho com uma pressa incontrolável. Era mais seguro pensar em comida, no que prepararia para o resto da semana.

Pare de pensar em manchas de sangue, em órgãos de mulheres, em bacias de aço. Preciso de laranjas e maçãs. E estas berinjelas não estão bonitas? Ela pegou um maço de manjericão fresco e inalou profundamente seu aroma, agradecida por sua pungência ter afastado, mesmo que por pouco tempo, todos os cheiros que lembravam a sala de necropsia. Uma semana de comida francesa suave a deixara com saudade dos temperos. Hoje à noite, pensou, vou fazer um curry verde tailandês tão picante que vai queimar minha boca.

Em casa, vestiu um short e uma camiseta e se dedicou a preparar o jantar. Bebericou um Bordeaux branco gelado enquanto picava o frango, as cebolas e o alho. A fragrância vaporosa do arroz de jasmim tomou a cozinha. Não tinha tempo para pensar em sangue B positivo nem em mulheres de cabelos pretos: o óleo fumegava na frigideira. Hora de refogar o frango e acrescentar a pasta de curry. Em seguida, derramar o leite de coco. Então, cobriu a panela e deixou cozinhar. Olhou para a janela da cozinha e viu o seu reflexo no vidro.

Eu pareço com ela. Sou exatamente como ela.

Teve um calafrio, como se o rosto na janela não fosse um reflexo, mas um fantasma. A tampa da panela chacoalhou com o vapor. Fantasmas tentando sair. Desesperados para chamarem sua atenção.

Ela desligou o fogo, foi até o telefone e discou um número de pager que ela sabia de cor.

Um momento depois, Jane Rizzoli ligou. Ao fundo, Maura ouvia um telefone tocar. Então Rizzoli ainda não estava em casa. Devia estar sentada em sua escrivaninha no Schroeder Plaza.

— Desculpe incomodá-la — disse Maura. — Mas preciso fazer uma pergunta.

— Você está bem?

— Estou. Só queria mais uma informação sobre ela.

— Anna Jessop?

— Sim. Você disse que a carteira de motorista dela era de Massachusetts.

— Certo.

— Qual a data de nascimento?

— O quê?

— Hoje, na sala de necropsia, você disse que ela tinha 40 anos. Em que dia ela nasceu?

— Por quê?

— Por favor. Só quero saber.

— Tudo bem. Espere.

Maura ouviu um farfalhar de papel, então Rizzoli voltou à linha.

— De acordo com aquela carteira de motorista, a data do aniversário dela era 25 de novembro.

Por um momento, Maura ficou calada.

— Ainda está aí? — perguntou Rizzoli.

— Sim.

— Qual o problema, doutora? O que está havendo?

Maura engoliu em seco.

— Preciso que faça algo para mim, Jane. Vai parecer loucura.

— Fale.

— Quero que o laboratório de perícia compare o meu DNA com o dela.

Do outro lado da linha, Maura ouviu o outro telefone finalmente parar de trocar.

— Repita — disse Rizzoli. — Acho que não ouvi direito.

— Quero saber se o meu DNA bate com o de Anna Jessop.

— Veja, concordo que há uma grande semelhança...

— Há mais.

— Do que está falando?

— Temos o mesmo tipo sangüíneo. B positivo.

— Quantas outras pessoas no mundo têm sangue B positivo? — ponderou Rizzoli. — Algo como o quê? Dez por cento da população?

— A data de nascimento. Você disse que a data de nascimento dela era 25 de novembro. Jane, a minha também.

A notícia precipitou o silêncio. A seguir, Rizzoli disse:

— Está bem. Você acaba de me deixar arrepiada.

— Agora entende por que quero isso? Tudo a respeito dela, sua aparência, tipo sangüíneo, data de nascimento... — Maura fez uma pausa. — Ela *sou eu*. Quero saber de onde veio. Quero saber quem era essa mulher.

Uma longa pausa. Então Rizzoli disse:

— Responder esta pergunta vai ser bem mais difícil do que pensamos.

— Por quê?

— Fizemos uma investigação à tarde. Descobrimos que seu cartão de crédito só tem seis meses.

— E daí?

— A carteira de motorista tem quatro meses. As placas do carro foram emitidas há apenas três meses.

— E quanto a sua residência? Ela tinha um endereço em Brighton? Deve ter falado com os vizinhos, certo?

— Finalmente conseguimos falar com a senhoria ontem, tarde da noite. Disse que alugou o lugar para Anna Jessop há três meses. Ela nos deixou entrar no apartamento.

— E?

— Está vazio, doutora. Nenhum móvel, nenhuma frigideira, nenhuma escova de dente. Alguém pagou por um serviço de TV a cabo e uma linha telefônica, mas não havia ninguém lá.

— E quanto aos vizinhos?

— Nunca a viram. Eles a chamavam de "o fantasma".

— Deve haver algum endereço anterior. Uma conta de banco...

— Procuramos. Não conseguimos encontrar *nada* sobre essa mulher em datas anteriores.

— O que quer dizer?

Rizzoli respondeu:

— Quero dizer que Anna Jessop não existia até seis meses atrás.

4

Quando Rizzoli entrou no J. P. Doyle's, encontrou o pessoal de sempre em torno do bar. Policiais, em sua maioria, trocando histórias sobre a luta diária em meio a cervejas e amendoim. Localizado na mesma rua do subdistrito de polícia de Jamaica Plain, em Boston, o Doyle provavelmente era o bar mais seguro da cidade. Faça um movimento em falso, e uma dúzia de tiras se atira sobre você como um time de futebol americano. Ela conhecia aquela gente, e todos a conheciam. Abriram caminho para deixar passar a senhora grávida, e ela viu alguns sorrisos enquanto passava, sua barriga abria caminho como a proa de um navio.

— Ei, Rizzoli — gritou alguém. — Está engordando ou o quê?

— É. — Ela riu. — Mas, diferente de você, estarei magra em agosto.

Ela abriu caminho até os detetives Vann e Dunleavy, que acenavam para ela do bar. Sam e Frodo, era como chamavam a dupla. O hobbit gordo e o hobbit magro, parceiros havia tanto tempo que agiam como um velho casal, e deviam passar mais tempo juntos do que com as próprias esposas.

Rizzoli quase nunca via um deles sozinho e achava que era apenas questão de tempo até começarem a se vestir um igual ao outro.

Eles sorriram e a saudaram com canecas idênticas de Guinness.

— Oi, Rizzoli — disse Vann.

— ...você está atrasada — disse Dunleavy.

— Já estamos na segunda caneca...

— ...quer uma?

Meu Deus, eles até terminavam as frases um do outro.

— Está muito barulhento aqui — disse ela. — Vamos para o outro salão.

Foram até a área de jantar, para seu cubículo de sempre, sob a bandeira da Irlanda. Dunleavy e Vann sentaram-se confortavelmente um ao lado do outro diante de Rizzoli. Ela pensou em seu parceiro, Barry Frost, um cara legal, um cara até muito legal, mas com quem ela não tinha absolutamente nada em comum. No fim do dia, ela ia para um lado, Frost, para outro. Gostavam-se o bastante, mas ela não achava que pudesse agüentar a companhia dele mais do que já agüentava. Com certeza não no grau daqueles dois sujeitos.

— Então você tem uma vítima de Black Talon — disse Dunleavy.

— Noite passada, em Brookline — disse ela. — Primeira Talon desde o seu caso. Isso foi há o quê, uns dois anos?

— É, por aí.

— Fechado?

Dunleavy riu.

— Pregado como um caixão.

— Quem era o atirador?

— Um cara chamado Antonin Leonov. Imigrante ucraniano, peixe pequeno tentando entrar no primeiro time. A máfia russa acabaria contratando ele se não o prendêssemos primeiro.

— Que idiota — desdenhou Vann. — Ele não fazia idéia de que estávamos de olho nele.

— Por que estavam? — perguntou ela.

— Ouvimos dizer que ele esperava uma encomenda do Tadjiquistão — disse Dunleavy. — Heroína. Uma grande quantidade. Estávamos na pista dele havia uma semana, e ele nunca percebeu. Então nós o seguimos à casa de seu sócio, Vassily Titov. Titov deve ter irritado Leonov ou algo assim. Vimos quando Leonov foi até a casa de Titov. Então ouvimos os tiros, e Leonov saiu.

— E estávamos esperando por ele do lado de fora — disse Vann. — Como eu disse, um idiota.

Dunleavy ergueu a caneca de Guinness em um brinde.

— Aberto e fechado. Assassino preso com a arma do crime. Estávamos lá para testemunhar. Não sei por que ele se deu ao trabalho de alegar inocência. Demorou menos de uma hora para o júri dar o veredicto.

— Ele disse como conseguiu as Black Talons? — perguntou ela.

— Está brincando? — disse Vann. — Ele não diria coisa alguma. Mal falava inglês, mas certamente conhecia a palavra "Miranda".*

— Uma equipe vasculhou sua casa e seu escritório — disse Dunleavy. — Encontraram cerca de oito caixas de Black Talons armazenadas em seu depósito, acredita numa coisa dessas? Não sei como conseguiu tantas, mas tinha um estoque bem grande.

Dunleavy deu de ombros.

— Essa é a história de Leonov. Não vejo como ligá-lo ao seu caso.

— Houve apenas duas vítimas de Black Talon aqui nos últimos cinco anos — disse ela. — O seu caso e o meu.

---

*Regra que obriga a polícia a ler os direitos constitucionais de um preso e adverti-lo de que tudo o que disser poderá ser usado como prova. (*N. do T.*)

— Bem, é provável que ainda haja algumas balas por aí no mercado negro. Veja na internet. Tudo o que sei é que pegamos Leonov, e bem direitinho.

Dunleavy terminou a bebida.

— Seu atirador é outra pessoa.

Aquilo era algo que ela já havia concluído. Uma desavença entre peixes pequenos da máfia russa havia dois anos não parecia relevante no assassinato de Anna Jessop. Aquela bala Black Talon era um beco sem saída.

— Você me emprestaria o arquivo de Leonov? — perguntou ela. — Ainda assim gostaria de ver.

— Estará em sua escrivaninha amanhã.

— Obrigada, rapazes.

Ela se levantou e saiu do cubículo.

— Então, quando vai ser? — perguntou Vann, apontando para a barriga de Rizzoli.

— Não vejo a hora.

— Os rapazes fizeram uma aposta, sabe. Sobre o sexo do bebê.

— Você está brincando.

— Acho que estamos em setenta dólares se for menina, quarenta se for menino.

Vann riu.

— E vinte dólares — disse ele — se for *outra coisa*.

Rizzoli sentiu o bebê chutar ao entrar no apartamento. Calma aí, Júnior, pensou. Não se contenta em me tratar como um saco de pancadas o dia inteiro e agora vai continuar com isso à noite também? Ela não sabia se era menino, menina ou outra coisa. Tudo o que sabia era que aquela criança estava ansiosa para nascer.

Apenas pare de tentar abrir caminho a golpes de kung-fu, está bem?

Ela jogou a bolsa e as chaves no balcão da cozinha, tirou os sapatos junto à porta e atirou o blazer sobre uma cadeira da sala de jantar. Havia dois dias seu marido, Gabriel, partira para Montana como parte de uma equipe do FBI que investigava um depósito clandestino de armas de um grupo paramilitar. Agora o apartamento voltava à mesma anarquia confortável que reinara ali antes de seu casamento. Antes de Gabriel se mudar e impor alguma aparência de disciplina. Só mesmo um ex-fuzileiro para arrumar suas panelas em ordem de tamanho.

No quarto, viu de relance seu reflexo no espelho. Mal reconheceu a si mesma, curvada para trás, as maçãs das faces proeminentes, a barriga avolumando-se sob as calças elásticas para gestantes. Quando foi que eu desapareci?, pensou. Ainda estou aqui, oculta em algum lugar neste corpo distorcido? Ela confrontou o reflexo daquela estranha, lembrando-se de como seu abdome havia sido plano. Rizzoli não gostava do jeito que seu rosto inchara, do modo como suas bochechas se tornaram rosadas como as de um bebê. O brilho da gravidez, como Gabriel chamava, tentando assegurá-la de que ela não parecia uma baleia de nariz brilhante. Aquela mulher ali não sou eu, pensou. Esta não é a policial que derruba portas e mata bandidos.

Deitou-se de costas na cama e abriu ambos os braços sobre o colchão, como um pássaro alçando vôo. Ela podia sentir o cheiro de Gabriel nos lençóis. Estou com saudades, pensou. Casamentos não deveriam ser assim. Duas carreiras, duas pessoas obcecadas por trabalho. Gabriel viajando, ela sozinha naquele apartamento. Mas Rizzoli sabia que não seria fácil. Que haveria muitas noites como aquela, quando o trabalho dele, ou o dela, os separaria. Pensou em ligar para ele outra vez, mas já tinham se falado duas vezes naquela manhã, e a companhia telefônica já estava levando uma fatia suficiente de seu salário.

Ah, dane-se.

Rolou para o lado, levantou-se da cama e estava a ponto de pegar o telefone na mesa-de-cabeceira quando ele subitamente tocou. Assustada, verificou quem chamava. Um número que não conhecia. Não era o de Gabriel.
Ela atendeu.
— Alô?
— Detetive Rizzoli? — perguntou um homem.
— Sim.
— Desculpe ligar tão tarde, mas só cheguei à cidade esta noite e...
— Por favor, quem fala?
— Detetive Ballard, polícia de Newton. Soube que é a investigadora-chefe daquele homicídio da noite passada, em Brookline. A vítima de nome Anna Jessop.
— Sim, sou eu.
— No ano passado, peguei um caso aqui. Envolvia uma mulher chamada Anna Jessop. Não sei se é a mesma pessoa, mas...
— Você disse que é da polícia de Newton?
— Sim.
— Poderia identificar a Srta. Jessop, caso visse o corpo?
Uma pausa.
— Acho que preciso fazê-lo. Preciso ter certeza de que é ela.
— E se for?
— Então sei quem a matou.

Antes mesmo de o detetive Rick Ballard sacar o distintivo, Rizzoli já adivinhara que o homem era um policial. Quando ela entrou na recepção do prédio do laboratório de análises clínicas ele se levantou imediatamente, como se de prontidão. Seus olhos eram de um azul cristalino, o cabelo era castanho, cortado de modo conservador, a camisa passada com capricho militar. Tinha o mesmo plácido ar de comando que Gabriel, o mesmo olhar sólido como uma rocha, que parecia dizer: *em um aperto, pode contar comigo*. Ele a fez desejar, apenas por um instante, voltar a ter a cintura fina e ser atraente. Ao apertarem as mãos, enquanto ela olhava para seu distintivo, sentiu que ele estudava seu rosto.

Definitivamente um policial, pensou ela.

— Está pronto? — perguntou ela. Quando ele assentiu, ela olhou para a recepcionista. — O Dr. Bristol está lá embaixo?

— Está terminando uma necropsia. Ele disse que pode encontrá-lo lá.

Pegaram o elevador até o subsolo e entraram na ante-sala do necrotério, onde os armários estocavam suprimentos de protetores de sapatos, máscaras e toucas de papel. Através da ampla janela podiam ver o laboratório de necropsia, onde o Dr. Bristol e Yoshima trabalhavam em um homem magro e grisalho. Bristol os viu através do vidro e acenou.

— Mais dez minutos! — disse ele.

Rizzoli assentiu.

— Esperamos.

Bristol acabara de fazer a incisão no couro cabeludo. Agora puxava-o para a frente sobre o crânio, desfigurando a face.

— Sempre detesto esta parte — disse Rizzoli. — Quando começam a mexer com o rosto. O resto posso agüentar.

Ballard nada disse. Ela olhou para ele e viu que suas costas estavam rígidas e o rosto, soturno e estóico. Como não era detetive de homicídios, ele provavelmente não fazia muitas visitas ao necrotério, e o procedimento que se desenrolava além daquela janela decerto o deixava horrorizado. Ela se lembrou da primeira visita que fizera ao lugar, ainda como cadete. Fazia parte de um grupo da academia, a única mulher entre seis cadetes musculosos, todos muito mais altos que ela. Todos esperavam que a garota fosse a mais suscetível, que seria ela quem daria as costas e sairia dali durante a necropsia. Mas ela ficou na frente, bem ao centro, e assistiu a todo o procedimento. Foi um dos rapazes, o mais forte de todos, que empalideceu e tombou sobre uma cadeira. Ela se perguntou se Ballard estava a ponto de fazer o mesmo. Sob as luzes fluorescentes, sua pele assumira uma palidez doentia.

Na sala de necropsia, Yoshima começou cortar a abertura no crânio. O ruído da lâmina contra o osso pareceu ser mais do que Ballard era capaz de agüentar. Ele tirou os olhos da janela e fixou-os em caixas de luvas de diversos tamanhos empilhadas na prateleira. Rizzoli chegou a sentir um pouco de pena dele. Quando se era um sujeito forte como Ballard, devia ser humilhante deixar uma policial perceber que está de pernas bambas.

Ela empurrou um banco para ele e puxou outro para si. Suspirou e se sentou.

— Hoje em dia, não consigo ficar muito tempo de pé.

Ele também se sentou, parecendo aliviado por poder se concentrar em algo além da serra de ossos.

— É a sua primeira gravidez? — perguntou ele, apontando para a barriga dela.

— É.

— Menino ou menina?

— Não sei. Ficaremos felizes de qualquer modo.

— Foi como me senti quando nasceu a minha filha. Dez dedos nos pés e dez nas mãos, era tudo o que eu estava pedindo...

Fez uma pausa, engoliu em seco, enquanto a serra continuava a sibilar.

— Qual a idade de sua filha agora? — perguntou Rizzoli, tentando distraí-lo.

— Ah, vai fazer 14 no dia trinta. Não tem sido exatamente uma fonte de alegrias.

— É uma idade complicada para meninas.

— Está vendo todos esses cabelos brancos?

Rizzoli riu e disse:

— Minha mãe costumava fazer isso. Apontava a cabeça e dizia: "Esses cabelos brancos são todos por *sua* causa." Devo admitir que eu não era uma pessoa muito agradável de se ter por perto aos 14 anos. É a idade.

— Bem, temos alguns problemas agora também. Minha mulher e eu nos separamos no ano passado, e Katie tem sido arrastada de um lado para outro. Dois pais que trabalham, duas casas.

— Deve ser difícil para uma criança.

O ruído da serra de ossos por fim parou. Através da janela, Rizzoli viu Yoshima remover o topo do crânio. Viu Bristol liberar o cérebro, aparando-o delicadamente com ambas as mãos ao extraí-lo da caixa óssea. Ballard manteve o olhar longe da janela, sua atenção voltada para Rizzoli.

— É difícil, não é? — disse ele.

— O quê?

— Trabalhar como policial. Na sua condição.

— Ao menos ninguém espera que eu arrombe portas atualmente.

— Minha esposa era caloura quando engravidou.

— Polícia de Newton?

— Boston. Queriam tirá-la do patrulhamento. Ela disse para eles que a gravidez era uma vantagem. Que os bandidos ficavam muito mais corteses.

— Bandidos? Nunca foram corteses comigo.

Na sala ao lado, Yoshima costurava a incisão feita no corpo com agulha e linha, um alfaiate macabro unindo não tecido, mas carne. Bristol tirou as luvas, lavou as mãos e saiu para se encontrar com os visitantes.

— Desculpem o atraso. Demorou um pouco mais do que eu esperava. O cara tinha tumores por todo o abdome e nunca foi ao médico. Então em vez do médico, pegou a mim.

Estendeu uma mão gorda, ainda úmida, para saudar Ballard.

— Detetive. Então está aqui para dar uma olhada na nossa baleada.

Rizzoli viu o rosto de Ballard se contrair.

— A detetive Rizzoli me pediu para fazê-lo.

Bristol meneou a cabeça.

— Bem, vamos então. Ela está na geladeira.

Guiou-os pelo laboratório de necropsia até uma grande unidade de refrigeração. Parecia qualquer frigorífico de carne, daqueles onde se pode entrar, com mostradores de temperatura e uma pesada porta de aço inoxidável. Pendurado na parede ao lado havia um fichário contendo o registro de entregas. O nome do velho a quem Bristol acabara de necropsiar estava ali na lista. Ele fora entregue às 23h do dia anterior. Não era uma lista da qual alguém desejaria fazer parte.

Bristol abriu a porta, e gotas de condensação pingaram para fora. Entraram, e o cheiro de carne refrigerada quase fez Rizzoli vomitar. Desde que engravidara, ela perdera a tolerância a maus cheiros. Até mesmo um leve bafejar de putrefação podia fazê-la correr para a pia mais próxima. Daquela vez, ela conseguiu conter a náusea ao olhar com determinação para a fileira de macas de metal no refrigerador. Havia cinco corpos embrulhados em plástico branco.

Bristol caminhou entre a fileira de macas de metal, verificando as etiquetas. Parou diante da quarta.

— Aqui está a nossa menina — disse ele, e abriu o saco de modo a revelar a metade superior do tórax, a incisão em Y costurada com suturas de necrotério. Mais um trabalho de Yoshima.

Quando o plástico se abriu, o olhar de Rizzoli não estava voltado para a mulher morta e, sim, para Rick Ballard. Ele olhava o corpo em silêncio, como se a visão de Anna Jessop o tivesse paralisado onde estava.

— Bem? — disse Bristol.

Ballard piscou, como se saindo de um transe. Ele expirou com força.

— É ela — murmurou.
— Está absolutamente certo?
— Sim.

Ballard engoliu em seco.

— O que houve? O que vocês descobriram?

Bristol olhou para Rizzoli, um pedido silencioso para que ela liberasse a divulgação da informação. Ela meneou a cabeça.

— Um único tiro, têmpora esquerda — disse Bristol, apontando para o orifício de entrada no couro cabeludo.
— Grande dano no temporal esquerdo assim como em ambos os lobos parietais, devido ao ricochete intracraniano. Intensa hemorragia.
— Foi o único ferimento?
— Correto. Muito rápido, muito eficiente.

O olhar de Ballard baixou até o torso da vítima. Para os seios. Não era uma reação masculina das mais surpreendentes, quando confrontado com uma jovem desnuda, mas ainda assim Rizzoli ficou incomodada com aquilo. Viva ou morta, Anna Jessop tinha direito à sua dignidade, e Rizzoli ficou aliviada quando o Dr. Bristol fechou o saco, garantindo a privacidade do cadáver.

Saíram da sala refrigerada, e Bristol fechou a porta.

— Sabe o nome do familiar mais próximo? — perguntou ele. — Alguém que devamos avisar?
— Não há ninguém — disse Ballard.
— Tem certeza disso?
— Ela não tem nenhum parente vivo e...

Parou de falar abruptamente. Ficou parado como uma estátua, olhando através da janela da sala de necropsia.

Rizzoli voltou-se para ver o que ele estava olhando e de imediato viu o que lhe roubara a atenção. Maura Isles acabara de entrar na sala, trazendo um envelope de radiografias. Foi até a caixa de luz, pendurou as radiografias e ligou a luz. Enquanto olhava as imagens de ossos esmagados, não se deu conta de que estava sendo observada. Que três pares de olhos olhavam para ela através da janela.

— Quem é? — murmurou Ballard.

— É uma de nossas médicas peritas — disse Bristol. — Dra. Maura Isles.

— A semelhança é assustadora, não é mesmo? — disse Rizzoli.

Ballard balançou a cabeça.

— Por um momento, pensei...

— Todos nós pensamos quando vimos a vítima pela primeira vez.

Na sala ao lado, Maura guardou as radiografias de volta no envelope. Ela saiu do laboratório sem se dar conta de que estava sendo observada. Como é fácil espreitar alguém, pensou Rizzoli. Não há um sexto sentido para nos dizer quando os outros estão olhando para nós. Não sentimos nas costas o olhar de quem nos espreita. Apenas quando ele se move é que nos damos conta de que está ali.

Rizzoli voltou-se para Ballard.

— Tudo bem, você viu Anna Jessop. Você confirmou conhecê-la. Agora nos diga quem ela realmente era.

5

O automóvel definitivo. Era como os anúncios o chamavam, como Dwayne o chamava, e Mattie Purvis dirigia aquela máquina poderosa pela West Central Street, afastando as lágrimas e pensando: você tem de estar lá. Por favor, Dwayne, esteja lá. Mas ela não sabia se ele estaria. Ultimamente, havia tanta coisa sobre o marido que ela não compreendia, como se um estranho tivesse ocupado o seu lugar, um estranho que mal lhe dava atenção, que sequer olhava para ela. *Quero meu marido de volta. Mas nem mesmo sei como o perdi.*

O cartaz gigante escrito BMW PURVIS brilhou mais adiante. Ela entrou no estacionamento, passando por fileiras de outros automóveis definitivos, e viu o carro de Dwayne estacionado perto da entrada do showroom.

Estacionou na vaga ao lado do carro dele e desligou o motor. Ficou sentada por um instante, respirando fundo. Respiração de limpeza, como a ensinaram na aula do método Lamaze. As aulas às quais Dwayne parara de ir havia um mês por achar uma perda de tempo. *Você vai ter o bebê, não eu. Por que tenho de estar lá?*

Epa, respirei demais. Subitamente tonta, ela se inclinou para a frente contra o volante. Esbarrou por acidente na buzina e encolheu-se ao ouvir o ruído estridente. Olhou para fora da janela e viu um dos mecânicos olhando para ela. Para a idiota da mulher de Dwayne, tocando a buzina por nada. Corando, abriu a porta, tirou a barriga de trás do volante e entrou no showroom da BMW.

Lá dentro o cheiro era de couro e cera de automóvel. Um afrodisíaco para os homens, dizia Dwayne. Agora, porém, aquele banquete de aromas fazia Mattie sentir-se um pouco nauseada. Demorou-se em meio às sereias sensuais do showroom: modelos do ano, todos curvas e cromo, brilhando sob os refletores. Um homem poderia perder a alma ali dentro. Se passasse a mão sobre um flanco azul metálico, ou olhasse tempo demais para o próprio reflexo no pára-brisa, começaria a sonhar. Ele veria o homem que *poderia* se tornar caso tivesse uma daquelas máquinas.

— Sra. Purvis?

Mattie virou-se e viu Bart Thayer, um dos vendedores de seu marido, acenando para ela.

— Oh, olá — disse ela.

— Procurando por Dwayne?

— Sim. Onde ele está?

— Acho que, ahn...

Bart olhou para as salas nos fundos.

— Deixe-me ver.

— Está tudo bem, posso encontrá-lo.

— *Não!* Quero dizer, ahn, deixe-me buscá-lo, está bem? Você deve se sentar, descansar. Em sua condição, não deve ficar muito tempo de pé.

Engraçado Bart dizer aquilo. Ele tinha uma barriga maior que a dela.

Ela conseguiu sorrir.

— Só estou grávida, Bart. Não aleijada.

— Então, quando será o grande dia?

— Daqui a duas semanas. De qualquer modo, é quando achamos que será. Nunca se sabe.

— Não é mesmo? Meu primeiro filho não queria nascer, não queria sair. Nasceu três semanas depois e tem se atrasado para tudo desde então. — Ele piscou. — Deixe-me buscar Dwayne para você.

Ela o viu ir até as salas dos fundos e o seguiu, o bastante para vê-lo bater à porta de Dwayne. Não houve resposta, de modo que ele bateu outra vez. Finalmente a porta se abriu, e Dwayne meteu a cabeça para fora. Ele estremeceu quando viu Mattie acenando para ele do showroom.

— Posso falar com você? — gritou ela.

Dwayne saiu do escritório fechando a porta atrás de si.

— O que está fazendo aqui? — perguntou.

Bart olhou para ambos e lentamente começou a se afastar.

— Ahn, Dwayne, acho que vou fazer uma pausa para o café agora.

— É, está bem — murmurou Dwayne. — Não me importo.

Bart saiu às pressas do showroom. Marido e mulher se olharam.

— Esperei por você — disse Mattie.

— O quê?

— Minha consulta no obstetra, Dwayne. Você disse que iria. O Dr. Fishman esperou vinte minutos, e então não pudemos esperar mais. Você perdeu a oportunidade de assistir à ultrasonografia.

— Oh. Oh, meu Deus. Esqueci.

Dwayne passou a mão na cabeça, puxando os cabelos negros para trás. Sempre ajeitando o cabelo, a camisa, a gravata. Quando se estava lidando com um produto de topo de linha, Dwayne gostava de dizer que você tinha de estar pronto para o papel.

— Desculpe.

Ela meteu a mão na bolsa e tirou dali uma foto Polaroid.

— Quer dar uma olhada na fotografia?
— O que é isso?
— É nossa filha. É uma fotografia da ultra-sonografia.
Ele olhou para a foto e deu de ombros.
— Não dá para ver nada.
— Dá para ver o braço aqui e a perna. E, se olhar bem, pode até ver o rosto.
— É, legal.
Ele devolveu a fotografia.
— Chegarei um pouco mais tarde hoje à noite, está bem? Tem um sujeito que vai chegar às seis da tarde para um *test drive*. Vou jantar por aqui mesmo.
Ela guardou a foto na bolsa e suspirou.
— Dwayne...
Ele beijou sua testa brevemente.
— Deixe-me levá-la até a porta. Vamos.
— Não podemos sair para tomar um café ou algo assim?
— Tenho clientes.
— Mas não tem ninguém mais no showroom.
— Mattie, *por favor*. Apenas me deixe trabalhar, está bem?
Subitamente, a porta do escritório de Dwayne se abriu. Mattie acompanhou com os olhos a loura alta que saiu dali, ganhou o corredor e entrou em outro escritório.
— Quem é? — perguntou Mattie.
— O quê?
— Aquela mulher que saiu de seu escritório.
— Ah, ela? — Dwayne pigarreou. — É uma nova funcionária. Achei que era hora de contratar uma vendedora. Você sabe, diversificar a equipe. Ela se revelou uma ótima vendedora. Vendeu mais carros no mês passado do que Bart. E isso é muito.
Mattie olhou para a porta fechada do escritório de Dwayne, pensando: foi quando começou. No mês passado. Foi quando

tudo mudou entre nós, quando o outro se mudou para o corpo de Dwayne.

— Como é o nome dela? — perguntou ela.

— Olhe, realmente tenho de voltar ao trabalho.

— Só quero saber o nome.

Ela se virou para olhar para o marido e então viu a culpa nos olhos dele, brilhando como néon.

— Ah, meu Deus — ele deu as costas. — Eu não preciso disso.

— Ahn, Sra. Purvis? — Era Bart, chamando da porta do showroom. — Sabia que está com um pneu furado? O mecânico acabou de me mostrar.

Confusa, ela se virou e olhou para ele.

— Não. Eu... eu não sabia.

— Como você pode *não* notar que está com um pneu furado? — perguntou Dwayne.

— Deve ter sido... Bem, o carro pareceu meio lerdo, mas...

— Não acredito numa coisa dessas.

Dwayne já se encaminhava para a porta. Fugindo de mim como sempre, pensou ela. E, agora, está furioso. Como é que tudo acaba sempre se tornando culpa minha?

Ela e Bart o seguiram até o carro. Dwayne estava agachado junto à roda traseira direita, balançando a cabeça.

— Dá para acreditar que ela não notou um negócio desses? — disse ele para Bart. — Olhe para esse pneu! Ela esfrangalhou a porcaria do pneu!

— Ah, isso acontece — disse Bart. E olhou com simpatia para Mattie. — Olhe, vou pedir ao Ed para colocar um novo. Sem problemas.

— Mas olhe para o aro. Está todo amassado. Quantos quilômetros você acha que ela rodou assim? Como alguém pode ser tão idiota?

— Calma, Dwayne — disse Bart. — Não é nada demais.

— Eu não sabia — disse Mattie. — Desculpe.

— Você veio assim desde o consultório do médico? — Dwayne olhou para ela por sobre o ombro, e a raiva nos olhos dele a assustou. — Estava sonhando acordada, por acaso?

— Dwayne, *eu não sabia*.

Bart deu um tapinha no ombro de Dwayne.

— Talvez devesse maneirar um pouquinho, que tal?

— Fique fora disso! — rebateu Dwayne.

Bart recuou, mãos erguidas em sinal de submissão.

— Tudo bem, tudo bem.

Lançou um último olhar para Mattie, um olhar de *boa sorte, querida* e se afastou.

— É só um pneu — disse Mattie.

— Você deve ter espalhado fagulhas pela rua inteira. Quantas pessoas você acha que a viram dirigindo assim por aí?

— Isso importa?

— Acorda! Este é um *Beemer*. Quando você dirige uma máquina assim, você está passando uma imagem. As pessoas que vêem este carro esperam que o motorista seja um pouco mais esperto, um pouco mais descolado. Daí você sai por aí rodando sobre o aro puro, e isso *arruína* essa imagem. Prejudica a imagem dos outros donos de BMW. Prejudica a *minha* imagem.

— É só um pneu.

— Pare de dizer isso.

— Mas é.

Dwayne bufou com desdém e se ergueu.

— Desisto.

Ela engoliu as lágrimas.

— Não tem nada a ver com o pneu, não é mesmo, Dwayne?

— O quê?

— Esta briga é pela gente. Há algo de errado entre *nós*.

O silêncio dele só tornou as coisas piores. Ele não olhou para ela. Em vez disso, virou-se para olhar para o mecânico que se aproximava.

— Oi — disse o mecânico. — Bart disse para eu trocar o pneu.

— É, cuide disso para mim, está bem? — Dwayne fez uma pausa, a atenção se voltando para o Toyota que acabara de entrar no estacionamento. Um homem desceu, começou a admirar um dos BMWs e se curvou para ler o adesivo do vendedor na janela. Dwayne ajeitou o cabelo para trás, arrumou a gravata e começou a caminhar em direção ao novo cliente.

— Dwayne? — disse Mattie.

— Tenho um cliente.

— Mas eu sou sua *mulher*.

Ele se virou, seu olhar venenoso.

— Não insista, Mattie.

— O que devo fazer para ter sua atenção? — ela gritou. — Comprar um de seus carros? É o que preciso? Porque não conheço nenhuma outra maneira. — A voz de Mattie falhou. — Não conheço outra maneira.

— Então talvez você devesse parar de tentar. Porque não vejo mais sentido nisso.

Ela o viu se afastar. Viu-o fazer uma pausa para ajeitar os ombros, abrir um sorriso. Sua voz subitamente ecoou, quente e amistosa, enquanto saudava o novo cliente.

— Sra. Purvis? Madame?

Ela piscou e se virou para olhar para o mecânico.

— Preciso das chaves de seu carro, se não se importa. Daí vou poder levá-lo para a oficina e trocar o pneu.

Estendeu uma das mãos suja de graxa.

Sem palavras, ela lhe deu o chaveiro, então olhou para Dwayne. Mas ele nem mesmo se voltou para olhá-la. Como se ela fosse invisível. Como se não fosse coisa alguma.

Ela mal se lembrava de sua volta para casa.

Viu-se sentada na mesa da cozinha, ainda segurando as chaves, a correspondência do dia diante dela. No topo da pilha estava a conta do cartão de crédito, dirigida a Sr. e Sra. Dwayne Purvis. Sr. e Sra. Ela se lembrou da primeira vez que alguém a chamou de Sra. Purvis, e da alegria que sentiu ao ouvir o nome. Sra. Purvis. Sra. Purvis.

Sra. Ninguém.

As chaves caíram no chão. Ela levou a mão ao rosto e começou a chorar. Chorou enquanto o bebê chutava dentro dela, chorou até sua garganta arder e a correspondência ficar encharcada de lágrimas.

Quero ele de volta do jeito que era. Quando ele me amava.

Em meio a seus soluços, ouviu o ranger de uma porta. Vinha da garagem. Ergueu a cabeça, a esperança florescia em seu peito.

Ele está em casa! Ele voltou para me pedir desculpas.

Levantou-se tão bruscamente que a cadeira caiu. Ansiosa, abriu a porta e entrou na garagem. Ficou piscando na penumbra, confusa. O único carro estacionado era o dela.

— Dwayne? — disse ela.

Viu uma fímbria de luz do sol. A porta que dava para o jardim lateral estava aberta. Ela atravessou a garagem para fechá-la. Havia acabado de fazê-lo quando ouviu passos atrás de si e ficou paralisada, com o coração disparado. Soube, naquele instante, que não estava só.

Ela se virou, mas, a meio caminho, a escuridão desabou sobre ela.

6

Maura abandonou a luz da tarde e entrou na fria penumbra da Igreja de Nossa Senhora da Luz Divina. Por um instante, não conseguiu ver mais que sombras, a vaga silhueta de bancos de igreja e a sombra de uma paroquiana solitária sentada à frente, cabeça curvada. Maura sentou-se em um dos bancos. Deixou o silêncio envolvê-la enquanto seus olhos se ajustavam ao interior escuro. Nos vitrais mais acima, brilhando em tons ricamente sombrios, uma mulher de cabelos revoltos olhava com adoração para uma árvore da qual pendia uma maçã vermelha. Eva no Jardim do Éden. A mulher como a tentação, a sedutora. A destruidora. Olhando para o vitral, sentiu-se inquieta, e seu olhar moveu-se para outro lugar. Embora tivesse sido criada por pais católicos, ela não se sentia bem na igreja. Olhou para as imagens de mártires sagrados emolduradas naquelas janelas e, embora agora fossem adorados como santos, ela sabia que, em carne e osso, não poderiam ter sido infalíveis. Que seu tempo na Terra com certeza fora maculado por pecados, escolhas erradas e desejos mesquinhos. Ela sabia, melhor que a maioria, que a perfeição não era humana.

Levantou-se, voltou-se para o corredor e parou. O padre Brophy estava ali, a luz filtrada pelos vitrais projetava um mosaico de cores em seu rosto. Ele se aproximara tão silenciosamente que ela não o ouviu, e agora estavam frente a frente, nenhum dos dois ousava romper o silêncio.

— Espero que não esteja indo embora — disse ele afinal.

— Vim meditar por alguns minutos.

— Então fico feliz por tê-la encontrado antes de ir embora. Gostaria de conversar?

Ela olhou para as portas dos fundos, como se pensasse em escapar. Então suspirou.

— Sim. Acho que sim.

A mulher no banco da frente se voltou e olhou para eles. E o que ela estava vendo? Maura se perguntou. O jovem e belo padre. Uma mulher atraente. Sussurros sob o olhar dos santos.

O padre Brophy parecia compartilhar o desconforto de Maura. Ele olhou para a outra paroquiana e disse:

— Não precisa ser aqui.

Entraram no parque Jamaica Riverway, seguindo um caminho sombreado pelas árvores que ladeavam o rio. Naquela tarde quente, compartilhavam o parque com corredores, ciclistas e mães empurrando carrinhos de bebês. Em um lugar tão público, um padre caminhando ao lado de uma paroquiana com problemas não despertaria a fofoca alheia. É assim que tem de ser entre nós, pensou, quando se curvaram para passar sob os galhos de um salgueiro. Sem vestígio de escândalo ou pecado. O que mais quero dele é aquilo que ele não pode me dar. Contudo, aqui estou.

Aqui estamos.

— Perguntei-me quando viria me ver — disse ele.

— Bem que eu quis. Foi uma semana difícil.

Ela parou e olhou para o rio. O burburinho do tráfego de uma rua ali perto abafava o som da água em movimento. — Tenho sentido minha própria mortalidade ultimamente.

— Nunca a sentiu antes?

— Não assim. O que vi na necropsia na semana passada...

— Você vê muitas necropsias.

— Não apenas vejo, Daniel. Eu as *faço*. Empunho o bisturi e corto. Faço isso quase todo dia no trabalho, e nunca me incomodou. Talvez isso queira dizer que perdi contato com a humanidade. Tornei-me tão distanciada que nem mesmo me dou conta de que estou cortando carne humana. Mas naquele dia, vendo aquilo, tudo se tornou muito pessoal. Eu olhei para ela e vi a mim mesma na mesa. Agora não consigo pegar um bisturi sem pensar nela. Como teria sido sua vida, o que sentiu, o que estava pensando quando...

Maura parou de falar e suspirou.

— Tem sido difícil voltar ao trabalho. Isso é tudo.

— Você tem mesmo de voltar?

Perplexa com a pergunta, ela olhou para ele.

— Tenho escolha?

— Você faz isso soar como servidão contratual.

— É meu trabalho. É aquilo que faço bem.

— Não é, em si, uma razão para fazê-lo. Por que o faz?

— Por que você é padre?

Foi a vez de ele parecer perplexo. Pensou naquilo um instante, o azul de seus olhos ocultos pela sombra dos salgueiros.

— Fiz essa escolha há tanto tempo... — disse ele. — Não penso muito mais nisso. Nem questiono.

— Você deve ter acreditado.

— Ainda acredito.

— Não basta?

— Você realmente acredita que basta ter fé?

— Não, claro que não.

Ela se virou e começou a caminhar outra vez, ao longo de um caminho mosqueado de luz do sol e sombras. Com medo do olhar dele, com medo de que ele visse muita coisa em seus olhos.

— Às vezes é bom ficar cara a cara com sua mortalidade — disse ele. — Faz com que reconsideremos nossas vidas.

— Preferia não ficar.

— Por quê?

— Não sou muito boa em introspecção. Ficava muito impaciente nas aulas de filosofia. Todas aquelas perguntas sem respostas. Mas física e química eu podia compreender. Eram reconfortantes porque me ensinavam princípios que são reproduzíveis e consistentes. — Ela fez uma pausa para ver a jovem de patins passar empurrando um carrinho de bebê. — Não gosto do inexplicável.

— Sim, eu sei. Você sempre quer sua equação matemática resolvida. Por isso está com problemas com o assassinato daquela mulher.

— É uma pergunta sem resposta. Do tipo que detesto.

Ela afundou em um banco de madeira de frente para o rio. A luz do dia se esvaía, e a água fluía negra em meio às sombras que se adensavam. Ele também se sentou e, embora não tivessem se tocado, ele estava sentado tão perto que ela podia quase sentir o coração dele pulsar contra seu braço nu.

— Ouviu mais alguma coisa sobre o caso pela detetive Rizzoli?

— Ela não tem me mantido informada.

— Esperava que o fizesse?

— Como policial, não. Não o faria.

— E como amiga?

— É isso, achava que *éramos* amigas. Mas ela me contou tão pouco.

— Você não pode culpá-la. A vítima foi encontrada perto de sua casa. Ela tem de imaginar...

— O quê, que sou suspeita?

— Ou que você era o alvo pretendido. Foi o que todos pensamos naquela noite. Que era você no carro. — Ele olhou para o outro lado do rio. — Você disse que não pode parar de pensar na necropsia. Bem, eu não consigo parar de lembrar daquela noite, ali na sua rua com todos aqueles carros de polícia. Eu não acreditava no que estava acontecendo. Eu me *recusava* a acreditar.

Ambos ficaram em silêncio. Diante deles fluía um rio de águas escuras e, mais atrás, um rio de carros.

De repente, ela perguntou:

— Quer jantar comigo esta noite?

Ele não respondeu imediatamente, e sua hesitação a fez enrubescer. Que pergunta idiota. Ela queria retirar o que dissera, voltar os últimos sessenta segundos. Teria sido tão bom apenas dizer adeus e ir embora. Em vez disso, deixara escapar aquele convite precipitado que ambos sabiam que não deveria ser aceito.

— Desculpe — murmurou. — Não creio que seja uma boa...

— Sim — disse ele. — Gostaria muito.

Ela estava em sua cozinha, picando tomates para a salada, sua mão estava trêmula enquanto empunhava a faca. No fogão, uma panela de *coq au vin* espalhava uma fragrância de frango e vinho tinto pelo ambiente. Um prato fácil, que ela conhecia e podia fazer sem consultar uma receita, sem ter de parar para pensar. Não seria capaz de fazer uma comida mais complicada. Sua mente estava completamente concentrada no homem que agora servia duas taças de *pinot noir*.

Pousou uma taça ao lado dela sobre o balcão.

— O que mais posso fazer?

— Nada.

— Preparar o molho da salada? Lavar alface?

— Não o convidei para fazê-lo trabalhar. Só achei que preferisse jantar aqui em vez de um lugar público, como um restaurante.

— Você deve estar cansada de estar sempre sob as vistas do público — disse ele.

— Eu estava me referindo a você.

— Os padres também comem em restaurantes, Maura.

— Não, quero dizer...

Sentiu-se corar e renovou os seus esforços com os tomates.

— Acho que as pessoas ficariam intrigadas caso nos vissem juntos — disse o padre.

Ele a observou por um instante, e o único som que se ouvia era o da lâmina da faca contra a tábua de carne. O que fazer com um padre na cozinha?, ela se perguntou. Pedir que ele abençoe a comida? Nenhum outro homem seria capaz de fazê-la se sentir tão incomodada, tão humana e falha. E quais são as suas falhas, Daniel?, ela se perguntou enquanto punha os tomates picados em uma saladeira e os regava com azeite e vinagre balsâmico. Será que esse seu colarinho branco o imuniza contra a tentação?

— Ao menos me deixe picar o pepino — disse ele.

— Você realmente não consegue relaxar, não é mesmo?

— Não sou de ficar sentado enquanto os outros trabalham.

Ela riu.

— Junte-se ao clube.

— Será esse o clube dos viciados em trabalho incuráveis? Porque sou um membro fundador. — Ele tirou uma faca do bloco de madeira e começou a fatiar o pepino, liberando sua fragrância fresca. — Isso vem de minha criação ao lado de outros cinco irmãos e uma irmã.

— Sete em sua família? Meu Deus!

— Estou certo de que era isso que meu pai pensava toda vez que sabia que havia outro a caminho.

— E entre esses sete, qual a sua colocação?

— Número quatro. Bem no meio. O que, de acordo com os psicólogos, torna-me um mediador nato. Aquele que está sempre tentando promover a paz. — Ele ergueu a cabeça para olhá-la com um sorriso. — Também quer dizer que eu sei tomar banho bem rápido.

— E como foi que você passou de irmão número quatro a padre?

Ele olhou para a tábua de carne.

— Como deve imaginar, é uma longa história.

— Uma a respeito da qual você não quer falar?

— Meus motivos provavelmente parecerão ilógicos.

— Bem, é engraçado como as maiores decisões de nossas vidas em geral são as menos lógicas. A pessoa que escolhemos para casar, por exemplo. — Ela tomou um gole de vinho e devolveu a taça ao balcão. — Eu com certeza não poderia defender meu casamento em termos lógicos.

Ele ergueu a cabeça.

— Luxúria?

— Esta seria a palavra funcional. Foi assim que cometi o maior erro de minha vida. Até agora.

Ela tomou outro gole de vinho. *E você pode ser meu próximo grande erro. Se Deus quisesse que nos comportássemos, ele não devia ter criado a tentação.*

Ele pôs os pepinos picados na saladeira e lavou a faca. Ela o viu em pé diante da pia, de costas para ela. Era alto e magro, a compleição de um corredor fundista. *Por que me meto nessas situações?*, ela se perguntou. *De todos os homens por quem poderia me sentir atraída, por que tinha de ser logo este?*

— Você perguntou por que eu escolhi o sacerdócio — disse ele.

— Por que escolheu?

Ele se voltou para ela.

— Minha irmã tinha leucemia.

Pega de surpresa, ela não sabia o que dizer. Nada parecia apropriado.

— Sophie tinha seis anos — disse ele. — A mais jovem da família, a única menina.

Ele pegou um pano de prato para enxugar as mãos e voltou a pendurá-lo com cuidado, demorando-se ao fazê-lo, como se precisasse ponderar suas próximas palavras.

— Foi leucemia linfocítica aguda. Acho que se pode chamá-la do tipo bom, se é que existe algo parecido com uma leucemia boa.

— É a que tem o melhor prognóstico para as crianças. Uma taxa de sobrevivência de oitenta por cento.

Era uma afirmação verdadeira, mas arrependeu-se no instante em que acabou de dizê-lo. A lógica Dra. Isles, respondendo à tragédia com seus habituais fatos úteis e estatísticas insensíveis. Essa era a maneira com que ela sempre lidara com as confusas emoções daqueles ao seu redor, recuando para seu papel de cientista. Um amigo que acabara de morrer de câncer no pulmão? Um parente que ficara tetraplégico em um acidente de carro? Para cada tragédia ela podia citar uma estatística, encontrando segurança na firme certeza dos números. Na crença de que, por trás de cada horror, havia uma explicação.

Ela se perguntou se Daniel achou-a distanciada, até mesmo insensível, por causa de sua resposta. Mas ele parecia não ter se ofendido. Ele apenas assentiu, aceitando a estatística dela do modo como lhe fora oferecida, como um simples fato.

— As taxas de sobrevivência de cinco anos não eram tão boas na época — disse ele. — Quando ela foi diagnosticada, já estava bem doente. Não tenho como dizer como aquilo foi devastador para todos nós. Para minha mãe, em especial. Sua única filha. Seu bebê. Eu tinha 14 anos na época e tomava conta de Sophie. Mesmo com toda a atenção que recebia, todos os carinhos, ela nunca se tornou uma menina mimada. Nunca deixou de ser a menina mais doce que se pode imaginar.

Ele ainda não estava olhando para Maura. Olhava para o chão, como se não quisesse revelar a profundidade de sua dor.

— Daniel? — disse ela.

Ele inspirou e se recompôs.

— Não sei como explicar essa história para uma pessoa tão cética quanto você.

— O que aconteceu?

— O médico nos informou que ela era paciente terminal. Na época, quando um médico dava sua opinião, você a aceitava como se fosse o evangelho. Naquela noite, meus pais e irmãos foram até a igreja. Para rezar por um milagre, eu acho. Fiquei no hospital para que Sophie não ficasse sozinha. Ela já estava careca. Perdera todos os pêlos com a quimioterapia. Eu me lembro dela adormecendo no meu colo. E eu rezando. Rezei durante horas, fiz todo tipo de promessas para Deus. Se ela morresse, não creio que voltaria a pisar em uma igreja outra vez.

— Mas ela viveu — disse Maura.

Ele ergueu a cabeça e sorriu.

— Sim, ela viveu. E eu cumpri todas as promessas que fiz. Cada uma delas. Porque naquele dia Ele estava me ouvindo. Não tenho dúvida.

— Onde está Sophie agora?

— Casada e feliz, mora em Manchester. Dois filhos adotivos.

Sentado do outro lado da mesa da cozinha, ele olhou para ela e disse:

— Portanto, aqui estou.

— Padre Brophy.

— Agora você sabe por que fiz esta escolha.

E foi a escolha certa? Maura quis perguntar, mas não o fez.

Eles voltaram a encher suas taças. Ela acrescentou *croutons* à salada e colocou o *coq au vin* fumegante na travessa. O melhor caminho para o coração de um homem é pelo estômago. Era isso o que ela estava tentando fazer? O que ela realmente queria? O coração de Daniel Brophy?

Talvez por não poder tê-lo eu me sinta tão segura ao desejá-lo. Ele está além do meu alcance, portanto, não pode me ferir do modo como Victor o fez.

Mas quando ela casou com Victor, também achou que ele não poderia magoá-la.

Nunca somos tão impenetráveis quanto pensamos.

Haviam acabado de terminar a refeição quando a campainha da porta os sobressaltou. Mesmo tendo sido uma noite inocente, trocaram olhares inquietos, como dois amantes culpados pegos no ato.

Jane Rizzoli estava na varanda de Maura, os cabelos numa massa indomável de cachos negros em meio ao ar úmido do verão. Embora a noite estivesse quente, ela vestia um daqueles conjuntos escuros que sempre usava no trabalho. Aquilo não era uma visita social, pensou Maura, ao encontrar o olhar sombrio de Rizzoli. Ao olhar para baixo, viu que Rizzoli trazia uma pasta.

— Desculpe incomodá-la em casa, doutora. Mas precisamos conversar. Achei melhor vê-la aqui e não no laboratório.

— É sobre o caso?

Rizzoli assentiu. Nenhuma das duas precisou especificar a qual caso se referiam. Ambas sabiam. Embora ela e Rizzoli se respeitassem como profissionais, ainda não haviam cruzado a linha de uma amizade confortável e, naquela noite, olhavam uma para a outra com uma ponta de inquietação. Algo aconteceu, pensou Maura. Algo que a fez ficar desconfiada de mim.

— Por favor, entre.

Rizzoli entrou e parou, sentindo o cheiro de comida.

— Estou atrapalhando seu jantar?

— Não, nós acabamos agora há pouco.

O *nós* não passou despercebido a Rizzoli. Ela olhou para Maura com curiosidade. Ouviu passos e virou-se para ver Daniel no corredor levando as taças de vinho de volta para a cozinha.

— Boa noite, detetive! — disse ele.

Rizzoli piscou, surpresa.

— Padre Brophy.

Ele continuou na cozinha, e Rizzoli voltou-se para Maura. Embora nada tenha dito, era evidente o que ela estava pensando. O mesmo que a paroquiana pensou. *Sim, parece estranho, mas não aconteceu coisa alguma. Nada exceto jantar e conversa. Por que diabos tem de me olhar desse jeito?*

— Bem — disse Rizzoli, um bocado de significado contido naquela simples palavra. Ouviram o ruído de pratos e talheres de prata. Daniel estava carregando a máquina de lavar pratos. Um padre na cozinha de sua casa.

— Gostaria de conversar com você em particular — disse Rizzoli.

— É mesmo necessário? O padre Brophy é meu amigo.

— Já vai ser difícil o suficiente, doutora.

— Não posso pedir que ele vá embora.

Ela parou de falar ao ouvir os passos de Daniel vindo da cozinha.

— Mas tenho mesmo de ir — disse ele. Ele olhou para a pasta de Rizzoli. — Já que obviamente têm negócios a tratar.

— Na verdade, temos — disse Rizzoli.

Ele sorriu para Maura.

— Obrigado pelo jantar.

— Espere — disse Maura. — Daniel.

Ela saiu com ele até a varanda da frente e fechou a porta atrás de si.

— Você não precisa ir embora — disse ela.
— Ela precisa falar com você em particular.
— Desculpe.
— Por quê? Foi uma noite maravilhosa.
— Sinto como se você tivesse sido expulso de minha casa.

Ele estendeu a mão e segurou-lhe o braço, com um aperto afetuoso e reconfortante.

— Ligue sempre que precisar conversar — disse ele. — Não importa a hora.

Ela o viu caminhar até o carro, suas roupas pretas se confundiam com a noite de verão. Quando ele se virou para acenar, ela viu um relance de seu colarinho, um último brilho na escuridão.

Maura voltou a entrar em casa e encontrou Rizzoli ainda de pé no corredor, olhando para ela. Perguntado-se sobre Daniel, é claro. Ela não era cega. Podia ver que algo mais que amizade estava crescendo entre eles.

— Então, posso lhe oferecer uma bebida? — perguntou Maura.

— Seria ótimo. Nada alcoólico. — Rizzoli bateu na barriga. — Júnior ainda é muito jovem para começar a beber.

— Claro.

Maura indicou o caminho, forçando-se para agir como boa anfitriã. Na cozinha, jogou cubos de gelo em dois copos e serviu-os com suco de laranja. Acrescentou uma dose de vodca no seu. Ao se voltar para pousar os copos na mesa da cozinha, viu que Rizzoli tirou um arquivo de uma pasta e o colocou sobre a mesa.

— O que foi? — perguntou Maura.

— Por que não nos sentamos primeiro, doutora? O que eu vou lhe dizer é um tanto perturbador.

Maura afundou na cadeira. Rizzoli fez o mesmo. Ficaram sentadas uma de frente para a outra, o arquivo entre elas, a caixa de

Pandora de segredos, pensou Maura, olhando para o arquivo. Talvez eu realmente não queira saber o que tem aí dentro.

— Lembra-se do que eu lhe disse na semana passada, sobre Anna Jessop? Que não conseguíamos encontrar nada sobre ela mais antigo do que seis meses atrás? E que o único endereço que tínhamos era o de um apartamento vazio?

— Você a chamou de fantasma.

— De certo modo, é verdade. Anna Jessop não existiu de verdade.

— Como é possível?

— Porque não há nenhuma Anna Jessop. Era um nome falso. Seu nome verdadeiro era Anna Leoni. Há cerca de seis meses, ela assumiu uma nova identidade. Começou a fechar suas contas e, finalmente, mudou-se. Sob um novo nome, alugou um apartamento em Brighton para o qual nunca pretendeu se mudar. Era apenas um chamariz caso alguém conseguisse descobrir seu novo nome. Então fez as malas e mudou-se para o Maine. Para uma cidade pequena, a meio caminho costa acima. Ali ela morou nos últimos dois meses.

— Como descobriu tudo isso?

— Falei com o policial que a ajudou a fazer tudo isso.

— Um policial?

— Detetive Ballard, de Newton.

— Então o nome falso... não era por estar fugindo da lei?

— Não. Você provavelmente pode adivinhar do que ela estava fugindo. É uma velha história.

— Um homem?

— Infelizmente, um homem muito rico. O Dr. Charles Cassell.

— Não conheço o nome.

— Castle Produtos Farmacêuticos. Ele é o fundador. Anna era pesquisadora em sua empresa. Envolveram-se, mas, três anos depois, ela tentou deixá-lo.

— E ele não queria que ela fosse embora.

— O Dr. Cassell parece o tipo de sujeito difícil de deixar. Certa vez, ela acabou na sala de emergências de um hospital em Newton com um olho roxo. Dali em diante, a coisa ficou séria. Perseguições. Ameaças de morte. Até mesmo um canário morto na caixa de correio.

— Meu Deus!

— É, isso é que é amor de verdade. Às vezes, o único meio de fazer um homem parar de magoá-la é dando um tiro nele... ou se escondendo. Talvez ela ainda estivesse viva caso tivesse escolhido a primeira opção.

— Ele a encontrou.

— Tudo o que temos de fazer é provar isso.

— Você pode?

— Ainda não conseguimos falar com o Dr. Cassell. Muito convenientemente, ele deixou Boston na manhã após o assassinato. Tem viajado a negócios na última semana e só deve voltar para casa amanhã.

Rizzoli levou o copo de suco aos lábios, e o ruído de cubos de gelo irritou Maura. Rizzoli devolveu o copo à mesa e ficou um instante em silêncio. Ela parecia estar ganhando tempo, mas para o quê?, perguntou-se Maura.

— Há algo mais a respeito de Anna Leoni que você precisa saber — disse Rizzoli. Ela apontou para o arquivo sobre a mesa. — Trouxe isto para você.

Maura abriu o arquivo e reconheceu o que viu. Era uma fotocópia colorida de uma fotografia. Uma jovem com cabelos negros e olhar compenetrado sentada entre um casal mais velho, cujos braços a envolviam em um abraço protetor.

— Essa menina poderia ser eu — murmurou Maura.

— Ela trazia esta fotografia na carteira. Acreditamos que seja Anna aos 10 anos de idade, com seus pais, Ruth e William Leoni. Ambos já morreram.

— São os pais dela?
— Sim.
— Mas... são tão velhos.
— Sim, eram. A mãe, Ruth, tinha 62 anos quando a fotografia foi tirada.

Rizzoli fez uma pausa.

— Anna era sua filha única.

Filha única. Pais mais velhos. Eu sei aonde isso vai parar, pensou Maura, e tenho medo do que ela está a ponto de me contar. Foi por isso que ela realmente veio até aqui esta noite. Não foi apenas por causa de Anna Leoni e seu amante violento. Foi por causa de algo bem mais chocante.

Maura olhou para Rizzoli.

— Ela foi adotada?

Rizzoli assentiu.

— A Sra. Leoni tinha 52 anos quando Anna nasceu.
— Muito velha para a maioria das agências.
— Motivo pelo qual devem ter optado pela adoção particular, por meio de um advogado.

Maura pensou em seus próprios pais, ambos mortos. Eles também eram mais velhos, por volta de 40 anos.

— O que sabe sobre sua adoção, doutora?

Maura respirou fundo.

— Após a morte de meu pai, encontrei meus documentos de adoção. Tudo foi feito por meio de um advogado em Boston. Liguei para ele há alguns anos, para ver se ele me dizia o nome de minha mãe biológica.

— Ele disse?

— Ele disse que meus registros estavam bloqueados. E se recusou a me dar mais informações.

— E você não procurou saber mais?

— Não, não procurei.

— O nome do advogado era Terence van Gates?

Maura se calou. Ela não precisava responder àquela pergunta. Ela sabia que Rizzoli podia ler a resposta em seu olhar atônito.

— Como soube? — perguntou Maura.

— Dois dias antes de morrer, Anna se hospedou no Tremont Hotel, aqui em Boston. De seu quarto de hotel, ela fez duas ligações. Uma para o detetive Ballard, que na ocasião estava fora da cidade. A outra para o escritório de Van Gates. Não sabemos por que ela entrou em contato com o advogado. Ele ainda não retornou minhas chamadas.

Agora vem a revelação, pensou Maura. A verdadeira razão de ela estar aqui, na minha cozinha.

— Sabemos que Anna Leoni era adotada. Ela tinha o mesmo tipo de sangue e a mesma data de nascimento que você. E pouco antes de morrer, falou com Van Gates, o advogado que cuidou de sua adoção. Uma incrível seqüência de coincidências.

— Há quanto tempo sabe disso?

— Há alguns dias.

— E não me contou? Você escondeu isso de mim.

— Não queria chateá-la sem necessidade.

— Bem, eu *estou* chateada por você ter esperado tanto.

— Tive de esperar, porque havia algo mais que eu precisava descobrir. — Rizzoli respirou fundo. — À tarde, falei com Walt DeGroot, no laboratório de DNA. No começo da semana, pedi-lhe que apressasse o exame que você requisitou. Esta tarde ele me mostrou os gráficos que desenvolveu. Fez dois perfis diferentes de marcadores genéticos. Um de Anna Leoni. O outro seu.

Maura ficou sentada, estática, esperando o golpe que estava por vir.

— Eles batem — disse Rizzoli. — Os dois perfis genéticos são idênticos.

7

O relógio na parede da cozinha marcava os segundos. Os cubos de gelo derretiam lentamente dentro dos copos sobre a mesa. O tempo continuava a passar, mas Maura sentiu-se presa àquele momento, as palavras de Rizzoli ecoavam sem parar em seus ouvidos.

— Lamento — disse Rizzoli. — Não sabia como dizer isso para você. Mas achei que você devia saber que tinha uma...

Rizzoli parou de falar.

Tinha. Eu tive uma irmã. E nem mesmo soube que ela existia.

Rizzoli segurou a mão de Maura sobre a mesa. Não era de seu feitio. Rizzoli não era mulher de reconfortar nem de abraçar os outros. Mas lá estava ela, segurando a mão de Maura, observando-a como se esperasse que Maura desmaiasse.

— Fale-me sobre ela — disse Maura. — Diga-me que tipo de mulher ela era.

— Você deve falar com o detetive Ballard.

— Quem?

— Rick Ballard. Ele está em Newton. Foi designado para o caso depois que o Dr. Cassell a atacou, e acho que ele a conhecia bem.

— O que ele falou a respeito dela?
— Foi criada em Concord. Casou-se aos 25 anos, mas não durou. Tiveram um divórcio amistoso, sem filhos.
— O ex-marido não é suspeito?
— Não. Ele voltou a se casar e mora em Londres.

Uma divorciada, como eu. Há um gene que determine casamentos falidos?

— Como disse, ela trabalhou para a empresa de Charles Cassell, a Castle Produtos Farmacêuticos. Era microbióloga de seu departamento de pesquisa.
— Uma cientista.
— É.

Novamente, como eu, pensou Maura, olhando para o rosto da irmã na fotografia. Portanto, ela valorizava a lógica, como eu. Os cientistas são governados pelo intelecto. Encontram conforto em fatos. Teríamos nos entendido.

— É muito para absorver, sei que é — disse Rizzoli. — Estou tentando me colocar no seu lugar e realmente não consigo imaginar. É como descobrir um universo paralelo, onde há outra versão de você. Saber que ela estava lá todo esse tempo, morando na mesma cidade. Se ao menos...

Rizzoli parou.

Há frase mais inútil que "se ao menos"?

— Desculpe — disse Rizzoli.

Maura respirou fundo e ajeitou-se na cadeira, indicando que não precisava de auxílio. Que era capaz de lidar com isso. Ela fechou o arquivo e devolveu-o a Rizzoli.

— Obrigada, Jane.
— Não, fique com isso. Fiz esta cópia para você.

Ambas se levantaram, Rizzoli colocou a mão no bolso e pousou um cartão de visita sobre a mesa.

— Você pode querer isto também. Ele disse que você poderia ligar para perguntar o que quisesses.

Maura olhou para o nome no cartão: Richard D. Ballard, detetive. Departamento de polícia de Newton.

— É com ele que deve falar — disse Rizzoli.

Foram juntas até a porta da frente, Maura ainda controlava suas emoções, representando a boa anfitriã. Ficou na varanda tempo o bastante para acenar, então fechou a porta e foi até a sala de estar. Ficou ali, ouvindo o carro de Rizzoli se afastar, deixando atrás de si apenas a calma de uma rua suburbana. Sozinha, pensou. Outra vez estou completamente só.

Voltou para a sala de estar. Da estante de livros, retirou um velho álbum de retratos. Não o folheava havia anos, desde a morte de seu pai, quando limpou a casa dele algumas semanas após o funeral. Encontrou o álbum na mesa-de-cabeceira e o imaginou sentado na cama, na última noite de sua vida, sozinho na casa grande, olhando para fotografias de sua família quando jovem. As últimas coisas que viu antes de desligar a luz foram rostos felizes.

Ela abriu o álbum e olhou novamente para aqueles rostos. As páginas estavam quebradiças, algumas das fotos tinham quase 40 anos. Deteve-se na primeira fotografia da mãe, sorrindo para a câmera, com uma criança de cabelos escuros nos braços. Atrás deles uma casa da qual Maura não se lembrava, em estilo vitoriano e janelas em arco. Embaixo da fotografia, sua mãe, Ginny, escrevera com sua letra caprichosa: *Trazendo Maura para casa.*

Não havia fotografias no hospital, nem de sua mãe grávida. Apenas aquela imagem súbita de Ginny sorrindo sob o sol e segurando seu bebê instantâneo. Maura pensou em outro bebê de cabelo negro nas mãos de outra mãe. Talvez naquele mesmo dia, um pai orgulhoso tenha tirado uma fotografia de sua filha recém-chegada. Uma menina chamada Anna.

Maura virou as páginas. Viu-se crescer de um bebê até o jardim-de-infância. Aqui com uma bicicleta novinha, apoiada pelas mãos do pai. Ali em seu primeiro recital de piano, com os cabelos escuros presos para trás por um arco verde, e as mãos sobre as teclas.

Foi até a última página. Natal. Maura, com cerca de sete anos, de pé ao lado da mãe e do pai, os braços afetuosamente entrelaçados. Atrás deles, uma árvore decorada, brilhando com enfeites. Todos sorrindo. Um momento perfeito no tempo, pensou Maura. Mas esses momentos nunca duram. Chegam e se vão, e não podemos trazê-los de volta. A única coisa que podemos fazer é criar novos momentos.

Ela chegou ao fim do álbum. Havia outros, é claro. Pelo menos quatro outros volumes na história de Maura, cada evento gravado e catalogado pelos pais. Mas este era o livro que o pai escolhera para manter à cabeceira, com fotografias de sua filha criança, dele mesmo e de Ginny como pais cheios de energia, antes que seus cabelos se tornassem grisalhos. Antes que a dor e a morte de Ginny tocassem suas vidas.

Ela olhou para os pais e pensou: que sorte eu tive por vocês terem me escolhido. Sinto falta de vocês. Tenho tantas saudades de vocês dois. Ela fechou o álbum e olhou através de lágrimas para a capa de couro.

Se ao menos estivessem aqui. Se ao menos pudessem me dizer quem realmente sou.

Foi até a cozinha e pegou o cartão de visita que Rizzoli deixara sobre a mesa. Na frente estava impresso o número de telefone de Rick Ballard no Departamento de Polícia de Newton. Ela virou o cartão e viu que ele também escrevera o seu número de casa e as palavras: "Ligue a qualquer hora. Noite ou dia. — R.B."

Ela foi até o telefone e discou o número. No terceiro toque, uma voz respondeu:

— Ballard.

Apenas um nome, pronunciado com segurança e eficiência. Este é um homem que vai direto ao assunto, pensou Maura. Ele não vai receber bem uma ligação de uma mulher tomada de emoções. Ao fundo ela ouviu um comercial de TV. Ele estava em casa, relaxando. A última coisa que queria era ser incomodado.

— Alô? — disse ele, agora com um pouco de impaciência.

Ela pigarreou.

— Desculpe ligar para sua casa. A detetive Rizzoli me deu seu cartão. Meu nome é Maura Isles, e eu...

E eu o quê? Quer me ajudar a passar esta noite?

— Estava esperando sua ligação, Dra. Isles — disse ele.

— Sei que deveria ter esperado até de manhã mas...

— De modo algum. Deve ter muitas perguntas.

— Estou realmente mal com tudo isso. Nunca soube que tinha uma irmã. Então, de repente...

— Tudo mudou para você, não foi? — A voz que soara brusca um instante atrás soava tranqüila agora, tão simpática que ela sentiu os olhos marejarem de lágrimas.

— Sim — ela murmurou.

— Devíamos nos encontrar. Posso vê-la em qualquer dia da semana que vem. Ou se preferir à noite...

— Podíamos nos ver hoje à noite?

— Minha filha está aqui. Não posso sair agora.

Claro, ele tem uma família. Ela riu, constrangida.

— Perdão. Não estava pensando com clareza...

— Então, por que não vem até aqui, na minha casa?

Ela fez uma pausa, o sangue pulsando nos ouvidos.

— Onde você mora? — perguntou ela.

Ele morava em Newton, uma confortável área residencial a oeste do centro de Boston, a uns seis quilômetros de sua casa, em Brookline. A casa dele era como todas as outras daquela rua: calma, indistinta mas bem cuidada, embora fosse outra daquelas casas em forma de caixa em uma vizinhança onde nenhuma das casas é particularmente notável. Da varanda da frente, ela viu o brilho azulado de uma tela de TV e ouviu o pulsar monótono de música pop. MTV. Não era o que ela esperava que um policial estivesse assistindo.

Ela tocou a campainha. A porta se abriu e uma menina loura apareceu, vestindo um jeans rasgado e uma camiseta com umbigo de fora. Roupa provocativa para uma menina que não devia ter mais de 14 anos, a julgar pelos quadris estreitos e quase nenhum seio. A menina não disse uma palavra, apenas olhou para Maura com olhos mal-humorados, como se protegendo a entrada da nova intrusa.

— Olá — disse Maura. — Sou Maura Isles, estou aqui para ver o detetive Ballard.

— Meu pai a está esperando?

— Sim, está.

Ouviu-se uma voz masculina:

— Katie, é para mim.

— Achei que fosse a mamãe. Ela já devia ter chegado.

Ballard apareceu à porta e Maura achou difícil acreditar que aquele homem, com seu corte de cabelo conservador e camisa Oxford bem passada, pudesse ser pai de uma adolescente petulante. Ele a cumprimentou com um aperto de mão firme.

— Rick Ballard. Entre, Dra. Isles.

Quando Maura entrou na casa, a menina deu-lhe as costas e voltou à sala de estar, sentando em frente à TV.

— Katie, ao menos diga olá à nossa visitante.

— Estou perdendo meu programa.

— Você não tem tempo para ser educada, não é mesmo?

Katie suspirou alto e cumprimentou Maura com um menear de cabeça mal-humorado.

— Oi — disse ela, e voltou a olhar para a TV.

Ballard olhou para a filha um instante, como se ponderando se valia a pena o esforço de exigir alguma educação.

— Bem, abaixe o som — disse ele. — A Dra. Isles e eu precisamos conversar.

A menina pegou o controle remoto e apontou-o como uma arma para a TV. O volume mal diminuiu.

Ballard olhou para Maura.

— Gostaria de tomar um café ou um chá?

— Não, obrigada.

Ele meneou a cabeça, compreensivo.

— Só quer saber sobre Anna.

— Sim.

— Tenho uma cópia do arquivo dela em meu escritório.

Se o escritório refletia o homem, então Rick Ballard era sólido e confiável como a escrivaninha de carvalho que dominava o lugar. Mas ele escolheu não se recolher por trás dessa escrivaninha. Em vez disso, apontou-lhe um sofá e sentou-se em uma poltrona de frente para Maura. Não havia barreiras entre os dois exceto a mesinha de café, onde repousava uma simples pasta. Através da porta fechada, ainda era possível ouvir a batida alucinada da TV.

— Devo me desculpar pela grosseria de minha filha — disse ele. — Katie está passando por uma época difícil, e não estou certo de como lidar com ela ultimamente. Com criminosos eu consigo me virar, mas e com meninas de 14 anos? — E deu uma risada dolorida.

— Espero que minha visita não piore as coisas.

— Isso nada tem a ver com você, acredite. Nossa família está passando por uma transição difícil agora. Minha mulher e eu nos separamos no ano passado, e Katie recusa-se a aceitar isso. O casamento acabou em muita briga, muita tensão.

— Lamento ouvir isso.

— O divórcio nunca é agradável.
— O meu com certeza não foi.
— Mas você superou.

Ela pensou em Victor, que tão recentemente se intrometera em sua vida. E como, por um breve período de tempo, ele a levou a pensar em reconciliação.

— Não estou certa de que seja algo possível de se superar — disse ela. — Uma vez que se casou com alguém, esta pessoa sempre fará parte de sua vida. O segredo é lembrar das coisas boas.

— Às vezes é difícil.

Fez-se silêncio por um momento. O único som era o pulsar irritante de rebeldia adolescente na TV. Ele se aprumou na cadeira, ajeitando os ombros, e olhou para ela. Era um olhar difícil de evitar, que dizia que ela era o único foco de sua atenção.

— Bem. Você veio saber sobre Anna.

— Sim. A detetive Rizzoli me disse que você a conhecia. Que tentou protegê-la.

— Não fui bom o bastante — disse ele. Ela viu um relance de dor em seus olhos, então seu olhar voltou-se para o arquivo na mesinha de café. Ele pegou a pasta e entregou para ela. — Não é agradável de ver. Mas você tem o direito de fazê-lo.

Ela abriu a pasta e viu uma fotografia de Anna Leoni, tendo como fundo uma parede branca. Usava uma touca hospitalar de papel. Um olho estava inchado, quase fechado, e ela tinha um hematoma roxo na face. Seu olho intacto olhava para a câmera com uma expressão atônita.

— Foi assim que eu a conheci — disse ele. — Esta foto foi tirada na sala de emergência, no ano passado. O homem com quem ela vivia a espancou. Ela havia acabado de se mudar da casa dele, em Marblehead, e estava alugando uma outra aqui, em Newton. Ele apareceu na porta da casa dela certa noite e tentou convencê-la a voltar. Ela mandou que ele fosse embora. Bem, não se *manda* Charles Cassell fazer coisa alguma. Daí, aconteceu isso.

Maura sentiu raiva em sua voz, ergueu a cabeça e notou que a boca dele se estreitara.

— Suponho que ela tenha dado queixa.

— Claro que sim. Eu a ajudei a cada passo do caminho. Um homem que bate em uma mulher só entende uma coisa: punição. Eu ia me certificar de que ele enfrentasse as conseqüências. Lido com abuso doméstico todo o tempo e fico furioso toda vez que vejo isso acontecer. É como ligar um interruptor dentro de mim. Tudo o que desejo é enquadrar o cara. Foi o que tentei fazer com Charles Cassell.

— E o que houve?

Ballard balançou a cabeça, desgostoso.

— Acabou preso só por uma noite. Quando se tem dinheiro, é possível comprar a própria liberdade em quase todas as situações. Eu achava que tudo fosse acabar ali, que ele ficaria longe dela. Mas este é um homem que não está acostumado a perder. Ele continuou ligando para ela, aparecendo na casa dela. Ela se mudou duas vezes, mas Cassell sempre a encontrou. Por fim, ela conseguiu que fosse impedido judicialmente de se aproximar dela, mas isso não evitou que ele passasse de carro diante da casa dela. Então, há cerca de seis meses, a coisa começou a ficar séria.

— Como assim?

Ele apontou com a cabeça para o arquivo.

— Está aí. Ela encontrou isso pregado em sua porta certa manhã.

Maura olhou para uma fotocópia. Nela havia apenas três palavras impressas no centro de uma folha em branco.

Você está morta.

Maura sentiu um calafrio de medo subir-lhe a espinha. Ela imaginou despertar certa manhã, abrir a porta para pegar o jornal e ler aquelas palavras em um pedaço de papel.

— Foi apenas o primeiro bilhete — disse ele. — Outros vieram depois.

Ela virou a página. Eram as mesmas três palavras.

Você está morta.

E virou uma terceira e uma quarta página.

Você está morta.

Você está morta.

Sua garganta secou. Ela olhou para Ballard.

— Não havia nada que ela pudesse fazer para que ele parasse com isso?

— Tentamos, mas nunca conseguimos provar que foi ele quem escreveu esses bilhetes. Do mesmo modo como não pudemos provar que foi ele quem arranhou o carro dela ou quebrou suas vidraças. Então, um dia ela abriu sua caixa de correio. Lá dentro havia um canário com o pescoço quebrado. Foi quando ela decidiu que queria ir embora de Boston. Queria desaparecer.

— E você a ajudou.

— Nunca deixei de ajudá-la. Era eu quem ela chamava sempre que Cassell vinha incomodá-la. Ajudei-a a conseguir a restrição judicial. E quando ela decidiu ir embora da cidade, também a ajudei. Não é fácil simplesmente desaparecer, ainda mais quando alguém com os recursos de Cassell está procurando por você. Ela não apenas mudou de nome como também criou uma residência falsa para esse novo nome. Alugou um apartamento e nunca se mudou para lá. Era apenas para confundir alguém que a estivesse seguindo. A idéia é ir para um lugar completamente diferente e pagar tudo em dinheiro. Você deixa para trás tudo e todos. É assim que deve funcionar.

— Mas ele a encontrou de qualquer modo.

— Acho que foi por isso que ela voltou a Boston. Ela sabia não estar mais segura lá. Sabe que ela me ligou, não sabe? Na noite anterior?

Maura assentiu.

— Foi o que disse Rizzoli.

— Ela deixou uma mensagem na minha secretária eletrônica, disse que estaria no Tremont Hotel. Eu estava em Denver, visitando minha irmã, então só ouvi a mensagem quando voltei para casa. Àquela altura, Anna já estava morta.

Ele olhou para Maura.

— Cassell vai negar, é claro. Mas se ele conseguiu segui-la até Fox Harbor, então deve haver alguém naquela cidade que o viu. É o que planejo fazer a seguir: provar que ele esteve lá. Descobrir se alguém o viu.

— Mas ela não foi morta no Maine. Foi morta em frente à *minha* casa.

Ballard balançou a cabeça.

— Não sei onde você entra nisso, Dra. Isles. Mas não creio que a morte de Anna tenha algo a ver com você.

Ouviram a campainha tocar. Ele não fez menção de se levantar para atender. Em vez disso, permaneceu sentado, olhando para ela. Era um olhar tão intenso que ela não conseguia evitar, mas apenas olhar de volta e pensar: eu quero acreditar nele. Porque não suporto pensar que a morte de Anna foi culpa minha de algum modo.

— Quero Cassell na cadeia — disse ele. — E vou fazer tudo o que puder para ajudar Rizzoli a fazê-lo. Vi tudo se desenrolar e eu sabia desde o início como acabaria. Contudo, não pude evitar. Devo isso a Anna — disse ele. — Preciso levar isso até o fim.

Vozes furiosas subitamente lhe atraíram a atenção. Na outra sala, a TV ficou muda, mas Katie e uma mulher agora trocavam palavras ríspidas. Ballard olhou para a porta quando as vozes se transformaram em gritos.

— O que diabos estava pensando? — gritava a mulher.

Ballard se levantou.

— Desculpe, vou ver qual é o problema.

Ele saiu, e Maura ouviu-o dizer:

— Carmen, o que está havendo?

— Deve fazer essa pergunta à sua filha — respondeu a mulher.

— Dá um tempo, mãe. Dá *um tempo, droga!*

— Diga para seu pai o que aconteceu hoje. Vamos, diga o que encontraram no seu armário.

— *Nada* demais.

— *Diga*, Katie.

— Você está exagerando.

— O que houve, Carmen? — disse Ballard.

— O diretor me chamou esta tarde. A escola hoje fez uma revista ao acaso nos armários dos alunos, e adivinhe o que acharam no armário de nossa filha? Um baseado. Que tal? Ela tem dois pais trabalhando na polícia e guarda drogas no armário. Temos sorte de ele nos deixar cuidar disso. E se ele fizesse uma denúncia? Imagine ter de prender a minha própria filha.

— Ah, meu Deus.

— Temos de lidar com isso juntos, Rick. Temos de discutir como fazê-lo.

Maura levantou-se do sofá e foi até a porta, incerta de como sair de modo educado. Ela não queria se intrometer na vida familiar dele, mas lá estava ela, ouvindo uma conversa que sabia que não devia estar ouvindo. Eu devia apenas me despedir e ir embora, pensou. Deixar esses pais com problemas a sós.

Ela foi até o corredor e parou ao se aproximar da sala de estar. A mãe de Katie ergueu a cabeça, surpresa ao ver uma visitante inesperada na casa. Se a mãe era uma indicação de como Katie seria algum dia, então aquela adolescente mal-humorada estava destinada a se tornar uma loura escultural. A mulher era quase tão alta quanto Ballard, com a forma esbelta de uma atleta. Seu cabelo estava preso em um rabo-de-cavalo casual, e ela não tinha traços de maquiagem no rosto, embora uma mulher com maças da face tão impressionantes pedisse poucos retoques.

Maura disse:

— Desculpem interromper.

Ballard voltou-se e riu com cansaço.

— Lamento não estar nos vendo em um de nossos melhores momentos. Esta é a mãe de Katie, Carmen. Esta é a Dra. Maura Isles.

— Estou indo — disse Maura.

— Mas mal pudemos conversar.

— Ligo para você outra hora. Vejo que tem outras coisas com que se preocupar.

Ela cumprimentou Carmen.

— Prazer em conhecê-la. Boa noite.

— Deixe-me levá-la até a porta — disse Ballard.

Saíram da casa, e ele suspirou, como se aliviado por estar longe das exigências familiares.

— Desculpe por me intrometer — disse ela.

— Desculpe por você ter de ouvir isso.

— Já notou que a gente não pára de se desculpar um com o outro?

— Você não tem nada pelo que se desculpar, Maura.

Chegaram ao carro dela e fizeram uma pausa.

— Não lhe contei muito sobre sua irmã — disse ele.

— Da próxima vez em que nos virmos?

Ele assentiu.

— Da próxima vez.

Ela entrou no carro e fechou a porta. Mas baixou o vidro da janela ao vê-lo se curvar para falar.

— Vou lhe dizer algo sobre ela — disse ele.

— Sim?
— Você se parece tanto com Anna que chego a ficar sem fôlego.

Sentada em sua sala de estar, estudando a foto da jovem Anna Leoni com os pais, ela não conseguia parar de pensar nas palavras dele. Durante todos esses anos você esteve longe de mim, e eu nunca me dei conta, pensou. Mas eu devia saber. Em um certo nível devo ter sentido falta de minha irmã.

Você se parece tanto com Anna que chego a ficar sem fôlego.

Sim, pensou ela, tocando o rosto de Anna na fotografia. Também fico sem fôlego. Ela e Anna compartilhavam o mesmo DNA. O que mais compartilharam? Anna também escolhera uma carreira científica, um trabalho governado pela razão e pela lógica. Ela também devia ser boa em matemática. Teria ela, assim como Maura, estudado piano? Será que gostava de livros, vinhos australianos e do History Channel?

Há tanto mais que desejo saber sobre você.

Era tarde. Ela desligou a lâmpada e foi para o quarto fazer as malas.

8

Escuro total. A cabeça doía. Cheiro de madeira, terra molhada e... algo que não fazia sentido. Chocolate. Ele sentiu cheiro de chocolate.

Mattie Purvis arregalou os olhos, mas podia tê-los mantido fechados porque não faria diferença. Nenhum fiapo de luz, nenhum contorno de sombra sobre sombra. *Oh meu Deus, estarei cega? Onde estou?*

Não estava na própria cama. Estava deitada sobre algo duro, e aquilo fazia as suas costas doerem. O chão? Não, aquilo embaixo dela não eram pranchas de madeira polida, mas pranchas de madeira áspera, suja de terra.

Se ao menos sua cabeça parasse de latejar.

Ela fechou os olhos, lutando contra a náusea. Tentando se lembrar, apesar da dor, de como tinha ido parar naquele lugar estranho e escuro, onde nada parecia familiar. Dwayne, pensou ela. Nós brigamos, então eu voltei para casa. Ela lutou para recuperar os fragmentos perdidos de tempo. Ela se lembrou de uma pilha de correio sobre a mesa. Ela se lembrou de estar chorando, as lágrimas caindo sobre os envelopes. Ela se lembrou de ter se levantado de supetão, e da cadeira caindo no chão.

Ouvi um barulho. Fui até a garagem. Ouvi um barulho e fui até a garagem e...

Nada. Não conseguia lembrar de nada depois disso.

Ela abriu os olhos. Ainda estava escuro. Oh, isso é ruim, Mattie, pensou, isso é muito, muito ruim. Sua cabeça dói, você perdeu a memória e está cega.

— Dwayne? — chamou. Ouviu apenas o ruído de sua própria circulação.

Tinha de se levantar. Tinha de buscar ajuda, tinha ao menos de encontrar um telefone.

Ela se virou para o lado direito para se levantar, e seu rosto bateu em uma parede. O impacto a fez voltar a deitar de costas. Atônita, com o nariz doendo, ela se perguntou o que fazia uma parede ali? Estendeu a mão para tocá-la e sentiu mais pranchas de madeira áspera. Tudo bem, pensou. Vou me virar para o outro lado. Ela se virou para a esquerda.

E colidiu com outra parede.

Seu coração começou a bater mais forte, mais rápido. Ela voltou a se deitar de costas, pensando: paredes de ambos os lados. Não pode ser. Não é real. Erguendo-se para se sentar, bateu a cabeça. E voltou a cair de costas.

Não, não, não!

O pânico a dominou. Balançando os braços, atingia obstáculos em todas as direções. Ela agarrou a madeira, as farpas penetraram em seus dedos. Ouvia os próprios gritos mas não reconhecia sua voz. Em toda parte, paredes. Ela se debateu, os punhos golpeando cegamente até estarem doloridos e machucados, e seus membros estarem exaustos demais para se moverem. Aos poucos, seus gritos se tornaram soluços. Por fim, silêncio atônito.

Uma caixa. Estou presa em uma caixa.

Ela respirou profundamente e inalou o aroma de seu próprio suor, seu próprio medo. Sentiu o bebê se contorcer dentro dela, outro prisioneiro em um lugar apertado. Pensou em uma boneca russa que sua avó certa vez lhe dera. Uma boneca dentro de uma boneca.

Vamos morrer aqui. Nós dois vamos morrer, meu bebê e eu.

Fechando os olhos, afastou uma nova leva de pânico. *Pare. Pare com isso agora. Pense, Mattie.*

Com a mão trêmula, virou-se para a direita, tocou uma parede. Voltou-se para a esquerda. Tocou outra parede. Qual era a distância entre elas? Talvez um metro, talvez mais. E o comprimento? Verificou atrás de sua cabeça e sentiu uns trinta centímetros de espaço. Não era assim tão mau naquela direção. Havia um pouco de espaço ali. Seus dedos roçaram em algo macio, bem atrás de sua cabeça. Ela trouxe o objeto para perto de si e descobriu que era um cobertor. Quando ela o desenrolou, algo pesado caiu ao chão. Um cilindro metálico frio. Seu coração voltou a bater, desta vez não com pânico, mas com esperança.

Uma lanterna.

Ela encontrou o interruptor, acionou-o e emitiu um profundo suspiro de alívio quando um raio de luz atravessou a escuridão. *Eu posso ver! Posso ver!* O facho de luz sondou as paredes de sua prisão. Ela o apontou para o teto e viu que só havia espaço para ela se sentar caso mantivesse a cabeça curvada.

Barriguda e desajeitada, teve de se contorcer para conseguir ficar sentada. Apenas então viu o que havia a seus pés: um balde e um penico de plástico. Duas grandes jarras de água. Um saco de compras. Pegou o saco e viu o que continha. *Por isso senti cheiro de chocolate*, pensou ela. Lá dentro havia barras de chocolate Hershey's, pacotes de carne-seca e bolachas salgadas. E pilhas... três pacotes de pilhas.

Ela se inclinou contra a parede e de repente começou a rir. Um riso louco, assustador, que não era dela de modo algum. Era o riso de uma louca. *Bem, isso é ótimo. Tenho tudo de que preciso para sobreviver, exceto...*

Ar.

Parou de rir. Ficou sentada, ouvindo o som da própria respiração. Oxigênio para dentro, dióxido de carbono para fora, limpando o organismo. Mas o oxigênio acaba. Uma caixa tem uma quantidade limitada de oxigênio. Será que o ar já não está viciado? Além disso, ela entrara em pânico... todo aquele movimento. Provavelmente, usara a maior parte do oxigênio.

Então, sentiu uma lufada de ar frio em seu cabelo. Ela ergueu a lanterna sobre a cabeça e viu uma grade circular. Tinha apenas alguns centímetros de diâmetro, mas era larga o bastante para trazer ar lá de cima. Olhou para a grade, confusa. Estou presa em uma caixa, pensou. Tenho comida, água, ar.

Quem quer que a tivesse prendido ali queria que ficasse viva.

9

Rick Ballard dissera-lhe que o Dr. Charles Cassell era rico. Mas Jane Rizzoli não esperava por *aquilo*. A propriedade em Marblehead era cercada por um muro alto de tijolos e, através das barras do portão de ferro, ela e Frost podiam ver a casa, uma estrutura branca enorme circundada por ao menos dois acres de gramado cor de esmeralda. Mais além brilhavam as águas da baía de Massachusetts.

— Uau — disse Frost. — Isso tudo vem de produtos farmacêuticos?

— Ele começou comercializando um único remédio para perda de peso — disse Rizzoli. — Em vinte anos, chegou a isso. Ballard disse que ele não é o tipo de sujeito que se deva contrariar. — Ela olhou para Frost. — E se você for mulher, não deve deixá-lo.

Ela baixou o vidro e apertou o botão do interfone.

Ouviu-se uma voz de homem:

— Nome, por favor?

— Detetives Rizzoli e Frost, polícia de Boston. Estamos aqui para ver o Dr. Cassell.

O portão se abriu e eles seguiram através de um acesso de veículos sinuoso que os levou a um pórtico imponente. Ela estacionou atrás de uma Ferrari vermelho-bombeiro, provavelmente o mais perto do estrelato automobilístico que o seu velho Subaru jamais chegaria. A porta da frente se abriu antes de baterem, e apareceu um sujeito musculoso, de olhar nem amistoso nem hostil. Embora vestisse uma camisa pólo e bermudas, nada havia de casual no modo como ele os encarava.

— Sou Paul, assistente do Dr. Cassell — disse ele.
— Detetive Rizzoli.

Ela estendeu a mão mas o sujeito nem olhou, como se não merecesse sua atenção.

Paul os fez entrar em uma casa que não era o que Rizzoli esperava. Embora o exterior fosse tradicional, lá dentro ela encontrou uma decoração extremamente moderna, até mesmo fria, uma galeria de arte abstrata de paredes brancas. O saguão era dominado por uma escultura de bronze de curvas entrelaçadas, vagamente sensual.

— Vocês sabem que o Dr. Cassell acabou de chegar de viagem na noite passada — disse Paul. — Está desorientado com a mudança de fuso e não se sente muito bem. Portanto, se puderem ser breves...

— Estava viajando a negócios? — perguntou Frost.
— Sim. Foi combinada há um mês, caso estejam imaginando alguma coisa.

O que não queria dizer coisa alguma, pensou Rizzoli, exceto que Cassell era capaz de planejar os seus movimentos com antecedência.

Paul os levou através de uma sala de estar decorada em preto-e-branco, com apenas um vaso escarlate para chocar a visão. Uma TV de tela plana ocupava uma das paredes, e um gabinete de vidro esfumaçado continha uma grande quantidade de aparelhos eletrônicos. Um sonho de solteiro, pensou Rizzoli. Nenhum toque feminino, só coisas de homem. Ela ouviu música e imaginou que havia um CD tocando. Acordes jazzísticos de piano que se derretiam em langorosas escalas. Não havia melodia nem canção, apenas notas se misturando em um lamento sem palavras. A música aumentou de volume enquanto Paul os levava até um conjunto de portas corrediças. Ele as abriu e anunciou:

— A polícia está aqui, Dr. Cassell.

— Obrigado.

— Quer que eu fique?

— Não, Paul, você pode sair.

Rizzoli e Frost entraram na sala, e Paul fechou as portas atrás de si. Estavam em um espaço tão sombrio que mal podiam ver o homem sentado ao piano de cauda. Então era música ao vivo, não um CD. Pesadas cortinas cobriam a janela, deixando entrar apenas uma fresta de luz. Cassell acendeu uma luminária. Era um globo de papel de arroz japonês de luz fraca, mas o ofuscou. Um copo de algo que parecia ser uísque repousava sobre o piano ao seu lado. Estava sem se barbear, com olhos vermelhos — não era o rosto de um frio tubarão do mundo dos negócios, mas o de um homem muito perturbado para se importar com a aparência. Ainda assim, era um rosto incrivelmente bonito, com um olhar tão intenso que parecia abrir caminho a fogo até o cérebro de Rizzoli. Ele era mais jovem do que ela esperava de um magnata que se fez por conta própria, na faixa dos quarenta e tantos anos. Ainda jovem o bastante para crer na própria invencibilidade.

— Dr. Cassell — disse ela. — Sou a detetive Rizzoli, da polícia de Boston. E este é o detetive Frost. Sabe por que estamos aqui?

— Porque ele me denunciou. Não foi?

— Quem?

— Aquele tal detetive Ballard. Ele é como um maldito pit bull.

— Estamos aqui porque você conhecia Anna Leoni. A vítima.

Ele pegou o copo de uísque. A julgar por sua aparência, não era o primeiro drinque do dia.

— Deixe-me dizer algo sobre o detetive Ballard antes de acreditarem em tudo o que ele diz. Esse sujeito é um babaca.

E tomou o resto do uísque em um único gole.

Ela pensou em Anna Leoni, o olho inchado e fechado, um hematoma roxo na face. *Acho que sabemos quem é o babaca aqui.*

Cassell baixou o copo vazio.

— Diga-me como aconteceu — disse ele. — Preciso saber.

— Temos algumas perguntas, Dr. Cassell.

— Primeiro me diga o que houve.

Foi por isso que concordou em nos receber, pensou Rizzoli. Ele quer informação. Quer descobrir o quanto sabemos.

— Soube que foi um tiro na cabeça — disse ele. — E que ela foi encontrada dentro de um carro. Certo?

— Certo.

— Isso eu li no *Boston Globe*. Que tipo de arma foi usada? Qual o calibre da bala?

— Você sabe que não podemos revelar isso.

— E aconteceu em Brookline? O que diabos ela estava fazendo lá?

— Também não posso lhe dizer isso.

— Não pode me dizer? — Ele olhou para ela. — Ou não sabe?

— Não sabemos.

— Havia alguém com ela quando aconteceu?

— Não houve outra vítima.

— Então, quem são os suspeitos? Afora eu?

— Estamos aqui para lhe fazer perguntas, Dr. Cassell.

Ele se levantou e cambaleou até um gabinete ali perto, de onde tirou uma garrafa de uísque e voltou a encher o copo. Propositalmente, não ofereceu um drinque para os visitantes.

— Por que eu não respondo logo à pergunta que vieram me fazer? — disse ele, voltando a sentar no banco do piano. — Não, eu não a matei. Eu não a vejo há meses.

Frost perguntou:

— Quando foi a última vez em que viu a Srta. Leoni?

— Em março, eu acho. Fui até a casa dela certa tarde. Ela estava na calçada, pegando a correspondência.

— Não foi depois que ela conseguiu a ordem judicial para que mantivesse distância?

— Eu não saí do carro, está bem? Nem mesmo falei com ela. Ela me viu e voltou para casa sem dizer uma palavra.

— Então, por que passar de carro? — disse Rizzoli. — Intimidação?

— Não.

— Então por quê?

— Desejava vê-la, só isso. Eu estava com saudades dela... — Fez uma pausa e pigarreou. — Ainda estou.

Agora ele vai dizer que a amava.

— Eu a amava — disse ele. — Por que eu iria feri-la? — Como se nunca tivesse ouvido um homem dizer isso. — Além do mais, como poderia? Não sabia para onde ela havia se mudado. Nesta última vez eu não consegui encontrá-la.

— Mas tentou?

— Sim, tentei.

— Sabia que ela estava morando no Maine? — perguntou Frost.

Uma pausa. Ele ergueu a cabeça, franzindo as sobrancelhas.

— Onde no Maine?

— Uma cidadezinha chamada Fox Harbor.

— Não, eu não sabia disso. Achei que ela estava em algum lugar em Boston.

— Dr. Cassell, onde você estava na noite da última quinta-feira? — perguntou Rizzoli.

— Estava aqui, em casa.

— A noite inteira?

— De cinco da tarde em diante. Estava fazendo as malas para viajar.

— Alguém pode confirmar isso?

— Não. Era a noite de folga de Paul. Eu admito livremente que não tenho álibi. Só estava eu aqui, a sós com meu piano. — Ele atacou o teclado com um acorde dissonante. — Viajei na manhã seguinte. Northwest Airlines, se quiserem verificar.

— Verificaremos.

— A reserva foi feita há seis semanas. Já tinha reuniões programadas.

— Foi o que nos disse o seu assistente.

— Foi? Bem, é verdade.

— Você tem uma arma? — perguntou Rizzoli.

Cassell se calou, os olhos escuros perscrutando os dela.

— Você sinceramente acha que eu fiz aquilo?

— Pode responder à pergunta?

— Não, eu não tenho uma arma. Nem pistola, rifle ou um revólver de brinquedo. Eu não a matei. Eu não fiz *metade* das coisas das quais ela me acusa.

— Está dizendo que ela mentiu para a polícia?

— Estou dizendo que ela exagerou.

— Vimos a fotografia tirada no pronto-socorro, na noite que você a presenteou com um olho roxo. Ela também exagerou nesse caso?

Baixou o olhar, como se não conseguisse suportar o olhar acusador de Rizzoli.

— Não — disse ele. — Não nego que bati nela. Eu me arrependo disso. Mas não nego.

— E quanto a passar de carro repetidas vezes diante da casa dela? Contratar um detetive particular para segui-la? Aparecer na porta da casa dela exigindo que ela falasse com você?

— Ela não atendia nenhuma de minhas ligações. O que eu poderia fazer?

— Se mancar, talvez?

— Eu não fico sentado esperando as coisas *acontecerem* para mim, detetive. Nunca. Por isso tenho esta casa, com esta vista. Quando quero algo, trabalho duro para conseguir. E então eu consigo o que desejo. Eu não ia deixar ela simplesmente ir embora de minha vida.

— O que Anna era para você, exatamente? Apenas outra propriedade?

— Não era uma propriedade.

Ele olhou para ela, os olhos desolados.

— Anna Leoni era o amor da minha vida.

Sua resposta surpreendeu Rizzoli. Aquela afirmação simples, dita de modo tão sereno, tinha a marca da autenticidade.

— Compreendo que estiveram juntos durante três anos — disse ela.

Ele assentiu.

— Ela era microbióloga, trabalhava no meu departamento de pesquisa. Foi como nos conhecemos. Certo dia, ela participou de uma reunião de diretoria para nos dar um relatório atualizado sobre testes de um antibiótico. Olhei para ela e pensei: *é ela*. Sabe como é amar muito alguém e, de repente, ver essa pessoa se afastar de você?

— Por que ela foi embora?

— Eu não sei.

— Você deve ter uma idéia.

— Não tenho. Veja o que ela tinha aqui! Esta casa, qualquer coisa que desejasse. Não me acho feio. Qualquer mulher gostaria de estar comigo.

— Até você começar a bater nela.

Fez-se silêncio.

— Com que freqüência isso acontecia, Dr. Cassell?

Ele suspirou.

— Tenho um trabalho estressante...

— Esta é sua explicação? Você batia em sua namorada sempre que tinha um dia ruim no trabalho?

Ele não respondeu. Em vez disso, pegou o copo. E aquilo, sem dúvida, era parte do problema, ela pensou. Misture um executivo estressado com muita bebida e você acaba com uma namorada de olho roxo.

Ele voltou a baixar o copo.

— Eu só queria que ela voltasse para casa.

— E seu modo de convencê-la era colando ameaças de morte na porta dela?

— Não fiz isso.

— Ela fez diversas queixas à polícia.

— Não fiz isso.

— O detetive Ballard disse que fez.

Cassell riu com desdém.

— Aquele idiota acredita em tudo o que ela dizia. Ele gosta de brincar de Sir Galahad, faz com que se sinta importante. Você sabe que ele apareceu aqui um dia e me disse que se eu tocasse nela outra vez ele iria me espancar? Acho isso lamentável.

— Ela alega que você quebrou a vidraça dela.

— Não quebrei.

— Está dizendo que ela fez isso sozinha?

— Só estou dizendo que não fui eu.

— Você arranhou o carro dela?

— O quê?

— Você marcou a porta do carro dela?

— Essa para mim é nova. Quando teria acontecido?

— E o canário morto na caixa de correio?

Cassell riu, incrédulo.

— Será que eu *pareço* alguém capaz de fazer algo tão pervertido? Eu nem mesmo estava na cidade quando isso aconteceu. Onde está a prova de que fui eu?

Ela olhou para ele por um instante, pensando: é claro que ele nega, porque está certo. Não podemos provar que ele quebrou a janela, arranhou o carro ou pôs um canário morto na caixa de correio dela. Esse cara não chegou aonde está por ser um idiota.

— Por que Anna iria mentir sobre isso? — disse ela.

— Eu não sei — respondeu ele. — Mas ela mentiu.

10

Ao meio-dia Maura estava na estrada, outra viajante de fim de semana presa no trânsito em direção ao norte, como salmões migratórios fugindo de uma cidade onde as ruas já estavam tremulando de calor. Presos em seus carros, com as crianças reclamando no banco de trás, os viajantes avançavam lentamente para o norte, em direção à promessa de praias frescas e ar marinho. Era isso o que Maura via em meio ao trânsito, olhando a fila de carros que se estendia até o horizonte. Ela nunca estivera no Maine e só conhecia o lugar como um cenário no catálogo da L.L. Bean, no qual homens e mulheres bronzeados usavam anoraques e botas de alpinista, tendo a seus pés cães labradores refestelados na grama. No mundo da L.L. Bean, o Maine era uma terra de florestas e litorais enevoados, um lugar mítico, belo demais para existir a não ser como uma esperança, um sonho. Estou certa que vou ficar decepcionada, pensou, ao olhar para o sol que brilhava sobre a interminável fila de automóveis. Mas lá estavam as respostas.

Havia alguns meses, Anna Leoni fizera essa mesma viagem rumo ao norte. Teria sido um dia no começo da primavera, ainda frio, com o tráfego bem mais calmo do que então. Ao sair de

Boston, ela também teria atravessado a ponte Tobin e pegado a Rota 95 rumo ao norte, em direção a Massachusetts, fronteira de New Hampshire.

Estou seguindo suas pegadas. Preciso saber quem você era. É o único meio de saber quem eu sou.

Às 14h, ela saiu de New Hampshire e entrou no Maine, onde o tráfego magicamente se dissolveu, como se a experiência penosa até ali tivesse sido apenas um teste, e agora os portões se abriam para admitir os que mereciam. Parou apenas tempo suficiente para pegar um sanduíche em uma loja de conveniência. Às 15h, havia deixado a rodovia interestadual e dirigia pela Rota 1 do Maine, contornado a costa enquanto subia rumo ao norte.

Você também passou por aqui.

A paisagem que Anna viu teria sido diferente, os campos começando a ficar verdes, as árvores ainda nuas. Mas com certeza Anna passara pela mesma lanchonete, olhara para o mesmo ferro-velho onde estavam expostas armações de camas eternamente enferrujadas, e reagira, assim como Maura, balançando a cabeça, divertida. Talvez ela também tenha parado na cidade de Rockport para esticar as pernas e visitar a estátua de André, a foca, enquanto olhava para o porto. E tremido de frio com o vento que soprava do mar.

Maura entrou no carro e continuou rumo ao norte.

Quando passou pela cidade costeira de Bucksport e dobrou para o sul, península abaixo, o sol já ia baixo por trás das árvores. Ela podia ver a névoa sobre o mar, uma massa acinzentada avançando em direção à costa como uma besta faminta engolindo o horizonte. Ao pôr-do-sol, pensou ela, meu carro será cercado pela névoa. Ela não fizera reserva em nenhum hotel em Fox Harbor, e deixara a cidade de Boston com a tola idéia de que simplesmente se hospedaria em um motel à beira-mar para passar a noite. No entanto viu poucos motéis naquele rude trecho de litoral, e todos pelos quais passou tinham placas dizendo que não havia vagas.

O sol baixou ainda mais.

A estrada fez uma curva abrupta, e ela agarrou o volante, mal conseguindo ficar em sua pista ao circundar uma ponta rochosa, com árvores de um lado e mar do outro.

De repente, lá estava: Fox Harbor, abrigada por uma enseada. Ela não esperava uma cidade tão pequena, pouco menos que um cais, uma igreja com campanário e uma fileira de prédios brancos de frente para a baía. No cais, havia barcos de pesca de lagosta ancorados, como iscas esperando para serem engolidas pela névoa que se aproxima.

Dirigindo devagar pela rua principal, viu casas de fachadas antigas, necessitando de uma mão de tinta, e janelas com cortinas desbotadas. Evidentemente não era uma cidade rica, a julgar pelas picapes enferrujadas nas garagens. Os únicos modelos mais recentes de veículo que viu estavam no estacionamento do Bayview Motel, carros com placas de Nova York, Massachusetts e Connecticut. Refugiados urbanos que fugiram do calor das cidades em troca de lagostas e de uma visão do paraíso.

Estacionou em frente à administração do motel. Uma coisa de cada vez, pensou. Precisava de uma cama para passar a noite, e aquele parecia ser o único lugar da cidade. Ela saiu do carro e se esticou para desemperrar os músculos e respirar o ar úmido e salgado. Embora Boston fosse uma cidade portuária, ela poucas vezes sentia cheiro de mar lá. Os cheiros urbanos de diesel, descargas de automóveis e do asfalto quente contaminavam toda a brisa que soprava do porto. Ali, porém, era possível sentir o gosto do sal, senti-lo como uma névoa úmida contra a pele. Ao sair do carro, no estacionamento do motel, vento no rosto, sentiu como se tivesse emergido de um sono profundo e despertado outra vez. Viva de novo.

A decoração do motel era exatamente o que ela esperava: revestimento de madeira estilo anos 1960, tapetes verdes surrados, um relógio de parede montado em uma roda de leme. Não havia ninguém no balcão.

Ela se inclinou para a frente.

— Olá?

Uma porta se abriu e um homem apareceu, gordo e careca, óculos delicados pousados como uma libélula sobre o nariz.

— Tem um quarto? — perguntou Maura.

Sua pergunta foi recebida com um silêncio mortal. O homem olhou para ela, de boca aberta, o olhar concentrado em seu rosto.

— Com licença — disse ela, pensando que ele não a ouvira. — Tem vagas?

— Você... quer um quarto?

Não acabei de dizer isso?

Ele olhou para o livro de registro e então voltou a olhar para ela.

— Ahn, perdão. Estamos lotados.

— Acabo de vir dirigindo de Boston. Há algum lugar na cidade onde eu possa ficar?

Ele engoliu em seco.

— O fim de semana está movimentado. Um casal chegou há exatamente uma hora, pediu um quarto. Fiz umas ligações, e mandei-os para Ellsworth.

— Onde fica?

— A uns cinquenta quilômetros.

Maura olhou para o relógio montado em uma roda de leme. Já eram 16h45. A busca por um quarto de motel teria de esperar.

— Preciso ir ao escritório da Land and Sea Realty.

— Fica na rua principal. Duas quadras mais abaixo, à esquerda.

Ao entrar na Land and Sea Realty, Maura encontrou outra sala de recepção vazia. Será que havia alguém tomando conta de seus negócios naquela cidade? O escritório cheirava a cigarro, e, sobre a escrivaninha, havia um cinzeiro repleto de pontas. Nas paredes, fotografias das propriedades negociadas pela empresa, algumas das fotos bem amareladas. Era evidente que aquele não era um mercado imobiliário muito movimentado. Verificando as ofertas, Maura viu um celeiro dilapidado (PERFEITO PARA UMA FAZENDA DE CAVALOS!), uma casa com uma varanda despencada (PERFEITO PARA UM FAZ-TUDO!) e uma foto de árvores, exato, apenas árvores (QUIETO E RESERVADO! TERRENO PERFEITO PARA CONSTRUIR UMA CASA!). Haveria algo naquela cidade, perguntou-se, que não fosse *perfeito*?

Ouviu uma porta se abrir nos fundos e se virou para ver um homem emergir dali, carregando uma jarra de cafeteira molhada, que colocou sobre a escrivaninha. Ele era mais baixo que Maura, com uma cabeça quadrada e cabelos grisalhos curtos. Suas roupas eram largas demais para ele, as mangas da camisa e das calças enroladas como se vestisse as roupas de segunda mão de um gigante. Com as chaves tilintando no cinto, ele se adiantou para saudar Maura.

— Perdão, eu estava lá fora lavando a jarra de café. Você deve ser a Dra. Isles.

A voz pegou Maura de surpresa. Embora fosse rouca, sem dúvida por causa de todos aqueles cigarros no cinzeiro, era claramente feminina. Foi só então que Maura percebeu o volume de seios sob a camisa larga.

— Você é... a pessoa com quem falei esta manhã? — perguntou Maura.

— Britta Clausen. — Ela apertou a mão de Maura com firmeza. — Harvey me disse que você estava na cidade.

— Harvey?

— Rua acima, no Bayview Motel. Ele me ligou para dizer que você estava a caminho. — A mulher fez uma pausa, olhando

Maura da cabeça aos pés. — Bem, acho que não precisa me mostrar documento algum. Olhando para você, não há dúvida de quem você é irmã. Vamos juntas até a casa?

— Vou segui-la no meu carro.

A Srta. Clausen olhou para o chaveiro no cinto e resmungou, satisfeita.

— Aqui está, Skyline Drive. A polícia já terminou por lá, de modo que acho que posso deixá-la entrar.

Maura seguiu a picape de Clausen ao longo de uma estrada que se afastava abruptamente do litoral e subia uma encosta. Ao subirem, ela teve uma visão de relance da linha costeira, a água então obscurecida por um denso cobertor de neblina. A vila de Fox Harbor estava oculta pela névoa mais abaixo. À frente dela, as luzes de freio da Srta. Clausen acenderam de repente, e Maura mal teve tempo de pisar no freio. Seu Lexus derrapou nas folhas úmidas e parou com o pára-choque encostado em uma placa de VENDE-SE da Land and Sea Realty.

A Srta. Clausen meteu a cabeça para fora da janela.

— Ei, está tudo bem aí?

— Estou bem. Desculpe, eu não estava prestando atenção.

— É, aquela última curva pega a gente de surpresa. É nessa entrada de veículos à direita.

— Estou bem atrás de você.

A Srta. Clausen riu.

— Não tão perto, está bem?

As árvores erguiam-se tão próximas à estrada de terra batida que Maura sentiu como se estivesse dirigindo através de um túnel na floresta, que se abriu abruptamente para revelar um pequeno chalé revestido de cedro. Maura estacionou ao lado da picape da Srta. Clausen e saiu de seu Lexus. Por um instante ficou em silêncio na clareira, observando a casa. Degraus de madeira levavam a uma varanda coberta onde havia um balanço. Em um pequeno canteiro, dedaleiras e lírios esforçavam-se para crescer. A floresta parecia se fechar sobre a clareira por todos os lados, e Maura descobriu-se respirando mais rapidamente, como se estivesse presa em um pequeno cômodo. Como se o próprio ar estivesse perto demais dela.

— É tão tranqüilo aqui — disse Maura.

— É, é longe da cidade. É isso que dá a esta colina um valor tão bom. A explosão imobiliária vai tomar conta disto tudo. Daqui a alguns anos, você verá casas ao longo de toda esta estrada. É a hora de comprar.

Porque é *perfeito,* Maura esperou que ela acrescentasse.

— Vou mandar abrir uma clareira para construir uma casa bem aqui ao lado — disse a Srta. Clausen. — Depois que sua irmã se mudou para cá, achei que era hora de ajeitar esses lotes. Uma pessoa se muda para um lugar e a bola começa a rolar. Logo todo mundo quer comprar imóveis nas redondezas.

Ela olhou para Maura.

— Então, que tipo de médica você é?

— Uma patologista.

— Isso é tipo o quê? Você trabalha em um laboratório?

A mulher estava começando a irritá-la. Ela respondeu, ríspida:

— Trabalho com cadáveres.

A resposta não pareceu incomodar a outra.

— Bem, então você deve ter um horário de trabalho regular. Um bocado de fins de semana livres. Uma casa de verão talvez a interessasse. Você sabe, o lote ao lado logo estará pronto para começar a construir. Se alguma vez pensou em ter um lugar para ir nas férias, você nunca vai encontrar uma época mais barata para investir.

Então é assim que a gente se sente presa ao lado de um vendedor.

— Não estou mesmo interessada, Srta. Clausen.

— Oh. — A mulher resmungou, virou-se e subiu até a varanda. — Bem, então entre. Agora que está aqui, pode me dizer o que fazer com as coisas de sua irmã.

— Não estou certa de ter autoridade para mexer nisso.

— Não sei o que fazer com essas coisas. E com certeza não quero pagar um guarda-móveis. Preciso esvaziar o lugar caso deseje vendê-lo ou alugá-lo outra vez. — Ela procurou a chave certa no chaveiro. — Administro a maioria das casas de aluguel da cidade, e esse não tem sido o lugar mais fácil de ocupar. Sua irmã assinou um contrato de seis meses.

Era somente aquilo que a morte de Anna representava? Perguntou-se Maura. Uma propriedade em busca de um novo inquilino? Ela não gostou daquela mulher com suas chaves barulhentas e seu olhar interesseiro. A rainha imobiliária de Fox Harbor, cuja única preocupação parecia ser obter a sua cota de cheques mensais.

Por fim a Srta. Clausen abriu a porta.

— Entre.

Maura entrou. Embora houvesse janelas grandes na sala de estar, a proximidade das árvores e a hora tardia enchiam a casa de sombras. Ela viu um chão de madeira escura de pinho, um tapete gasto, um sofá alquebrado. O papel de parede desbotado da sala era estampado com trepadeiras verdes, aumentando a sensação sufocante de estar cercada de vegetais.

— Está completamente mobiliado — disse a Srta. Clausen. — Considerando isso, fiz-lhe um preço bem razoável.

— Quanto? — perguntou Maura, olhando para as árvores do lado de fora da janela.

— Seiscentos por mês. Podia conseguir quatro vezes mais, caso o lugar fosse perto da água. Mas o homem que construiu isto aqui gostava de privacidade. — A Srta. Clausen olhou devagar ao redor, como se realmente não visse a casa havia algum tempo. —

Surpreendi-me quando ela ligou para perguntar sobre o imóvel, em especial porque eu tinha outras propriedades disponíveis, perto do litoral.

Maura voltou-se para olhá-la. A luz do dia se esvaía, e a Srta. Clausen estava imersa em penumbra.

— A minha irmã perguntou especificamente por esta casa?

A Srta. Clausen deu de ombros.

— Acho que tinha o preço que ela queria.

Deixaram a sala de estar sombria e começaram a percorrer um corredor. Se uma casa reflete a personalidade de seu ocupante, então algo de Anna Leoni devia ter permanecido entre aquelas paredes. Mas outros inquilinos também haviam passado por ali, e Maura perguntou-se quais quinquilharias, quais quadros nas paredes pertenciam a Anna, e quais foram deixados por outros antes dela. A pintura de um pôr-de-sol feito a lápis pastel certamente não era de Anna. Nenhuma irmã minha penduraria algo tão feio na parede de casa, pensou. E o odor de cigarro que permeava os cômodos... sem dúvida não foi Anna quem fumou por ali. Gêmeos idênticos com freqüência são incrivelmente parecidos. Anna não compartilharia a aversão de Maura a cigarros? Será que ela também não espirrava e tossia ao sentir uma baforada de fumaça?

Chegaram em um quarto com um colchão listrado.

— Ela não usava este quarto, creio eu — disse a Srta. Clausen. — Armário e cômoda vazios.

A seguir veio o banheiro. Maura entrou e abriu o armário de remédios. Nas prateleiras havia analgésico, antigripal e drops para tosse de marcas que a impressionaram pela familiaridade. Aqueles eram os mesmos produtos que ela mantinha no armário de seu banheiro. Éramos idênticas até mesmo na escolha de remédios contra a gripe, pensou.

Ela fechou a porta do armário e continuou pelo corredor até a última porta.

— Este era o quarto que ela usava — disse a Srta. Clausen.

O quarto estava bem arrumado, a cama feita, o tampo da penteadeira livre de objetos. *É como meu quarto,* pensou Maura. Ela foi até o armário e abriu a porta. Lá dentro havia calças e camisas passadas. Tamanho 34. O tamanho de Maura.

— A polícia estadual veio na semana passada e deu uma geral na casa.

— Encontraram algo interessante?

— Não que tenham me dito. Ela não tinha muita coisa, já que morou nesta casa por apenas alguns meses.

Maura voltou-se e olhou pela janela. Ainda não estava escuro, mas a sombra da floresta ao redor fazia a noite parecer iminente.

A Srta. Clausen estava de pé na porta do quarto, como se pronta para cobrar um pedágio de Maura antes de deixá-la sair.

— Não é uma casa ruim — disse ela.

Sim, é, pensou Maura. É uma casinha horrorosa.

— Nesta época do ano, não sobra muito o que alugar. Tudo está ocupado. Hotéis, motéis. Não há quartos na pousada. — Maura manteve o olhar na floresta. Qualquer coisa para não ter de puxar mais assunto com aquela mulher. — Bem, foi só uma idéia. Você já deve ter encontrado algum lugar para ficar.

Então era ali que ela queria chegar. Maura virou-se para olhar para ela.

— Na verdade, não tenho onde ficar. O Bayview Motel estava lotado.

A mulher respondeu com um sorrisinho apertado.

— Assim como tudo o mais.

— Disseram-me que havia vagas em Ellsworth.

— É? Isso se você estiver disposta a dirigir até lá. No escuro, demora mais do que você pensa. E a estrada é muito sinuosa.

A Srta. Clausen apontou para a cama.

— Posso conseguir alguns lençóis limpos. E cobrar o que cobraria o motel. Se estiver interessada.

Maura olhou para a cama e sentiu um calafrio subir-lhe a espinha. *Minha irmã dormiu aqui.*

— É pegar ou largar.

— Eu não sei...

A Srta. Clausen resmungou.

— Parece que você não tem muita escolha.

Maura ficou na varanda da frente observando as luzes traseiras da picape de Britta Clausen desaparecerem por trás das árvores. Ela se deteve por um instante em meio à escuridão que aumentava, ouvindo os grilos e as folhas farfalhantes. Ouviu algo ranger atrás dela e virou-se para ver que a portinhola da varanda estava se movendo, como se tocada por uma mão fantasmagórica. Com um calafrio, voltou para dentro de casa, e estava a ponto de fechar a porta quando ficou subitamente imóvel. Mais uma vez sentiu um calafrio.

Havia quatro trancas na porta.

Duas correntes, uma tranca corrediça e uma fechadura. As placas de bronze ainda estavam brilhando, os parafusos não estavam gastos. *Fechaduras novas.* Fechou todas as trancas e inseriu as correntes em suas fendas. O metal pareceu gelado a seu toque.

Maura foi até a cozinha e ligou a luz. Viu um chão de linóleo gasto e uma pequena mesa de jantar de fórmica lascada. Em um canto, ressonava uma velha geladeira Frigidaire. Mas ela se concentrou na porta dos fundos. Tinha três trancas com placas de bronze ainda brilhantes. Sentiu o coração bater mais rápido ao fechá-las. Ao se virar assustou-se de ver que havia uma outra porta trancada na cozinha. Para onde daria?

Ela destrancou a porta, abriu-a e deu com uma escada estreita de madeira que descia em meio às trevas. Um ar frio soprava lá de baixo, e ela sentiu cheiro de terra molhada. Os cabelos de sua nuca ficaram arrepiados.

Um porão. Por que alguém desejaria trancar um porão?

Ela voltou a fechar e trancar a porta. Foi quando se deu conta de que aquela tranca era diferente. Estava enferrujada, gasta.

Agora, sentia necessidade de verificar se todas as janelas também estavam trancadas. Anna estava tão assustada que transformou aquela casa em uma fortaleza, e Maura ainda podia sentir o medo permeando cada um de seus cômodos. Verificou as janelas da cozinha. Então, foi até a sala de estar.

Apenas quando se certificou de que todas as janelas da casa estavam trancadas ela finalmente começou a explorar o quarto de dormir. Diante do armário aberto, olhou para as roupas que havia lá dentro. Deslizando os cabides, observou peça por peça, percebendo que eram exatamente de seu tamanho. Tirou dali um vestido preto de linha, com um caimento simples e preciso que sempre a agradara. Ela imaginou Anna em uma loja de departamentos, detendo-se diante daquele vestido, verificando a etiqueta de preço, segurando a roupa contra o corpo enquanto se olhava no espelho e pensava: é este que eu quero.

Maura desabotoou a blusa e tirou as calças. Colocou o vestido negro e, ao fechar o zíper, sentiu o tecido se acomodar sobre suas curvas como uma segunda pele. Ela se voltou para o espelho. Foi isso que Anna viu, pensou. O mesmo rosto, o mesmo corpo. Será que ela também não gostava daquele aumento dos quadris, sinal da meia-idade que se aproximava? Será que ela também se virava de lado para medir o tamanho da barriga? Com certeza, toda mulher que experimenta um novo vestido executa um balé idêntico em frente ao espelho. Vira-se para lá, vira-se para cá. Pareço gorda de costas?

Ela fez uma pausa, lado direito para o espelho, olhando para um fio de cabelo preso ao tecido. Ela o tirou dali e levou-o até a luz. Era preto como dela, porém mais longo. O cabelo de uma morta.

O telefone tocou e ela se virou de súbito. Foi até a mesa-de-cabeceira e fez uma pausa, coração aos saltos. O telefone tocou duas, três vezes, cada toque insuportavelmente alto dentro da casa silenciosa. Antes de tocar uma quarta vez, ela atendeu.
— Alô? Alô?
Ouviu-se um clique e, então, o tom de discar.
Número errado, pensou. Só isso.
Lá fora, o vento aumentava de intensidade, e mesmo através da janela fechada ela escutava o ranger das árvores. Mas, dentro da casa, estava tão silencioso que ela podia ouvir o próprio coração bater. Seriam assim as noites de Anna?, perguntou-se. A sós nesta casa, cercada pela floresta escura?

Antes de ir se deitar naquela noite, Maura trancou e encostou uma cadeira na porta do quarto. Sentiu-se um tanto covarde ao fazê-lo. Não tinha o que temer, embora se sentisse mais ameaçada ali do que em Boston, onde os predadores eram humanos e muito mais perigosos do que qualquer animal que vagasse por aquela floresta.

Anna também tinha medo.

Maura podia sentir esse medo ainda pairando naquela casa, com as suas portas repletas de trancas.

Acordou de repente, desperta por um grito agudo. Ficou deitada, sem ar, com o coração aos pulos. Apenas uma coruja, não havia motivo para pânico. Estava na floresta, pelo amor de Deus! Claro que ouviria animais. Os lençóis estavam encharcados de suor. Maura trancara a janela antes de se deitar, e o quarto agora estava abafado, úmido. Não consigo respirar, pensou.

Ela se levantou e abriu a janela. Ficou ali respirando o ar fresco e olhando para as árvores, suas folhas prateadas pelo luar. Nada se movia. A floresta ficara em silêncio novamente.

Ela voltou para a cama e dessa vez dormiu pesado até o amanhecer.

A luz do dia mudou tudo. Ouviu pássaros cantando, e, ao olhar pela janela, viu dois veados de caudas brancas atravessar o jardim e desaparecer na floresta. Com a luz do sol iluminando o quarto, a cadeira que ela apoiou contra a porta na noite anterior parecia-lhe algo irracional. Não vou dizer nada a ninguém a esse respeito, pensou ao afastá-la.

Na cozinha, encontrou um saco de café francês no congelador. O café de Anna. Verteu a água fervente dentro do filtro enquanto inalava a fragrância vaporosa. Ela estava cercada pelas compras de Anna. A pipoca de microondas e o pacote de espaguete. As caixas vencidas de leite e de iogurte de pêssego. Cada item representava um instante na vida de sua irmã, um momento em que ela parou diante de uma prateleira de mercearia e pensou: também preciso disto. Então, depois, ao voltar para casa, esvaziou os sacos e separou os produtos comprados. Quando Maura olhou para o conteúdo da despensa, viu as mãos da irmã empilhando as latas de atum sobre o papel florido que revestia a prateleira.

Levou a caneca de café para a varanda da frente e ficou olhando para o gramado mosqueado de raios de sol. Tudo é tão verde, maravilhou-se ela. A grama, as árvores, a própria luz. Sobre a alta copa das árvores, os pássaros cantarolavam. Agora vejo por que ela desejou morar aqui. Porque queria despertar toda manhã sentindo os aromas da floresta.

De repente, os pássaros nas árvores se espantaram, assustados com um novo som: o rumor de uma máquina. Embora Maura não pudesse ver o trator, ela sem dúvida podia ouvi-lo em meio à floresta, soando incomodamente perto. Ela se lembrou de que a Srta. Clausen lhe contara que o lote ao lado seria limpo. Lá se foi a paz da manhã de domingo.

Ela desceu os degraus e fez a volta ao redor da casa, tentando ver o trator através das árvores, mas a floresta era muito densa e ela não conseguia enxergar coisa alguma. Olhando para baixo, viu pegadas de animais e lembrou-se dos dois veados que vira pela janela do quarto naquela manhã. Ela as seguiu ao longo da casa, percebendo outra prova de sua visita em algumas folhas mastigadas dos arbustos junto aos alicerces. Ela admirou-se da coragem daqueles veados que vinham comer tão perto da casa e continuou em direção aos fundos, onde deparou com um outro grupo de pegadas. Não eram de veados. Maura ficou absolutamente imóvel durante algum tempo. O coração disparou, e as mãos agarraram a caneca de café. Devagar, seguiu as pegadas com os olhos e viu que terminavam sob uma das janelas da casa.

Havia a impressão de uma bota no chão de terra no lugar onde alguém estivera espreitando o interior da casa.

O interior de seu quarto de dormir.

11

Quarenta e cinco minutos depois, um carro da polícia de Fox Harbor desceu aos sacolejos a estrada de terra. Parou em frente ao chalé, e um policial saltou. Tinha perto de 50 anos, pescoço largo, cabelo louro, ligeiramente careca no topo da cabeça.

— Dra. Isles? — disse ele, oferecendo-lhe um sólido aperto de mão. — Roger Gresham, chefe de polícia.

— Não esperava conseguir um chefe de polícia.

— É, bem, nós estávamos pensando em vir até aqui de qualquer modo quando recebemos seu chamado.

— Nós? — Ela franziu o cenho quando outro veículo, um Ford Explorer, subiu a rampa de veículos e estacionou ao lado do carro de Gresham. O motorista saiu e acenou.

— Olá, Maura — disse Rick Ballard.

Por um instante, ela apenas olhou para ele, assustada com a chegada inesperada.

— Não fazia idéia de que você estava aqui — disse ela afinal.

— Vim na noite passada. Quando chegou?

— Ontem de tarde.

— Passou a noite nesta casa?

— O motel estava cheio. A Srta. Clausen, a corretora, me deixou dormir aqui.

Fez uma pausa e acrescentou um detalhe em sua defesa:

— Ela disse que a polícia já havia acabado por aqui.

Gresham emitiu um riso debochado.

— Mas cobrou o pernoite, não cobrou?

— Sim.

— Essa Britta é uma figuraça. Ela cobraria pelo ar que você respira se pudesse. — Virando-se para a casa, disse: — Então, onde viu as pegadas?

Maura guiou os homens pela varanda da frente e ao redor da casa. Caminhavam pelas bordas do caminho, vasculhando o chão ao se moverem. O trator parou, e os únicos sons que ouviam eram seus passos sobre o tapete de folhas.

— Trilhas frescas de veados aqui — disse Gresham, apontando.

— Sim, um par de veados esteve por aqui esta manhã — disse Maura.

— Podem explicar as pegadas que viu.

— Chefe Gresham — disse Maura, e suspirou. — Eu *sei* a diferença entre uma marca de bota e uma pegada de veado.

— Não, o que quero dizer é que alguém deve ter estado por aqui, caçando. Fora da estação, você compreende. Devia estar seguindo aqueles veados na floresta.

Ballard parou subitamente, com o olhar fixo no chão.

— Está vendo? — perguntou ela.

— Sim — disse ele, a voz estranhamente baixa.

Gresham agachou-se ao lado de Ballard. Um momento se passou. Por que não dizem alguma coisa? O vento sacudiu as árvores. Tremendo, ela olhou para os ramos oscilantes. Na noite anterior, alguém saiu daquela floresta e olhou pela janela de seu quarto enquanto ela dormia.

Ballard olhou para a casa.

— Aquilo é uma janela de quarto?

— Sim.

— Seu?

— Sim.

— Fechou as cortinas ontem à noite? — Ele olhou para ela sobre o ombro e ela soube o que ele estava pensando: *Deu-lhes um espetáculo de graça ontem à noite?*

Ela corou.

— Não há cortinas naquele quarto.

— Essas pegadas são grandes demais para serem de Britta — disse Gresham. — Ela é a única pessoa que viria até aqui para verificar a casa.

— Parece uma sola Vibram — disse Ballard.

— Tamanho 41, talvez 42.

Seu olhar seguiu os passos em direção às árvores.

— As pegadas dos veados se sobrepõem às marcas de bota.

— O que significa que ele passou por aqui primeiro — disse Maura. — Antes dos veados. Antes de eu despertar.

— Sim, mas quanto antes? — Ballard se esticou e olhou através da janela para o quarto. Durante um longo tempo nada disse, e mais uma vez Maura ficou impaciente com o silêncio dele, ansiosa para ouvir uma reação, qualquer reação, daquele homem.

— Sabe, não chove aqui há quase uma semana — disse Gresham. — Essas marcas de bota podem não ser tão frescas assim.

— Mas quem andou por aqui espreitando pelas janelas? — perguntou Maura.

— Posso ligar para Britta. Talvez seja algum de seus empregados. Ou alguém deu uma olhada só por curiosidade.

— Curiosidade? — perguntou Maura.

— Todo mundo aqui soube o que houve com sua irmã em Boston. Alguém pode ter querido olhar dentro da casa.

— Não compreendo. Nunca tive esse tipo de curiosidade mórbida.

— Rick me disse que você é uma patologista, certo? Bem, você deve lidar com o mesmo tipo de coisa que eu. Todo mundo querendo saber detalhes. Você não acreditaria na quantidade de gente que me perguntou sobre o crime. Não acha que um desses intrometidos não desejaria dar uma olhada dentro da casa?

Ela olhou para ele, incrédula. O silêncio foi rompido subitamente pela estática no rádio do carro de Gresham.

— Perdoem — disse ele, e foi até lá.

— Bem — disse ela. — Acho que minhas preocupações são infundadas, certo?

— Levo suas preocupações muito a sério.

— É mesmo? — Ela olhou para ele. — Entre, Rick. Quero lhe mostrar uma coisa.

Ele a seguiu até dentro da casa. Ela fechou a porta e apontou para a série de fechaduras de bronze.

— Era isso que eu queria que você visse — disse ela.

Ele franziu o cenho.

— Uau.

— Há mais. Venha comigo.

Ela o levou até a cozinha. Apontou para outras trancas e ferrolhos brilhantes na porta do fundos.

— São todas novas. Anna deve tê-las instalado. Algo a estava assustando.

— Ela tinha motivos para estar assustada. Todas aquelas ameaças de morte. Ela não sabia quando Cassell poderia aparecer.

Maura olhou para ele.

— É por isso que está aqui, certo? Para descobrir se ele apareceu?

— Tenho mostrado a fotografia dele por aí.

— E?

— Até agora, ninguém se lembra de tê-lo visto. Mas isso não quer dizer que não tenha estado aqui. — Ele apontou para as fechaduras. — Essas trancas fazem todo sentido para mim.

Suspirando, ela se sentou em uma cadeira à mesa da cozinha.

— Como nossas vidas podem ter ficado tão diferentes? Lá estava eu, pegando um avião em Paris enquanto ela... — Maura engoliu em seco. — E se eu tivesse sido criada no lugar de Anna? Teria acontecido o mesmo? Talvez fosse ela aqui sentada, falando com você.

— Vocês são duas pessoas diferentes, Maura. Você pode ter o mesmo rosto e a mesma voz. Mas você não é a Anna.

Ela olhou para ele.

— Fale-me mais sobre minha irmã.

— Não sei por onde começar.

— Qualquer coisa. Tudo. Você disse que minha voz é igual à dela.

Ele assentiu.

— Sim. A mesma inflexão. A mesma entonação.

— Você se lembra dela assim tão bem?

— Anna não era uma mulher fácil de esquecer — disse ele.

Seu olhar buscou o dela. Ficaram se olhando, mesmo ao ouvirem passos entrando na casa. Apenas quando Gresham entrou na cozinha, ela por fim interrompeu o olhar para se voltar para o chefe de polícia.

— Dra. Isles — disse Gresham. — Imagino se pode me fazer um pequeno favor. Venha comigo. Há algo que quero lhe mostrar.

— Que tipo de coisa?

— Ouvi a notícia pelo rádio. Receberam uma chamada da equipe que está trabalhando mais acima, na estrada. Seu trator desenterrou alguns... bem, alguns ossos.

Ela franziu o cenho.

— Humanos?

— É o que estão se perguntando.

Maura seguiu com Gresham no carro de polícia, Ballard seguiu-os de perto em seu jipe. A viagem mal pedia um carro, apenas uma curva curta estrada acima e lá estava o trator, parado em um lote limpo recentemente. Quatro homens usando capacetes de segurança estavam sentados à sombra junto a suas picapes. Um deles se adiantou para saudá-los quando Maura, Gresham e Ballard saíram de seus veículos.

— Oi, chefe.

— Oi, Mitch. Onde está?

— Perto do trator. Vi os ossos e desliguei o motor. Havia uma antiga casa de fazenda aqui, neste lote. A última coisa que quero é escavar algum jazigo de família.

— A Dra. Isles vai dar uma olhada antes de eu fazer qualquer ligação. Detestaria fazer o patologista vir de Augusta até aqui por causa de um bando de ossos de urso.

Mitch os levou até lá. O solo recém-escavado era uma pista de obstáculos de raízes e rochas revolvidas. Os sapatos de Maura não eram feitos para caminhadas, e não importava o quanto fosse cuidadosa, não conseguia evitar sujar o couro negro.

Gresham deu um tapa no próprio rosto.

— Droga de mosquitos. Eles nos encontraram.

A clareira era cercada por grossas fileiras de árvores, e o ar ali estava parado e sem vento. Àquela altura, os insetos haviam sentido seu cheiro e pululavam, ansiosos por sangue. Maura ficou feliz por ter vestido calças compridas naquela manhã. Mas seus braços e seu rosto, sem proteção, já estavam se tornando restaurantes de mosquito.

Quando ela chegou perto do trator, as bainhas de suas calças estavam sujas de terra. O sol fazia brilhar pedaços de vidro quebrado. Um velho roseiral arrancado morria sob o forte calor.

— Ali — disse Mitch, apontando.

Mesmo antes de se aproximar para ver mais de perto, Maura já sabia o que era aquilo caído no chão. Ela não o tocou, apenas se ajoelhou ao lado, os sapatos afundando em terra revolvida recentemente. Recém-exposta aos elementos, a palidez do osso despontava em meio à crosta de terra seca. Ouviu um ruído entre as árvores e olhou para cima para ver corvos voejando como fantasmas negros entre os galhos. *Eles também sabem o que é isso.*

— O que acha? — perguntou Gresham.

— É um ílio.

— O que é isso?

— Este osso.

Ela tocou o seu próprio ílio, onde a pélvis se avolumava contra as calças. Subitamente ela se lembrou do fato sombrio de que, debaixo da pele, dos músculos, ela também era apenas um esqueleto. Uma moldura estrutural de cálcio e fósforo que duraria até muito tempo depois de a carne ter apodrecido.

— É humano — disse ela.

Ficaram em silêncio por um instante. O único som naquela clara manhã de junho vinha dos corvos, um bando deles, empoleirados nas árvores, como frutos negros entre os galhos. Olhavam para os humanos mais abaixo com olhares inteligentes, e seu crocitar acabou se avolumando em um coro ensurdecedor. Então, como se a um sinal, todos pararam abruptamente.

— O que sabe sobre este lugar? — perguntou Maura para o operador de trator. — O que havia aqui?

Mitch disse:

— Havia algumas antigas paredes de pedra. Alicerces de uma casa. Movemos todas as pedras para lá, achando que alguém poderia desejar usá-las para alguma outra coisa.

Apontou para uma pilha de pedregulhos a um canto do lote.

— Antigas paredes realmente não são incomuns. Você anda pela floresta e encontra um bocado de velhas fundações como essas. Havia fazendas de ovelhas ao longo de toda a costa.

— Então isso pode ser um antigo túmulo — disse Ballard.

— Mas aquele osso estava justamente sob uma das paredes — disse Mitch. — Não creio que alguém fosse desejar enterrar a velha mãe tão perto de casa. Mau agouro, eu acho.

— Algumas pessoas achavam que dava sorte — disse Maura.

— O quê?

— Em tempos antigos, uma criança enterrada viva sob uma pedra fundamental supostamente protegia a casa.

Mitch olhou para ela. Um olhar de *quem diabos é a senhora?*

— Só estou dizendo que as práticas de sepultamento variam com o tempo — disse Maura. — Isso bem poderia ser uma antiga sepultura.

Ouviu-se um rumor de asas mais acima. Os corvos voaram da árvore ao mesmo tempo. Maura os observou, incomodada com a visão de tantas asas negras erguendo-se ao mesmo tempo, como se obedecendo a um comando.

— Estranho — disse Gresham.

Maura ergueu-se e olhou para as árvores. Lembrou-se do ruído dos tratores pela manhã e quão perto pareciam estar.

— A casa onde passei a noite fica em qual direção? — perguntou ela.

Gresham olhou para o sol para se orientar, então apontou.

— Para lá. Para onde você está olhando agora.
— Fica a que distância?
— Basta atravessar estas árvores. Dá para ir andando.

O patologista do estado do Maine chegou de Augusta uma hora e meia depois. Ao sair do carro carregando seu kit, Maura logo reconheceu o homem com o turbante branco e barba bem aparada. Maura conhecera o Dr. Daljeet Singh em uma conferência de patologistas no ano anterior, e haviam jantado juntos em fevereiro, quando ele compareceu a um encontro regional de peritos em Boston. Embora não fosse um homem alto, sua conduta digna e o turbante *sikh* tradicional o faziam parecer mais imponente do que realmente era. Maura sempre se impressionou com seu ar de calma competência. E com seus olhos. Daljeet tinha olhos castanhos e as pestanas mais compridas que ela já vira em um homem.

Eles se cumprimentaram, uma saudação calorosa entre dois colegas que realmente gostavam um do outro.

— Então, o que faz aqui, Maura? Não tem trabalho bastante para você em Boston? Veio roubar os meus casos?

— Meu fim de semana se transformou em hora extra.

— Viu os restos mortais?

Ela assentiu, seu sorriso esvaecendo.

— Há a cabeça de um ilíaco parcialmente enterrada. Não tocamos ainda. Sabia que você gostaria de ver o osso *in situ*.

— Nenhum outro osso?

— Ainda não.

— Bem, então.

Ele olhou para a clareira, como se preparando para sujar os pés de terra. Ela se deu conta de que ele viera preparado com o calçado certo: botas de caminhada que pareciam novas em folha e a ponto de passar pelo primeiro teste em terreno enlameado.

— Vamos ver o que o trator descobriu.

Àquela altura já era começo da tarde, o calor era tão úmido que o rosto de Daljeet logo estava coberto de suor. Ao avançarem pela clareira, os insetos enxamearam, tirando vantagem da carne fresca. Os detetives Corso e Yates da polícia estadual do Maine chegaram vinte minutos antes, e caminhavam pelo lugar ao lado de Ballard e Gresham.

Corso acenou e gritou:

— Não é a melhor maneira de passar um belo domingo de sol, certo, Dr. Singh?

Daljeet acenou de volta, então se agachou para ver o ílio.

— Antigamente, isso aqui era uma casa — disse Maura. — Havia um alicerce de pedra ali, de acordo com a equipe.

— Mas nenhum vestígio de caixão?

— Não vimos nenhum.

Ele olhou para a paisagem de pedras enlameadas, arbustos arrancados e tocos de árvores.

— Aquele trator pode ter espalhado os ossos por toda parte.

Ouviu-se um grito do detetive Yates:

— Encontrei mais!

— Aí? — disse Daljeet, enquanto ele e Maura atravessavam o campo para se juntarem a Yates.

— Estava andando por aqui, meu pé ficou preso naquela raiz de amoreira — disse Yates. — Tropecei e isso aqui emergiu da terra.

Quando Maura se agachou ao lado dele, Yates afastou com cautela um emaranhado espinhento de plantas arrancadas. Uma nuvem de mosquitos ergueu-se do solo úmido, roçando o rosto de Maura quando ela olhou o que estava parcialmente enterrado ali. Era um crânio. Uma órbita vazia olhava para ela, perfurada por gavinhas de raiz de amoreira que forçaram caminho através das aberturas que outrora suportaram olhos.

Ela olhou para Daljeet.

— Você tem uma tesoura de poda?

Ele abriu o kit. Tirou luvas, uma tesoura de poda e uma colher de pedreiro. Juntos, ajoelharam-se na terra, esforçando-se para liberar o crânio. Maura cortou as raízes enquanto Daljeet afastava a terra com cuidado. O sol estava forte, e o próprio solo parecia irradiar calor. Maura teve de parar diversas vezes para afastar o suor. O repelente de insetos que ela havia aplicado uma hora antes vencera, e os mosquitos estavam outra vez voando ao redor de seu rosto.

Ela e Daljeet deixaram as ferramentas de lado e começaram a escavar com as mãos protegidas por luvas, tão juntos um do outro que suas cabeças chegaram a colidir. Os dedos dela se afundaram em solo mais frio, liberando o crânio. De repente ela parou, observando a grave fratura no osso temporal.

Olharam um para o outro, ambos registrando o mesmo pensamento: *esta não foi uma morte natural.*

— Acho que está solto agora — disse Daljeet.

— Vamos levantar.

Ele estendeu uma folha de plástico e pegou o crânio, a mandíbula meio presa por espirais de raízes de amoreira. Colocou o tesouro sobre a folha de plástico.

Por um instante, ninguém disse coisa alguma. Todos olhavam para o osso temporal rompido.

O detetive Yates apontou para o brilho metálico em um dos molares.

— Aquilo não é uma obturação? — disse ele. — Naquele dente?

— Sim. Mas os dentistas usam obturações de amálgama há mais de cem anos — disse Daljeet.

— Portanto, ainda pode ser um sepultamento antigo.

— Mas onde estão os fragmentos do caixão? Se isso foi um enterro formal, tinha de haver um caixão. E há este pequeno detalhe. — Daljeet apontou para a fratura. Olhou para os dois detetives por sobre o ombro. — Seja qual for a idade destes restos mortais, acho que temos uma cena de crime aqui.

Os outros homens se juntaram a eles, e pareceu que o oxigênio do ar havia sido sugado. O zumbir dos mosquitos cresceu em um rugido pulsante. Está tão quente, pensou Maura. Ela se levantou e caminhou com pernas bambas até o limiar da floresta, onde a copa de um carvalho projetava uma sombra. Sentando em uma pedra, ela segurou a cabeça com as mãos, pensando: é isso o que acontece quando não como nada pela manhã.

— Maura? — chamou Ballard. — Você está bem?

— É só o calor. Preciso me refrescar um instante.

— Quer água? Tenho um pouco no carro, se não se incomoda de beber da mesma garrafa.

— Obrigada. Cairia bem.

Ela olhou quando ele foi até o carro, as costas da camisa marcadas de suor. Ele não se incomodou em escolher um caminho mais fácil, apenas continuou em frente, suas botas pisando no solo desnivelado. Decidido. Era assim que Ballard caminhava, como um homem que sabia o que devia ser feito, e simplesmente o fazia.

A garrafa que ele trouxe estava quente por ter ficado dentro do carro. Ela tomou um gole generoso, a água escorreu por seu queixo. Baixando a garrafa, viu que Ballard a observava. Por um instante, não percebeu o zumbir dos insetos, o murmúrio das vozes dos outros homens. Ali, na sombra verde das árvores, só conseguia se concentrar nele. No modo como as mãos dele roçaram as dela ao pegar a garrafa de volta. Na luz suave mosqueando seu cabelo, e a rede de rugas de riso ao redor de seus olhos. Ela ouviu Daljeet chamar seu nome, mas não respondeu, não se virou. Nem Ballard, que parecia preso pelo momento. Ela pensou: um de nós tem de romper o encanto. Um de nós tem de despertar. Mas acho que não consigo.

— Maura? — Daljeet de repente estava ao lado dela, que não o viu se aproximar.

— Temos um problema interessante — disse ele.

— Que problema?

— Venha dar outra olhada no ílio.

Ela se levantou devagar, sentindo-se mais equilibrada, pensando com clareza. O gole de água e os poucos momentos à sombra deram-lhe um novo alento. Ela e Ballard seguiram Daljeet de volta ao local onde estava o osso do quadril, e ela viu que Daljeet afastara um pouco de terra, expondo mais da pélvis.

— Cheguei ao sacro deste lado — disse ele. — Dá para ver o orifício pélvico e a tuberosidade isquial.

Ela se agachou ao lado dele. Nada disse durante um instante, apenas olhou para o osso.

— Qual o problema? — perguntou Ballard.

— Precisamos expor o restante — disse ela. Ela olhou para Daljeet. — Tem outra espátula?

Ajoelhados lado a lado, espátulas em mãos, ela e Daljeet retiraram mais solo pedregoso. Raízes de árvores haviam crescido por entre as fossas ósseas, ancorando os ossos a seu túmulo, e tiveram de cortá-las para liberar a pélvis. Quanto mais profundamente escavavam, mais rápido seu coração começou a bater. Os caçadores de tesouro cavavam em busca de ouro. Ela o fazia em busca de segredos. Atrás das respostas que apenas uma sepultura pode fornecer. A cada espátula cheia de terra que removiam, mais a pélvis ficava em evidência. Trabalhavam com fervor agora, suas ferramentas escavavam fundo.

Quando por fim olharam para a pélvis exposta, ambos estavam muito atônitos para dizer qualquer coisa.

Maura levantou-se e se virou para ver o crânio, ainda pousado sobre a folha de plástico. Ajoelhada a seu lado, ela tirou as luvas e correu os dedos nus acima da órbita, sentindo a robusta curva da crista supraorbital. Então ela virou o crânio para examinar a protuberância occipital.

Aquilo não fazia sentido.

Ela se voltou sobre os joelhos, sua blusa estava encharcada de suor. Com exceção do zumbir dos insetos, a clareira estava em silêncio. As árvores erguiam-se por todos os lados, guardando aquele lugar secreto. Olhando para a impenetrável muralha verde, sentiu como se a estivesse observando, como se a própria floresta estivesse olhando para ela. Esperando por seu próximo movimento.

— O que houve, Dra. Isles?

Ela ergueu a cabeça para o detetive Corso.

— Temos um problema — disse ela. — Este crânio...

— O que tem?

— Vê estas cristas aqui, sobre as órbitas? E veja aqui atrás, na base do crânio. Se passar os dedos por aqui, poderá sentir uma protuberância. Chama-se de protuberância occipital.

— E daí?

— É onde o *ligamentum nuchae* se prende, ancorando os músculos da nuca ao crânio. O fato de a protuberância estar tão evidente indica que este indivíduo tinha uma musculatura robusta. Com quase toda certeza este é o crânio de um homem.

— E qual é o problema?

— Aquela pélvis ali pertencia a uma mulher.

Corso olhou para ela e virou-se para olhar para o Dr. Singh.

— Concordo completamente com a Dra. Isles — disse Daljeet.

— Mas isso significa...

— Temos os restos mortais de dois indivíduos diferentes aqui — disse Maura. — De um homem e de uma mulher. — Ela se levantou e olhou para Corso. — A questão é: quantos outros estão enterrados aqui?

Por um instante, Corso pareceu muito surpreso para responder. Então, voltou-se lentamente, olhou para a clareira como se a visse pela primeira vez e disse:

— Chefe Gresham, vamos precisar de voluntários. Muitos. Policiais, bombeiros. Vou chamar nossa equipe de Augusta, mas não será o bastante. Não para o que precisamos fazer.

— De quantas pessoas está falando?

— O necessário para revirarmos este lugar.

Corso olhou para as árvores que os cercavam.

— Vamos esmiuçar cada centímetro quadrado deste lugar. A clareira, a floresta. Se há mais de duas pessoas enterradas aqui, eu vou descobrir.

12

Jane Rizzoli crescera no subúrbio de Revere, além da ponte Tobin vindo do centro de Boston. Era uma vizinhança de trabalhadores, com casas em forma de caixa, um lugar onde, todo 4 de Julho, as salsichas de cachorro-quente fritavam em churrasqueiras de quintal e bandeiras dos EUA eram exibidas com orgulho nas fachadas das casas. A família Rizzoli teve sua parcela de altos e baixos, incluindo alguns meses terríveis quando Jane tinha 10 anos de idade e seu pai ficou desempregado. Ela era crescida o bastante para sentir o medo da mãe e absorver o desespero furioso do pai. Ela e seus dois irmãos sabiam como era viver na corda bamba entre conforto e ruína, e embora ela agora desfrutasse de um pagamento regular como policial, ela nunca conseguiu silenciar por completo os vestígios de insegurança de sua infância. Ela sempre pensaria em si mesma como a menina de Revere que cresceu sonhando um dia ter uma casa grande em uma vizinhança melhor, uma casa com banheiros suficientes de modo que não fosse preciso esmurrar a porta toda manhã para conseguir tomar banho. Teria de haver uma chaminé de tijolos e uma porta da frente dupla e uma aldrava de bronze. A casa na frente da qual estava estacionada tinha tudo isso e mais: a aldrava de bronze, a porta frontal dupla e não uma, mas duas chaminés. Tudo o que ela sempre havia sonhado.

Mas era a casa mais feia que ela já tinha visto na vida.

As outras casas de East Dedham eram do tipo que a gente espera encontrar em uma vizinhança confortável de classe média: garagens de dois carros e gramados bem-cuidados. Carros último tipo estacionados nos acesso de veículo. Nada elegante. Nada que pedisse *olhe para mim*. Mas aquela casa... bem, ela não apenas pedia sua atenção. Ela exigia.

Era como se Tara, a casa de fazenda de ...*E o vento levou*, tivesse sido levada por um tornado e caído em um lote urbano. Não tinha um gramado propriamente dito, apenas uma faixa de terra dos lados, tão estreita que mal dava para empurrar um cortador de grama entre a parede e a cerca do vizinho. Colunas brancas ornavam uma varanda onde Scarlett O'Hara podia namorar à vista do tráfego da rua Sprague. A casa a fez pensar em Johnny Silva e em como ele gastou todo o seu primeiro pagamento em um Corvette vermelho-cereja.

— Tentando fingir não ser um perdedor — dissera o pai. — O garoto mal se mudou do porão da casa dos pais e compra um carro esporte de luxo. Quanto maior o perdedor, maior o carro.

Ou constrói a maior casa da vizinhança, pensou ela, olhando para aquela Tara-em-Sprague.

Tirou a barriga de detrás do volante. Sentiu o bebê sapatear em sua bexiga enquanto subia os degraus da varanda. Primeiro, o mais importante, pensou. Peça para usar o banheiro. A campainha não apenas tocou, ela *badalou*, como um sino de catedral chamando os fiéis para o culto.

A loura que lhe abriu a porta parecia ter entrado na casa errada. Em vez de Scarlett O'Hara, era uma Barbie clássica: cabelos e seios grandes, corpo apertado em uma roupa de ginástica cor-de-rosa. Uma face tão artificialmente desprovida de expressão que só podia ser resultado de Botox.

— Sou a detetive Rizzoli, estou aqui para ver Terence van Gates. Liguei mais cedo.

— Oh, sim, Terry está esperando por você.

Uma voz infantil, alta e doce. Tudo bem em pequenas doses, mas após uma hora, pareceria com o ruído de unhas arranhando em um quadro-negro.

Rizzoli entrou no saguão e foi imediatamente confrontada com uma imensa pintura na parede. Era Barbie, trajando um vestido de gala verde, ao lado de um enorme vaso de orquídeas. Tudo na casa parecia grande demais. As pinturas, os tetos, os seios.

— Estão reformando o prédio do escritório dele, então ele está trabalhando em casa hoje. No fim do corredor, à direita.

— Desculpe-me... lamento não saber seu nome.

— Bonnie.

Bonnie, Barbie. Perto.

— Você é a... Sra. Van Gates? — perguntou Rizzoli.

— Sim.

Mulher-troféu. Van Gates devia ter perto de 70 anos.

— Posso usar o banheiro? Ultimamente tenho precisado de um a cada dez minutos.

Pela primeira vez, Bonnie pareceu perceber que Rizzoli estava grávida.

— Oh, querida! Claro que sim. É logo ali.

Rizzoli nunca vira um banheiro pintado de rosa-choque. A privada ficava em uma plataforma, como um trono, com um telefone instalado na parede ao lado. Como se alguém quisesse tratar de negócios enquanto, bem, fazia o seu negócio. Ela lavou as mãos com sabão cor-de-rosa na pia cor-de-rosa, secou-as com toalhas cor-de-rosa e saiu dali.

Bonnie desaparecera, mas Rizzoli podia ouvir a batida da música de ginástica e o ruído de pés pulando no andar de cima. Bonnie fazia sua rotina de exercícios. Um dia desses também vou entrar em forma, pensou Rizzoli. Mas me recuso a fazê-lo usando uma roupa de ginástica cor-de-rosa.

Ela desceu o corredor em busca do escritório de Van Gates. Procurou primeiro em uma grande sala de estar com um piano de cauda branco, tapete e mobília igualmente brancos. Sala branca, sala cor-de-rosa. O que viria a seguir? Passou por outra pintura de Bonnie no corredor, desta vez posando como uma deusa grega em um vestido branco, mamilos discerníveis através do tecido diáfano. Essa gente devia estar em Vegas.

Finalmente chegou a um escritório.

— Sr. Van Gates? — disse ela.

O homem sentado atrás da escrivaninha de cerejeira ergueu a cabeça, e ela viu olhos azuis e úmidos, uma face flácida pela idade, e um cabelo... que *tom* era aquele? Algo entre amarelo e laranja. Com certeza não era intencional, apenas um tingimento que não deu certo.

— Detetive Rizzoli? — disse ele. Ele olhou para a barriga dela e ficou ali parado, olhando, como se nunca tivesse visto uma policial grávida.

Fale comigo, não com minha barriga. Ela foi até a escrivaninha e apertou-lhe a mão. Percebeu os implantes que pontilhavam seu couro cabeludo, das quais brotavam cabelos como pequenos tufos de grama amarela, como uma última e desesperada afirmação de virilidade. É o que merece por ter se casado com uma mulher-troféu.

— Sente-se, sente-se — disse ele.

Ela se acomodou em uma cadeira de couro macia. Ao olhar ao redor, percebeu que a decoração ali era radicalmente diferente do resto da casa. Era estilo Advogado Tradicional, com prateleiras de madeira escura e mogno repletas de periódicos e livros jurídicos. Nem um pingo de rosa. Claramente, ali era seu domínio, uma zona livre de Bonnie.

— Realmente não sei como posso ajudá-la, detetive — disse ele. — A adoção de que está falando aconteceu há quarenta anos.

— Não é exatamente o que se pode chamar de história antiga.

Ele riu.

— Duvido que fosse nascida na época.

Seria aquilo uma cutucada? O modo de ele dizer que ela era jovem demais para estar aborrecendo-o com tais perguntas?

— Não se lembra das pessoas envolvidas?

— Estou apenas dizendo que faz muito tempo. Havia acabado de me formar. Trabalhava em um escritório alugado, com mobília alugada e sem secretária. Atendia meu próprio telefone. Aceitava qualquer caso que aparecesse: divórcios, adoções, álcool ao volante. Qualquer coisa que pagasse o aluguel.

— E você obviamente ainda tem todos esses arquivos. De seus casos na época.

— Estão guardados.

— Onde?

— No File-Safe, em Quincy. Mas antes de irmos adiante, devo dizer: as partes envolvidas neste caso em particular requisitaram sigilo absoluto. A mãe verdadeira não quer seu nome revelado. Aqueles registros foram selados há anos.

— Este é um caso de homicídio, Sr. Van Gates. Uma das duas adotadas está morta.

— Sim, eu sei. Mas não consigo entender o que isso tem a ver com sua adoção há quarenta anos. Por que isso é relevante para sua investigação?

— Por que Anna Leoni ligou para você?

Ele pareceu assustado. Nada que dissesse depois poderia desfazer aquela reação inicial, aquela expressão de *e agora*.

— Perdão? — disse ele.

— No dia anterior a seu assassinato, Anna Leoni ligou do Tremont Hotel para seu escritório. Temos o registro telefônico. A conversa durou 37 minutos. Agora, vocês devem ter falado a respeito de *alguma coisa* nesses 37 minutos. Você não a deixou esperando todo esse tempo, certo?

Ele nada disse.

— Sr. Van Gates?

— Aquela... aquela conversa foi confidencial.

— A Srta. Leoni era sua cliente? Você cobrou por aquela chamada?

— Não, mas...

— Então, você não está preso pelo privilégio advogado-cliente.

— Mas estou preso pela confidencialidade de outro cliente.

— A mãe biológica.

— Bem, ela *era* minha cliente. Ela deu seus bebês sob uma condição: que seu nome nunca fosse revelado.

— Isso foi há quarenta anos. Ela pode ter mudado de idéia.

— Não sei. Não imagino onde ela esteja. Nem mesmo sei se ainda está viva.

— Foi por isso que Anna ligou para você? Para perguntar sobre a mãe?

Ele se recostou na cadeira.

— Os adotados com freqüência têm curiosidade a respeito de suas origens. Para alguns, torna-se uma obsessão. Daí, começam a caçar documentos. Investem milhares de dólares e um bocado de tristeza procurando mães que não querem ser encontradas. E se eles *de fato* as encontram, raramente é o conto de fadas que esperavam. Era isso que ela estava procurando, detetive. Um final feliz. Às vezes, seria melhor esquecerem disso e continuarem as suas vidas.

Rizzoli pensou na própria infância, em sua própria família. Ela sempre soube quem era. Ela podia olhar para seus avós, seus pais, e ver sua ascendência gravada em suas faces. Ela era um deles até o DNA, e não importava o quanto seus parentes a aborrecessem ou a envergonhassem, ela sabia que eram dela.

Mas Maura Isles nunca vira a si mesma nos olhos de uma avó. Será que, ao andar pela rua, Maura olhava para o rosto dos estranhos com quem cruzava procurando traços semelhantes aos seus? Uma curva familiar da boca ou a inclinação do nariz? Rizzoli podia compreender muito bem a ânsia de conhecer suas origens. Saber que você não é um ramo perdido, mas um galho de uma árvore profundamente enraizada.

Ela encarou Van Gates.

— Quem é a mãe de Anna Leoni?

Ele balançou a cabeça.

— Vou dizer de novo: isso não é relevante para seu...

— Deixe-me decidir. Apenas diga o nome.

— Por quê? Para você irromper na vida de uma pessoa que pode não querer ser lembrada de um erro da juventude? O que isso tem a ver com o assassinato?

Rizzoli inclinou-se para a frente, apoiando ambas as mãos na escrivaninha. Invadindo seu espaço particular de maneira agressiva. Doces Barbies podiam não fazer aquilo, mas garotas policiais de Revere não tinham medo de fazê-lo.

— Podemos intimá-lo a exibir seus arquivos. Ou posso pedir com educação.

Olharam-se por um instante. Então ele liberou um suspiro de derrota.

— Tudo bem, não precisamos passar por isso outra vez. Vou contar, está bem? O nome da mãe é Amalthea Lank. Ela tinha 24 anos. E precisava de dinheiro. Desesperadamente.

Rizzoli franziu o cenho.

— Está me dizendo que ela recebeu dinheiro pelos bebês?
— Bem...
— Quanto?
— Uma boa quantia. O bastante para ter um bom começo de vida.
— Quanto?
Ele piscou.
— Vinte mil dólares, cada.
— Cada *bebê*?
— Duas famílias felizes pairam com uma criança. Ela ficou com o dinheiro. Acredite, pais adotivos pagam um bocado de dinheiro atualmente. Sabe a dificuldade de adotar um recém-nascido branco? Não há bebês suficientes. É oferta e procura, é isso.

Rizzoli recostou-se, chocada ao saber que uma mulher daria seus filhos em troca de dinheiro.

— Isso é tudo o que posso lhe dizer — disse Van Gates. — Se quiser descobrir mais, bem, talvez vocês policiais devessem tentar conversar uns com os outros. Economizaria um bocado de tempo.

A última afirmação a deixou intrigada. Então ela se lembrou do que ele dissera pouco antes: *não precisamos passar por isso outra vez*.

— Quem mais perguntou sobre essa mulher? — disse ela.
— Vocês são todos iguais. Vocês vêm, ameaçam tornar minha vida uma desgraça caso eu não coopere...
— Foi outro policial?
— Sim.
— Quem?
— Não me lembro. Faz alguns meses. Devo ter apagado o nome dele da minha mente.
— Por que ele queria saber?
— Por que ela o meteu nisso. Vieram juntos.
— Anna Leoni veio aqui com ele?

— Ele estava fazendo aquilo para ela. Um favor — disse Van Gates com desprezo. — Todos nós deveríamos ter policiais nos fazendo favores.

— Faz vários meses? Vieram vê-lo juntos?

— Acabei de dizer isso.

— E você lhe disse o nome da mãe?

— Sim.

— Então, por que Anna ligou para você na semana passada, se ela já sabia o nome da mãe?

— Porque viu uma fotografia no *Boston Globe*. Uma mulher que era igual a ela.

— A Dra. Maura Isles.

Ele assentiu.

— A Srta. Leoni me perguntou diretamente, então lhe contei.

— Contou o quê?

— Que ela tinha uma irmã.

13

Aqueles ossos mudaram tudo.

Maura planejava voltar para Boston naquela noite. Em vez disso, ela retornou rapidamente ao chalé para vestir calças jeans e uma camiseta, então voltou em seu próprio carro até a clareira. Vou ficar mais um pouco, pensou, e vou embora às 16 horas. Mas, à medida que a tarde passava, à medida que os peritos chegaram de Augusta, e as equipes de busca começaram a vasculhar a área que Corso mapeara na clareira, Maura perdeu a noção do tempo. Comeu em duas dentadas um sanduíche de frango que voluntários entregaram no local. Tudo tinha gosto do repelente de mosquito que ela passara no rosto, mas estava com tanta fome que teria comido pão velho com muito prazer. Apetite saciado, voltou a vestir as luvas, pegou uma espátula e ajoelhou-se na terra ao lado do Dr. Singh.

As 16h chegou e passou.

As caixas de papelão começaram a se encher de ossos. Costelas e vértebras lombares. Fêmures e tíbias. Na verdade, o trator não espalhara demais os ossos. Os restos mortais da mulher estavam todos localizados em um raio de dois metros. Os do homem, unidos por uma teia de raízes de amoreira, estavam ainda mais juntos. Parecia haver apenas dois indivíduos, mas demorou a tarde inteira para desenterrá-los. Presa pela empolgação da escavação, Maura não conseguia ir embora. Não enquanto cada pá de terra que ela peneirava revelava alguma coisa nova. Um botão, uma bala ou um dente. Como estudante da Universidade de Stanford, ela passara um verão trabalhando em um sítio arqueológico na Baja Califórnia. Embora as temperaturas de lá chegassem aos 32 graus e sua única sombra fosse um chapéu de abas largas, trabalhou sem intervalos na parte mais quente do dia, movida pela mesma febre que aflige os caçadores de tesouros que acreditam que o próximo artefato está a apenas alguns centímetros de distância. Essa febre era o que ela experimentava então, ajoelhada entre as samambaias, afastando mosquitos. Foi o que a manteve escavando durante toda a tarde e noite adentro, enquanto nuvens de tempestade se avolumavam e os trovões reboavam a distância.

Isso e a emoção que sentia sempre que Rick Ballard se aproximava.

Mesmo enquanto peneirava a terra e afastava raízes, ela estava ciente de sua presença. Sua voz, sua proximidade. Foi ele quem lhe trouxe uma garrafa de água fresca, quem lhe entregou o sanduíche. Quem parou para pousar uma mão em seu ombro e perguntar como ela estava. Seus colegas do laboratório raramente a tocavam. Talvez fosse o seu distanciamento, ou algum sinal silencioso que ela emitia, dizendo que não gostava de contato pessoal. Mas Ballard não hesitou em estender o braço e apoiar a mão em suas costas.

Seus toques a deixavam ruborizada.

Quando os peritos começaram a guardar seus instrumentos ao fim do dia de trabalho, ela deu-se conta de que já eram 19 horas, e a luz do dia estava acabando. Seus músculos estavam doloridos, suas roupas, sujas. Ela se levantou, trêmula de cansaço, e viu Daljeet fechar e selar com fita adesiva duas caixas de restos mortais. Cada um pegou uma caixa e a levou para o carro dele.

— Depois disso, acho que me deve um jantar, Daljeet — disse ela.

— Restaurante Julien, prometo. Na próxima vez em que eu for a Boston.

— Acredite, vou cobrar.

Ele colocou as caixas dentro do carro e fechou a porta. Então, apertaram as mãos sujas de terra. Ela acenou quando ele se foi. A maior parte da equipe de busca também já havia ido embora. Restavam apenas alguns carros.

O jipe de Ballard estava entre eles.

Ela fez uma pausa na penumbra que se adensava e olhou para a clareira. Ele estava junto às árvores, conversando com o detetive Corso, de costas para ela. Maura se deteve ali, esperando que ele percebesse que ela estava a ponto de ir embora.

E daí? O que ela queria que acontecesse entre eles?

Vá embora antes de fazer papel de idiota.

Ela se virou abruptamente, caminhou até o carro, ligou o motor e saiu cantando pneus.

De volta ao chalé, tirou as roupas sujas e tomou um longo banho, ensaboando-se duas vezes para lavar qualquer resquício do repelente de mosquito. Ao sair do banheiro, deu-se conta de que não tinha mais roupas limpas para vestir. Planejara passar apenas uma noite em Fox Harbor.

Ela abriu a porta do armário e olhou para as roupas de Anna. Eram todas de seu tamanho. O que poderia vestir? Pegou um vestido de verão. Era de algodão branco, um tanto infantil para seu gosto, mas, naquela noite quente e úmida, era o que gostaria de vestir. Ao passar o vestido pela cabeça, sentiu o toque do tecido sobre a pele e se perguntou quando fora a última vez que Anna vestira aquela roupa, quando ela, pela última vez, amarrara o cordão do vestido ao redor da cintura. As dobras ainda estavam ali, marcando o tecido no lugar onde Anna fizera o nó. Tudo o que vejo e toco ainda tem sua marca, ela pensou.

O telefone tocou, e ela se voltou para a mesa-de-cabeceira. De algum modo ela sabia, antes mesmo de atender, que era Ballard.

— Não vi você ir embora — disse ele.

— Voltei para casa para tomar um banho. Eu estava imunda.

Ele riu.

— Eu também estou me sentindo bem desmazelado.

— Quando volta para Boston?

— Já está muito tarde. Acho que vou ficar mais uma noite. E você?

— Também não estou disposta a voltar hoje à noite.

Uma pausa.

— Você conseguiu um quarto de hotel? — perguntou ela.

— Trouxe minha barraca e meu saco de dormir. Vou ficar em um camping na estrada.

Demorou cinco segundos para ela se decidir. Cinco segundos para considerar as possibilidades. E as conseqüências.

— Tem um quarto vago aqui — disse ela. — Se quiser, é bem-vindo.

— Não quero incomodar.

— A cama está à disposição, Rick.

Outra pausa.

— Seria ótimo. Mas com uma condição.

— Qual?

— Você me deixa levar o jantar. Há um lugar que vende comida para viagem na rua principal. Nada elegante, talvez apenas lagosta cozida.

— Não sei quanto a você, Rick. Mas, na minha bíblia, lagosta definitivamente é um prato elegante.

— Quer vinho ou cerveja?

— A noite pede cerveja.

— Estarei aí em uma hora. Guarde seu apetite.

Ela desligou e logo se deu conta de que estava faminta. Havia alguns instantes, estava cansada demais para dirigir até a cidade e chegara a pensar em deixar o jantar de lado e simplesmente se deitar cedo. Agora estava faminta, não apenas por comida, mas também por companhia.

Vagou pela casa, inquieta e movida por muitos desejos contraditórios. Havia apenas algumas noites, jantara com Daniel Brophy. Mas havia muito que a igreja requisitara Daniel, e ela nunca estaria no páreo. Causas perdidas podiam ser sedutoras, mas quase nunca traziam felicidade.

Ela ouviu um reboar de trovão e foi até a porta de tela. Lá fora, a penumbra se tornara noite. Embora não tivesse visto relâmpagos, o ar em si parecia ter mudado. Carregado de possibilidades. Gotas de chuva começaram a cair no telhado. A princípio, apenas algumas pancadas hesitantes, então o céu se abriu como cem tocadores de tambor rufando seus instrumentos. Impressionada com a força da tempestade, ficou na varanda e observou a água caindo, e sentiu o ar frio tocar seu vestido e erguer seu cabelo.

Um par de faróis de automóvel atravessou a cortina d'água.

Ela ficou imóvel na varanda, seu coração batia como a chuva no telhado, enquanto o carro estacionava diante de sua casa. Ballard saiu, carregando um grande saco de compras e algumas cervejas. Com a cabeça baixa para evitar a torrente, ele subiu os degraus da escada da varanda.

— Não sabia que teria de nadar para chegar aqui — disse ele.

Ela riu.

— Venha, vou lhe dar uma toalha.
— Você se incomoda se eu tomar um banho? Ainda não tive chance de me limpar.
— Vá em frente.
Ela pegou o saco de compras que ele carregava.
— O banheiro fica no fim do corredor. Há toalhas limpas no armário.
— Vou pegar minha mala no carro.
Ela levou a comida para a cozinha e guardou a cerveja na geladeira. Ouviu a porta de tela se fechar quando ele entrou na casa. Então, pouco depois, ouviu o chuveiro ser ligado.
Sentou-se na mesa e suspirou. Isto é apenas um jantar, pensou. Uma noite como qualquer outra, sob um mesmo teto. Ela pensou na refeição que preparara para Daniel havia apenas alguns dias, e em como aquela noite fora diferente desde o início. Ao olhar para Daniel, ela via o inatingível. *E o que vejo ao olhar para Rick? Talvez mais do que devesse.*
O chuveiro foi desligado. Ela ficou sentada em silêncio, ouvindo, cada sentido subitamente tão apurado que conseguia perceber as lufadas de ar na pele. Os passos se aproximaram e de repente lá estava ele, cheirando a sabão, vestindo jeans e uma camisa limpa.
— Espero que não se incomode em jantar com um homem descalço — disse ele. — Minhas botas estão enlameadas demais para usar dentro de casa.
Ela riu.
— Então também vou ficar descalça. Vai parecer um piquenique.
Ela tirou as sandálias e foi até a geladeira.
— Pronto para uma cerveja?
— Estou pronto há horas.
Ela abriu duas garrafas e deu uma para ele. Enquanto bebia a sua, ela o viu inclinar a cabeça para trás e tomar um gole gene-

roso. Nunca verei Daniel assim, pensou. À vontade e descalço, com o cabelo molhado.

Ela se voltou e olhou para o saco de compras.

— Então, o que trouxe para jantar?

— Deixe-me mostrar.

Juntando-se a ela na bancada, ele pegou o saco e tirou dali diversas quentinhas de alumínio.

— Batatas assadas. Manteiga derretida. Milho na espiga. E o prato principal.

Ele abriu um grande recipiente de isopor, revelando duas lagostas vermelho vivo, ainda fumegando.

— Como se abre isso?

— Você não sabe abrir esses bichos?

— Esperava que você soubesse.

— Não tem segredo.

Ele tirou dois quebra-nozes do saco.

— Pronta para a cirurgia, doutora?

— Agora você está me deixando nervosa.

— Tudo depende de técnica. Mas primeiro, precisamos nos vestir.

— Como assim?

Ele enfiou a mão na sacola e tirou dali dois babadores de plástico:

— Deve estar brincando.

— Você acha que os restaurantes dão essas coisas só para os turistas parecerem bobos?

— Sim.

— Ora, vamos, tenha espírito esportivo. Isto vai garantir que esse seu belo vestido continue limpo.

Ele fez a volta por trás e prendeu o babador sobre o peito dela. Ela sentiu a respiração dele em seu cabelo enquanto ele amarrava os cordões atrás de seu pescoço. As mãos dele se detiveram ali, um toque que a fazia estremecer.

— Sua vez, agora — disse ela.
— Minha vez?
— Não vou ser a única a usar essas coisas ridículas.

Ele suspirou resignado e amarrou o babador ao redor do próprio pescoço. Olharam um para o outro, vestindo babadores de lagosta idênticos, e ambos caíram na gargalhada. Continuavam rindo quando se sentaram à mesa. Alguns goles de cerveja e um estômago vazio e estou fora de controle, pensou. *E é tão bom.*

Ele pegou um quebra-nozes.

— Então, Dra. Isles. Estamos prontos para operar?

Ela segurou seu quebra-nozes como um cirurgião a ponto de fazer a primeira incisão.

— Pronta.

A chuva continuava a golpear o telhado enquanto eles arrancavam garras, quebravam cascas e retiravam pedaços de carne adocicada. Não se preocuparam com garfos e comeram com as mãos, seus dedos escorregadios de manteiga, enquanto abriam garrafas de cerveja e partiam batatas assadas, expondo seu interior quente e macio. Naquela noite, os bons modos não importavam. Aquilo era um piquenique, e eles se sentavam descalços à mesa, lambendo os dedos. Trocando olhares.

— Isso é muito mais divertido do que comer com garfo e faca — disse ela.

— Nunca comeu lagosta com as mãos?

— Acredite se quiser, esta é a primeira vez que encontro uma ainda na casca.

Ela pegou um guardanapo e limpou a manteiga dos dedos.

— Não sou da Nova Inglaterra, você sabe. Mudei-me para cá há apenas dois anos. Vim de São Francisco.

— Isso me surpreende um pouco.

— Por quê?
— Você me parece uma típica ianque.
— Como assim?
— Contida. Reservada.
— Tento ser.
— Está dizendo que essa não é você de verdade?
— Todos representamos papéis. Tenho minha máscara oficial no trabalho. Aquela que uso quando sou a Dra. Isles.
— E quando está com amigos?

Ela deu um gole na cerveja e pousou a garrafa com delicadeza sobre a mesa.

— Ainda não fiz muitos amigos em Boston.
— Demora se você é de fora.

De fora. Sim, era assim que ela se sentia, todos os dias. Ela via os policiais dando tapinhas nas costas uns dos outros. Ouvia-os falar sobre churrascos e jogos de *softball* para os quais nunca fora convidada porque não era um deles, um policial. O "Dra." antes de seu nome era como uma parede, que os mantinha do lado de fora. E seus colegas médicos do laboratório, todos casados, também não sabiam o que fazer com ela. Divorciadas bonitas eram inconvenientes, perturbadoras. Uma ameaça ou tentação com a qual ninguém queria lidar.

— Então, o que a trouxe a Boston? — perguntou ele.
— Acho que precisava mudar de vida.
— Tédio profissional?
— Não, isso não. Eu era bem feliz na escola de medicina de lá. Era patologista no hospital universitário. Tinha a chance de trabalhar com todos aqueles jovens e brilhantes residentes e estudantes.
— Então, se não foi o trabalho deve ter sido a vida amorosa.

Ela olhou para a mesa, para os restos de seu jantar.

— Adivinhou.

— É neste momento que você me manda cuidar da minha própria vida.

— Eu me divorciei, isso é tudo.

— Algo que deseje falar a respeito?

Ela deu de ombros.

— O que posso dizer? Victor era brilhante, muito carismático...

— Opa, já estou com ciúmes.

— Mas você não consegue ficar casado com uma pessoa assim. É muito intenso. Queima tão rápido que você fica exausta. E ele...

Ela parou de falar.

— O quê?

Ela pegou a cerveja. Demorou-se saboreando a bebida.

— Ele não foi exatamente honesto comigo — disse ela. — Só isso.

Ela percebeu que ele queria saber mais, mas que notou o tom definitivo em sua voz. *Daqui não passamos.* Ele se levantou e foi até a geladeira pegar mais duas cervejas. Ele as abriu e entregou uma garrafa para Maura.

— Se vamos falar de ex-cônjuges — disse ele —, precisaremos de muito mais cerveja.

— Então não falemos. Se isso nos dói.

— Talvez doa por *não* falarmos a respeito.

— Ninguém quer saber de meu divórcio.

Ele se sentou e a encarou.

— Eu quero.

Nenhum homem, pensou, prestara atenção nela de modo tão completo, e ela não conseguia desviar o olhar. Ela se descobriu respirando fundo, inalando o cheiro de chuva e o rico aroma animal da manteiga derretida. Ela viu coisas no rosto dele que não havia notado antes. As mechas louras de seu cabelo. A cicatriz no queixo, uma tênue linha branca abaixo do lábio. O dente da frente lascado. Acabei de conhecer este homem, pensou, mas ele olha para mim como se me conhecesse desde sempre. Ao longe, ouviu o celular tocando no quarto, mas não quis atendê-lo. Deixou-o tocar até silenciar. Ela sempre atendia o telefone, mas naquela noite tudo parecia diferente. Maura se sentia *diferente*. Inconseqüente. Uma mulher que ignorava o telefone e comia com as mãos.

Uma mulher que poderia dormir com um homem que mal conhecia.

O telefone voltou a tocar.

Desta vez, a urgência daquele som por fim chamou sua atenção. Ela não podia mais ignorá-lo. Relutante, ela se levantou.

— Acho que devo atender.

Quando chegou ao quarto, o telefone parara de tocar outra vez. Ela ligou para seu correio de voz e ouviu duas mensagens diferentes, ambas de Rizzoli.

— Doutora, preciso falar com você. Ligue para mim.

A segunda mensagem foi gravada em um tom de voz mais queixoso:

— Sou eu de novo. Por que não atende?

Maura sentou-se na cama e, ao olhar para o colchão, não conseguiu evitar pensar que era grande o bastante para dois. Ela afastou o pensamento, respirou fundo e discou o número de Rizzoli.

— Onde você está? — perguntou Rizzoli.

— Ainda em Fox Harbor. Desculpe, não consegui atender a tempo.

— Viu Ballard por aí?

— Sim, acabamos de jantar. Como sabia que ele estava aqui?

— Porque ele me ligou ontem perguntando para onde você tinha ido. Soou como se estivesse disposto a ir até aí.

— Ele está na sala ao lado. Quer que eu o chame?

— Não, quero falar com você. — Rizzoli fez uma pausa. — Fui ver Terence van Gates hoje.

A mudança abrupta de assunto fez Maura ficar confusa.

— O quê? — perguntou ela, atônita.

— Van Gates. Você me disse que ele era o advogado que...

— Sim, sei quem é. O que ele lhe disse?

— Algo interessante. Sobre a adoção.

— Ele falou com você sobre isso?

— Sim. É incrível como as pessoas abrem o bico ao verem um distintivo. Ele me disse que sua irmã foi vê-lo há alguns meses. Assim como você, tentava encontrar a mãe biológica. Disse para ela o mesmo que para você. Arquivos lacrados, a mãe queria privacidade, blablablá. Então ela voltou com um amigo, que finalmente convenceu Van Gates de que era de seu interesse revelar o nome da mãe.

— E ele revelou?

— Sim, revelou.

Maura apertava o aparelho com tanta força contra o ouvido que ouviu o próprio sangue pulsando.

— Você sabe quem é minha mãe?

— Sim. Mas há algo mais...

— Diga o nome, Jane.

Uma pausa.

— Lank. Seu nome é Amalthea Lank.

Amalthea. O nome de minha mãe é Amalthea.

Maura emitiu um profundo suspiro de gratidão.

— Obrigada! Meu Deus, eu não consigo crer que finalmente...

— Espere. Não terminei.

O tom de voz de Rizzoli denunciava que algo de ruim estava a caminho. Algo que Maura não gostaria de ouvir.

— O que houve?

— Aquele amigo de Anna, o que falou com Van Gates?

— Sim?

— Era Rick Ballard.

Maura ficou imóvel. Da cozinha vinha o ruído de louça, o sibilar de água corrente. Passei o dia inteiro com ele e de repente descubro que não sei que tipo de homem ele realmente é.

— Doutora?

— Então, por que ele não me disse?

— Eu sei por quê.

— E por quê?

— Melhor perguntar para ele. Peça-lhe para lhe contar o resto da história.

Quando ela voltou à cozinha, viu que ele havia tirado a mesa e jogado as cascas de lagosta na lixeira. Estava em pé junto à pia lavando as mãos e não se deu conta de que ela estava à porta, olhando para ele.

— O que você sabe sobre Amalthea Lank? — perguntou Maura.

Ele ficou tenso, ainda de costas para ela. Houve um longo silêncio.

Ele pegou um pano de prato e demorou-se enxugando as mãos. Ganhando tempo antes de responder, pensou Maura. Mas não havia desculpa aceitável, nada que ele dissesse reverteria a sensação de desconfiança que ela agora sentia.

Finalmente ele se virou para ela.

— Esperava que você não descobrisse. Amalthea Lank não é uma mulher que você deseje conhecer, Maura.

— Ela é minha mãe? Droga, diga apenas isso.

Um menear de cabeça relutante.

— Sim. É.

Pronto, ele disse. Ele confirmou. Outro momento se passou enquanto ela absorvia o fato de ele ter omitido uma informação tão importante. O tempo todo ele a olhou com preocupação.

— Por que não me contou? — perguntou ela.

— Só estava pensando em você, Maura. Naquilo que era melhor para você...

— A verdade não é melhor para mim?

— Neste caso, não. Não é.

— O que quer dizer com isso?

— Cometi um erro com sua irmã... um erro sério. Ela queria tanto conhecer a mãe que eu achei que poderia lhe fazer esse favor. Não fazia idéia de que fosse acontecer o que aconteceu. — Ele deu um passo em direção a ela. — Eu estava tentando protegê-la, Maura. Vi o efeito que aquilo teve sobre Anna. Não queria que acontecesse o mesmo com você.

— Eu não sou Anna.

— Mas é igual a ela. Tão parecida que dá medo. Não apenas sua aparência, mas o modo como você pensa.

Ela riu com sarcasmo.

— Então agora você pode ler minha *mente*?

— A sua mente não. Sua personalidade. Anna era tenaz. Quando queria algo, não largava. O mesmo acontece com você: quando quer saber alguma coisa, não pára até conseguir uma resposta. O modo como você escavou na floresta hoje, aquilo não era trabalho seu, nem sua jurisdição. Não havia motivo para você estar lá, exceto pura curiosidade. E teimosia. Você queria encontrar aqueles ossos, então os encontrou. Anna era assim também. — Ele suspirou. — Só lamento ela ter encontrado o que buscava.

— Quem era minha mãe, Rick?

— Uma mulher que você não quer conhecer.

Demorou um instante até Maura registrar completamente o significado daquela resposta. *Tempo presente.*

— Minha mãe está viva.

Relutante, ele assentiu.

— E você sabe onde encontrá-la.

Ele não respondeu.

— Droga, Rick! — ela explodiu. — Por que você simplesmente não *me diz*?

Ele foi até a mesa e se sentou, como se estivesse cansado demais para continuar a batalha.

— Porque sei que vai ser doloroso para você saber dos fatos. Especialmente sendo quem é. Sua profissão.

— O que meu trabalho tem a ver com isso?

— Você trabalha na manutenção da lei. Você ajuda a levar assassinos à Justiça.

— Eu não levo ninguém à Justiça. Apenas forneço fatos. Às vezes, os fatos não são aqueles que a polícia deseja ouvir.

— Mas você trabalha do *nosso* lado.

— Não. Do lado da *vítima*.

— Tudo bem, do lado da vítima. Por isso não vai gostar do que tenho a lhe dizer.

— Você não disse nada até agora.

Ele suspirou.

— Tudo bem. Talvez deva começar dizendo onde ela mora.

— Prossiga.

— Amalthea Lank, a mulher que abriu mão de você, está presa em uma instalação do Departamento de Correção de Massachusetts, em Framingham.

Com as pernas subitamente bambas, Maura sentou-se na cadeira diante dele e sentiu o braço roçar em um pouco de manteiga derretida que se solidificara sobre a mesa. Prova da alegre refeição que compartilharam havia menos de uma hora, antes de seu universo virar de cabeça para baixo.

— Minha mãe está presa?

— Sim.

Maura olhou-o e não conseguiu fazer a pergunta seguinte porque tinha medo da resposta. Mas ela já tinha dado o primeiro passo nesse sentido, e mesmo sem saber aonde aquilo a levaria, não podia voltar atrás agora.

— O que ela fez? — perguntou Maura. — Por que está na cadeia?

— Cumpre prisão perpétua — disse ele. — Por duplo homicídio.

— Era isso que eu não queria que você soubesse — disse Ballard.

"Eu vi o que isso causou a Anna, saber do que a mãe era culpada. Saber de onde vinha o sangue que tinha nas veias. Essa é uma herança que ninguém quer ter: um assassino na família. É claro que ela não quis acreditar. Achou que podia ser um erro, que talvez a mãe fosse inocente. E após vê-la...

— Espere. Anna conheceu nossa mãe?

— Sim. Eu e ela fomos juntos ao ICM-Framingham. A prisão feminina. Foi outro erro, porque a visita só a confundiu ainda mais a respeito da culpa da mãe. Ela simplesmente não conseguia aceitar o fato de sua mãe ser um mons... — Ele parou de falar.

Um monstro. Minha mãe é um monstro.

A chuva se resumiu a um simples tamborilar no telhado. Embora a tempestade tivesse passado, ela ainda conseguia ouvir seu rumor distante à medida que se afastava mar adentro. Mas na cozinha, tudo era silêncio. Estavam sentados à mesa, um diante do outro, Rick observando-a com uma preocupação muda, como se tivesse medo de que ela ruísse. Ele não me conhece, pensou Maura. Não sou Anna. Não vou ficar arrasada. E não preciso de ninguém para cuidar de mim.

— Conte-me o resto — disse ela.

— O resto?

— Você disse que Amalthea Lank foi condenada por duplo homicídio. Quando foi isso?

— Há cerca de cinco anos.

— Quem eram as vítimas?

— Não é algo fácil de dizer. Ou de ouvir.

— Até agora você já disse que minha mãe é uma assassina, e eu recebi a notícia muito bem.

— Melhor do que Anna — admitiu ele.

— Então, diga-me quem eram as vítimas e não omita nada. Uma coisa que não suporto, Rick, é que as pessoas escondam a verdade de mim. Fui casada com um homem que tinha muitos segredos. Foi o que acabou com nosso casamento. Não vou aceitar mais isso de ninguém.

— Tudo bem. — Ele se inclinou para a frente, olhando-a nos olhos. — Você quer detalhes, então serei brutalmente honesto a esse respeito. Porque os detalhes *são* brutais. As vítimas eram duas irmãs, Theresa e Nikki Wells, 35 e 28 anos, de Fitchburg, Massachusetts. Estavam paradas no acostamento com um pneu furado. Era fim de novembro e caía uma tempestade de neve inesperada. Devem ter se achado pessoas de sorte quando um carro parou para lhes dar carona. Dois dias depois, seus corpos foram encontrados a cinqüenta quilômetros dali, em um galpão incendiado. Uma semana depois, a polícia de Virgínia parou Amalthea Lank por uma infração de trânsito. Descobriram que as placas do carro dela eram roubadas. Então, notaram manchas de sangue no pára-choque traseiro. Quando a polícia revistou o carro, descobriu as carteiras das vítimas, assim como uma chave de roda com as digitais de Amalthea. Testes posteriores revelaram vestígios de sangue no objeto. Sangue de Nikki e Theresa. A prova final foi gravada por uma câmera de segurança de um posto de gasolina de Massachusetts. Amalthea Lank é vista na gravação enchendo um recipiente de plástico com gasolina. A gasolina que usou para queimar os corpos das vítimas.

Ele a olhou nos olhos.

— Aí está. Fui brutal. Era o que queria?

— Qual a causa da morte? — perguntou ela, a voz estranhamente calma. — Você disse que os corpos foram queimados, mas como as mulheres foram mortas?

Ele a olhou um instante, como se não aceitando sua compostura.

— Radiografias dos restos mortais mostravam que os crânios de ambas as mulheres foram fraturados, muito provavelmente com a chave de roda. A irmã mais jovem, Nikki, foi golpeada no rosto com tanta força que os ossos faciais afundaram, deixando nada além de uma cratera. O crime foi terrível.

Ela pensou no cenário que lhe fora apresentado. Pensou em uma tempestade de neve e em duas irmãs no acostamento. Quando uma mulher parou o carro para ajudar, elas tinham todos os motivos para confiar na boa samaritana, especialmente sendo mais velha. Mulheres mais velhas ajudando mulheres mais jovens.

Ela olhou para Ballard.

— Você disse que Anna não acreditou que ela fosse culpada.

— Acabei de lhe dizer o que foi apresentado no julgamento. A chave de roda, o vídeo do posto de gasolina. As carteiras roubadas. Qualquer júri a teria condenado.

— Isso aconteceu há cinco anos. Qual era a idade de Amalthea?

— Não me lembro. Sessenta e poucos.

— E ela conseguiu subjugar e matar duas mulheres que eram décadas mais jovens do que ela?

— Meu Deus, você está fazendo o mesmo que Anna. Duvidando do óbvio.

— Porque o óbvio nem sempre é verdade. Qualquer pessoa fisicamente capaz reagiria ou fugiria. Por que Theresa e Nikki não o fizeram?

— Devem ter sido pegas de surpresa.
— Mas as *duas*? Por que a outra não fugiu?
— Uma delas não tinha condições físicas.
— Como assim?
— A irmã mais jovem, Nikki. Estava grávida de nove meses.

14

Mattie Purvis não sabia se era dia ou noite. Não tinha relógio, de modo que não conseguia ter noção das horas e dos dias. Esta era a pior parte, não saber há quanto tempo estava naquela caixa. Quantas batidas de coração, quanta respiração gasta a sós com seu medo. Tentou contar os segundos, então os minutos, mas desistiu ao cabo de cinco. Era um exercício inútil, mesmo servindo como distração para o desespero.

Ela já explorara cada centímetro quadrado de sua prisão. Não encontrou qualquer ponto fraco, nenhuma fissura que pudesse abrir ou alargar. Ela estendera o cobertor sob o próprio corpo, um revestimento bem-vindo dada a dureza da madeira. Aprendera a usar o penico de plástico sem espalhar muita urina. Mesmo trancada em uma caixa, a vida seguia uma rotina. Dormir. Beber água. Urinar. Tudo o que ela tinha para medir a passagem do tempo era seu estoque de comida. Quantas barras de chocolate Hershey ela comera, e quantas restavam.

Ainda havia uma dúzia no saco.

Ela colocou um pedaço de chocolate na boca, mas não mastigou. Deixou-o derreter na língua. Ela sempre adorara chocolate e nunca conseguira passar por uma loja de doces sem parar para admirar as trufas em exibição, como jóias negras em seus ninhos de papel. Ela pensou em cacau em pó, recheio azedinho de cereja e xarope de rum escorrendo por seu queixo... Muito longe daquela simples barra de chocolate. Mas chocolate era chocolate, e ela saboreava o que tinha.

Não vão durar para sempre.

Ela olhou para as embalagens amassadas espalhadas por sua prisão, preocupada por já ter consumido tanta comida. Quando acabasse, o que aconteceria? Com certeza havia mais por vir. Por que seu seqüestrador forneceria comida e água apenas para que ela morresse de fome dias depois?

Não, não, não. Querem-me viva, não morta.

Ela ergueu o rosto para a grade de ventilação e inspirou profundamente. Querem que eu viva, continuou repetindo para si mesma. Querem que eu viva.

Por quê?

Ela se encostou na parede, a pergunta ecoando em sua mente. A única resposta a que conseguia chegar: *resgate*. Oh, que seqüestrador burro. Você caiu na ilusão de Dwayne. Os BMWs, o relógio Breitling, as gravatas de marca. *Quando você dirige uma máquina dessas, está mantendo uma imagem.* Ela começou a rir histericamente. Fui seqüestrada por causa de uma imagem construída com dinheiro emprestado. Dwayne não pode pagar qualquer resgate.

Ela o imaginou entrando em casa e descobrindo que ela havia ido embora. Vai ver que meu carro está na garagem, a cadeira tombada no chão, pensou ela. Não vai fazer sentido até ele ler o bilhete de resgate. Até ler a exigência de dinheiro. *Você vai pagar, não vai?*

Não vai?

Subitamente, a luz perdeu intensidade. Ela bateu a lanterna contra a palma da mão e esta voltou a brilhar mais intensamente, mas apenas por um instante. Então, voltou a enfraquecer. Ah, meu

Deus, as pilhas. Estúpida, não devia ter mantido a lanterna acesa durante tanto tempo! Ela remexeu o saco de compras e abriu outro pacote de pilhas novas, que caíram e rolaram por todo lado.

A luz se apagou.

O som de sua própria respiração preenchia a escuridão. Gemidos de pânico crescente. Tudo bem, tudo bem, Mattie, pare com isso. Você sabe que tem pilhas novas. Basta instalá-las do jeito certo.

Ela tateou o chão, recolhendo as pilhas caídas. Respirou fundo, abriu a lanterna, apoiando a tampa com cuidado sobre os joelhos dobrados. Tirou as pilhas usadas, colocou-as de lado. Cada movimento que fazia era na total escuridão. Se ela perdesse um pedaço vital, talvez nunca mais voltasse a achá-lo. Calma, Mattie. Você já instalou pilhas antes. Apenas as coloque aí dentro, lado positivo primeiro. Uma, duas. Agora, enrosque a tampa na extremidade...

A luz surgiu, clara e maravilhosa. Ela emitiu um suspiro e deitou de costas, exausta como se tivesse corrido dois quilômetros. Você recuperou sua luz, agora, economize-a. Não a deixe acabar outra vez. Ela desligou a lanterna e sentou-se no escuro. Desta vez, sua respiração estava regular, lenta, sem pânico. Podia estar cega, mas tinha o dedo no interruptor e podia ligar a luz a qualquer instante. *Estou no controle.*

O que ela não conseguia controlar, sentada no escuro, eram os medos que agora a assaltavam. A essa altura, Dwayne já deve saber que fui seqüestrada, pensou. Ele leu o bilhete ou recebeu uma ligação telefônica. *Seu dinheiro ou sua mulher.* Ele vai pagar, claro que vai. Ela o imaginou implorando para uma voz anônima ao telefone. *Não a machuque, por favor, não a machuque!* Ela o imaginou soluçando na mesa da cozinha, arrependido, muito arrependido por todas as coisas ruins que dissera para ela. Pelas centenas de maneiras diferentes por meio das quais a fez se sentir pequena e insignificante. Agora, desejaria retirar tudo o que disse, desejaria poder lhe dizer o quanto ela significava para ele...

Está sonhando, Mattie.

Ela fechou os olhos ao sentir uma angústia tão profunda que parecia agarrar e apertar seu coração com um punho cruel.

Você sabe que ele não a ama. Você sabe disso há meses.

Envolvendo o abdome com os braços, ela abraçava a si mesma e ao bebê. Curvada em um canto de sua prisão, não mais podia evitar a verdade. Ela lembrou da expressão de desagrado do marido ao olhar para sua barriga quando ela saiu do chuveiro naquela noite. Ou da noite em que ela veio por trás para beijá-lo no pescoço e ele simplesmente a evitou. Ou a festa na casa dos Everett havia dois meses, em que ela o perdera de vista e acabou encontrando-o no gazebo dos fundos, flertando com Jen Hockmeister. Houve pistas, tantas pistas, e ela as ignorou porque acreditava no verdadeiro amor. Acreditava nele desde que fora apresentada a Dwayne Purvis em uma festa de aniversário e vira que ele era o homem de sua vida, mesmo havendo coisas a respeito dele que a aborreciam. O fato de sempre terem que dividir a conta quando saíam, ou a incapacidade dele de passar diante de um espelho sem ajeitar o cabelo. Coisas que não importavam no longo prazo porque havia o amor para uni-los. Era isso o que ela dizia para si mesma, belas mentiras que faziam parte do amor de outras pessoas, talvez de um caso de amor que tivesse visto no cinema, mas não do dela. Não de sua vida.

Sua vida era assim. Sentada, fechada dentro de uma caixa, esperando o resgate de um marido que não a queria de volta.

Pensou no Dwayne de verdade, não no de mentira, sentado na cozinha e lendo o bilhete de resgate. *Estamos com sua mulher. A não ser que nos pague um milhão de dólares...*

Não, era dinheiro demais. Nenhum seqüestrador em sã consciência pediria tanto. Quanto os seqüestradores andavam cobrando por uma esposa atualmente? Cem mil dólares soava bem mais razoável. Ainda assim, Dwayne se recusaria a pagar. Consideraria tudo o que tem. Os BMWs, a casa. E quanto vale uma mulher?

Se você me ama, se algum dia me amou, vai pagar. Por favor, por favor, pague.

Ela se deitou no chão, abraçando a si mesma, encolhendo-se em desespero. Sua caixa particular, mais escura e mais profunda do que qualquer prisão onde pudessem encarcerá-la.

— *Moça. Moça.*

Ela parou em meio a um soluço e ficou estática, incerta de ter realmente ouvido o sussurro. Agora já estava ouvindo vozes. Estava ficando louca.

— Fale comigo, moça.

Ligou a lanterna e a apontou para cima. Dali vinha a voz: da grade de ar.

— Pode me ouvir? — Era uma voz masculina. Baixa e melíflua.

— Quem é você? — disse ela.

— Encontrou a comida?

— *Quem é você?*

— Seja cuidadosa. A comida tem de durar.

— Meu marido vai pagar. Eu sei que vai. Por favor, apenas me tire daqui!

— Está sentido dor?

— O quê?

— Alguma dor?

— Só quero sair! Deixe-me *sair!*

— Quando for a hora.

— Quanto tempo vai me manter aqui? Quando vai me deixar sair?

— Mais tarde.

— Como assim?

Nenhuma resposta.

— Olá? Senhor, *olá*? Diga a meu marido que estou viva. Diga que ele *tem* de pagar!

Os passos se afastaram.

— Não vá! — gritou ela. — Deixe-me sair!

Ela ergueu-se e golpeou o teto, gritando:

— Você tem de *me deixar sair*!

Os passos se foram. Ela olhou para a grade. Ele disse que voltaria, pensou. Amanhã vai voltar. Após Dwayne pagar o resgate ele vai me deixar sair.

Então lhe ocorreu. *Dwayne*. A voz além da grade não mencionara seu marido nenhuma vez.

15

Jane Rizzoli dirigia como uma típica habitante de Boston, a mão pronta para tocar a buzina, seu carro passando rente aos carros estacionados em fila dupla, ao abrir caminho até a rampa da auto-estrada. A gravidez não abrandara sua agressividade. Na verdade, ela parecia mais impaciente do que o habitual, enquanto o trânsito conspirava para detê-la a cada cruzamento.

— Não sei, doutora — disse ela, dedos tamborilando no volante enquanto esperavam paradas no sinal de trânsito. — Isso só vai confundir ainda mais sua cabeça. Quero dizer, qual a vantagem de vê-la?

— Ao menos saberei quem é minha mãe.

— Você sabe o nome dela. Sabe o crime que ela cometeu. Isso não basta?

— Não, não basta.

Atrás delas, alguém buzinou. O sinal estava verde.

— Imbecil — disse Rizzoli, ao atravessar o cruzamento.

Pegaram a auto-estrada oeste para Framingham, o Subaru de Rizzoli diminuído entre os comboios de carretas e veículos utilitários. Uma semana depois de ter trafegado pelas estradas tranqüilas do Maine, foi um choque para Maura estar de volta a uma auto-estrada movimentada onde um pequeno erro, um momento de desatenção, era o que bastava para estreitar o espaço entre vida e morte. A direção rápida e destemida de Rizzoli fez Maura se sentir apreensiva. Ela, que nunca se arriscava, que insistia no carro mais seguro e em *air bags* duplos, que nunca deixara o marcador do tanque de gasolina baixar além de um quarto, não estava nem um pouco à vontade. Não quando carretas de duas toneladas passavam a centímetros de sua janela.

Só quando deixaram a auto-estrada para entrar na Rota 126, através do centro de Framingham, que Maura se acalmou e largou o painel. Mas agora enfrentava outros medos, não das carretas enormes ou dos carros em alta velocidade. O que ela mais temia era ver-se frente a frente consigo mesma.

E odiar o que visse.

— Você pode mudar de idéia quando quiser — disse Rizzoli, como se lesse os pensamentos de Maura. — Basta pedir e eu faço um retorno. Podemos ir ao Friendly's tomar um café. Talvez comer uma torta de maçã.

— Há alguma hora do dia em que as grávidas parem de pensar em comida?

— Não *esta* grávida.

— Não vou mudar de idéia.

— Tudo bem, tudo bem — disse Rizzoli. E passou a dirigir em silêncio por um instante. — Ballard veio me ver esta manhã.

Maura olhou para ela, mas o olhar de Rizzoli estava fixado na estrada adiante.

— Por quê?

— Queria explicar por que nunca nos disse sobre sua mãe. Olhe, sei que está furiosa com ele, doutora. Mas acho que ele realmente estava tentando protegê-la.

— Foi o que ele disse?

— Acredito nele. Talvez até concorde com ele. Também cheguei a pensar em omitir essa informação de você.

— Mas não omitiu. Você me ligou.

— O que quero dizer é que entendo por que ele não quis falar com você.

— Ele não tinha desculpa para me negar essa informação.

— É uma coisa de homem, sabe? Talvez uma coisa de policial. Desejam proteger a mocinha...

— Então, escondem a verdade?

— Só estou dizendo que sei de suas razões.

— *Você* não ficaria furiosa no meu lugar?

— Claro.

— Então por que o está defendendo?

— Por que ele é bonito?

— Oh, por favor.

— Só estou dizendo que ele lamenta muito por tudo isso. Mas acho que ele gostaria de dizê-lo pessoalmente.

— Não estou com cabeça para desculpas.

— Então simplesmente vai ficar com raiva dele?

— Por que estamos discutindo esse assunto?

— Não sei, acho que foi pela forma como ele falou de você. Como se tivesse acontecido algo entre vocês lá em cima. Aconteceu?

Maura sentiu Rizzoli olhando-a com aqueles enormes olhos de policial, e sabia que, caso mentisse, Rizzoli perceberia.

— Não preciso de nenhuma relação complicada.

— O que há de complicado? Quero dizer, fora o fato de você estar chateada com ele?

— Uma filha. Uma ex-esposa.

— Homens na idade dele são todos de segunda mão. Todos têm ex-mulheres.

Maura olhou para a estrada adiante.

— Sabe, Jane, nem todas as mulheres são feitas para o casamento.

— É o que eu costumava pensar, e veja o que aconteceu comigo. Um dia não suporto o sujeito, no outro não consigo deixar de pensar nele. Nunca achei que isso fosse acontecer.

— Gabriel é dos bons.

— É, um sujeito correto. Mas a questão é que ele tentou fazer o mesmo que Ballard fez, aquele negócio de macho protetor. E fiquei irritada com ele. O ponto é: a gente nunca pode prever quando é o cara certo.

Maura pensou em Victor. Em seu casamento desastroso.

— Não, não pode.

— Mas pode começar se concentrando no que é possível, nas chances. E esquecer os homens que nunca darão certo.

Embora não tivessem mencionado o nome, Maura sabia que ambas estavam falando de Daniel Brophy. O impossível personificado. Uma miragem sedutora que poderia tentá-la ao longo dos anos, das décadas, até a velhice. Deixando-a sozinha.

— Aqui é a saída — disse Rizzoli, entrando na Loring Drive. O coração de Maura começou a bater mais forte quando viu a placa do ICM-Framingham. *É hora de ficar cara a cara comigo mesma.*

— Ainda pode mudar de idéia — disse Rizzoli.

— Já falamos sobre isso.

— É, só queria que soubesse que pode voltar atrás se quiser.

— Você voltaria, Jane? Depois de uma vida inteira se perguntando quem é sua mãe, como ela é, você desistiria a essa altura? Quando está tão perto de finalmente ter respostas para as perguntas que sempre se fez?

Rizzoli virou-se para olhar para ela. Rizzoli, que parecia estar sempre em movimento, sempre no olho de um ou outro furacão, agora observava Maura com plácida compreensão.

— Não — disse ela. — Não voltaria.

Na ala administrativa do edifício Betty Cole Smith, ambas apresentaram suas identidades e assinaram o livro de visitas. Alguns minutos depois, a superintendente Barbara Gurley desceu para encontrá-las na recepção. Maura esperava uma diretora de prisão imponente, mas a mulher que ela viu parecia uma bibliotecária, o cabelo curto, mais cinza do que castanho, uma figura magra vestida com uma saia amarela e blusa de algodão cor-de-rosa.

— Prazer em conhecê-la, detetive Rizzoli — disse Gurley. Então, voltou-se para Maura. — E você é a Dra. Isles?

— Sim. Obrigada por me atender.

Maura cumprimentou-a e recebeu de volta um aperto de mão frio e reservado. Ela sabe quem sou, pensou Maura. Sabe por que estou aqui.

— Vamos ao meu escritório. Separei o arquivo dela para vocês.

Gurley seguiu na frente, agindo com total eficiência. Sem movimentos desnecessários, sem olhar para trás para ver se as visitantes a estavam acompanhando. Entraram em um elevador.

— Esta é uma instalação de nível quatro? — perguntou Rizzoli.

— Sim...

— Isso não caracteriza um nível médio de segurança? — perguntou Maura.

— Estamos desenvolvendo uma unidade de nível seis. Esta é a única unidade de correção feminina no estado de Massachusetts. Então, por enquanto, é o que temos. Precisamos lidar com todo o espectro de criminosos.

— Mesmo assassinos em massa? — perguntou Rizzoli.

— Se são mulheres e foram condenadas por um crime, vêm para cá. Não temos os mesmos problemas de segurança que têm as penitenciárias masculinas. Além disso, nossa abordagem é um pouco diferente. Enfatizamos tratamento e reabilitação. Algumas de nossas internas têm problemas mentais e com abuso de drogas. Afora isso, há o complicador de muitas delas serem mães, de modo que também temos de lidar com o assunto emocional da separação materna. Há um bocado de crianças que choram quando acaba a hora de visita.

— E quanto a Amalthea Lank? Têm algum problema especial com ela?

— Temos... — Gurley hesitou, o olhar fixado adiante. — Alguns.

— Como o quê?

A porta do elevador abriu e Gurley saiu.

— Aqui é meu escritório.

Atravessaram uma ante-sala. As duas secretárias olharam para Maura, então, rapidamente baixaram a cabeça para as telas de seus computadores. *Todos tentam evitar meu olhar*, pensou. *O que têm medo de ver?*

Gurley levou as visitantes para seu escritório e fechou a porta.

— Por favor, sentem-se.

A sala foi uma surpresa. Maura achou que deveria refletir a própria Gurley: eficiente e sem adornos. Mas em toda parte havia fotografias de rostos sorridentes. Mulheres carregando bebês, crianças posando com o cabelo cuidadosamente penteado e camisas passadas. Um jovem casal de noivos cercado de crianças. Os dele, os dela, os nossos.

— Minhas meninas — disse Gurley, apontando para a parede de fotografias. — Estas são as que fizeram a transição de volta à sociedade. As que fizeram a escolha certa e continuaram a viver suas vidas. Infelizmente — disse ela, o sorriso esmorecendo em seus lábios —, Amalthea Lank nunca figurará nesta parede.

Ela se sentou atrás da escrivaninha e olhou para Maura.

— Não estou certa de que sua visita aqui seja uma boa idéia, Dra. Isles.

— Nunca conheci minha mãe verdadeira.

— É o que me preocupa.

Gurley recostou-se em sua cadeira e observou Maura por um instante.

— Todas queremos amar nossas mães. Desejamos que sejam mulheres especiais porque isso *nos torna* especiais, sendo suas filhas.

— Não espero amá-la.

— Então, o que espera?

A pergunta fez Maura se calar. Pensou na mãe imaginária que criou quando criança, desde que o primo cruelmente lhe revelou a verdade: que Maura era adotada. Que este era o motivo de ela ser a única pessoa com cabelo preto em uma família de gente loura. Ela construíra uma mãe de conto de fadas baseada na cor de seus cabelos. Uma nobre italiana, forçada a abrir mão da filha concebida em uma relação proibida. Ou uma bela espanhola abandonada pelo amante, que morreu tragicamente por causa da desilusão amorosa. Como Gurley dissera, ela sempre imaginara alguém especial, até mesmo extraordinária. Agora ela estava a ponto de se confrontar não com a fantasia, mas com a mulher real, e a perspectiva disso fazia sua boca ficar seca.

Rizzoli disse para Gurley:

— Por que você acha que ela não deveria ver a mãe?

— Só estou pedindo que aborde esta visita com cautela.

— Por quê? A interna é perigosa?

— Não no sentido de ela atacar alguém fisicamente. Na verdade, ela é bem dócil na superfície.

— E sob a superfície?

— Pense no que ela fez, detetive. Quanto ódio é necessário para romper o crânio de uma mulher com uma chave de roda? Agora, responda a esta pergunta: o que se oculta sob a superfície de Amalthea? — Gurley olhou para Maura. — Tem de enfrentar isso com os olhos abertos e perfeitamente ciente de com quem está lidando.

— Eu e ela podemos compartilhar o mesmo DNA — disse Maura. — Mas não tenho ligação emocional com essa mulher.

— Então você só está curiosa.

— Preciso resolver isso. Preciso continuar com minha vida.

— Provavelmente também foi o que sua irmã pensou. Você sabe que ela veio visitar Amalthea?

— Sim, soube.

— Não creio que isso tenha lhe trazido alguma paz. Acho que isso apenas a perturbou.

— Por quê?

Gurley empurrou uma pasta de arquivo sobre a escrivaninha em direção a Maura.

— Esses são os registros psiquiátricos de Amalthea. Tudo o que precisa saber sobre ela está aqui. Por que não lê isso em vez de vê-la pessoalmente? Leia, vá embora e esqueça-se dela.

Maura não tocou no arquivo. Foi Rizzoli quem tomou a pasta em mãos e disse:

— Ela está sob tratamento psiquiátrico?

— Sim — disse Gurley.

— Por quê?

— Porque Amalthea é esquizofrênica.

Maura olhou para a superintendente.

— Então, por que foi condenada por assassinato? Se é esquizofrênica, não deveria estar na cadeia e, sim, em um hospital.

— Diversas de nossas internas estão na mesma situação. Diga isso aos tribunais, Dra. Isles, porque eu já tentei. O próprio sistema é insano. Mesmo que você esteja completamente psicótico ao cometer um assassinato, é raro uma defesa alegando insanidade comover um júri.

Rizzoli perguntou:

— Tem certeza de que ela *é* louca?

Maura virou-se para Rizzoli. Viu que ela olhava para o registro psiquiátrico da interna.

— Há alguma dúvida quanto ao diagnóstico dela?

— Conheço a psiquiatra que a tem atendido, a Dra. Joyce O'Donnell. Ela em geral não perde tempo tratando esquizofrênicos de mentira.

Ela olhou para Gurley.

— Por que ela está envolvida no caso?

— Você parece ter ficado perturbada com isso — disse Gurley.

— Se você conhecesse a Dra. O'Donnell, também ficaria. — Rizzoli fechou a pasta com força e respirou fundo. — Há algo mais que a Dra. Isles precise saber antes de ver a prisioneira?

Gurley olhou para Maura.

— Acho que não consegui dissuadi-la, não é?

— Não. Estou pronta para vê-la.

— Então vou levá-la à entrada de visitantes.

16

Ainda posso mudar de idéia.

Esse pensamento continuou passando pela cabeça de Maura enquanto ela passava pelo processo de admissão de visitantes, retirava o relógio e a bolsa e guardava-os em um armário. Não podia portar jóias nem bolsa na sala de visitas, e ela se sentia nua sem a sua bolsa, desprovida de qualquer prova de identidade e de todos os pequenos cartões de plástico que contavam ao mundo quem ela era. Ela fechou o armário e o ruído que ouviu foi um lembrete do mundo no qual estava a ponto de entrar: um lugar onde as portas eram trancadas, onde vidas eram aprisionadas em caixas.

Maura esperava que o encontro fosse em particular, mas quando a guarda a admitiu na sala de visitas, Maura viu que privacidade era impossível. As visitas vespertinas haviam começado uma hora antes, e a sala ressoava com vozes infantis e o caos de famílias reunidas. Moedas chacoalhavam em uma máquina de sanduíches, doces e batatas fritas.

— Amalthea já está descendo — disse a guarda para Maura. — Por que não se senta?

Maura foi até uma mesa vazia e sentou-se. O tampo de plástico estava pegajoso de suco derramado. Ela manteve as mãos no colo e esperou, com o coração disparado e a garganta seca. A clássica reação de luta ou fuga, pensou. Por que diabos estou tão nervosa?

Ela se levantou e foi até uma pia. Encheu um copo de papel com água e bebeu. Sua garganta ainda estava seca. Esse tipo de sede não podia ser saciada apenas com água. A sede, o pulso acelerado, as mãos suadas, todos eram um mesmo reflexo, o corpo se preparando para uma ameaça iminente. Relaxe, relaxe. Você vai encontrá-la, dirá algumas palavras, satisfará sua curiosidade e irá embora. Seria assim tão difícil? Ela amassou o copo de papel, virou-se e ficou estática.

Uma porta havia se aberto e uma mulher entrou, com ombros retos e o queixo erguido e confiante. Ela olhou para Maura e, por um instante, deteve-se ali. Maura pensou: *é ela,* mas a mulher virou-se, sorriu e abriu os braços para abraçar uma criança que corria em sua direção.

Maura ficou confusa, sem saber se sentava ou permanecia em pé. Então a porta se abriu novamente, e a guarda que falara com ela voltou a aparecer, conduzindo uma mulher pelo braço. Uma mulher que não andava e, sim, arrastava os pés, os ombros tombados para a frente, a cabeça curvada, como se obsessivamente procurasse no chão algo que perdera. A guarda a trouxe até a mesa onde estava Maura, puxou uma cadeira e sentou a prisioneira.

— Agora, veja, Amalthea. Esta senhora veio vê-la. Por que não conversa com ela, hein?

A cabeça de Amalthea permaneceu curvada, seu olhar fixado no tampo da mesa. Cachos despenteados de cabelos caíam-lhe sobre o rosto em uma cortina oleosa. Embora muito grisalho, era evidente que aquele cabelo já fora preto. Como o meu, pensou Maura. Como o de Anna.

A guarda deu de ombros e olhou para Maura.

— Bem, vou deixá-las a sós, está bem? Quando acabar, acene que eu a levo de volta.

Amalthea não ergueu a cabeça quando a guarda se afastou. Nem pareceu perceber a visitante que acabara de se sentar diante dela. Sua postura permaneceu estática, a face oculta por trás da cortina de cabelo sujo. A camisa da prisão estava folgada, como se ela estivesse encolhendo dentro das roupas. A mão, apoiada sobre a mesa, balançava para a frente e para trás, em um tremor incessante.

— Olá, Amalthea — disse Maura. — Você sabe quem eu sou?

Sem resposta.

— Meu nome é Maura Isles. Eu... — Maura engoliu em seco. — Procuro você há muito tempo.

A vida inteira.

A cabeça da mulher se voltou para o lado. Não em reação ao que Maura lhe dissera, apenas um tique involuntário. Um impulso extraviado percorrendo nervos e músculos.

— Amalthea, eu sou sua filha.

Maura olhou, esperando uma reação. Até mesmo ansiosa por uma. Naquele momento, tudo o mais na sala pareceu ter sumido. Não ouvia mais a cacofonia das crianças ou das moedas caindo nas máquinas, ou o arranhar das cadeiras no chão de linóleo. Tudo o que via era aquela mulher cansada e alquebrada.

— Pode olhar para mim? Por favor, *olhe* para mim.

Finalmente a cabeça se ergueu, movendo-se em pequenos espasmos, como uma boneca mecânica cujas engrenagens estivessem enferrujadas. O cabelo maltratado se abriu, e os olhos se concentraram em Maura. Olhos insondáveis. Maura nada viu ali, nenhuma consciência. Nenhuma alma. Os lábios de Amalthea se moveram, mas não produziram qualquer som. Apenas outro espasmo muscular, sem intenção, sem sentido.

Um menino pequeno passou por ali, deixando no ar um cheiro de fralda suja. Na mesa ao lado, uma mulher de cabelos louros escuros com uniforme de prisioneira estava sentada segurando a cabeça entre as mãos e soluçando silenciosamente enquanto seu visitante do sexo masculino observava, sem expressão. Naquele momento ocorria uma dezena de dramas familiares como o de Maura. Ela era apenas um dos figurantes que não conseguia enxergar além do âmbito de sua crise particular.

— Minha irmã, Anna, veio vê-la — disse Maura. — Ela era igual a mim. Você se lembra dela?

A mandíbula de Amalthea se movia agora, como se estivesse mastigando. Uma refeição imaginária que apenas ela podia provar.

Não, claro que ela não se lembrava, pensou Maura, olhando com frustração para a expressão vazia de Amalthea. Ela não me vê, não sabe quem eu sou nem por que estou aqui. Estou gritando dentro de uma caverna vazia, e apenas minha voz ecoa de volta.

Determinada a extrair uma reação, qualquer reação, Maura disse, com crueldade quase deliberada:

— Anna está morta. Sua outra filha está morta. Você sabia disso?

Nenhuma resposta.

Por que diabos estou tentando? Não há ninguém aí. Não há luz nesses olhos.

— Bem — disse Maura. — Voltarei outra hora. Talvez então você fale comigo.

Com um suspiro, Maura se levantou e olhou ao redor em busca da guarda. Ela a viu do outro lado da sala. Maura havia acabado de erguer a mão para acenar quando ouviu a voz. Um murmúrio tão baixo que ela bem poderia tê-lo imaginado:

— Vá embora.

Surpresa, Maura olhou para Amalthea, que estava sentada na mesma posição, lábios retorcidos, olhar ainda perdido.

Lentamente, Maura se sentou.

— O que disse?

O olhar de Amalthea buscou o dela. E apenas por um instante, Maura viu consciência dentro deles. Um brilho de inteligência.

— Vá embora antes que ele a veja.

Um calafrio percorreu a espinha de Maura e fez os pêlos de sua nuca se arrepiarem.

Na mesa ao lado, a loura ainda chorava. Seu visitante levantou-se e disse:

— Desculpe, mas você vai ter de aceitar. As coisas são assim.

Ele se foi, de volta para a vida exterior, onde as mulheres usam blusas bonitas e não uniformes azuis. Onde as portas fechadas podem ser abertas.

— Quem? — perguntou Maura. Amalthea não respondeu. — Quem vai me ver, Amalthea? — pressionou Maura. — O que quer dizer?

Mas o olhar de Amalthea voltou a se esvaziar. Aquele breve lampejo de consciência se foi, e Maura outra vez olhava para o nada.

— Então, acabou a visita? — perguntou a guarda alegremente.

— Ela é sempre assim? — perguntou Maura, observando os lábios de Amalthea formando palavras mudas.

— Geralmente. Ela tem dias bons e dias ruins.

— Ela mal falou comigo.

— Falará, se a conhecer melhor. A maior parte das vezes ela se cala, mas às vezes fala. Escreve cartas, até mesmo usa o telefone.

— Para quem ela liga?

— Não sei. Sua psiquiatra, eu acho.

— A Dra. O'Donnell?

— A loura. Esteve aqui algumas vezes, então Amalthea se sente muito à vontade com ela. Não é mesmo, querida? — Ela pegou o braço da prisioneira. — Vamos, levante-se. Vou levá-la de volta.

Obediente, Amalthea levantou-se e permitiu que a guarda a guiasse para longe da mesa. Ela se moveu apenas alguns passos e então parou.

— Amalthea, vamos.

Mas a prisioneira não se moveu. Ficou parada como se seus músculos tivessem se solidificado de repente.

— Querida, não posso esperar o dia inteiro. Vamos.

Amalthea virou-se devagar. Seus olhos ainda estavam vazios. As palavras que disse a seguir foram emitidas em uma voz que não era exatamente humana e, sim, mecânica. Uma entidade estrangeira canalizada por meio de uma máquina. Ela olhou para Maura.

— Agora você vai morrer também — disse ela.

Então virou-se e se arrastou de volta a sua cela.

— Ela tem discinesia tardia — disse Maura. — Por isso a superintendente Gurley tentou me desencorajar a visitá-la. Não queria que eu visse o estado de Amalthea. Ela não queria que eu descobrisse o que fizeram com ela.

— O que fizeram com ela exatamente? — perguntou Rizzoli. Estava outra vez ao volante, guiando-as entre carretas que faziam a pista tremer e o pequeno Subaru chacoalhar com a turbulência.

— Está me dizendo que a transformaram em algum tipo de zumbi?

— Você viu o registro psiquiátrico. Seus primeiros médicos a trataram com fenotiazinas. É um tipo de droga antipsicótica. Em mulheres mais velhas, essas drogas podem ter efeitos colaterais devastadores. Um deles é chamado de discinesia tardia... movimentos involuntários da boca e da face. O paciente não consegue parar de mascar ou inflar as bochechas ou pôr a língua para fora. Ela não tem controle sobre isso. Imagine como deve ser. Todo mundo olhando enquanto você faz caretas. Você é visto como um anormal.

— Como parar os movimentos?

— Não é possível. Deveriam ter parado de ministrar a droga assim que ela apresentou os primeiros sintomas. Mas esperaram muito. Então a Dra. O'Donnell pegou o caso. Foi ela quem finalmente interrompeu as drogas. Reconheceu o que estava acontecendo.

Maura suspirou com raiva.

— A discinesia tardia provavelmente é permanente.

Ela olhou pela janela, para o trânsito que aumentava. Dessa vez não se sentiu ansiosa vendo toneladas de metal passando a seu lado. Em vez disso, pensava em Amalthea Lank, em seus lábios movendo-se de maneira incessante, como se murmurando segredos.

— Está me dizendo que ela não precisava dessas drogas?

— Não. Estou dizendo que deveriam ter parado antes.

— Então ela é louca? Ou não é?

— Esse foi o diagnóstico inicial. Esquizofrenia.

— E qual é o seu?

Maura pensou no olhar vago de Amalthea, em suas palavras obscuras. Palavras que não faziam sentido a não ser como uma ilusão paranóica.

— Tenho de concordar — disse ela. Com um suspiro, ela se recostou no banco. — Eu não me vejo nela, Jane. Não vejo nenhuma parte de mim naquela mulher.

— Bem, deve ser um alívio nessas circunstâncias.

— Mas ainda existe um vínculo entre nós. Você não pode negar o próprio DNA.

— Conhece a velha máxima, o sangue sempre fala mais alto? Isso é besteira, doutora. Você nada tem em comum com aquela mulher. Ela a deu à luz. E é só. Relação terminada.

— Ela sabe tantas respostas. Quem é meu pai. Quem sou.

Rizzoli virou-se para olhá-la, então voltou-se para a estrada.

— Vou lhe dar um conselho. Sei que vai se perguntar de onde tirei isso. Acredite-me, não estou inventando. Aquela mulher, Amalthea Lank, é alguém de quem você deve manter distância. Não a veja, não fale com ela. Nem mesmo pense nela. Ela é perigosa.

— Ela não passa de uma esquizofrênica terminal.

— Não estou tão certa disso.

Maura olhou para Rizzoli.

— O que sabe sobre ela que eu não sei?

Rizzoli dirigiu algum tempo sem nada dizer. Não era o tráfego que a preocupava. Parecia estar ponderando a resposta, considerando a melhor forma de dizer aquilo.

— Lembra-se de Warren Hoyt? — ela afinal perguntou. Embora tivesse dito o nome sem emoção discernível, ela trincou os dentes e suas mãos agarraram o volante com força.

Warren Hoyt, pensou Maura. *O Cirurgião.*

Era assim que a polícia o chamava. Ganhara o apelido por causa das atrocidades que infligia a suas vítimas. Seus instrumentos eram silver tape e um bisturi. Suas vítimas, mulheres que dormiam em suas camas, sem se darem conta do intruso ao lado delas no escuro, antecipando o prazer do primeiro corte. Jane Rizzoli fora seu alvo final, seu oponente em um jogo de inteligência que ele não esperava perder.

Mas foi ela quem o derrubou com um único tiro que rompeu sua coluna vertebral. Agora tetraplégico, com membros paralisados e inúteis, o universo de Warren Hoyt resumia-se a um quarto de hospital, e os poucos prazeres que lhe restavam eram os da mente, uma mente que continuava tão brilhante e perigosa como sempre.

— Claro que me lembro dele — disse Maura. Ela vira o resultado de seu trabalho, as terríveis mutilações que seu bisturi produzira na carne de uma de suas vítimas.

— Tenho andado de olho nele — disse Rizzoli. — Você sabe, só para me certificar de que o monstro ainda está na jaula. Ele ainda está lá, tudo bem, na unidade de ortopedia. E, nos últimos oito meses, ele tem sido visitado pela Dra. Joyce O'Donnell toda quarta-feira à tarde.

Maura franziu o cenho.

— Por quê?

— Ela alega que é parte de sua pesquisa sobre comportamento violento. Sua teoria é a de que os assassinos não são responsáveis por seus atos. Que alguma coisa que aconteceu com suas cabeças quando eram crianças os tornou suscetíveis à violência. É claro que os advogados de defesa a têm em alta conta. Ela provavelmente lhe dirá que Jeffrey Dahmer foi apenas um mal-entendido, que John Wayne Gacy apenas levou muita pancada na cabeça. Ela defenderia qualquer um.

— As pessoas fazem aquilo pelo que são pagas.

— Não creio que ela faça isso por dinheiro.

— Então, por quê?

— Pela chance de estar perto e ser íntima de gente que mata. Ela diz ser sua área de estudo, que faz isso em nome da ciência. Sim, bem, Josef Mengele também agiu em nome da ciência. Isso é apenas uma desculpa, um modo de tornar respeitoso o que ela faz.

— O que ela faz?

— Ela é uma caçadora de emoções. Gosta de ouvir as fantasias dos assassinos, de "entrar" na cabeça deles, dar uma olhada, ver o que eles vêem. Saber como é ser um monstro.

— Você faz parecer como se ela fosse igual a eles.

— Talvez gostasse de ser. Vi cartas que ela escreveu para Hoyt enquanto ele estava na prisão. Pedindo que ele contasse todos os detalhes de seus assassinatos. Oh, sim, ela adora os detalhes.

— Muitas pessoas têm curiosidade sobre o macabro.

— Ela é mais do que curiosa. Ela quer saber como é cortar a carne e ver a vítima sangrar. Como é desfrutar desse poder supremo. Ela tem sede de detalhes como um vampiro tem sede de sangue.

Rizzoli fez uma pausa. Em seguida, deu uma gargalhada.

— Sabe, acabo de me dar conta de uma coisa. É isso que ela é, uma vampira. Ela e Hoyt se alimentam. Ele lhe conta suas fantasias, ela lhe diz que é normal ele gostar delas. É normal ser tomado pela idéia de cortar a garganta de alguém.

— E agora ela anda visitando minha mãe.

— É.

Rizzoli olhou para ela.

— Imagino quais fantasias *elas* compartilham.

Maura pensou nos crimes pelos quais Amalthea Lank fora condenada. Perguntou-se o que passara por sua cabeça quando dera carona para as duas irmãs. Terá sentido alguma excitação prévia, alguma sensação inebriante de poder?

— Apenas o fato de O'Donnell achar Amalthea digna de visita já diz alguma coisa — disse Rizzoli.

— O quê?

— O'Donnell não perde tempo com um assassinato qualquer. Ela não se incomoda com o cara que matou o caixa da loja de conveniência durante um assalto. Ou do marido que se irritou com a mulher e a empurrou escada abaixo. Não, ela passa seu tempo com os anormais que matam por prazer. Aqueles que dão uma última girada na faca porque gostam da sensação da lâmina raspando contra o osso. Ela passa seu tempo com os especiais. Os monstros.

Minha mãe, pensou Maura. Ela também é um monstro?

17

A casa da Dra. Joyce O'Donnell, em Cambridge, era uma grande mansão colonial branca em uma vizinhança de belas residências na rua Brattie. Uma cerca de ferro protegia o jardim de gramado perfeito e canteiros onde as rosas floresciam obedientes. Era um jardim disciplinado, nenhuma desordem permitida, e, enquanto subia o caminho de granito até a porta da frente, Maura já conseguia ter uma idéia de como era a moradora. Bem cuidada e bem vestida. Uma mente tão organizada quanto seu jardim.

A pessoa que atendeu à porta era exatamente como Maura imaginara.

A Dra. O'Donnell tinha o cabelo louro bem claro e a pele pálida e imaculada. Vestia uma camisa Oxford para dentro de uma calça branca bem passada, cortada para enfatizar sua cintura fina. Olhou para Maura sem grande entusiasmo. Em vez disso, o que Maura viu nos olhos da outra foi um brilho de curiosidade. O olhar de um cientista analisando algum novo espécime.

— Dra. O'Donnell? Sou Maura Isles.

O'Donnell respondeu com um firme aperto de mão.

— Entre.

Maura entrou em uma casa tão friamente elegante quanto a dona. O único toque de calor era dado pelos tapetes orientais cobrindo o chão escuro de tábua corrida. O'Donnell seguiu na frente através do saguão, até uma sala de estar formal, onde Maura se acomodou em um sofá de seda branca. O'Donnell sentou-se na poltrona diante dela. Na mesinha de jacarandá entre as duas havia uma pilha de arquivos e um gravador digital. Embora não estivesse ligado, a ameaça daquele gravador era outro detalhe que aumentava o incômodo de Maura.

— Obrigada por me receber — disse Maura.

— Estava curiosa. Imaginava como seria a filha de Amalthea. Eu a conheço, Dra. Isles, mas apenas pelo que leio nos jornais.

Ela se recostou na poltrona, parecendo estar perfeitamente confortável. Vantagem territorial. Ela tinha favores a conceder. Maura era apenas uma suplicante.

— Não sei nada a seu respeito pessoalmente. Mas gostaria de saber.

— Por quê?

— Eu me dou bem com Amalthea. Não consigo evitar me perguntar...

— Tal mãe, tal filha?

O'Donnell ergueu uma sobrancelha elegante.

— Foi você quem disse.

— Esse é o motivo de sua curiosidade a meu respeito. Não é?

— E qual é o motivo de sua curiosidade? Por que está aqui?

O olhar de Maura pairou sobre uma pintura acima da lareira. Uma tela a óleo extremamente moderna, em preto e vermelho.

— Quero saber quem realmente é essa mulher.

— Você sabe quem ela é. Você só não quer acreditar. Sua irmã também não quis.

Maura franziu o cenho.

— Você conheceu Anna?

— Não, na verdade nunca a vi. Mas recebi uma chamada há uns quatro meses, de uma mulher que se identificou como filha de Amalthea. Eu estava de partida para um julgamento de duas semanas em Oklahoma, então não pude me encontrar com ela. Apenas conversamos ao telefone. Ela foi visitar a mãe no ICM-Framingham, por isso sabia que eu era a psiquiatra de Amalthea. Queria saber mais sobre ela. A infância de Amalthea, sua família.

— E você sabe de tudo isso?

— Sei um pouco por meio de seus registros escolares e um pouco por meio do que ela me contou quando estava lúcida. Sei que nasceu em Lowell. Quando tinha cerca de 9 anos, sua mãe morreu, e ela foi morar com o tio e um primo, no Maine.

Maura ergueu a cabeça.

— Maine?

— Sim. Ela se formou no ensino médio em uma cidade chamada Fox Harbor.

Agora entendo por que Anna escolheu aquela cidade. Eu estava seguindo as pegadas de Anna. Ela seguia as de nossa mãe.

— Depois do ginásio, os registros acabam — disse O'Donnell. — Não sabemos para onde foi, ou como se sustentava. É provável que tenha sido nessa época que a esquizofrenia se estabeleceu. Em geral se manifesta no início da idade adulta. Ela provavelmente vagou durante anos e ficou do jeito que está hoje. Acabada e tendo alucinações. — O'Donnell olhou para Maura.— É um quadro muito triste. Sua irmã teve muita dificuldade em aceitar que aquela era mesmo sua mãe.

— Olhei para ela e nada vi de familiar. Nada de mim ali.

— Mas eu vejo a semelhança. É a mesma cor de cabelo. O mesmo queixo.

— Não nos parecemos em nada.
— Você realmente não vê? — O'Donnell inclinou-se, olhos fixos em Maura. — Diga-me, Dra. Isles, por que escolheu patologia?
Perplexa com a pergunta, Maura apenas olhou para ela.
— Você podia ter escolhido qualquer outra especialidade na medicina. Obstetrícia, pediatria. Podia estar trabalhando com pacientes vivos, mas você escolheu patologia. Especificamente, patologia forense.
— Qual é a razão de sua pergunta?
— A razão é que você de algum modo se sente atraída pela morte.
— Isso é absurdo.
— Então, por que escolheu essa especialidade?
— Porque gosto de respostas definitivas. Não gosto de jogos de adivinhação. Gosto de *ver* o diagnóstico sob a lente de meu microscópio.
— Você não gosta da incerteza.
— Quem gosta?
— Então podia ter escolhido matemática ou engenharia. Tantas outras carreiras envolvem precisão. Respostas definitivas. Mas aí está você no laboratório de perícia médica, convivendo com cadáveres.
O'Donnell fez uma pausa e então perguntou:
— Você gosta disso?
Maura encarou-a de cabeça erguida.
— Não.
— Você escolheu uma ocupação da qual não gosta?
— Escolhi o desafio. A satisfação está aí. Mesmo se a tarefa em si não seja agradável.
— Mas você não vê aonde quero chegar? Você me disse que nada vê de semelhante entre você e Amalthea Lank. Você olha para

ela e provavelmente vê alguém horrível. Ou, ao menos, uma mulher que cometeu atos horríveis. Há gente que olha para você, Dra. Isles, e provavelmente pensa o mesmo.

— Você não pode nos comparar.

— Sabe pelo que sua mãe foi condenada?

— Sim, me disseram.

— Mas leu os relatórios da necropsia?

— Ainda não.

— Eu li. Durante o julgamento, a equipe de defesa me pediu para verificar a situação mental de sua mãe. Vi fotografias, revi as provas. Sabia que as vítimas eram duas irmãs? Estavam paradas no acostamento da estrada.

— Sim.

— A mais jovem estava grávida de nove meses.

— Sei de tudo isso.

— Então sabe que sua mãe pegou essas duas mulheres na estrada, levou-as até um abrigo na floresta a uns cinqüenta quilômetros dali e esmagou seus crânios com uma chave de roda. Então ela fez algo surpreendentemente, estranhamente, lógico. Foi até um posto de gasolina e encheu uma lata com gasolina. Voltou ao abrigo e o incendiou, com os dois corpos dentro.

O'Donnell inclinou a cabeça.

— Não acha interessante?

— Acho doentio.

— Sim, mas em certo nível talvez ache algo mais, talvez esteja sentindo mais, e que nem mesmo quer reconhecer. Que está intrigada por esses atos, não apenas como um enigma intelectual. Há algo a esse respeito que a fascina, chega a excitá-la.

— Do modo que obviamente também a excita?

O'Donnell não se ofendeu com a resposta. Em vez disso ela sorriu, assimilando com facilidade a observação de Maura.

— Meu interesse é profissional. É meu trabalho estudar os atos dos assassinos. Só estou imaginando as razões de *seu* interesse por Amalthea Lank.

— Há dois dias, não sabia quem era minha mãe. Agora, estou procurando a verdade. Estou tentando compreender...

— Quem é você? — perguntou O'Donnell.

Maura a encarou.

— Eu *sei* quem sou.

— Tem certeza? — O'Donnell inclinou-se para mais perto. — Quando está no laboratório de necropsia, examinando os ferimentos de uma vítima, descrevendo os golpes de faca de um assassino, não sente nem um pouquinho de excitação?

— O que a faz pensar que sim?

— Você é filha de Amalthea.

— Sou um acidente biológico. Ela não me educou.

O'Donnell acomodou-se na cadeira e a estudou com olhos de fria apreciação.

— Você se dá conta de que há um componente genético na violência? Que algumas famílias a carregam em seu DNA?

Maura lembrou-se do que Rizzoli lhe dissera sobre a Dra. O'Donnell: *Ela é mais que curiosa. Ela quer saber como é cortar a carne e ver a vítima sangrar. Como é desfrutar desse poder supremo. Ela tem sede de detalhes como um vampiro tem sede de sangue.* Maura podia ver tal sede nos olhos de O'Donnell. Aquela mulher gostava de confraternizar com monstros, pensou Maura. E acha que encontrou um.

— Vim falar de Amalthea — disse Maura.

— E não é sobre isso que estamos discutindo?

— De acordo com o ICM-Framingham, você já a visitou uma dúzia de vezes. Por que com tanta freqüência? Certamente não para o benefício dela.

— Como pesquisadora, estou interessada em Amalthea. Quero compreender o que leva as pessoas a matar. Por que têm prazer com isso.

— Está dizendo que ela fez isso por prazer?

— Bem, *você* sabe por que ela matou?

— Ela obviamente é psicótica.

— A vasta maioria dos psicóticos não mata.

— Mas você concorda que ela é psicótica?

O'Donnell hesitou.

— Parece ser.

— Não me parece segura. Mesmo depois de todas as visitas que fez?

— Há mais coisas em sua mãe afora a psicose. E há mais em seu crime do que aquilo que podemos ver.

— O que quer dizer?

— Você diz que já sabe o que ela fez. Pelo menos, o que a promotoria alega que ela tenha feito.

— As provas eram sólidas o bastante para condená-la.

— Oh, sim, havia provas de sobra. A placa do carro filmada pela câmera do posto de gasolina. O sangue da mulher na chave de roda. Suas carteiras no porta-malas. Mas provavelmente não ouviu falar sobre isto.

O'Donnell pegou um dos arquivos na mesinha de café e entregou-o para Maura.

— É do laboratório de perícia criminal de Virgínia, onde Amalthea foi presa.

Maura abriu a pasta e viu a fotografia de um sedã branco com placa de Massachusetts.

— Este é o carro que Amalthea estava dirigindo — disse O'Donnell.

Maura virou a página. Era um resumo das provas de impressões digitais.

— Foram achadas algumas impressões digitais dentro do carro — disse O'Donnell. — Ambas as vítimas, Nikki e Theresa Wells, deixaram impressões nos cintos de segurança do banco traseiro, indicando que embarcaram na parte de trás do carro e ataram os cintos. Obviamente, havia impressões de Amalthea no volante e na alavanca de marcha.

O'Donnell fez uma pausa.

— Então, um quarto conjunto de impressões digitais.

— Quarto conjunto?

— Está bem aí no relatório. Foram encontradas no porta-luva. Em ambas as portas, e no volante. Essas impressões nunca foram identificadas.

— Isso não quer dizer nada. Talvez um mecânico tenha trabalhado no carro e deixado suas impressões.

— É uma possibilidade. Agora veja o relatório sobre os fios de cabelo encontrados.

Maura virou a página e descobriu que foram encontrados fios de cabelos louros no banco de trás. Os cabelos eram de Theresa e Nikki Wells.

— Nada vejo de surpreendente nisso. Sabemos que as vítimas estiveram no carro.

— Mas perceba que não há cabelo algum no banco da frente. Pense nisso. Duas mulheres paradas no acostamento da estrada. Alguém pára e lhes oferece uma carona. E o que as irmãs fazem? *Ambas* entram e se sentam no banco traseiro. Parece um tanto grosseiro, não é? Deixar a motorista sozinha na frente. A não ser...

Maura olhou para ela.

— A não ser que houvesse alguém mais no banco da frente.

O'Donnell se recostou na cadeira com um sorriso de satisfação nos lábios.

— Esta é a questão. Uma questão nunca respondida em julgamento. Esta é a razão de eu continuar voltando, diversas vezes, para ver sua mãe. Quero descobrir o que a polícia nunca se preocupou em investigar: quem estava sentado no banco da frente com Amalthea?

— Ela não lhe disse?
— O nome dele não.

Maura olhou para ela.

— Dele?
— Estou apenas adivinhando o sexo. Mas acredito que havia alguém com Amalthea no carro no momento em que ela viu as duas mulheres na estrada. Alguém a ajudou a controlar as vítimas. Alguém forte o bastante para ajudá-la a empilhar os corpos no abrigo e atear fogo.

O'Donnell fez uma pausa.

— É *nele* que estou interessada, Dra. Isles. É ele quem desejo encontrar.

— Todas aquelas visitas a Amalthea não diziam respeito a ela.
— A insanidade não me interessa. O Mal sim.

Maura olhou-a, pensando: sim, interessa. Você gosta de se misturar com ele, cheirá-lo. Amalthea não é o que a atrai. Ela é apenas uma intermediária, aquela que pode apresentá-la ao seu verdadeiro objeto de desejo.

— Um parceiro — disse Maura.
— Não sabemos quem é, ou como é. Mas sua mãe sabe.
— Então, por que ela não revela o nome?
— Esta é a questão: por que ela o encoberta? Tem medo dele? Está protegendo-o?
— Você nem mesmo sabe se tal pessoa existe. Tudo o que tem são algumas impressões não identificadas. E uma teoria.
— Mais do que uma teoria. A Besta é real.

O'Donnell inclinou-se para a frente e disse, quase com intimidade:

— Foi esse o nome que ela usou quando foi presa em Virgínia. Quando a polícia de lá a interrogou, ela disse, abre aspas: "A Besta me disse para fazê-lo", fecha aspas. *Ele* mandou que ela matasse aquelas mulheres.

No silêncio que se seguiu, Maura ouviu o som do próprio coração, como a batida acelerada de um tambor. Ela engoliu em seco e disse:

— Estamos falando de uma esquizofrênica. Uma mulher que provavelmente tem alucinações auditivas.

— Ou ela está falando de alguém real.

— A *Besta*? — Maura riu. — Um demônio pessoal, talvez. Um monstro de seus pesadelos.

— Que deixa digitais.

— Isso não pareceu ter impressionado o júri.

— Eles ignoraram a prova. Eu estava naquele julgamento. Eu vi a promotoria construir um caso contra uma mulher tão psicótica que até mesmo a promotoria devia saber que ela não era responsável por seus atos. Mas ela era um alvo fácil, uma condenação fácil...

— Embora evidentemente ela fosse louca.

— Oh, sem dúvida ela era psicótica e ouvia vozes. Aquelas vozes devem ter gritado para ela esmagar o crânio das mulheres e queimar seus corpos, mas o júri ainda assim achava que ela sabia discernir entre o certo e o errado. Amalthea era um prato feito para a promotoria, e foi o que aconteceu. Eles erraram. Esqueceram *dele*.

O'Donnell recostou-se na cadeira e disse:

— E sua mãe é a única pessoa que sabe quem ele é.

Eram quase 18h quando Maura estacionou atrás do prédio do laboratório de perícia médica. Dois carros ainda estavam parados ali: o Honda azul de Yoshima e o Saab preto do Dr. Costas. Deve estar havendo uma necropsia tardia, pensou, com uma pontada de culpa. Aquele seria o seu dia de plantão, mas ela pediu que os colegas a substituíssem.

Ela abriu a porta dos fundos, entrou no prédio e foi direto para seu escritório, sem encontrar ninguém no caminho. Sobre sua escrivaninha, encontrou o que viera buscar: duas pastas de arquivo, com um bilhete adesivo colado sobre a capa, no qual Louise escrevera: *Os arquivos que você pediu.* Ela se sentou em sua escrivaninha, respirou fundo e abriu a primeira pasta.

Era a pasta de Theresa Wells, a irmã mais velha. Na capa da pasta estava escrito o nome da vítima, o número do caso e a data da necropsia. Ela não reconheceu o nome do patologista, Dr. James Hobart, mas ela se juntara à equipe de perícia médica havia apenas dois anos, e aquele relatório de necropsia já tinha cinco anos. Ela se voltou para o relatório datilografado do Dr. Hobart.

A morta é uma mulher bem nutrida, de idade indeterminada, medindo 1,67m e pesando 52kg. Identidade definitiva estabelecida por meio de radiografia da arcada dentária. Impressões digitais indiscerníveis. Extensas queimaduras no tronco e extremidades, com carbonização severa da pele e áreas de musculatura exposta. Face e parte da frente do torso estão mais bem preservadas. Roupas remanescentes no lugar, consistindo de um jeans da Gap tamanho 36 com zíper fechado e botão metálico abotoado, um suéter branco carbonizado e sutiã com colchetes também fechados. O exame das vias aéreas não revelou acúmulo de fuligem, e o índice de saturação de carboxihemoglobina no sangue é mínimo.

Quando seu corpo pegou fogo, Theresa Wells não estava respirando. A causa da morte ficou evidente na interpretação que o Dr. Hobart fez das radiografias.

As radiografias lateral e AP do crânio revelam fratura parietal direita deprimida e fragmentada em forma de cunha com quatro centímetros de largura.

Muito provavelmente ela fora morta com um golpe na cabeça.

No fim do relatório datilografado, abaixo da assinatura do Dr. Hobart, Maura viu iniciais conhecidas. Louise transcrevera o ditado. Os patologistas iam e vinham, mas, naquele escritório, Louise era eterna.

Maura folheou o arquivo. Havia uma planilha de necropsia listando todas as radiografias feitas, quais provas foram recolhidas em forma de sangue e fluidos corporais. Páginas administrativas registravam a cadeia de custódia, objetos pessoais e o nome das pessoas presentes à necropsia. Yoshima fora o assistente de Hobart. Ela não reconheceu o nome do policial de Fitchburg que compareceu ao procedimento, um certo detetive Swigert.

Foi até o fim do arquivo, no qual encontrou uma fotografia. Ali parou, repugnada pela imagem. As chamas haviam carbonizado os membros de Theresa Wells e exposto os músculos de seu tórax, mas sua face estava estranhamente intacta e sem dúvida feminina. Apenas 35 anos, pensou Maura. Já vivi cinco anos a mais que Theresa Wells. Se ela fosse viva, teria minha idade atualmente. Caso seu pneu não tivesse furado naquele dia de novembro.

Ela fechou o arquivo de Theresa e pegou o arquivo seguinte. Outra vez fez uma pausa antes de abrir a pasta, relutante em ver os horrores que continha. Pensou na vítima de incêndio que ela necropsiara havia um ano e nos odores que impregnaram seu cabelo e suas roupas mesmo depois de ter saído da sala. Pelo resto daquele verão, ela evitou acender a churrasqueira do quintal, incapaz de tolerar o cheiro de carne na brasa. Agora, ao abrir o arquivo de Nikki Wells, ela quase era capaz de sentir aquele odor outra vez, soprando em sua memória.

Embora o rosto de Theresa tivesse sido poupado pelo fogo, o mesmo não podia ser dito de sua irmã mais jovem. As chamas que consumiram Theresa apenas parcialmente concentraram toda sua fúria na carne de Nikki Wells.

O corpo está severamente carbonizado, com porções do peito e da parede abdominal completamente eliminadas pelo fogo, expondo as vísceras. O tecido mole da face e do couro cabeludo também foi queimado. Áreas da caixa craniana são visíveis, assim como o esmagamento dos ossos faciais. Não restam fragmentos de roupas, mas pequenas densidades metálicas são visíveis aos raios X ao nível da quinta costela, o que pode representar ganchos de um sutiã, assim como um simples fragmento metálico sobre o púbis. Radiografias do abdome também revelaram restos de esqueleto adicionais, representando um feto, diâmetro do crânio compatível com uma gestação de cerca de 36 semanas...

A gravidez de Nikki Wells seria evidente para seu assassino. Mas sua condição não garantiu piedade ou concessões nem a ela e nem a seu bebê. Apenas uma pira funerária comum na floresta.

Ela virou a página e franziu o cenho ao ver a frase seguinte do relatório de necropsia:

É notável na radiografia a ausência da tíbia, da fíbula e dos tarsos direitos.

Um asterisco foi acrescentado a caneta, com uma nota rabiscada: "Ver adendo." Ela foi até a página anexada e leu:

A anomalia fetal foi registrada no relatório do obstetra da falecida, datado de três meses antes da morte. A ultra-sonografia feita no terceiro trimestre revelou que o feto não tinha a parte inferior da perna direita, muito provavelmente devido a uma síndrome da banda amniótica.

Uma malformação fetal. Meses antes de sua morte, Nikki Wells soube que seu bebê nasceria sem a perna direita, mas ainda assim escolheu continuar a gravidez e ficar com a criança.

As páginas finais do arquivo, Maura sabia, seriam as mais difíceis de encarar. Ela não tinha estômago para aquela fotografia, mas forçou-se a olhar de qualquer modo. Viu membros e um tronco enegrecidos. Nenhuma mulher ali, nenhum brilho rosado de gravidez. Apenas um crânio, olhando através de uma máscara carbonizada, com os ossos faciais afundados pelo golpe mortal.

Amalthea Lank fez isso. Minha mãe. Ela esmagou seus crânios e arrastou os corpos até um galpão. Será que ela sentiu algum prazer ao jogar gasolina sobre os corpos, acender o fósforo e ver as chamas ganhar vida? Terá se demorado junto ao galpão em chamas para inalar o fedor de cabelo e carne queimados?

Incapaz de suportar a imagem por mais tempo, ela fechou o arquivo e voltou sua atenção para dois grandes envelopes de radiografias que também repousavam sobre a mesa. Levou-os à caixa de luz e posicionou a chapa com a cabeça e o pescoço de Theresa Wells. As luzes se acenderam, iluminando as sombras fantasmagóricas de ossos. As radiografias eram bem mais fáceis para o estômago do que as fotografias. Retirada a carne, os cadáveres perdem o poder de aterrorizar. Um esqueleto é igual a qualquer outro. O crânio que ela agora via na caixa de luz podia ser de qualquer mulher, conhecida ou estranha. Ela olhou para a caixa craniana fraturada, para o triângulo de osso que foi forçado para dentro. Aquele não fora um golpe hesitante. Apenas um golpe deliberado e selvagem poderia afundar tanto aquele fragmento de osso no lobo parietal.

Ela tirou as chapas de Theresa, pegou o segundo envelope e levou as chapas à caixa de luz. Outro crânio, desta vez o de Nikki. Assim como a irmã, Nikki fora atingida na cabeça, mas o golpe atingiu-lhe a testa, afundando o osso frontal, esmagando ambas as órbitas de modo tão severo que os olhos devem ter se rompido. Nikki Wells deve ter visto o golpe se aproximando.

Maura removeu os filmes do crânio e fixou outra série de chapas, mostrando a coluna e a pélvis de Nikki, incrivelmente intactas sob a carne devorada pelo fogo. Sobre a pélvis repousavam os ossos fetais. Embora as chamas tenham fundido mãe e filho em uma única massa carbonizada, Maura podia ver pela radiografia que eram indivíduos distintos. Dois conjuntos de ossos, duas vítimas.

Ela também viu algo mais: um ponto brilhante que se destacava em meio às sombras sobrepostas dos ossos. Apenas um pequeno fragmento da largura de uma agulha sobre o osso pubiano de Nikki Wells. Um pequeno estilhaço de metal?

Talvez algo que pertencesse à roupa — um zíper, um prendedor — que tivesse aderido à pele queimada?

Maura pegou o envelope e encontrou uma visão lateral do tronco. Ela a afixou ao lado da visão frontal. O fragmento metálico ainda estava lá na tomada lateral, mas agora ela podia ver que não estava sobre o púbis. Parecia estar introduzido no osso.

Ela tirou todas as radiografias do envelope de Nikki e as afixou na caixa de luz, duas de cada vez. Viu as densidades metálicas que o Dr. Hobart também vira nos raios x de tórax da vítima, anéis metálicos representando ganchos de sutiã. Nas chapas laterais, os mesmos anéis de metal estavam claramente sobre o tecido mole. Ela ergueu as chapas da pélvis e olhou para o fragmento metálico encravado no osso pubiano de Nikki Wells. Embora o Dr. Hobart tivesse mencionado o fragmento metálico em seu relatório, ele não voltara a falar sobre o assunto em suas conclusões. Talvez tivesse achado aquilo uma descoberta trivial. E por que haveria de pensar de maneira diferente, em vista dos outros horrores infligidos à vítima?

Yoshima auxiliara Hobart na necropsia. Talvez ele se lembrasse do caso.

Maura saiu de seu escritório, desceu a escada e entrou na sala de necropsia. O laboratório estava deserto, as bancadas, limpas.

— Yoshima? — chamou.

Ela vestiu protetores sobre os sapatos e caminhou pelo laboratório, passando por mesas vazias de aço inoxidável. A seguir, foi até o setor de entrada de corpos. Maura abriu o compartimento refrigerado e olhou para dentro. Viu apenas mortos, dois sacos brancos sobre um par de macas dispostas lado a lado.

Ela fechou a porta e esperou um instante no lugar deserto, tentando ouvir vozes, passos, alguma coisa que indicasse ainda haver alguém no prédio. Mas ouviu apenas o murmúrio do refrigerador e, ao longe, a sirene de uma ambulância passando pela rua.

Costas e Yoshima já deviam ter ido para casa.

Quinze minutos depois, ao sair do prédio, ela viu que o Saab e o Toyota de fato não estavam mais lá. Com exceção de seu Lexus preto, os únicos veículos no estacionamento eram as três vans do necrotério, com as palavras LABORATÓRIO DE PERÍCIA MÉDICA DE MASSACHUSETTS gravadas nas laterais.

Era noite fechada, e seu carro destacava-se sob a luz de um poste.

As imagens de Theresa e Nikki Wells ainda a assombravam. Ao caminhar até o Lexus, estava alerta para cada sombra à sua volta, cada ruído, cada menção de movimento. A alguns passos de seu carro, ela parou e olhou para a porta do lado do passageiro. Os pêlos de sua nuca se arrepiaram. Os arquivos que trazia em suas mãos escorregaram e os papéis se espalharam pelo chão.

Três arranhões paralelos marcavam a pintura brilhante de seu carro. Marcas de garra.

Afaste-se. Entre no prédio.

Ela se virou e correu até o edifício. Parou diante da porta fechada, procurando as chaves. Onde estava a chave certa? Finalmente ela a encontrou, enfiou-a na fechadura, entrou e fechou a porta, sobre a qual jogou o peso do corpo, como se para reforçar a barreira.

Dentro do edifício vazio, estava tão silencioso que Maura era capaz de ouvir a própria respiração acelerada pelo pânico.

Ela correu até o escritório e trancou-se lá dentro. Somente então, cercada por tudo o que lhe era familiar, sentiu o pulso desacelerar e as mãos pararem de tremer. Então, foi até a escrivaninha, pegou o telefone e ligou para Jane Rizzoli.

18

— Você fez exatamente o que devia fazer. Saiu de onde estava e procurou um lugar seguro — disse Rizzoli.

Maura sentou-se a sua mesa e olhou para os papéis amarrotados que Rizzoli recuperara para ela no estacionamento. Uma pilha desarrumada e suja do arquivo de Nikki Wells. Mesmo agora, a salvo em companhia de Rizzoli, Maura ainda estava chocada.

— Encontrou alguma impressão digital na porta do carro? — perguntou Maura.

— Algumas. O que se espera encontrar na porta de qualquer carro.

Rizzoli puxou uma cadeira para perto da escrivaninha de Maura e sentou-se com as mãos apoiadas na plataforma da barriga. Mama Rizzoli, grávida e armada, pensou Maura. Haveria algum salvador mais improvável para vir em meu auxílio?

— Quanto tempo seu carro ficou no estacionamento? Você disse que chegou por volta das 18h.

— Mas as marcas podem ter sido feitas antes de eu ter chegado aqui. Não uso a porta do passageiro todos os dias. Só se estou carregando compras ou algo assim. Só vi agora por causa do modo como o carro estava estacionado. E estava parado bem debaixo do poste.

— Quando foi a última vez que você olhou para aquela porta?

Maura apertou as mãos contra as têmporas.

— Tenho certeza de que não estava ali ontem pela manhã. Quando deixei o Maine. Guardei minha bolsa de viagem no banco da frente. Teria notado os arranhões.

— Tudo bem. Então você voltou para casa de carro ontem. E daí?

— O carro ficou na minha garagem a noite inteira. Então, esta manhã, fui vê-la na Schroeder Plaza.

— Onde estacionou?

— Na garagem perto do quartel-general da polícia. Aquele na avenida Columbus.

— Então ficou naquela garagem toda a tarde. Enquanto estávamos visitando a prisão.

— Sim.

— Aquela garagem é completamente vigiada, você sabe.

— É mesmo? Não percebi.

— E então, para onde você foi? Depois que voltamos de Framingham?

Maura hesitou.

— Doutora?

— Fui visitar Joyce O'Donnell. — Ela olhou para Rizzoli. — Não olhe assim para mim. Tinha de vê-la.

— Você iria me contar?

— Claro. Só precisava saber mais sobre a minha mãe.

Rizzoli recostou-se na cadeira, os lábios em uma linha reta. Ela não está contente comigo, pensou Maura. Ela me disse para ficar longe de O'Donnell e eu ignorei seu conselho.

— Quanto tempo ficou na casa dela? — perguntou Rizzoli.

— Cerca de uma hora. Jane, ela me contou algo que eu não sabia. Amalthea foi criada em Fox Harbor. Foi por isso que Anna foi para o Maine.

— E depois que você saiu da casa de O'Donnell? O que aconteceu?

Maura suspirou.

— Vim direto para cá.

— Não notou ninguém seguindo você?

— Por que me incomodaria em olhar? Tenho coisas demais na cabeça.

Olharam-se em silêncio durante algum tempo, a tensão a propósito de sua visita a O'Donnell ainda pairava entre ambas.

— Sabia que a câmera de segurança está quebrada? — disse Rizzoli. — A que fica no estacionamento.

Maura riu. E deu de ombros.

— Sabe quanto cortaram de nosso orçamento este ano? Aquela câmera está quebrada há meses. Quase dá para ver os fios pendurados.

— O que quero dizer é que aquela câmera teria afastado a maioria dos vândalos.

— Infelizmente não afastou.

— Quem mais sabe que a câmera está quebrada? Todos que trabalham aqui, certo?

Maura sentiu uma pontada de apreensão.

— Não gosto do que está insinuando. Muita gente percebeu que estava quebrada. Policiais. Os motoristas do necrotério. Qualquer um que tenha entregado um corpo aqui. Basta levantar a cabeça e ver.

— Você disse que havia dois carros estacionados aqui quando chegou. O do Dr. Costas e o de Yoshima.

— Sim.

— E quando você saiu do prédio, perto das 20h, esses carros tinham ido embora.

— Foram embora antes de mim.

— Você encontrou algum deles?

Maura deu uma risada de descrédito.

— Está brincando, certo? Porque essas perguntas são ridículas.

— Não estou gostando de ter de fazê-las.

— Então por que as faz? Você conhece o Dr. Costas, Jane. E conhece Yoshima. Não pode tratá-los como suspeitos.

— Ambos passaram por aquele estacionamento e passaram perto de seu carro. O Dr. Costas foi embora primeiro, por volta das 18h45. Yoshima foi embora um pouco depois, talvez por volta das 19h15.

— Você falou com eles?

— Ambos disseram não terem notado arranhões em seu carro. Era de se esperar que vissem. Com certeza Yoshima veria, porque estava estacionado bem a seu lado.

— Trabalhamos juntos há quase dois anos. Eu o conheço. Você também.

— Achamos que sim.

Não, Jane, pensou ela. Não me faça ter medo de meus próprios colegas.

— Ele trabalha aqui há quase 18 anos — disse Rizzoli.

— Abe e Louise também.

— Sabia que Yoshima mora sozinho?

— Eu também moro.

— Ele tem 48 anos, nunca se casou e mora sozinho. Vem trabalhar todo dia e você está sempre próxima. Ambos trabalham com cadáveres. Lidam com coisas bem assustadoras. Isso deve criar um vínculo entre ambos. Com todas as coisas terríveis que apenas você e ele viram.

Ela pensou nas horas que compartilhou com Yoshima naquela sala, com suas mesas de aço e instrumentos afiados. Ele sempre parecia antecipar o que ela precisava, antes mesmo de Maura pedir. Sim, havia um vínculo, claro que havia, porque eram uma equipe. Mas depois de tirarem a touca e os protetores de sapato, cada um ia cuidar de sua própria vida. Eles não socializavam. Nunca compartilharam sequer um drinque depois do trabalho. Somos parecidos nesse ponto. Duas pessoas solitárias que só se encontram por causa de cadáveres.

— Olha — disse Rizzoli com um suspiro. — Eu gosto de Yoshima. Detesto sequer aventar a possibilidade. Mas é algo que devo considerar ou não estaria fazendo meu trabalho.

— Que é o quê? Tornar-me paranóica? Já estou assustada o bastante, Jane. Não me faça temer as pessoas em quem preciso confiar.

Maura pegou os papéis em sua escrivaninha

— Terminou com meu carro? Gostaria de ir para casa.

— É, terminamos com ele. Mas não estou certa de que você deva ir para casa.

— E o que devo fazer?

— Há outras opções. Você pode ir para um hotel. Pode dormir no meu sofá. Acabei de falar com o detetive Ballard, e ele mencionou ter um quarto vago.

— Por que esteve falando com Ballard?

— Ele tem falado comigo todos os dias a respeito do caso. Ligou há cerca de uma hora, e eu contei o que houve com seu carro. Ele veio ver.

— Ele está no estacionamento agora?

— Acabou de chegar. Ele está preocupado, doutora. Eu também estou. — Rizzoli fez uma pausa. — Então, o que quer fazer?

— Não sei...
— Bem, você tem alguns minutos para pensar.
Rizzoli levantou-se.
— Vamos, eu te acompanho.

Aquele era um momento absurdo, pensou Maura enquanto percorriam o corredor lado a lado. Estou sendo protegida por uma mulher que mal consegue se erguer da cadeira. Mas Rizzoli deixou claro que era ela quem estava no comando, aquela que assumiria o papel de guardiã. Foi ela quem abriu a porta e saiu primeiro.

Maura seguiu-a no estacionamento até o Lexus, onde estavam Frost e Ballard.

— Você está bem, Maura? — perguntou Ballard. A luz do poste projetava uma sombra sobre seus olhos. Ela olhava para um rosto cuja expressão não conseguia decifrar.

— Estou bem.

— Isso poderia ter sido muito pior. — Ele olhou para Rizzoli. — Disse a ela o que estamos pensando?

— Disse que talvez não devesse voltar para casa hoje à noite.

Maura olhou para o carro. Os três arranhões se destacavam, ainda mais feios do que ela se lembrava, como feridas deixadas pela pata de um predador. *O assassino de Anna está falando comigo. Eu não sabia como ele estava perto.*

Frost disse:

— A perícia percebeu uma pequena mossa na porta do motorista.

— É velha. Alguém bateu no meu carro no estacionamento há alguns meses.

— Tudo bem, então são apenas os arranhões. Recolheram algumas impressões digitais. Vão precisar das suas, doutora. Assim que puder.

— Claro.

Ela pensou em todos os dedos dos quais tirara impressões digitais no necrotério, toda aquela carne fria que era pressionada rotineiramente sobre os cartões de impressões digitais. *Estão tirando as minhas antes do tempo. Enquanto ainda estou viva.* Ela cruzou os braços sobre o peito, sentindo-se gelada apesar da noite quente. Pensou em voltar para a casa vazia e se trancar no banheiro. Mesmo com todas as barreiras, era apenas uma casa, não uma fortaleza. Uma casa com janelas que eram facilmente quebráveis, telas que podiam ser cortadas a faca.

— Você disse que foi Charles Cassell quem arranhou o carro de Anna. — Maura olhou para Rizzoli. — Cassell não teria feito *isso*. Não comigo.

— Não, não teria motivo. Isso claramente é uma advertência *para você*.

Rizzoli disse:

— Talvez Anna tenha sido um erro.

Era eu. Era eu quem deveria ter morrido.

— Para onde deseja ir, doutora? — perguntou Rizzoli.

— Eu não sei — disse Maura. — Não sei o que fazer.

— Bem, posso sugerir que não fique à vista por aqui? — disse Ballard. — Onde todos podem vê-la?

Maura olhou para a calçada. Viu a silhueta de pessoas atraídas pelo brilho das luzes do carro de polícia. Pessoas cujas faces não podia ver, por estarem na penumbra enquanto ela estava ali, iluminada como uma atriz principal sob a luz do poste.

— Tenho um quarto vago — disse Ballard.

Ela não olhou para ele. Em vez disso, manteve o olhar naquelas sombras sem rosto, pensando: isso está acontecendo rápido demais. Muitas decisões estão sendo tomadas no calor do momento. Escolhas das quais posso me arrepender.

— Doutora? — disse Rizzoli. — O que acha?

Finalmente, Maura olhou para Ballard e sentiu outra vez aquela atração perturbadora.

— Não sei mais para onde ir — disse ela.

Ele foi bem atrás dela, tão perto que seus faróis brilhavam no espelho retrovisor, como se estivesse com medo de que ela tentasse despistá-lo em meio ao tráfego pesado. Manteve-se perto mesmo quando entraram no tranqüilo subúrbio de Newton, mesmo quando ela deu duas voltas no quarteirão, como ele instruíra, para confirmar que nenhum carro os seguia. Quando ela afinal parou em frente à casa dele, ele quase que imediatamente já estava de pé ao lado de sua janela, batendo no vidro.

— Entre na minha garagem — disse ele.

— Vou ocupar sua vaga.

— Está tudo bem. Não quero seu carro estacionado na rua. Vou abrir a porta da garagem.

Ela entrou no acesso de veículos e observou quando a porta se abriu para revelar uma garagem organizada, com ferramentas penduradas em um painel e latas de tinta enfileiradas nas prateleiras. Até mesmo o chão de concreto parecia brilhar. Ela entrou na garagem e a porta se fechou de imediato atrás dela, impedindo que o carro pudesse ser visto da rua. Durante um momento, ela ficou sentada ouvindo os tiques do radiador e preparando-se para a noite que teria pela frente. Havia apenas alguns instantes, voltar para a própria casa parecia inseguro, impróprio. Agora ela se perguntava se aquela escolha era a mais adequada.

Ballard abriu a porta do carro.

— Entre. Vou mostrar como armar o sistema de segurança. Apenas no caso de eu não estar aqui para fazê-lo.

Ele a acompanhou através de um pequeno corredor que terminava no saguão de entrada da casa e apontou para um teclado montado perto da porta da frente.

— Atualizei isso há apenas alguns meses. Primeiro você digita o código de segurança, então pressiona a tecla ARMAR. Uma vez armado, se alguém abrir uma porta ou janela, isso acionará um alarme tão alto que fará seus ouvidos zumbirem. Também notifica automaticamente a empresa de segurança e eles ligam para a casa. Para desarmá-lo, você digita o mesmo código, então aperta DESLIGAR. Tudo bem até agora?

— Sim. Vai me dizer qual é o código?

— Estava chegando lá. — Ele olhou para ela. — Você se dá conta, é claro, de que estou a ponto de entregar a chave numérica de minha casa para você.

— Está em dúvida se pode confiar em mim?

— Apenas prometa não passá-la para seus amigos mais desagradáveis.

— Deus sabe que tenho muitos desses.

— É. — Ele riu. — E todos devem ter distintivos. Tudo bem, o código é 2712. O aniversário de minha filha. Acha que consegue se lembrar ou quer que eu escreva?

— Vou me lembrar.

— Bom. Agora vá em frente e arme, porque acho que ficaremos aqui esta noite.

Quando ela digitou os números, ele se aproximou por trás dela e ela pôde sentir seu hálito no cabelo. Ela apertou ARMAR e ouviu um bipe suave. O mostrador digital informava então: SISTEMA ARMADO.

— Fortaleza segura — disse ele.

— Foi bem simples.

Ela se virou e viu-o olhando para ela de maneira tão intensa que teve vontade de recuar, ao menos para restabelecer uma distância segura entre ambos.

— Já jantou? — perguntou ele.

— Não deu. Aconteceu muita coisa hoje.

— Vamos, então. Não posso deixá-la com fome.

A cozinha era exatamente do jeito que ela esperava, com sólidos armários de borda e tampos em madeira. As panelas estavam penduradas ordenadamente no teto. Não havia toques extravagantes, apenas o lugar de trabalho de um homem prático.

— Não quero que você se incomode — disse ela. — Ovos com torrada seriam ótimos.

Ele abriu a geladeira e retirou dali uma caixa de ovos.

— Mexidos?

— Posso fazê-los, Rick.

— Que tal fazer as torradas? O pão está logo ali. Também quero uma.

Ela pegou duas fatias de pão do pacote e as colocou na torradeira. Ela se virou para ver Ballard misturar os ovos em uma tigela junto ao fogão e se lembrou de sua última refeição juntos, ambos descalços, rindo. Desfrutando da companhia um do outro. Antes que o telefonema de Jane a fizesse suspeitar dele. E se Jane não tivesse ligado naquela noite, o que teria ocorrido entre os dois? Ela o viu derramar os ovos em uma frigideira e ligar o fogo. Sentiu o rosto corar como se ele tivesse acendido outro fogo dentro dela.

Ela olhou para a porta da geladeira, onde havia fotografias de Ballard e da filha: Katie quando criança nos braços da mãe; quando bebê, sentada em uma cadeira alta... uma progressão de imagens, levando à fotografia de uma adolescente loura com um sorriso relutante.

— Ela está mudando muito rápido — disse ele. — Não consigo acreditar que essas fotos são da mesma pessoa.

Ela olhou para ele por sobre o ombro.

— O que você decidiu fazer a respeito do baseado no armário?

— Ah, isso. — Ele suspirou. — Carmen a pôs de castigo. Ainda pior, proibiu-a de ver TV durante um mês. Agora, tenho de trancar meu próprio aparelho, apenas para ter certeza de que Katie não vai vir até aqui ver TV quando eu não estiver em casa.

— Você e Carmen são bons nisso de montar uma frente unida.

— Na verdade, não temos muita escolha. Não importa o quanto o divórcio seja amargo, é importante se unir pelo bem das crianças.

Ele se voltou para o fogão e serviu os ovos em dois pratos.

— Nunca teve filhos?

— Não, por sorte.

— Por sorte?

— Victor e eu não conseguiríamos ser tão civilizados quanto vocês dois.

— Não é tão fácil quanto parece. Especialmente desde...

— Sim?

— Conseguimos manter as aparências. Isso é tudo.

Colocaram a mesa com os pratos de ovos mexidos, torradas e manteiga e se sentaram um de frente para o outro. O assunto de seus casamentos falidos os manteve sob controle. Ainda estamos nos recuperando de feridas emocionais, pensou ela. Não importa quanta atração estejamos sentindo um pelo outro, esta é a hora errada de se envolver.

Mais tarde, porém, quando ele a levou para o andar de cima, ela sabia que as mesmas possibilidades passavam pelas cabeças dos dois.

— Este é seu quarto — disse ele, abrindo a porta do quarto

de Katie. Ela entrou e deu de cara com o olhar sedutor de Britney Spears em um pôster gigante na parede. Bonecas e CDs de Britney estavam alinhados nas prateleiras. Vou ter pesadelos neste quarto, pensou Maura.

— Tem um banheiro só para você, atrás daquela porta — disse ele. — Deve haver uma ou duas escovas de dente reservas no armário. E você pode usar o robe de Katie.

— Ela não se importa?

— Ela está com Carmen esta semana. Nem vai saber que você esteve aqui.

— Obrigada, Rick.

Ele fez uma pausa, como se esperando que ela dissesse algo mais. Esperando por palavras que mudariam tudo.

— Maura — disse ele.

— Sim?

— Vou cuidar de você. Só queria que soubesse disso. O que aconteceu com Anna... não deixarei acontecer com você. — Antes de se virar para ir embora, ele disse: — Boa noite — e fechou a porta atrás de si.

Vou cuidar de você.

Não é o que todos desejamos?, pensou Maura. Alguém que nos dê segurança. Ela havia se esquecido de como era ser protegida. Mesmo quando fora casada com Victor, ela nunca se sentira protegida por ele. Ele era egocêntrico demais para cuidar de alguém além de si mesmo.

Deitada na cama, ouviu o relógio contando os segundos na mesa-de-cabeceira e os passos de Ballard no quarto ao lado. Aos poucos, a casa ficou em silêncio. Ela viu as horas avançarem no relógio. Meia-noite. Uma. E ainda não conseguia dormir. No dia seguinte ela estaria exausta.

Será que ele também está acordado?

Ela mal conhecia aquele homem, assim como mal conhecia Victor quando se casaram. Três anos de sua vida jogados fora por causa de mera química. Fagulhas. Ela não confiava em seu julgamento no que dizia respeito aos homens. O homem com quem você mais quer se deitar pode ser a pior escolha de todas.

Duas da madrugada.

O brilho de um farol de automóvel iluminou a janela. Um motor ressonava na rua. Ela ficou tensa, pensando: não é nada, provavelmente um vizinho voltando tarde para casa. Então ela ouviu ruído de passos na varanda da frente. Prendeu a respiração. Subitamente, ouviu-se um ruído altíssimo. Ela se sentou na cama.

O alarme de segurança. Alguém está na casa.

Ballard bateu à porta.

— Maura? *Maura?* — ele gritou.

— Estou bem!

— Tranque a porta! Não saia.

— Rick?

— Apenas fique no quarto!

Ela pulou da cama, trancou a porta e se agachou com as mãos protegendo os ouvidos, incapaz de ouvir qualquer outra coisa por causa do ruído do alarme. Ela pensou em Ballard, descendo a escada. Imaginou uma casa repleta de sombras. Alguém esperando lá embaixo. *Onde você está, Rick?* Ela não conseguia ouvir outra coisa além do alarme. Ali no escuro ela estava cega e surda para qualquer coisa que estivesse caminhando em direção a sua porta.

O ruído cessou de repente. No silêncio que se seguiu, ela pôde finalmente ouvir a própria respiração ofegante e o coração batendo.

E vozes.

— Meu Deus! — gritou Rick. — Eu podia ter atirado em você! O que diabos estava pensando?

Então a voz de uma menina. Magoada, furiosa.

— Você trancou a porta com a corrente! Não consegui entrar para desligar o alarme!

— Não grite comigo.

Maura abriu a porta e saiu no corredor. As vozes estavam mais altas agora, ambas furiosas. Olhando sobre a balaustrada, viu Rick lá embaixo, sem camisa, vestindo blue jeans, o revólver que levara para baixo preso na cintura. A filha olhava feio para ele.

— São duas da madrugada, Katie. Como veio até aqui?

— Um amigo me trouxe.

— No meio da noite?

— Vim buscar minha mochila, está bem? Esqueci que precisaria dela amanhã e não queria acordar a mamãe.

— Diga-me quem é esse amigo. Quem a trouxe até aqui?

— Bem, ele já foi embora! O alarme deve tê-lo assustado.

— É um garoto? Quem é?

— Não vou metê-lo nesta roubada!

— Quem é o garoto?

— Não, papai. Simplesmente *não*.

— Você fique aqui e fale comigo. Katie, não suba...

Ouviram-se passos na escada que subitamente cessaram. Katie ficou imóvel, olhando para Maura.

— Desça já aqui! — gritou Rick.

— Tá bom, pai — murmurou Katie, o olhar ainda fixo em Maura. — Agora sei por que trancou a porta com a corrente.

— Katie! — Rick fez uma pausa, interrompido pelo telefone. Ele atendeu. — Alô? Sim, é Rick Ballard. Tudo bem por aqui. Não, não precisa enviar ninguém. Minha filha voltou para casa e não desligou o sistema de alarme a tempo...

A menina ainda olhava para Maura com hostilidade.

— Então você é a nova namorada dele.

— Por favor, você não precisa ficar aborrecida com isso — disse Maura calmamente. — Não sou namorada dele. Só precisava de um lugar onde passar a noite.

— Oh, claro. Por que não na casa de meu pai?

— Katie, é a verdade...

— Ninguém nesta família me conta a verdade.

Lá embaixo, o telefone voltou a tocar. Novamente Rick atendeu.

— Carmen. Carmen, acalme-se! Katie está aqui. É, está bem. Um rapaz a trouxe até aqui para pegar a mochila...

A menina lançou um último e venenoso olhar para Maura e desceu a escada.

— Era sua mãe — disse Rick.

— Você vai contar para ela sobre sua nova namorada? Como pôde fazer isso com ela, papai?

— Precisamos conversar sobre isso. Você precisa aceitar o fato de que sua mãe e eu não estamos mais juntos. As coisas mudaram.

Maura voltou para o quarto e fechou a porta. Enquanto se vestia, podia ouvi-los discutir lá embaixo. A voz de Rick, firme e regular, a da menina, aguda e raivosa. Maura demorou apenas alguns instantes para se vestir. Quando desceu, encontrou Ballard e a filha sentados na sala de estar. Katie estava enroscada no sofá como um porco-espinho furioso.

— Rick, estou indo embora — disse Maura.

Ele se levantou.

— Você não pode.

— Não, está tudo bem. Você precisa de tempo com a sua família.

— Não é seguro voltar para casa.

— Não vou para casa. Vou para um hotel. É sério, estarei perfeitamente bem.

— Maura, espere...

— Ela quer ir, *está bem*? — rebateu Katie. — Então deixe que vá.

— Ligarei quando achar um hotel — disse Maura.

Quando ela saiu da garagem, Rick estava na rampa de veículos, observando-a. Seus olhares se encontraram através da janela do carro, e ele deu um passo à frente, como se tentando mais uma vez persuadi-la a ficar, a voltar à segurança de sua casa.

Surgiu outro par de faróis. O carro de Carmen estacionou no meio-fio e ela saiu, com o cabelo louro despenteado e a camisola aparecendo por sob o robe. Outro pai tirado da cama por aquela adolescente problemática. Carmen lançou um olhar na direção de Maura, disse algumas palavras para Ballard e entrou na casa. Através da janela da sala, Maura viu o abraço de mãe e filha.

Ballard demorou-se do lado de fora. Olhou para a casa e de volta para Maura, como se puxado em duas direções.

Ela tomou a decisão por ele: engatou a marcha, pisou no acelerador e foi embora. A última visão que teve dele foi pelo espelho retrovisor, quando ele deu as costas e voltou para casa. De volta para sua família. Até mesmo o divórcio não é capaz de apagar os laços forjados durante anos de casamento, pensou. Muito tempo depois de os papéis assinados e do divórcio selado, os laços ainda permanecem. E o mais poderoso deles está escrito na carne e no sangue dos filhos.

Ela emitiu um suspiro profundo e se sentiu subitamente limpa de tentações. Livre.

Como prometera a Ballard, não voltou para casa. Em vez disso, dirigiu para oeste na Rota 95, que fazia um longo arco ao redor de Boston. Parou no primeiro motel de beira de estrada que encontrou. O quarto que conseguiu cheirava a cigarro e a sabão Ivory. O vaso sanitário tinha uma faixa de papel sobre a tampa, indicando que havia sido "higienizado", e os copos no banheiro eram de plástico. O barulho do trânsito que vinha da auto-estrada ali perto atravessava as finas paredes do quarto. Ela não se lembrava da última vez em que estivera em um motel tão barato, tão caído. Ela ligou para Rick, apenas um telefonema breve de trinta segundos para lhe dizer onde estava. Então desligou o celular e se enfiou entre lençóis puídos.

Naquela noite ela dormiu mais profundamente do que dormira em uma semana.

19

Nobody likes me, everybody hates me, think I'll go eat worms. Worms, worms, worms.*

Pare de pensar nisso!

Mattie fechou os olhos e trincou os dentes, mas não conseguia afastar a melodia daquela insípida canção infantil que se repetia em sua mente e sempre recaía naqueles vermes.

Só que não vou comê-los. Eles me comerão.

Oh, pense em outra coisa. Coisas boas, coisas bonitas. Flores, vestidos. Vestidos brancos, de seda, com contas. O dia de seu casamento. Sim, pense nisso.

Lembrou-se de estar sentada na sala da noiva na Igreja Metodista de St. John olhando-se no espelho e pensando: hoje é o melhor dia da minha vida. Estou me casando com o homem que amo. Lembrou-se da mãe entrando na sala para ajudá-la com o véu. De como a mãe se inclinou e disse, com um suspiro de alívio:

---

*"Ninguém gosta de mim, todo mundo me odeia, acho que vou comer vermes. Vermes, vermes, vermes." É o trecho inicial de uma tradicional canção infantil norte-americana. (*N. do E.*)

— Nunca pensei que viveria para ver este dia.

O dia em que um homem finalmente se casaria com sua filha.

Agora, sete meses depois, Mattie pensou nas palavras da mãe e em como não foram particularmente gentis. Mas naquele dia, nada estragou sua alegria. Nem mesmo a náusea matinal, os sapatos altos que a estavam matando, ou o fato de Dwayne ter bebido tanto champanhe na noite de núpcias que dormiu na cama do hotel antes de ela sair do banheiro. Nada importava, exceto o fato de ela ser a Sra. Purvis e de sua vida, sua vida real, estar finalmente a ponto de começar.

E agora vai acabar aqui, nesta caixa, a não ser que Dwayne me salve.

Ele vai me salvar, não vai? Ele não me quer de volta?

Oh, isso era pior do que pensar em vermes comendo seu corpo. Mude de assunto, Mattie!

E se ele não me quiser de volta? E se ele estiver esperando que eu simplesmente vá embora para que possa ficar com aquela mulher? E se for ele quem...

Não, não Dwayne. Se ele a queria morta, por que prendê-la em uma caixa? Por que mantê-la viva?

Ela inspirou profundamente, e seus olhos se encheram de lágrimas. Ela queria viver. Faria qualquer coisa para viver, mas não sabia como sair daquela caixa. Passara horas pensando em como fazê-lo. Batera nas paredes, chutara o teto diversas vezes. Pensou em desmontar a lanterna e talvez usar suas peças para montar... o quê?

Uma bomba.

Ela quase podia ouvir Dwayne rindo dela, ridicularizando-a. Oh, claro, Mattie, você é uma verdadeira MacGyver.

Bem, o que devo fazer?

Vermes...

Eles voltaram a sua mente. Entravam em seu futuro, deslizando sob sua pele, devorando a sua carne. Estavam lá, fora da caixa, pensou. Esperando que ela morresse. Então entrariam para se banquetearem.

Ela se virou de lado e estremeceu.

Tem de haver uma saída.

20

Yoshima estava diante de um cadáver, sua mão enluvada segurava uma seringa com agulha calibre 16. O corpo era de uma jovem mulher, tão magra que a barriga tombava sobre os ossos dos quadris como uma tenda arriada. Yoshima esticou a pele sobre a virilha e introduziu a agulha na veia femural. Puxou o êmbolo e um sangue tão escuro que era quase negro começou a preencher a seringa.

Ele não ergueu a cabeça quando Maura entrou na sala. Em vez disso, continuou concentrado em sua tarefa. Ela observou em silêncio quando ele retirou a agulha e transferiu o sangue para vários tubos de vidro, trabalhando com a calma eficiência de alguém que manipulara incontáveis tubos de sangue de incontáveis cadáveres. Se eu sou a Rainha dos Mortos, pensou ela, então Yoshima certamente é o Rei. Ele os despia, pesava, sondava suas virilhas e pescoços em busca de veias, depositava seus órgãos em jarros de formol. E quando a necropsia terminava, quando ela acabava de cortar, era ele quem pegava agulha e linha e fechava suas incisões.

Yoshima tirou a agulha e jogou a seringa usada no lixo de material contaminado. Então fez uma pausa, olhando para a mulher cujo sangue acabara de coletar.

— Chegou hoje pela manhã — disse ele. — O namorado a encontrou morta no sofá quando acordou.

Maura viu as marcas de agulha nos braços do cadáver.

— Que desperdício.

— Sempre é.

— Quem vai cuidar desse?

— O Dr. Costas. O Dr. Bristol está no tribunal hoje.

Empurrou uma bandeja para junto da mesa e começou a arrumar os instrumentos. O barulho de metal parecia dolorosamente alto em meio ao silêncio. Seu contato fora profissional como sempre, mas, naquele dia, Yoshima não olhava para ela. Parecia estar evitando seu olhar, com medo de virar-se em sua direção, evitando comentar o que acontecera no estacionamento na noite anterior. Mas o assunto estava ali, no ar, entre eles, impossível de ser ignorado.

— Soube que a detetive Rizzoli ligou para sua casa ontem à noite — disse ela.

Ele parou, com as mãos imóveis sobre a bandeja.

— Yoshima, lamento se ela insinuou de algum modo...

— Dra. Isles, você sabe há quanto tempo eu trabalho no laboratório de perícia médica? — interrompeu ele.

— Sei que está aqui há mais tempo do que todos nós.

— Dezoito anos. O Dr. Tierney me contratou assim que deixei o Exército. Servia na unidade mortuária. É difícil, você sabe, trabalhar com tantos jovens. A maioria era vítima de acidentes ou suicídios, mas faz parte do trabalho. Os jovens se arriscam. Brigam, dirigem rápido demais. Ou suas esposas os abandonam e eles pegam as próprias armas e atiram em si mesmos. Achava que pelo menos podia fazer algo por eles, podia tratá-los com o respeito devido a um soldado. E alguns deles eram apenas crianças, quase imberbes. Esta era a parte perturbadora, o quão jovens eram, mas consegui lidar com aquilo. Do modo como lido com isso aqui, por causa de meu trabalho. Não me lembro da última vez em que faltei por estar doente. — Fez uma pausa. — Mas hoje, pensei em não vir.

— Por quê?

Ele se virou e olhou para ela.

— Imagina como deve ser, após 18 anos de trabalho, de repente descobrir que é suspeito de um crime?

— Desculpe se foi assim que ela o fez se sentir. Sei como pode ser brusca quando...

— Não, na verdade, ela não foi. Foi muito educada, muito amistosa. Foi a *natureza* de suas perguntas que me fez perceber o que estava acontecendo. *Como é trabalhar com a Dra. Isles? Vocês se dão bem?* — Yoshima riu. — Agora me diga, por que você acha que ela me perguntou isso?

— Ela estava fazendo o trabalho dela, isso é tudo. Não foi uma acusação.

— Mas pareceu.

Ele foi até a bancada e começou a enfileirar jarros de formol com amostras de tecido.

— Trabalhamos juntos há quase dois anos, Dra. Isles.

— Sim.

— Nunca aconteceu, ao menos que eu saiba, de você ter ficado insatisfeita com meu trabalho.

— Nunca. Eu não o trocaria por ninguém.

Ele a encarou. Sob as luzes fluorescentes, ela viu o quanto ele estava ficando grisalho. Antes achava que ele estivesse na faixa dos 30 anos. Com aquele rosto tranquilo e sem vincos e a constituição esguia, parecia ter uma idade indefinida. Agora, vendo as rugas de preocupação ao redor de seus olhos, ela viu o que ele realmente era: um homem entrando na meia-idade. *Assim como eu.*

— Não houve um momento — disse ela, — nem um *instante*, em que eu tenha pensado que você...

— Mas agora está pensando, não está? Desde que a detetive Rizzoli levantou o assunto, teve de considerar a possibilidade de eu ter vandalizado seu carro. De ser eu quem a está seguindo.

— Não, Yoshima. Não. Eu me recuso a pensar assim.

Ele olhou para ela.

— Então não está sendo honesta consigo mesma, ou comigo. Porque o pensamento tem de estar em sua mente. E enquanto houver um resquício de desconfiança, não ficará à vontade comigo. Posso sentir isso, você também.

Ele tirou as luvas, virou-se e começou a escrever o nome do cadáver em etiquetas. Ela podia ver a tensão em seus ombros, nos músculos rígidos de seu pescoço.

— Vamos superar isso — disse ela.

— Talvez.

— Talvez, não. Nós vamos. Temos de trabalhar juntos.

— Bem, acho que isso depende de você.

Ela o observou por um instante, imaginando como recuperar a relação cordial de que certa vez desfrutaram. Talvez não fosse tão cordial afinal de contas, pensou ela. Só achava que fosse, mas todo esse tempo ele escondeu suas emoções de mim, assim como escondi as minhas dele. Que dupla nós somos, o duo insondável. Todas as semanas as tragédias desfilavam sobre nossa mesa de necropsia, mas nunca o vi chorar, nem ele a mim. Enfrentamos a morte como dois trabalhadores em uma fábrica.

Ele acabou de etiquetar os vidros de amostras e virou-se para perceber que ela ainda estava atrás dele.

— Precisa de alguma coisa, Dra. Isles? — perguntou ele, e sua voz, assim como a sua expressão, não revelava vestígio do que acabara de acontecer entre eles. Aquele era o Yoshima que ela sempre conhecera, discretamente eficiente, pronto para oferecer assistência.

Ela respondeu à altura. Tirou as radiografias do envelope que trouxera para a sala e afixou as chapas de Nikki Wells na caixa de luz.

— Espero que se lembre deste caso — disse ela, e ligou a luz.
— Faz cinco anos. Um caso em Fitchburg.

— Qual era o nome da vítima?

— Nikki Wells.

Ele franziu o cenho ao olhar para a radiografia e logo concentrou a sua atenção na coleção de ossos fetais sobre a pélvis materna.

— Era aquela mulher grávida? Assassinada com a irmã?

— Então você se lembra.

— Ambos os corpos queimados?

— Exato.

— Eu me lembro, foi um caso do Dr. Hobart.

— Não conheço o Dr. Hobart.

— Não, não poderia tê-lo conhecido. Foi embora uns dois anos antes de você se juntar a nós.

— Onde ele está trabalhando agora? Gostaria de falar com ele.

— Bem, isso vai ser difícil. Ele está morto.

Ela franziu as sobrancelhas.

— O quê?

Yoshima balançou a cabeça com tristeza.

— Foi tão difícil para o Dr. Tierney... Ele se sentiu responsável, embora não tivesse tido outra escolha.

— O que houve?

— Houve alguns... problemas com o Dr. Hobart. Primeiro, perdeu alguns slides. Então, sumiu com alguns órgãos, e a família descobriu. Processaram nosso laboratório. Foi uma grande confusão, um bocado de má publicidade, mas o Dr. Tierney o apoiou. Então, sumiram algumas drogas de uma bolsa de uso pessoal, e ele não teve escolha a não ser pedir que o Dr. Hobart pedisse demissão.

— E o que aconteceu a seguir?

— O Dr. Hobart foi para casa e engoliu um punhado de Oxycontin. Só o encontraram três dias depois.

Yoshima fez uma pausa.

— Aquela foi uma necropsia que ninguém aqui queria fazer.

— A competência dele foi questionada?

— Cometeu alguns erros.

— Sérios?

— Não estou certo do que quer saber.

— Estou me perguntando se ele deixou escapar isto.

Ela apontou para o fragmento brilhante encravado no osso pubiano.

— O relatório dele sobre Nikki Wells não explica esta densidade metálica aqui.

— Há outras sombras metálicas nesta chapa — percebeu Yoshima. — Vejo um gancho e um fecho de sutiã.

— Sim, mas olhe esta visão lateral. Este fragmento de metal está *dentro* do osso, não por cima dele. O Dr. Hobart lhe disse alguma coisa a esse respeito?

— Não que eu me lembre. Não está no relatório dele?

— Não.

— Então não deve ter achado relevante.

O que quer dizer que provavelmente não foi trazido à baila durante o julgamento de Amalthea, pensou Maura. Yoshima voltou aos seus afazeres, posicionando bacias e baldes e ajeitando os papéis no fichário. Embora houvesse uma jovem morta a alguns metros dali, a atenção de Maura estava voltada para a radiografia de Nikki Wells e de seu feto, seus ossos fundidos pelo fogo em uma única massa carbonizada.

Por que você as queimou? Qual foi o propósito? Teria Amalthea sentido prazer ao observar as chamas consumi-las? Ou esperava que essas chamas consumissem algo mais, algum vestígio de si mesma que ela não quisesse que fosse encontrado?

O foco de sua atenção se moveu do arco do crânio fetal para o fragmento branco encravado no púbis de Nikki. Um fragmento fino como...

Uma ponta de faca. Um fragmento de lâmina.

Mas Nikki fora morta com uma pancada na cabeça. Por que usar uma faca em uma vítima cujo rosto você acabou de esmagar com uma chave de roda? Ela olhou para o fragmento de metal, e seu significado subitamente lhe ocorreu, um significado que lhe provocou um calafrio ao longo da espinha.

Foi até o telefone e apertou o botão do interfone.

— Louise?

— Sim, Dra. Isles?

— Por favor, ligue para o Dr. Daljeet Singh, o médico perito em Augusta, Maine.

— Um momento.

Então, um pouco depois:

— O Dr. Singh está na linha.

— Daljeet? — disse Maura.

— Não, não me esqueci do jantar que estou lhe devendo! — ele respondeu.

— Talvez *eu* lhe deva um jantar, se puder me responder uma pergunta.

— Qual?

— Aqueles esqueletos que escavamos em Fox Harbor. Já os identificou?

— Não. Pode demorar. Não há registro de desaparecidos em Waldo nem em Hancock que sejam consistentes com os restos mortais. Ou esses ossos são muito antigos, ou essas pessoas não são da área.

— Você já pediu uma busca no CNIC? — perguntou ela.

O Centro Nacional de Informação Criminal, administrado pelo FBI, tinha um banco de dados de casos de gente desaparecida em todo o país.

— Sim, mas como não posso fechar a busca em uma determinada década, consegui várias páginas cheias de nomes. Tudo o que foi registrado na região da Nova Inglaterra.

— Talvez eu possa ajudá-lo a estreitar seus parâmetros de busca.

— Como?

— Especifique apenas os casos de pessoas desaparecidas entre 1955 e 1965.

— Posso perguntar como chegou a essa década em particular?

Porque foi a época em que minha mãe morou em Fox Harbor, pensou. *Minha mãe, que matara a outros.*

Mas tudo o que ela disse foi:

— Uma intuição.

— Você está muito misteriosa.

— Explicarei quando nos encontrarmos.

Pela primeira vez, Rizzoli deixava Maura dirigir, mas apenas porque estavam no Lexus de Maura, rumo ao norte em direção à auto-estrada. Durante a noite, uma tempestade se aproximara vindo do oeste, e Maura despertara ao som de chuva tamborilando em seu telhado. Ela fizera café, lera o jornal, todas as coisas que fazia habitualmente numa manhã comum. Com quanta rapidez as velhas rotinas se impõem, mesmo diante do medo. Na noite anterior não ficara em um motel. Preferira voltar para casa. Trancara todas as portas e deixara a luz da varanda acesa, uma pobre defesa contra as ameaças da noite, embora tivesse dormido em meio à turbulência da tempestade e despertado sentindo-se novamente no controle da própria vida.

Já me cansei de ter medo, pensou. Não vou deixá-lo me dominar em minha própria casa.

Agora, enquanto ela e Rizzoli iam ao Maine, onde pairavam nuvens de chuva ainda mais escuras, ela estava pronta para reagir, pronta para virar a mesa. *Quem quer que você seja, vou rastreá-lo e descobri-lo. Também posso ser um caçador.*

Eram duas da tarde quando chegaram no prédio do laboratório de perícia médica do Maine, em Augusta. O Dr. Daljeet Singh as encontrou na recepção e levou-as para o subsolo, até a sala de necropsia, onde as duas caixas de ossos os aguardavam sobre o balcão.

— Essa não tem sido minha maior prioridade — admitiu e pegou uma folha de plástico. Pousou-a suavemente na mesa de aço, como um pára-quedas de seda. — Provavelmente estão enterrados há décadas, então alguns dias a mais não farão muita diferença.

— Conseguiu os resultados da nova consulta ao CNIC? — perguntou Maura.

— Esta manhã. Imprimi a lista de nomes. Está naquela mesa.

— Radiografias de arcadas dentárias?

— Eles me mandaram o arquivo por e-mail. Não tive tempo de vê-lo. Achei melhor esperar vocês duas chegarem.

Ele abriu a primeira caixa de papelão e começou a remover os ossos, colocando-os gentilmente sobre a folha de plástico. Tirou um crânio com o topo afundado. Uma pélvis suja de terra, ossos longos e uma espinha atarracada. Uma pilha de costelas, que ressoavam como uma cortina de bambu. Afora isso, pairava o silêncio no laboratório de Daljeet, tão claro e brilhante quanto a sala de necropsia de Maura, em Boston. Bons patologistas são perfeccionistas por natureza, e ele agora revelava este aspecto de sua personalidade. Parecia dançar ao redor da mesa, movendo-se com graça quase feminina enquanto arranjava os ossos em suas posições anatômicas.

— Este é quem? — perguntou Rizzoli.

— Este é o homem — disse ele. — O tamanho do fêmur indica que ele tinha entre 1,77m e 1,83m. Fratura óbvia no osso temporal. Há também essa antiga fratura de Colles bem calcificada. — Ele olhou para Rizzoli, que parecia perplexa. — Um pulso quebrado.

— Por que vocês médicos fazem isso?

— O quê?

— Dar nomes sofisticados às coisas. Por que não dizem apenas pulso quebrado?

Daljeet sorriu.

— Algumas perguntas não têm respostas simples, detetive Rizzoli.

Rizzoli olhou para os ossos.

— O que mais sabemos sobre ele?

— Não há alterações causadas por osteoporose ou artrite na coluna. Era um jovem adulto, caucasiano. Algum trabalho dentário aqui... obturações com amálgama de prata nos dentes número 18 e 19.

Rizzoli apontou para o osso temporal afundado.

— Essa foi a causa da morte?

— Isto certamente é classificável como um golpe fatal. — Ele se voltou e olhou para a segunda caixa. — Agora, a mulher. Foi encontrada a uns vinte metros do homem.

Na segunda mesa de necropsia, ele novamente estendeu uma folha de plástico. Juntos, ele e Maura montaram os restos mortais em sua posição anatômica original, como dois garçons apressados preparando a mesa de um jantar. Os ossos chacoalharam sobre a mesa. O quadril sujo de terra. Outro crânio, menor, as cristas supraorbitais mais delicadas que as do homem. Ossos das pernas, dos braços, esterno, um bando de costelas e dois sacos de papel contendo ossos carpais e tarsais.

— Portanto, eis nossa Fulana — disse Daljeet, observando o arranjo final. — Aqui não posso determinar a causa da morte, porque não há nada em que se basear. Ela parece ser jovem, também caucasiana. Vinte a 35 anos de idade. Altura por volta de 1,60m, sem fraturas antigas. Boa dentição. Uma pequena lasca aqui, no canino, e uma coroa de ouro no número quatro.

Maura olhou para a caixa de luz, onde estavam expostos dois filmes.

— São radiografias de suas arcadas dentárias?

— O homem à esquerda, a mulher à direita.

Daljeet foi até a pia lavar a terra das mãos e arrancou uma toalha de papel.

— Então, aí estão: Fulano e Fulana.

Rizzoli pegou os nomes que o CNIC enviara por e-mail para Daljeet naquela manhã.

— Meu Deus. Há dezenas de registros aqui. Tanta gente desaparecida.

— E isso apenas na região da Nova Inglaterra. Brancos entre 20 e 45 anos.

— Todos os relatórios são das décadas de 1950 e 1960.

— Foi o período que Maura especificou.

Daljeet foi até o laptop.

— Muito bem, vamos dar uma olhada em algumas radiografias que nos enviaram.

Ele abriu o arquivo que lhe fora encaminhado por e-mail pelo CNIC. Surgiu uma fileira de ícones, cada um rotulado com um número de caso. Ele clicou no primeiro ícone, e uma radiografia preencheu a tela. Uma linha de dentes tortos, como dominós brancos tombando uns contra os outros.

— Bem, este certamente não é um dos nossos — disse ele. — Veja estes dentes! É um pesadelo de ortodontista.

— Ou a mina de ouro de um ortodontista — disse Rizzoli.

Daljeet fechou a imagem e clicou no ícone seguinte. Outra radiografia, esta com um espaço vago entre os incisivos.

— Não creio — disse ele.

A atenção de Maura voltou-se para a mesa. Para os ossos da mulher sem nome. Olhou a graciosa linha dos olhos e os delicados arcos zigomáticos daquele crânio. Um rosto de belas proporções.

— Ah, *olá* — ouviu Daljeet dizer. — Acho que reconheço esses dentes.

Ela olhou para a tela do computador. Viu uma radiografia de molares e o brilho de obturações metálicas.

Daljeet levantou-se da cadeira e foi até a mesa onde estava o esqueleto masculino. Ele pegou o maxilar e trouxe-o para perto do computador a fim de comparar.

— Obturações de amálgama nos números 18 e 19 — notou.

— Sim. Sim, confere.

— Qual era o nome do radiografado? — perguntou Rizzoli.

— Robert Sadler.

— Sadler... Sadler...

Rizzoli folheou a lista impressa pelo computador.

— Certo, encontrei. Sadler, Robert. Branco, 29 anos. Media 1,80m, cabelos e olhos castanhos.

Ela olhou para Daljeet, que assentiu.

— É compatível com nossos restos mortais.

Rizzoli continuou a ler:

— Era um construtor. Foi visto pela última vez em sua cidade, Kennebunkport, Maine. Dado como desaparecido em 3 de julho de 1960, com sua...

Ela fez uma pausa. Olhou para a mesa onde estavam os ossos da mulher.

— ...com sua esposa.
— Qual era o nome dela? — perguntou Maura.
— Karen. Karen Sadler. Tenho o número do caso para você.
— Dê para mim — disse Daljeet, voltando-se para o computador. — Vamos ver a radiografia dela.

Maura ficou logo atrás, olhando por cima do ombro de Daljeet enquanto ele clicava no ícone correto e uma imagem aparecia na tela. Era uma radiografia tirada quando Karen Sadler estava viva, sentada na cadeira de seu dentista. Ansiosa, talvez, diante da possibilidade de estar com uma cárie e com medo da obturação inevitável que se seguiria. Enquanto segurava a aba de papelão para manter o filme no lugar, Karen jamais poderia ter imaginado que a imagem que seu dentista capturara naquele dia estaria brilhando, anos depois, na tela do computador de um patologista.

Maura viu uma fileira de molares e o brilho metálico de uma coroa. Foi até a caixa de luz onde Daljeet afixara o panógrafo dos dentes da mulher não identificada e disse:

— É ela. Esses ossos são de Karen Sadler.
— Então temos duas identificações positivas — disse Daljeet. — Marido e mulher.

Atrás deles, Rizzoli folheava a lista impressa, procurando pelo arquivo de Karen Sadler.

— Muito bem, aqui está. Branca, 25 anos. Loura, olhos azuis... — Ela subitamente parou de falar. — Há algo errado aqui. Seria bom verificar essas radiografias outra vez.

— Por quê? — disse Maura.
— Apenas veja outra vez.

Maura estudou o filme, então virou-se para a tela de computador.

— Elas batem, Jane. Qual o problema?
— Está faltando uma ossada.
— Que ossos?

— Os de um feto.
Rizzoli olhou para ela com uma expressão atônita.
— Karen Sadler estava grávida de oito meses.
Houve um longo silêncio.
— Não encontramos outros despojos — disse Daljeet.
— Pode não tê-los visto — disse Rizzoli.
— Escavamos tudo e peneiramos a terra.
— Predadores podem tê-los levado dali.
— Sim, é sempre possível. Mas esta *é* Karen Sadler.

Maura foi até a mesa e olhou para a pélvis da mulher, pensando nos ossos de outra mulher brilhando na caixa de luz. *Nikki Wells também estava grávida.*

Levou a lupa até a mesa e ligou a luz. Focou a lente sobre o ramo pubiano. Havia terra avermelhada encrostada sobre a sínfise, onde os dois ramos se juntavam, unidos por uma grossa cartilagem.

— Daljeet, conseguiria para mim um cotonete ou uma gaze molhada? Algo para eu poder limpar esta terra.

Ele encheu uma vasilha de água e abriu um pacote de cotonetes. Colocou-os na mesa ao lado dela.

— O que procura?

Ela não respondeu. Sua atenção estava voltada para a tarefa de tirar aquela camada de sujeira e revelar o que havia embaixo. À medida que a terra era removida, seu pulso acelerava. O último pedaço de sujeira finalmente foi retirado. Ela olhou para o que agora era revelado pela lupa. Ela se levantou e olhou para Daljeet.

— O que é? — disse ele.
— Olhe. Está bem na beira, onde os ossos se articulam.

Ele se inclinou para olhar através das lentes.

— Você se refere àquele pequeno talho? É disso que está falando?
— Sim.

— É bem sutil.

— Mas está lá.

Ela respirou fundo.

— Trouxe uma radiografia, está no meu carro. Acho que deveriam dar uma olhada.

Ao sair no estacionamento, a chuva castigou seu guarda-chuva. Ao apertar o botão ABRIR do chaveiro, não conseguiu evitar olhar para os arranhões na porta do lado do passageiro. Uma marca de garra com o propósito de amedrontá-la. *Tudo o que conseguiu foi me deixar furiosa. Pronta para retaliar.* Ela tirou o envelope do banco de trás e protegeu-o sob o casaco enquanto o trazia para dentro do prédio.

Daljeet parecia perplexo enquanto a observava afixar as radiografias de Nikki Wells na caixa de luz.

— Qual é este caso que você está me mostrando agora?

— Um homicídio há cinco anos, em Fitchburg, Massachusetts. O crânio da vítima foi esmagado e seu corpo queimado.

Daljeet franziu o cenho ao olhar para a radiografia.

— Mulher grávida. O feto parece em fim de gestação.

— Mas foi isso o que me chamou atenção.

Ela apontou para o fragmento brilhante na sínfise pubiana de Nikki Wells.

— Acho que é uma ponta de faca.

— Mas Nikki Wells foi morta com uma chave de roda — disse Rizzoli. — Seu crânio foi esmagado.

— Isso mesmo — disse Maura.

— Então, por que usar também uma faca?

Maura apontou para a radiografia. Para os ossos fetais enrodilhados sobre o quadril de Nikki Wells.

— Por isso. Isso é o que o assassino realmente queria.

Daljeet nada disse durante um instante. Mas ela sabia, sem que ele dissesse uma palavra, que compreendera o que ela estava pensando. Ele se virou para os restos mortais de Karen Sadler. Pegou o quadril.

— Uma incisão central, de cima a baixo do abdome — disse ele. — A lâmina atingiria o osso, exatamente onde está este talho...

Maura pensou na faca de Amalthea, cortando o abdome de uma jovem com um golpe tão decisivo que a lâmina só parasse ao encontrar um osso. Pensou em sua profissão, na qual as facas tinham uma grande importância, e nos dias que ela passara na sala de necropsia, cortando pele e órgãos. *Ambas gostamos de cortar, minha mãe e eu. Mas eu corto carne morta, ela, carne viva.*

— Por isso não encontraram ossos de feto no túmulo de Karen Sadler — disse Maura.

— Mas no outro caso... — ele gesticulou para a radiografia de Nikki Wells. — Este feto não foi retirado. Foi queimado com a mãe. Por que fazer uma incisão para extraí-lo e então matá-lo de qualquer modo?

— Porque o bebê de Nikki Wells tinha um defeito congênito. Uma banda amniótica.

— O que é isso? — perguntou Rizzoli.

— É um filamento membranoso que às vezes se estende sobre a bolsa amniótica — disse Maura. — Se ela se enroscar nos membros de um feto, pode restringir o fluxo de sangue e até mesmo amputá-lo. O defeito foi diagnosticado durante o segundo trimestre da gravidez de Nikki. — Ela apontou para a radiografia. — Você pode ver que falta a perna direita do feto, abaixo do joelho.

— Não é uma deformidade fatal?

— Não, o feto teria sobrevivido. Mas o assassino teria percebido o problema imediatamente. Ele teria visto que não era um bebê perfeito. Acho que foi por isso que ele não o levou.

Maura virou-se e olhou para Rizzoli. Não conseguia evitar confrontar o fato da gravidez de Rizzoli. A barriga grande, o rubor nas faces.

— Ele queria um bebê perfeito.

— Mas o de Karen Sadler também não seria perfeito — destacou Rizzoli. — Ela estava com apenas oito meses de gravidez. Os pulmões não estariam maduros, certo? Ele precisaria de uma incubadora para sobreviver.

Maura olhou para os ossos de Karen Sadler. Pensou no lugar onde foram recolhidos. Pensou, também, nos ossos do marido, enterrado vinte metros mais adiante. Mas não na mesma cova... em um lugar separado. Por que cavar dois buracos diferentes? Por que não enterrar marido e mulher juntos?

Sua boca de repente secou. A resposta deixou-a estupefata.

Eles não foram enterrados ao mesmo tempo.

21

O chalé espremia-se sob galhos de árvores pesados de chuva, como se fosse seu prisioneiro. Quando Maura esteve ali pela primeira vez na semana anterior, achara a casa simplesmente deprimente, uma caixa escura sendo aos poucos estrangulada pela floresta. Agora, ao olhá-la do carro, as janelas pareciam observá-la como olhos malévolos.

— Esta é a casa onde Amalthea cresceu — disse Maura — Não seria difícil para Anna obter essa informação. Tudo o que tinha de fazer era verificar o histórico escolar de Amalthea. Ou procurar o nome Lank em um velho catálogo telefônico.

Ela olhou para Rizzoli.

— A dona, Srta. Clausen, me disse que Anna perguntou especificamente sobre a possibilidade de alugar esta casa.

— Então Anna deve ter sabido que Amalthea já morou aqui.

E, assim como eu, estava ansiosa por saber mais sobre nossa mãe, pensou Maura. Para compreender a mulher que nos deu à luz e então nos abandonou.

A chuva caía no teto do carro e escorria em lâminas prateadas pelo pára-brisa.

Rizzoli fechou o zíper de seu impermeável e puxou o gorro sobre a cabeça.

— Bem, então vamos entrar e dar uma olhada.

Correram na chuva e subiram os degraus da varanda, onde sacudiram a água de suas capas de chuva. Maura sacou a chave que pegara na imobiliária da Srta. Clausen e meteu-a na fechadura. A princípio não queria girar, como se a casa estivesse resistindo, determinada a não deixar que entrassem. Quando por fim conseguiu abri-la, a porta emitiu um rangido de alerta, resistindo até o fim.

Lá dentro era ainda mais escuro e mais claustrofóbico do que ela se lembrava. O ar tinha um cheiro azedo de mofo, como se a umidade de fora tivesse vazado pelas paredes, alcançando as cortinas e a mobília. A luz através da janela cobria a sala de estar com tons de cinza-escuro. Esta casa não nos quer aqui, pensou ela. Não quer que conheçamos seus segredos.

Ela tocou o braço de Rizzoli.

— Veja — disse ela, apontando para as duas trancas e a corrente na porta.

— Trancas novinhas.

— Anna mandou instalá-las. Faz a gente pensar, não é? Quem ela estava tentando trancar do lado de fora?

— Se não era Charles Cassell. — Rizzoli foi até a janela da sala de estar e olhou para uma cortina de folhas encharcadas de chuva. — Bem, este lugar é tremendamente isolado. Sem vizinhos. Nada exceto árvores. Eu também desejaria algumas trancas extras.

— Ela riu, tensa. — Sabe, nunca gostei do campo. Fui acampar com um grupo de amigos, uma vez, quando estava no colégio. Dirigimos até New Hampshire e estendemos nossos sacos de dormir ao redor da fogueira. Não preguei o olho. Ficava pensando: como saber o que está lá nas árvores, escondido entre os arbustos, me observando?

— Vamos — disse Maura. — Quero mostrar o resto da casa.

Ela mostrou o caminho até a cozinha e ligou o interruptor. Luzes fluorescentes acenderam. A luz implacável revelou cada fenda, cada buraco do linóleo antigo. Ela olhou para o padrão xadrez do chão, amarelado de tão gasto, e pensou em todo o leite derramado e nas pegadas de lama que, ao longo dos anos, certamente deixaram traços microscópicos naquele chão. O que mais vazou por entre estas fendas e rachaduras? Que terríveis eventos deixaram ali seus resíduos?

— Essas são trancas novinhas também — disse Rizzoli, diante da porta dos fundos.

Maura foi até a porta do porão.

— Eu queria que você visse isto.

— Outra tranca?

— Mas vê como está oxidada? Não é nova. Esta tranca está aqui há muito tempo. A Srta. Clausen disse que já estava na porta quando ela comprou a propriedade em um leilão, há 28 anos. E aqui vai a parte esquisita.

— Qual?

— Atrás desta porta fica apenas o porão. — Ela olhou para Rizzoli. — É um beco sem saída.

— Por que alguém precisaria trancar esta porta?

— Foi o que me perguntei.

Rizzoli abriu a porta, e o cheiro de terra úmida ergueu-se da escuridão.

— Ai, ai — murmurou. — Detesto porões.

— Tem um interruptor de luz bem acima de sua cabeça.

Rizzoli puxou a corda. A luz se acendeu, seu brilho anêmico iluminou uma escada estreita. Abaixo havia apenas sombras.

— Tem certeza de que não há outra entrada para este porão? — perguntou ela, espiando em meio às sombras. — Uma comporta de carvão ou algo assim?

— Caminhei ao redor de toda a casa e não vi nenhuma porta externa que desse para esse porão.

— Esteve lá embaixo?

— Não vi motivo para isso.

Até hoje.

— Tudo bem — Rizzoli tirou uma minilanterna Maglite do bolso e respirou fundo.

— Acho que devíamos dar uma olhada.

A lâmpada balançava sobre elas, espalhando sombras por toda volta, enquanto desciam a escada, que rangia. Rizzoli movia-se devagar, como se experimentando cada passo. Nunca antes Maura vira Rizzoli tão vacilante, tão cautelosa, e tal apreensão alimentava a sua própria. Quando chegaram ao fim da escada, a porta para a cozinha parecia muito acima delas, em outra dimensão.

A lâmpada ao pé da escada estava queimada. Rizzoli passou o facho de sua Maglite por um chão de terra batida, úmida pela água de chuva infiltrada. A luz revelou uma pilha de latas de tinta e um tapete enrolado, mofando contra uma parede. Em um canto havia uma caixa de madeira repleta de lenha para a lareira da sala de estar. Nada ali parecia fora do comum, nada justificava a sensação de ameaça que Maura sentiu no topo da escada.

— Bem, você está certa — disse Rizzoli. — Não parece haver saída daqui.

— Apenas aquela porta.

— O que quer dizer que a tranca não faz sentido. A não ser...

A luz de Rizzoli parou na parede oposta.

— O que foi?

Rizzoli cruzou o porão e ficou parada, olhando.

— Por que isto está aqui? Para que alguém usaria isto?

Maura aproximou-se. Sentiu um calafrio ao longo da espinha quando viu o que a Maglite de Rizzoli estava iluminando. Era um anel de metal, encravado em uma das grandes pedras do porão. *Para que alguém usaria isto?*, perguntara Rizzoli. A resposta fez Maura recuar, repugnada pelas visões que aquilo suscitava.

Isto não é um porão. É uma masmorra.

A lanterna de Rizzoli iluminou o teto.

— Há alguém na casa — ela sussurrou.

Apesar do ruído de seu próprio coração, Maura ouviu o chão ranger sobre eles. Ouviu passadas pesadas pela casa. Aproximando-se da cozinha. Uma silhueta subitamente assomou à porta, e a luz da lanterna que brilhava lá em cima era tão clara que Maura teve de se virar, ofuscada.

— Dra. Isles? — chamou uma voz masculina.

— Não posso vê-lo — disse Maura.

— Detetive Yates. A equipe de perícia também acabou de chegar. Quer nos mostrar a casa antes de começarmos?

Maura suspirou profundamente.

— Estamos subindo.

Quando Maura e Rizzoli emergiram do porão, havia quatro homens na cozinha. Maura conhecera os detetives Corso e Yates na semana anterior, na clareira na floresta. Dois técnicos da equipe de perícia, que se apresentaram apenas como Pete e Gary, os acompanhavam, e todos fizeram uma pausa para uma rodada de apertos de mão.

Yates disse:

— Então, estamos na temporada de caça ao tesouro?

— Sem garantias de que acharemos alguma coisa — disse Maura.

Os dois técnicos da perícia observavam a cozinha e examinavam o chão.

— Este linóleo parece bem batido — disse Pete. — Que período de tempo estamos buscando?

— Os Sadler desapareceram há 45 anos. O suspeito ainda morava aqui, com o tio. Depois que se foram, a casa ficou vazia durante anos, antes de ser vendida em leilão.

— Quarenta e cinco anos? É, este linóleo pode ser velho assim.

— Sei que o tapete na sala de estar é mais recente, apenas uns vinte anos — disse Maura. — Teremos de tirá-lo para verificar o chão.

— Nunca tentamos isso com algo com mais de 15 anos. Pode se tornar um novo recorde.

Pete olhou para a janela da cozinha

— Ainda faltam duas horas para escurecer.

— Então vamos começar pelo porão — disse Maura. — Ali está escuro o bastante.

Todos saíram para buscar diferentes equipamentos na van: câmeras e tripés, caixas com equipamento de proteção, borrifadores e água destilada, uma caixa térmica contendo garrafas de produtos químicos, fios elétricos e lanternas. Tudo isso trouxeram pela escada estreita até o porão, que de repente pareceu apertado demais para seis pessoas, mais o equipamento de câmera. Havia apenas meia hora, Maura olhara aquele lugar sombrio com desconforto. Agora, ao observar os homens casualmente instalando tripés e desenrolando fios elétricos, viu que o lugar havia perdido o poder de assustá-la. Aquilo se tornara apenas pedra úmida e terra batida, pensou. Não há fantasmas aqui.

— Não sei não — disse Pete, virando a aba do boné de beisebol dos Sea Dogs para trás. — Temos um chão de terra aqui. Terá um alto conteúdo de ferro. Pode ficar tudo claro. Vai ser difícil de interpretar.

— Estou mais interessada nas paredes — disse Maura. — Nódoas, padrões de respingos.

Ela apontou para o bloco de granito com o anel de metal.

— Vamos começar por aquela parede.

— Primeiro, precisaremos tirar uma fotografia básica. Vou armar o tripé. Detetive Corso, pode apoiar a régua naquela parede? É fosforescente. Nos dará um padrão de referência.

Maura olhou para Rizzoli.

— Devia subir, Jane. Vão começar a mexer com Luminol. Não creio que deva se expor a isso.

— Não sabia que era tóxico.

— Ainda assim, não deve arriscar. Não com o bebê.

Rizzoli suspirou.

— É, está bem — disse ela, subindo a escada lentamente. — Mas detesto perder um espetáculo de luzes.

A porta do porão se fechou atrás dela.

— Ela já não devia estar em licença-maternidade? — perguntou Yates.

— Ainda faltam seis semanas — disse Maura.

Um dos técnicos riu.

— Como aquela policial em *Fargo*, hein? Como perseguir um bandido nessa condição?

Através da porta fechada do porão, Rizzoli gritou:

— Ei, eu posso estar grávida, mas não estou surda!

— Ela também está armada — disse Maura.

O detetive Corso disse:

— Podemos começar?

— Há máscaras e óculos protetores naquela caixa — disse Pete. — Por favor, sirvam-se.

Corso entregou uma máscara e um par de óculos para Maura. Ela os vestiu e observou Gary começar a medir as substâncias químicas.

— Vamos começar com um preparado de Weber — disse ele. — Por isso, acho mais seguro usar o equipamento. Este negócio costuma irritar a pele e os olhos.

— Refere-se a estes líquidos que você está misturando? — perguntou Maura, a voz abafada pela máscara.

— É, nós os mantemos armazenados no refrigerador do laboratório. Só misturamos os três com água destilada no local.

Ele tampou a garrafa e deu-lhe uma vigorosa sacudida.

— Alguém aqui usa lentes de contato?

— Eu uso — disse Yates.

— Então deve sair, detetive. Estará mais sensível, mesmo usando estes óculos.

— Não, eu quero ver.

— Então se afaste quando eu começar a borrifar.

Deu mais uma sacudida, então derramou o conteúdo em um borrifador.

— Bom, estamos prontos para começar. Deixe-me tirar uma fotografia primeiro. Detetive, poderia se afastar dessa parede?

Corso se afastou, e Pete disparou a câmera, que capturou uma imagem inicial da parede que estavam a ponto de borrifar com Luminol.

— Quer que desligue as luzes agora? — perguntou Maura.

— Deixe Gary se posicionar primeiro. Quando escurecer, vamos começar a tropeçar por aqui. Portanto, todo mundo escolha um lugar e fique parado onde está, certo? Apenas Gary se movimenta.

Gary foi até a parede e ergueu o borrifador contendo Luminol. Com os óculos e a máscara, parecia um dedetizador a ponto de exterminar uma barata.

— Desligue a luz, Dra. Isles.

Maura estendeu a mão até o refletor a seu lado e o desligou, mergulhando-os em profunda escuridão.

— Vá em frente, Gary.

Ouviram o sibilar do borrifador. Fragmentos de azul-esverdeado começaram a brilhar na escuridão, como estrelas em um céu noturno. Agora, surgia um círculo fantasmagórico, parecendo flutuar sozinho na escuridão. O anel de ferro.

— Pode não ser sangue — disse Pete. — O Luminol reage com um bocado de coisas. Ferrugem, metais. Água sanitária. O anel de ferro brilharia de qualquer modo, com ou sem sangue. Gary, poderia se afastar enquanto eu tiro esta fotografia? Será uma exposição de quarenta segundos, portanto não se movam.

Quando o diafragma finalmente se fechou ele disse:

— Luzes, Dra. Isles.

Maura tateou no escuro e ligou o refletor. Quando a luz se acendeu, ela se viu olhando outra vez para a parede de pedra.

— O que achou? — perguntou Corso.

Pete deu de ombros.

— Nada de impressionante. Deve haver um bocado de falsos positivos aqui. Há terra em todas essas pedras. Vamos experimentar as outras paredes, mas a não ser que encontremos uma impressão de mão ou um grande respingo, não vai ser fácil detectar sangue contra este fundo.

Maura percebeu que Corso olhava para o relógio. Fora uma longa viagem para ambos os detetives do Maine, e ela podia ver que ele estava começando a achar que aquilo era uma perda de tempo.

— Vamos continuar — disse ela.

Pete moveu o tripé e posicionou a lente da câmera para focalizar a outra parede. Tirou uma fotografia e então disse:

— Luzes.

Novamente, a sala ficou completamente às escuras.

O borrifador voltou a sibilar. Mais fragmentos verde-azulados apareceram magicamente, como vaga-lumes brilhando no escuro, à medida que o Luminol reagia com os metais oxidados na pedra, produzindo pontos luminosos. Gary borrifou um novo arco sobre a parede, e uma nova faixa de estrelas apareceu, encoberta por sua sombra. Ouviu-se uma pancada surda, e a silhueta moveu-se para a frente subitamente.

— Merda.

— Você está bem, Gary? — disse Yates.

— Bati com a canela em algum lugar. Na escada, eu acho. Não consigo ver nada nessa...

Ele parou de falar e então murmurou:

— Ei pessoal, vejam isso.

Quando ele se afastou para o lado, uma mancha azul-esverdeada surgiu, como uma piscina de ectoplasma.

— Que diabos é isso? — perguntou Corso.

— Luz! — pediu Pete.

Maura ligou a luz. A piscina azul-esverdeada desapareceu. Em seu lugar ela viu a escada de madeira que levava à cozinha.

— Estava naquele degrau — disse Gary. — Quando caí, derramei um pouco de Luminol.

— Deixe-me reposicionar a câmera. Então quero que suba ao topo da escada. Acha que consegue descer caso apaguemos as luzes?

— Não sei. Se eu for bem devagar...

— Passe Luminol nos degraus à medida que desce.

— Não, não. Acho que vou começar do fundo e subir. Não gosto da idéia de dar as costas para a escada no escuro.

— Como preferir.

O flash da câmera disparou.

— Tudo bem. Gary, já estou preparado. Quando quiser.

— Pode apagar a luz, doutora.

Maura desligou o refletor.

Mais uma vez, ouviram o sibilar do borrifador espargindo sua fina névoa de Luminol. Junto ao chão, apareceu uma mancha azul-esverdeada, então mais acima apareceu outra, como poças de água fantasmagóricas. Ouviam a respiração pesada de Gary através da máscara e o ranger dos degraus à medida que ele subia a escada, borrifando sem parar. Degrau por degrau iluminou-se, formando uma catarata intensamente luminosa.

Uma catarata de sangue.

Não havia outra coisa que aquilo pudesse ser, pensou ela. Cada degrau estava manchado, com fios luminosos escorrendo pelos lados da escada.

— Meu Deus — murmurou Gary. — Está ainda mais claro aqui em cima, no primeiro degrau. Parece que veio da cozinha. Vazou por debaixo da porta e escorreu pela escada.

— Todos fiquem onde estão. Vou tirar a fotografia. Quarenta e cinco segundos.

— Já deve estar escuro o bastante lá fora — disse Corso. — Podemos começar a trabalhar no resto da casa.

Rizzoli estava esperando por eles na cozinha quando subiram a escada, carregando o equipamento.

— Parece que foi um tremendo espetáculo de luzes — disse ela.

— Creio que estamos a ponto de ver ainda mais — disse Maura.

— Onde quer começar agora? — perguntou Pete a Corso.

— Aqui. No chão mais próximo à porta do porão.

Desta vez, Rizzoli não saiu quando as luzes se apagaram. Ela se afastou e observou a distância enquanto o Luminol era espalhado no chão. Um padrão geométrico de repente brilhou aos seus pés, um tabuleiro de xadrez de sangue velho retido no padrão repetitivo do linóleo. O tabuleiro cresceu como fogo azul espalhando-se por uma paisagem. Agora, galgava uma superfície vertical, em manchas largas e arcos de gotas brilhantes.

— Acenda as luzes — disse Yates, e Corso acionou o interruptor.

As manchas desapareceram. Olharam para a parede da cozinha, que não mais brilhava em azul. Para o chão gasto de linóleo com seu padrão repetitivo de quadrados brancos e pretos. Não havia horror ali, apenas um cômodo com chão amarelado e mobília surrada. Contudo, apenas um momento antes, viram sangue por toda parte.

Maura olhou para a parede, e a imagem do que vira ainda estava vívida em sua memória.

— Aquilo era um jato de sangue arterial — disse ela calmamente. — Foi aqui que aconteceu. Foi aqui que morreram.

— Mas vocês viram sangue no porão também — disse Rizzoli.

— Nos degraus.

— Tudo bem. Portanto, ao menos sabemos que uma vítima foi morta neste cômodo, já que há um jato de sangue arterial naquela parede.

Rizzoli atravessou a cozinha. Seus cachos despenteados escondiam os olhos à medida que se concentrava no chão. Ela parou.

— Como sabemos que não há outras vítimas? Como sabemos que esse sangue é dos Sadler?

— Não sabemos.

Rizzoli foi até a porta do porão. Ficou ali por um instante, olhando para a escadaria escura. Ela se virou e olhou para Maura.

— O porão tem chão de terra batida.

Houve um momento de silêncio.

Gary disse:

— Temos equipamento de GPR na van. Nós o usamos há dois dias, em uma fazenda em Machias.

— Traga-o para a casa — disse Rizzoli. — Vamos ver o que há debaixo deste chão.

22

O GPR, ou radar de penetração subterrânea, usa ondas eletromagnéticas para sondar abaixo da superfície do solo. A máquina SIR System-2 que os técnicos descarregaram da van tinha duas antenas, uma para enviar um pulso de energia de alta freqüência eletromagnética para o chão, a outra para medir as ondas que ricocheteavam em objetos enterrados e voltavam à superfície. Uma tela de computador exibia os dados, mostrando os vários extratos como uma série de camadas horizontais. À medida que os técnicos levavam o equipamento escada abaixo, Yates e Corso marcavam intervalos de um metro no chão do porão para formar uma grade de busca.

— Com toda essa chuva, o chão vai estar bem úmido — disse Pete, desenrolando o cabo de eletricidade.

— E isso faz alguma diferença? — perguntou Maura.

— A resposta do RPS varia, dependendo do conteúdo de água subterrânea. É preciso ajustar a freqüência EM para compensar.

— Duzentos megahertz? — perguntou Gary.

— É pelo que eu começaria. Não seria bom começar mais alto, ou teríamos detalhes demais.

Pete conectou os cabos ao console da mochila e ligou o laptop.

— Vai ser meio problemático aqui, ainda mais com toda essa floresta ao redor.

— O que as árvores têm a ver com isso? — perguntou Rizzoli.

— Esta casa foi construída em um terreno na floresta. Provavelmente há várias cavidades aqui embaixo, deixadas por raízes deterioradas. Isso vai tornar a imagem confusa.

Gary disse:

— Ajude-me a colocar a mochila.

— Está bem? Precisa ajustar as correias?

— Não, estão bem. — Gary inspirou e deu uma olhada no porão. — Vou começar naquele canto.

Quando Gary moveu o RPS pelo chão de terra, o perfil do subterrâneo apareceu na tela do laptop em faixas onduladas. Como médica, Maura estava familiarizada com ultra-sons e tomografias do corpo humano, mas não fazia idéia de como interpretar aquelas ondulações na tela.

— O que você está vendo? — perguntou a Gary.

— Estas áreas escuras aqui são ecos positivos de radar. Os ecos negativos aparecem em branco. Estamos procurando algo anormal. Uma reflexão hiperbólica, por exemplo.

— O que é isso? — perguntou Rizzoli.

— Parece uma protuberância levantando essas várias camadas. Causada por algo enterrado, refratando as ondas de radar em todas as direções.

Ele parou, estudando a tela.

— Olhe aqui, vê isso? Temos alguma coisa a uns três metros de profundidade que está criando uma reflexão hiperbólica.

— O que acha que é? — perguntou Yates.

— Pode ser apenas uma raiz de árvore. Vamos marcar e prosseguir.

Pete cravou uma estaca no chão para marcar o lugar.

Gary continuou, seguindo as linhas da grade, e os ecos do radar ondulavam na tela do laptop. Às vezes parava, pedia outra estaca, marcando outro ponto a ser verificado novamente na segunda passada. Ele tinha dado a volta e retornava ao longo do meio da grade quando parou de repente.

— Agora, isso aqui é interessante — disse ele.

— O que está vendo? — perguntou Yates.

— Espere. Deixe-me ver esta seção outra vez.

Gary voltou, movendo o GPR pela seção que acabara de sondar. Rastreou-a outra vez, olhar fixo no laptop. De novo ele parou.

— Temos uma grande anomalia aqui.

Yates aproximou-se.

— Mostre.

— Está a menos de um metro. Um grande bolsão, bem aqui. Vê? — Gary apontou uma protuberância de ecos de radar distorcidos na tela. Olhando para o chão, ele disse:

— Há algo aqui. E não é muito profundo.

Ele olhou para Yates.

— O que quer fazer?

— Vocês têm pás na van?

— Sim, temos uma. E algumas espátulas.

Yates assentiu.

— Tudo bem. Vamos trazê-las aqui para baixo. E vamos precisar de mais luz.

— Há outro refletor na van. E mais fios de extensão.

Corso olhou para a escada.

— Vou buscar.

— Eu ajudo — disse Maura, e seguiu escada acima até a cozinha.

Lá fora, a chuva transformou-se em garoa. Correram até a van da perícia onde encontraram a pá e o equipamento extra de luz, que Corso transportou até a casa. Maura fechou a porta da van e estava a ponto de segui-lo com a caixa de ferramentas de escavação quando viu faróis brilhando através das árvores. Deteve-se no acesso de veículos, observando uma picape conhecida deixar a estrada e estacionar perto da van.

A Srta. Clausen vestia um sobretudo impermeável grande demais para o seu tamanho, que arrastava atrás de si como se fosse uma capa.

— Achei que já teriam terminado. Estava me perguntando por que ainda não me devolveram a chave.

— Vamos ficar aqui durante algum tempo.

A Srta. Clausen viu os veículos estacionados.

— Achei que você só quisesse dar uma outra olhada. O que a perícia está fazendo aqui?

— Isso vai demorar um pouco mais do que eu pensei. Talvez fiquemos aqui a noite inteira.

— Por quê? As roupas de sua irmã nem mesmo estão aqui. Eu as guardei em caixas para você levar.

— Não se trata de minha irmã, Srta. Clausen. A polícia está aqui por outro motivo. Algo que aconteceu há muito tempo.

— Quanto tempo?

— Uns 45 anos. Antes mesmo que você tivesse comprado a casa.

— Quarenta e cinco anos? Isso foi no tempo em que...

A mulher fez uma pausa.

— Em que o quê?

A Srta. Clausen olhou subitamente para a caixa de ferramentas que Maura estava carregando.

— Para que essas espátulas? O que estão fazendo na minha casa?

— A polícia está revistando o porão.

— Revistando? Você quer dizer que estão *escavando* lá embaixo?

— Pode ser que precisem.

— Não dei permissão para isso.

Então, deu-lhe as costas e subiu até a varanda, com a capa arrastando pelos degraus.

Maura seguiu-a até a cozinha. Colocou a caixa de ferramentas sobre a bancada e disse:

— Espere, você não compreende...

— Não quero ninguém destruindo meu porão! — A Srta. Clausen escancarou a porta do porão e olhou para o detetive Yates, que empunhava uma pá. Ele já havia começado a escavar, e havia uma pilha de terra junto a seus pés.

— Srta. Clausen, deixe que façam seu trabalho — disse Maura.

— Esta casa é minha — gritou a mulher escada abaixo. — Vocês não podem escavar aí sem minha permissão!

— Senhora, prometemos tapar o buraco quando acabarmos — disse Corso. — Só vamos dar uma olhadinha aqui.

— Por quê?

— Nosso radar indica um grande eco aqui.

— O que quer dizer com *grande eco*? O que há aí embaixo?

— É o que estamos tentando descobrir. Se nos deixar continuar.

Maura puxou a mulher para fora do porão e fechou a porta.

— Por favor, deixe-os trabalhar. Senão, serão obrigados a pegar um mandado.

— Para começo de conversa, por que diabos estão escavando ali?

— Sangue.

— Que sangue?

— Há sangue por toda a cozinha.

A mulher olhou para o chão, vasculhando o linóleo.

— Não vejo sangue algum.

— Você não pode ver. É preciso espalhar um produto químico para ver. Mas, acredite, está aí. Vestígios microscópicos no chão, respingados na parede. Escorrendo por baixo da porta do porão escada abaixo. Alguém tentou limpá-lo lavando o chão, esfregando as paredes. Talvez tenham achado que se livraram dele, porque não podiam vê-lo. Mas o sangue ainda estava lá. Ele se infiltra nas fendas, nas rachaduras de madeira. Fica ali durante anos e você não consegue apagá-lo. Está preso nesta casa. Nas próprias paredes.

A Srta. Clausen olhou para ela.

— Sangue de quem? — perguntou ela.

— É o que a polícia deseja saber.

— Vocês não acham que eu tenha algo a ver com...

— Não. Achamos que o sangue é muito antigo. Provavelmente já estava aqui quando você comprou a casa.

A mulher parecia atônita ao sentar em uma cadeira junto à mesa da cozinha. O gorro da capa escorregara de sua cabeça, revelando um topete de cabelo grisalho. Dentro daquela capa grande demais para seu tamanho, ela parecia ainda menor e mais velha. Uma mulher já se encolhendo dentro de sua cova.

— Agora ninguém mais vai querer comprar esta casa — murmurou. — Não depois de ouvirem falar a esse respeito. Não vou conseguir me desfazer desta porcaria.

Maura sentou-se diante dela.

— Por que minha irmã pediu para alugar esta casa? Ela disse?

Sem resposta. A Srta. Clausen ainda balançava a cabeça, parecendo atônita.

— Você disse que ela viu a placa de ALUGA-SE lá na estrada. E ligou para você na imobiliária.

Um último balançar de cabeça.

— Sem mais nem menos.

— O que ela disse para você?

— Queria saber mais sobre a propriedade. Quem morava aqui, quem era o proprietário anterior. Disse estar procurando um imóvel nesta área.

— Você falou sobre os Lank?

A Srta. Clausen ficou tensa.

— Você sabe sobre eles?

— Sei que eram os donos da casa. Havia um pai e um filho. E a sobrinha do homem, uma menina chamada Amalthea. Minha irmã fez perguntas a respeito deles?

A mulher respirou fundo.

— Ela queria saber, eu percebi. Se você pensa em comprar uma casa, precisa saber quem a construiu. Quem morou ali. — Ela olhou para Maura. — Isso tem a ver com eles, não é? Os Lank.

— Você foi criada nesta cidade?

— Fui.

— Então deve ter conhecido a família Lank.

A Srta. Clausen não respondeu de imediato. Em vez disso, levantou-se e tirou a capa de chuva. Demorou-se ao pendurá-la em um dos ganchos perto da porta da cozinha.

— Ele era da minha série — falou, ainda de costas para Maura.

— Quem?

— Elijah Lank. Eu não conheci muito bem a prima dele, Amalthea, porque ela estava cinco anos atrás de nós na escola. Era uma menininha. Mas todos conhecíamos Elijah.

Sua voz tornou-se um sussurro, como se ela relutasse em dizer o nome em voz alta.

— Quanto você o conhecia?

— O bastante.

— Não parece que gostava muito dele.

A Srta. Clausen voltou-se e olhou para ela.

— É difícil gostar de quem deixa a gente apavorada.

Através da porta do porão, ouviam o ruído da pá escavando o solo. Escavando profundamente os segredos da casa. Uma casa que, mesmo tantos anos depois, ainda é uma testemunha silenciosa de algo terrível.

— Era uma cidade pequena, Dra. Isles. Não como agora, com toda essa gente de fora comprando casas de veraneio. Na época, eram apenas as pessoas daqui, e todos se conheciam. Todos sabíamos quais famílias eram boas e de quais era melhor manter distância. Percebi isso a respeito de Elijah Lank quando tinha 14 anos de idade. Era um menino de quem era bom estar muito longe.

Ela voltou à mesa e afundou em uma cadeira, como se estivesse exausta. Olhou para a superfície de fórmica como se olhasse para seu reflexo em um lago. O reflexo de uma menina de 14 anos, com medo do menino que morava naquela montanha.

Maura esperou, olhando os cabelos grisalhos naquela cabeça curvada.

— Por que ele a apavorava?

— Eu não era a única. Todos tínhamos medo de Elijah. Depois que...

— Depois que o quê?

A Srta. Clausen ergueu a cabeça:

— Depois que ele enterrou aquela garota viva.

No silêncio que se seguiu, Maura pôde ouvir o rumor de vozes enquanto os homens escavavam o chão do porão. Conseguiu sentir o próprio coração batendo contra as costelas. Meu Deus, pensou. O que vamos encontrar lá embaixo?

— Ela era nova na cidade — disse a Srta. Clausen. — Alice Rose. As outras meninas sentavam atrás dela e faziam comentários. Debochavam dela. Você podia dizer qualquer coisa a respeito de Alice e ficar por isso mesmo porque ela não podia ouvi-la. Ela nunca soube que a gente debochava dela. Eu sabia que éramos cruéis, mas esse é o tipo de coisa que as crianças fazem aos 14 anos. Antes de aprenderem a se porem no lugar das outras pessoas. Antes de sentirem o mesmo na própria carne.

Ela suspirou, um som de arrependimento pelas transgressões da infância, por todas as lições aprendidas tarde demais.

— O que aconteceu com Alice?

— Elijah disse que era apenas brincadeira. Que a tiraria dali em algumas horas. Mas pode imaginar como deve ser ficar presa dentro de um buraco? Tão aterrorizada que você se molha toda? E ninguém ouve você gritar. Ninguém sabe onde você está a não ser o menino que a prendeu lá dentro.

Maura esperou, silenciosa, com medo do que viria a seguir. Com medo de ouvir o fim da história.

A Srta. Clausen viu a apreensão nos olhos dela e balançou a cabeça.

— Oh, Alice não morreu. Foi o cachorro que a salvou. Ele sabia onde ela estava. Latiu até se acabar e levou as pessoas até o lugar.

— Então ela sobreviveu.

A mulher assentiu.

— Eles a encontraram tarde da noite. Àquela altura, ela estava no buraco havia horas. Quando a tiraram dali, ela mal falava. Parecia um zumbi. Algumas semanas depois, a família se mudou. Não sei para onde foram.

— O que houve com Elijah?

A Srta. Clausen deu de ombros.

— O que acha que aconteceu? Ele continuou insistindo que era só um trote. O tipo de coisa que todos nós fazíamos todo dia com Alice na escola. E era verdade, todos a atormentamos. Todos a fizemos se sentir péssima. Mas Elijah levou aquilo a um estágio superior.

— Ele foi punido?

— Quando se tem apenas 14 anos, ganha-se uma segunda chance. Especialmente quando as pessoas precisam de você em casa. Quando seu pai está bêbado a metade do dia e há uma prima de 9 anos morando na casa.

— Amalthea — disse Maura.

A Srta. Clausen assentiu.

— Imagine ser uma menina pequena nesta casa. Crescendo em meio a uma família de bestas.

Bestas.

O ar de repente pareceu carregado. As mãos de Maura ficaram geladas. Ela pensou no que lhe dissera Amalthea Lank. *Vá embora, antes que ele a veja.*

E pensou no arranhão em forma de garra na porta de seu carro. *O símbolo da Besta.*

A porta do porão se abriu, assustando Maura. Ela se virou e viu Rizzoli.

— Encontraram alguma coisa — disse Rizzoli.

— O quê?

— Madeira. Algum tipo de painel, as uns sessenta centímetros de profundidade. Estão tirando a terra agora. — Ela apontou para a caixa com espátulas sobre a bancada. — Vamos precisar disso.

Maura levou a caixa escada abaixo. Viu que a pilha de terra contornava o perímetro de uma vala com cerca de um metro e oitenta centímetros de comprimento.

Do tamanho de um caixão.

O detetive Corso, que agora empunhava a pá, olhou para Maura.

— O painel parece bem grosso. Mas ouça.

Bateu com a pá na madeira.

— Não é sólido. Há um espaço de ar abaixo.

Yates disse:

— Quer que eu assuma agora?

— É, minhas costas estão me matando.

Corso entregou a pá.

Yates entrou na vala, seus pés bateram contra a madeira. Um som oco. Atacou a terra com determinação, amontoando-a em uma pilha que crescia rapidamente. Ninguém falou à medida que o painel era exposto. Os dois refletores projetavam sua luz ofuscante dentro da vala, e a sombra de Yates movia-se como uma marionete pelas paredes do porão. Os outros observaram, silenciosos como ladrões de túmulos, esperando com ansiedade a primeira visão de uma sepultura.

— Limpei até a borda deste lado — disse Yates, ofegante, com a pá raspando contra a madeira. — Parece algum tipo de caixote. Eu já o lasquei com a pá. Não quero danificar a madeira.

— Trouxe espátulas e escovas — disse Maura.

Yates se aprumou, ofegante, e saiu do buraco.

— Tudo bem. Talvez você possa limpar essa terra do topo. Vamos tirar algumas fotografias antes de abrir.

Maura e Gary entraram na vala, e ela sentiu o painel tremer sob seu peso. Imaginou quais horrores jaziam sob a madeira manchada e teve uma visão terrível da madeira cedendo e eles caindo sobre carne decomposta. Ignorando o pulsar acelerado de seu coração, ela se ajoelhou e começou a retirar a terra do painel.

— Dê-me uma dessas escovas — disse Rizzoli, a ponto de pular dentro da vala.

— Você não — disse Yates. — Por que simplesmente não relaxa?

— Não sou deficiente. Detesto ficar parada sem fazer nada.

Yates riu com ansiedade.

— É, bem, detestaríamos vê-la em trabalho de parto aqui embaixo. E também não gostaria de explicar isso para seu marido.

Maura disse:

— Não há muito espaço de manobra aqui embaixo, Jane.

— Bem, então me deixem reposicionar esses holofotes para vocês. Assim, poderão ver o que estão fazendo.

Rizzoli moveu um refletor, e a luz iluminou o canto onde Maura estava trabalhando. Ajoelhada, Maura começou a varrer as pranchas de madeira, descobrindo pontinhos de ferrugem.

— Estou vendo cabeças de prego aqui — disse ela.

— Tenho um pé-de-cabra no carro — disse Corso. — Vou buscar.

Maura continuou varrendo a terra, descobrindo as cabeças enferrujadas de mais pregos. O espaço era apertado, e seus ombros e seu pescoço começaram a doer. Ela ajeitou as costas. Então, ouviu um tilintar atrás dela.

— Ei — disse Gary. — Olhe isso.

Maura virou-se e viu que a espátula de Gary havia atingido um pedaço de cano quebrado.

— Parece vir direto da borda deste painel — disse Gary. Com as mãos nuas, ele cuidadosamente sondou a protuberância enferrujada e tirou um torrão de terra que incrustava a extremidade.

— Por que você poria um cano em um... — Ele parou de falar e olhou para Maura.

— É uma entrada de ar — disse ela.

Gary olhou para a madeira sob seus joelhos e disse:

— O que diabos deve haver aí dentro?

— Saiam do buraco os dois — disse Pete. — Vamos tirar fotografias.

Yates ajudou Maura a sair da vala, da qual ela se afastou sentindo-se tonta por ter se levantado rápido demais. Ela piscou, ofuscada pelos flashes da câmera, pelo brilho surrealista de holofotes e pelas sombras dançando nas paredes. Foi até a escada do porão e sentou-se. Somente então lembrou que os degraus onde estava sentada estavam impregnados com resíduos de sangue fantasmagóricos.

— Tudo bem — disse Pete. — Vamos abrir.

Corso ajoelhou-se junto à vala e introduziu a ponta do pé-de-cabra sob um canto da tampa. Esforçou-se para abrir o painel, fazendo ranger as cabeças de prego enferrujadas.

— Não está cedendo — disse Rizzoli.

Corso fez uma pausa e passou a manga no rosto, deixando uma faixa de terra em sua testa.

— Cara, minhas costas vão sentir isso amanhã.

Novamente ele posicionou a ponta do pé-de-cabra sob a tampa. Desta vez, conseguiu introduzir mais. Respirou fundo e jogou todo o peso contra o ponto de apoio.

Os pregos se soltaram.

Corso jogou de lado o pé-de-cabra. Ele e Yates entraram na vala, agarraram a borda da tampa e a ergueram. Por um instante, ninguém disse nada. Todos olharam para o buraco, agora exposto sob o brilho dos refletores.

— Não entendo — disse Yates.

O caixote estava vazio.

Voltaram para casa naquela noite, por uma estrada brilhando de chuva. Os limpadores de pára-brisa de Maura moviam-se lentamente contra o vidro embaçado.

— Todo aquele sangue na cozinha — disse Rizzoli. — Você sabe o que quer dizer. Amalthea matou antes. Nikki e Theresa Wells não foram suas primeiras vítimas.

— Ela não estava só naquela casa, Jane. Seu primo Elijah morava lá também. Pode ter sido ele.

— Ela estava com 19 anos quando os Sadler desapareceram. Ela devia saber o que estava acontecendo em sua própria cozinha.

— Não significa que tenha sido ela quem fez aquilo.
Rizzoli olhou para Maura.
— Você acredita na teoria de O'Donnell? Sobre a Besta?
— Amalthea é esquizofrênica. Diga-me como alguém com uma mente tão desorientada consegue matar duas mulheres e então segue a etapa tão lógica de queimar os seus corpos, destruindo a prova.
— Ela não fez um trabalho tão bom para encobrir suas pistas. Ela foi pega, lembra?
— A polícia de Virgínia teve sorte. Pegá-la em uma blitz de trânsito rotineira não foi um exemplo de trabalho de investigação brilhante. — Maura olhou para a névoa que tomava a estrada deserta. — Ela não matou essa gente sozinha. Tinha de haver alguém mais que a ajudou, alguém que deixou impressões digitais em seu carro. Alguém que esteve com ela desde o início.
— O primo?
— Elijah tinha apenas 14 anos quando enterrou aquela menina viva. Que tipo de menino faria uma coisa dessas? Em que tipo de homem ele se transformaria?
— Detesto imaginar.
— Acho que ambas sabemos — disse Maura. — Ambas vimos o sangue naquela cozinha.
O Lexus seguia estrada afora. A chuva havia parado, mas o ar ainda estava vaporoso, umedecendo o pára-brisa. Rizzoli olhou para Maura e disse:
— Se eles mataram os Sadler, então você tem de se perguntar: o que fizeram com o bebê de Karen Sadler?
Maura nada disse. Manteve o olhar na estrada, dirigindo sempre em frente. Sem desvios, sem entradas laterais. *Apenas continue dirigindo.*
— Sabe o que estou concluindo? — disse Rizzoli. — Há 45 anos, os primos Lank mataram uma mulher grávida. Os restos

mortais do bebê desapareceram. Cinco anos depois, Amalthea Lank aparece no escritório de Van Gates em Boston, com duas filhas recém-nascidas para vender.

Os dedos de Maura sobre o volante ficaram dormentes.

— E se esses bebês não eram dela? — perguntou Rizzoli. — E se Amalthea não for realmente sua mãe?

23

Mattie Purvis estava sentada no escuro, imaginando quanto tempo demorava para uma pessoa morrer de fome. Ela estava consumindo sua comida muito depressa. No saco de compras restavam apenas seis barras Hershey's, meio pacote de biscoitos e algumas tiras de carne-seca. Tenho de racionar isso, pensou. Tenho de fazer durar tempo o bastante para...

Para o quê? Morrer de sede em vez disso?

Mordeu um pedaço precioso de chocolate e sentia-se tentada a dar uma segunda dentada, mas teve força de vontade para resistir. Com cuidado, embrulhou o resto da barra e guardou-o para depois. Se eu ficar realmente desesperada, posso comer o papel, pensou. Papel é comestível, não é? É feito de madeira, e veados famintos comem casca de árvores, então deve haver algum valor nutricional. Sim, guarde o papel. Mantenha-o limpo. Relutante, ela devolveu a barra de chocolate parcialmente comida ao saco. Fechando os olhos, ela pensou em hambúrgueres e frango frito e em todas as comidas proibidas a que se negara desde que Dwayne lhe dissera que mulheres grávidas lembravam vacas para ele. Sugerindo que *ela* o fazia se lembrar de uma vaca. Durante duas semanas depois disso, ela nada comeu além de saladas, até um dia em que se sentiu tonta e teve de sentar no chão, em plena Macy's. Dwayne ficou vermelho de vergonha quando senhoras preocupadas os cercaram, perguntando seguidas vezes se a mulher dele estava bem. Ele as mandava embora enquanto sibilava para que Mattie se levantasse. Imagem é tudo, sempre gostava de dizer, e lá estava o Sr. BMW com a vaca da mulher vestindo calças elásticas para gestantes, esparramada no chão de uma loja de departamentos. *Sim, sou uma vaca, Dwayne. Uma vaca grande e bonita carregando seu filho. Agora venha e nos salve, droga. Salve-nos, salve-nos.*

Ouviu um passo mais acima.

Ela olhou ao perceber a chegada de seu seqüestrador. Ela passara a reconhecer seu modo de andar, leve e cuidadoso como o de um gato caçando. Todas as vezes em que a visitou, ela pediu que ele a libertasse. A cada vez, ele simplesmente se foi, deixando-a dentro daquela caixa. Agora tinha pouca comida e pouca água também.

— Moça.

Ela não respondeu. *Deixe-o pensar. Vai ficar preocupado se estou bem ou não e vai abrir a caixa. Ele tem de me manter viva ou então não terá seu precioso resgate.*

— Fale comigo, moça.

Ela ficou em silêncio. *Nada havia adiantado, pensou ela. Talvez isso o assuste. Talvez agora me deixe sair.*

Ouviu-se um baque surdo.

— Você está aí?

Onde mais estaria, seu babaca?

Uma longa pausa.

— Bem, se já está morta, não faz sentido tirá-la daí, certo? — Os passos se afastaram.

— Espere! *Espere!* — Ela ligou a lanterna e começou a bater no teto. — Volte, droga! Volte!

Ela esperou com o coração aos pulos e quase sorriu aliviada quando o ouviu se aproximar. Como aquilo era humilhante. Via-se reduzida a implorar pela atenção dele, como uma amante ignorada.

— Você está acordada — disse ele.

— Falou com meu marido? Quando ele vai lhe pagar?

— Como se sente?

— Por que nunca responde minhas perguntas?

— Responda a minha primeiro.

— Oh, estou me sentindo *ótima!*

— E quanto ao bebê?

— Estou ficando sem comida. Preciso de mais comida.

— Você tem o bastante.

— Desculpe, mas sou eu quem está aqui, não você! Estou faminta. Como vai conseguir seu dinheiro se eu estiver morta?

— Acalme-se, senhora. Descanse. Tudo vai ficar bem.

— *Nada* está bem!

Nenhuma resposta.

— Olá? *Olá?* — ela gritou.

Os passos se afastavam.

— Espere! — Ela bateu no teto. — Volte! — Bateu na madeira com ambos os punhos. A raiva subitamente a consumiu, uma raiva como nada que ela sentira antes. Ela gritou:

— Você não pode fazer isso comigo! Não sou um *animal!* — Ela tombou contra a parede com as mãos feridas e doloridas e o corpo convulsionado de soluços. Soluços de fúria, não de derrota. — Vá se foder! — disse ela. — Foda-se. E que se foda Dwayne, também. E que se fodam todos os outros babacas deste mundo!

Exausta, ela tombou de costas e cobriu os olhos com o braço, afastando as lágrimas. O que ele quer de nós? Dwayne já devia ter pago. Então, por que ainda estou aqui? O que ele está esperando?

O bebê deu um chute. Ela apertou a mão contra a barriga, um toque tranqüilizador transmitido através da pele que os separava. Ela sentiu o útero se contrair, o primeiro tremor de uma contração. Pobrezinho. Pobre...

Bebê.

Ela ficou imóvel, pensando. Lembrando-se de todas as conversas através da grade. Nunca sobre Dwayne. Nunca sobre dinheiro. Não fazia sentido. Se o cretino queria dinheiro, Dwayne era a pessoa a quem ele deveria recorrer. Mas ele não pergunta sobre meu marido. Ele não fala de Dwayne. E se nem mesmo ligou para ele? E se não pediu resgate algum?

Então, o que ele quer?

A luz da lanterna enfraqueceu. A segunda carga de pilhas estava acabando. Havia mais duas cargas, e então ela ficaria na escuridão permanente. Desta vez, não entrou em pânico ao procurar dentro do saco e abrir um novo pacote. *Já fiz isso antes. Posso fazer outra vez.* Ela desatarraxou a parte de trás da lanterna, tirou as pilhas velhas calmamente e inseriu as novas. A luz brilhou com intensidade, um alívio temporário para a longa noite que ela temia estar a caminho.

Todo mundo morre. Mas não quero morrer enterrada nesta caixa, onde ninguém encontrará meus ossos.

Economize luz, economize luz o máximo que puder. Ela desligou o interruptor e as trevas a envolveram. O medo fechou o cerco e apertou ainda mais os tentáculos a seu redor. *Ninguém sabe*, ela pensou. *Ninguém sabe que estou aqui.*

Pare com isso, Mattie. Mantenha a calma. Você é a única que pode salvar a si mesma.

Ela se virou de lado e abraçou o ventre. Ouviu algo rolar no chão. Uma das pilhas gastas, agora inútil.

E se ninguém souber que fui seqüestrada? E se ninguém souber que ainda estou viva?

Ela pensou em todas as conversas que tivera com seu seqüestrador. *Como se sente?* Era o que ele sempre perguntava. Como está se sentindo? Como se lhe importasse. Como se alguém que enfiasse uma mulher grávida em uma caixa se preocupasse com como ela se sentia. Mas ele sempre fazia a mesma pergunta, e ela sempre implorou para que ele a deixasse sair.

Ele está esperando uma resposta diferente.

Ela se encolheu e seu pé atingiu algo que rolou para longe. Ela se sentou e ligou a lanterna. Começou a recolher todas as pilhas velhas. Tinha quatro gastas, e outras duas ainda novas, dentro da embalagem. Mais as duas na lanterna. Ela desligou o interruptor outra vez. Economize luz, economize luz.

No escuro, ela começou a desamarrar o sapato.

24

A Dra. Joyce P. O'Donnell entrou na sala de reuniões da unidade de homicídios parecendo ser dona do lugar. Seu vestido St. John's provavelmente custara mais do que o que Rizzoli gastava em roupas em um ano. Saltos de sete centímetros enfatizavam a sua altura já escultural. Embora houvesse três policiais observando-a quando se sentou à mesa, não revelou um traço sequer de desconforto. Ela sabia como controlar um ambiente, habilidade que Rizzoli não conseguia evitar invejar, mesmo detestando a mulher.

Evidentemente, o desagrado era mútuo. O'Donnell lançou um olhar gelado para Rizzoli. Então, seu olhar passou por Barry Frost antes de ela por fim voltar toda sua atenção para o tenente Marquette, o chefe da unidade de homicídio. Claro que ela se concentrou em Marquette. O'Donnell não perdia tempo com subalternos.

— Este foi um convite inesperado, tenente — disse ela. — Não sou chamada a Schroeder Plaza com muita freqüência.

— Foi a detetive Rizzoli quem sugeriu.

— Então, ainda mais inesperado. Considerando...

Considerando que jogamos em times opostos, pensou Rizzoli. Eu pego monstros e você os defende.

— Mas, como já disse à detetive Rizzoli pelo telefone, não posso ajudá-los a não ser que me ajudem — prosseguiu O'Donnell.

— Se querem que eu os ajude a encontrar a Besta, terão de compartilhar a informação que têm.

Em resposta, Rizzoli entregou uma pasta para O'Donnell.

— É o que sabemos de Elijah Lank até agora.

Ela viu o brilho ansioso nos olhos da psiquiatra quando pegou a pasta. Era para isso que O'Donnell vivia: ter relances de monstros. Uma chance de se aproximar do coração pulsante do mal.

O'Donnell abriu o arquivo.

— Seu histórico escolar.

— De Fox Harbor.

— Um QI de 136. Mas apenas notas medianas.

— O clássico estudante que não rende o que pode — *Capaz de grandes coisas caso se esforce*, escrevera um professor, sem se dar conta de aonde as realizações de Elijah Lank o levariam. — Após a morte da mãe, foi criado pelo pai, Hugo. O pai nunca conseguiu parar em um emprego. Aparentemente, passava a maior parte do dia com uma garrafa e morreu de pancreatite quando Elijah tinha 18 anos.

— E este foi o lar onde Amalthea cresceu.

— É. Passou a morar com o tio quando tinha 9 anos de idade, após a morte da mãe. Ninguém sequer sabia quem era o pai. Portanto, aí está a família Lank em Fox Harbor. Um tio bêbado, um primo sociopata e uma menina que ficou esquizofrênica. A família americana típica.

— Você chamou Elijah de sociopata.

— Como chamar um menino que enterra viva uma colega de escola só para se divertir?

O'Donnell virou a página seguinte. Qualquer outra pessoa ao ler aquele arquivo faria uma expressão de horror, mas a expressão no rosto dela era de fascínio.

— A menina que ele enterrou tinha apenas 14 anos — disse Rizzoli. — Alice Rose era nova na escola. Também tinha deficiência auditiva, por isso as outras crianças a atormentavam. Provavelmente por esse motivo, Elijah a escolheu. Ela era vulnerável, uma presa fácil. Ele a convidou a ir até sua casa, então a levou até um buraco que ele escavara na mata. Ele a jogou lá dentro, cobriu o buraco com pranchas e empilhou pedras em cima. Ao ser perguntado depois, disse que era tudo um trote. Mas honestamente acredito que ele pretendia matá-la.

— De acordo com este relatório, a menina saiu ilesa.

— Ilesa? Não exatamente.

O'Donnell ergueu a cabeça.

— Mas sobreviveu.

— Alice Rose passou os cinco anos seguintes de sua vida sendo tratada de depressão severa e ataques de ansiedade. Quando tinha 19 anos, entrou em uma banheira e cortou os pulsos. Para mim, Elijah Lank é responsável pela morte dela. Ela foi sua primeira vítima.

— Pode provar que há outras?

— Há 45 anos, um casal chamado Karen e Robert Sadler desapareceu de Kennebunkport. Karen Sadler estava grávida de oito meses na época. Seus restos mortais foram encontrados na semana passada, no mesmo lugar onde Elijah enterrou Alice Rose viva. Acho que os Sadler foram mortos por Elijah. Por ele e Amalthea.

O'Donnell ficou parada, como se estivesse prendendo a respiração.

— Foi você quem primeiro sugeriu a hipótese, Dra. O'Donnell — disse o tenente Marquette. — Você disse que Amalthea tinha um parceiro, alguém a quem ela chamava de Besta. Alguém que a ajudou a matar Nikki e Theresa Wells. Foi isso que disse para a Dra. Isles, não foi?

— Ninguém mais acreditou em minha teoria.

— Bem, agora acreditamos — disse Rizzoli. — Achamos que a Besta é o primo dela, Elijah.

As sobrancelhas de O'Donnell ergueram-se com curiosidade.

Um caso de *primos assassinos*?

— Não seria a primeira vez que primos matam juntos — destacou Marquette.

— Verdade — concordou O'Donnell. — Kenneth Bianchi e Angelo Buono, os Estranguladores de Hillside, eram primos.

— Então há um precedente — disse Marquette. — Primos como parceiros de homicídio.

— Não precisam de mim para dizer isso.

— Você sabia da Besta antes de qualquer um — disse Rizzoli. — Você esteve tentando entrar em contato com ele por meio de Amalthea.

— Mas não consegui. Portanto, não vejo como posso ajudá-los a encontrá-lo. Nem mesmo sei por que me chamou aqui, detetive, uma vez que tem tanto desprezo por minhas pesquisas.

— Sei que Amalthea fala com você. Ela não disse uma palavra para mim quando a vi ontem. Mas as guardas me disseram que ela fala com *você*.

— Nossas sessões são confidenciais. Ela é minha paciente.

— Mas o primo dela não é. É ele que queremos encontrar.

— Bem, qual o último paradeiro conhecido? Você deve ter alguma informação com a qual começar.

— Não temos quase nada. Nada de seu paradeiro há décadas.

— Sabem se ele está vivo?

Rizzoli suspirou e admitiu:

— Não.

— Ele teria quase 70 anos hoje, não é mesmo? É um tanto geriátrico para um assassino em série.

— Amalthea tem 65 — disse Rizzoli. — Contudo, ninguém duvidou de que ela tivesse matado Theresa e Nikki Wells. Que tivesse esmagado seus crânios, encharcado seus corpos com gasolina e os queimado.

O'Donnell recostou-se na cadeira e olhou para Rizzoli por um instante.

— Diga-me por que a polícia de Boston está perseguindo Elijah Lank. São assassinatos antigos, fora de sua jurisdição. Qual é seu interesse nisso?

— O assassinato de Anna Leoni pode estar vinculado a esses outros crimes.

— Como?

— Pouco antes de morrer, Anna andou fazendo muitas perguntas sobre Amalthea. Talvez tenha sabido demais.

Rizzoli entregou outro arquivo para O'Donnell.

— O que é isso?

— Você conhece o Centro Nacional de Informação Criminal do FBI? Mantém um banco de dados de pessoas desaparecidas em todo o país.

— Sim, conheço o CNIC.

— Submetemos um pedido de busca usando as palavras-chave *mulher* e *grávida*. Isso foi o que recebemos de volta do FBI. Todos os casos que têm em seu banco de dados desde a década de 1960. Cada mulher grávida que desapareceu no país.

— Por que especificou mulheres grávidas?

— Por que Nikki Wells estava grávida de nove meses. Karen Sadler, de oito. Não acha uma tremenda coincidência?

O'Donnell abriu o arquivo e verificou as páginas impressas por computador. Ela ergueu a cabeça, surpresa.

— Há dezenas de nomes aqui.

— Considere o fato de que milhares de pessoas desaparecem a cada ano neste país. Se uma mulher grávida desaparece de vez em quando, é apenas um pontinho sobre um pano de fundo mais amplo. Não chamaria atenção. Mas quando desaparece uma mulher grávida por mês, os números ficam bem elevados ao final de um período de quarenta anos.

— Você consegue ligar todos esses casos a Amalthea Lank ou seu primo?

— Foi por isso que chamamos você aqui. Você já teve mais de dez sessões com ela. Ela lhe contou alguma coisa sobre as viagens que fez? Onde morou, onde trabalhou?

O'Donnell fechou a pasta.

— Você está me pedindo para quebrar o sigilo entre médico e paciente. Por que eu faria isso?

— Por que a matança não acabou.

— Minha paciente não pode matar mais. Está na prisão.

— Seu parceiro não está.

Rizzoli inclinou-se para a frente, para perto da mulher que ela tanto desprezava. Mas ela precisava de O'Donnell agora e conseguiu conter a própria repulsa.

— A Besta a fascina, não é mesmo? Você quer saber mais sobre ele. Você quer entrar na cabeça dele, saber por que ele é assim. Você gosta de ouvir todos os detalhes. Por isso deve nos ajudar. Para acrescentar mais um monstro à sua coleção.

— E se estivermos erradas? Talvez a Besta seja apenas um produto de nossas imaginações.

Rizzoli olhou para Frost.

— Por que não liga aquele retroprojetor?

Frost posicionou o projetor e ligou o interruptor. Em tempos de computadores e apresentações em PowerPoint, um retroprojetor parecia tecnologia da Idade da Pedra. Mas ela e Frost optaram pelo meio mais rápido, mais direto de exporem seu caso. Frost abriu uma pasta e retirou dali diversas transparências.

Frost colocou uma lâmina no projetor. Um mapa dos EUA apareceu na tela. Então, sobrepôs ao mapa a primeira transparência. Seis pontos negros foram acrescentados à imagem.

— O que significam esses pontos? — perguntou O'Donnell.

— Esses são casos registrados pelo CNIC nos primeiros seis meses de 1984 — disse Frost. — Escolhemos este ano porque foi o primeiro ano em que o banco de dados computadorizado do FBI entrou em funcionamento. Portanto, a informação deve ser bem completa. Cada um desses pontos representa um relatório de uma mulher grávida desaparecida.

Direcionou um apontador a laser para a tela.

— Há muito espaço geográfico aqui, um caso no Oregon, outro em Atlanta. Mas veja este pequeno aglomerado aqui no sudoeste.

Frost circundou o canto relevante no mapa.

— Uma mulher desaparecida no Arizona, uma no Novo México. Duas no Sul da Califórnia.

— E o que devo concluir disso?

— Bem, vamos ver o próximo período de três meses. De julho a dezembro de 1984. Talvez fique mais claro.

Frost colocou a transparência seguinte sobre o mapa. Um novo grupo de pontos foi acrescentado, estes marcados em vermelho.

— Novamente, vai ver alguma dispersão pelo país — disse ele. — Mas veja, temos outro aglomerado. — Ele fez um círculo ao redor de um grupo de três pontos vermelhos.

— San Jose, Sacramento e Eugene, no Oregon.

O'Donnell sussurrou:

— Isso está ficando interessante.

— Espere até ver os próximos seis meses — disse Rizzoli.

Com a terceira transparência, outro grupo de pontos foi acrescentado, estes em verde. Agora, o padrão era evidente. Um padrão que O'Donnell viu com olhos incrédulos.

— Meu Deus — disse ela. — Os aglomerados se movem.

Rizzoli assentiu. Soturna, ela olhou para a tela.

— Do Oregon, sobe para noroeste. Nos seis meses seguintes, duas mulheres grávidas desapareceram no estado de Washington, então uma terceira desapareceu no estado seguinte, Montana.

Ela olhou para O'Donnell.

— Não pára aí.

O'Donnell inclinou-se para a frente na cadeira, o rosto alerta como um gato antes do salto.

— Para onde se move o aglomerado a seguir?

Rizzoli olhou para o mapa.

— Durante o verão e o outono, moveu-se direto para leste: Illinois e Michigan, Nova York e Massachusetts. Então, fez uma curva abrupta para o sul.

— Em que mês?

Rizzoli olhou para Frost, que verificou os papéis impressos.

— O caso seguinte aparece em Virgínia, em 14 de dezembro — disse ele.

— Move-se com o clima — disse O'Donnell.

Rizzoli olhou para ela.

— O quê?

— O clima. Viu como se moveu ao longo do Meio-Oeste nos meses de verão? Mas no outono, em dezembro, de repente foi para o sul. Justo quando o tempo esfria.

Rizzoli franziu o cenho olhando para o mapa. Meu Deus, ela pensou. A mulher está certa. Como não vimos isso antes?

— O que acontece a seguir? — perguntou O'Donnell.

— Faz um círculo completo — disse Frost. — Move-se pelo sul, da Flórida ao Texas. Finalmente, volta ao Arizona.

O'Donnell levantou-se da cadeira e foi até a tela. Ficou ali um instante, estudando o mapa.

— Por favor, qual era mesmo o ciclo? Quanto tempo demorou para completar este circuito?

— Desta vez, demorou três anos e meio para circundar o país — disse Rizzoli.

— Um ritmo lento.

— É. Mas perceba como nunca fica em um mesmo estado durante muito tempo, nunca faz muitas vítimas em uma mesma área. Apenas se move, então as autoridades nunca vêem um padrão, nunca se dão conta de que isso vem acontecendo há muitos anos.

— O quê? — O'Donnell se virou. — O ciclo se repete?

Rizzoli assentiu.

— Começa tudo de novo, seguindo a mesma rota. Como as antigas tribos nômades costumavam seguir as manadas de búfalos.

— As autoridades nunca perceberam um padrão?

— Isso porque esses caçadores nunca param de se mover. Diferentes estados, diferentes jurisdições. Alguns meses em uma região e então se vão, mudam-se para outro campo de caça. Lugares aos quais voltam sempre.

— Território conhecido.

— *Aonde vamos depende do que sabemos. E o que sabemos depende de aonde formos* — disse Rizzoli, citando um dos princípios de perfil criminal geográfico.

— Algum corpo foi encontrado?

— Nenhum. Estes casos permanecem em aberto.

— Então eles devem ter esconderijos. Lugares para esconder as vítimas e desfazerem-se dos corpos.

— Como nenhuma dessas mulheres foi achada, supomos que sejam lugares ermos — disse Frost. — Áreas rurais ou corpos d'água.

— Mas encontraram Nikki e Theresa Wells — disse O'Donnell.
— Seus corpos não foram enterrados e, sim, queimados.
— As irmãs foram encontradas em 25 de novembro. Nós verificamos os boletins meteorológicos. Houve uma tempestade de neve inesperada naquelas semana. Caíram 46 centímetros de neve em um único dia. Pegou Massachusetts de surpresa, fechando diversas estradas. Talvez não tenham conseguido chegar a seu esconderijo habitual.
— E por isso queimaram os corpos?
— Como você destacou, os desaparecimentos parecem se mover com o clima — disse Rizzoli. — Quando fica frio, vão para o sul. Mas, naquele novembro, a Nova Inglaterra foi pega de surpresa. Ninguém esperava uma nevasca tão cedo.

Ela se voltou para O'Donnell.
— Aí está a sua Besta. Essas são as suas pegadas no mapa. Acho que Amalthea estava com ele a cada passo do caminho.
— O que espera que eu faça, um perfil psicológico? Explicar por que matam?
— Sabemos por quê. Não matavam por prazer ou pela emoção. Esses não são assassinos em série comuns.
— Então, qual é sua motivação?
— Absolutamente mundana, Dra. O'Donnell. Na verdade, seus motivos provavelmente são entendiantes para uma caçadora de monstros como você.
— Não acho assassinato entediante. Por que acham que eles matam?
— Sabe que Amalthea ou Elijah nunca trabalharam? Não encontramos qualquer indício de que algum deles teve um emprego, contribuiu para a previdência social ou preencheu um formulário de imposto de renda. Não tinham cartão de crédito, nenhuma conta em banco. Durante décadas, foram invisíveis, vivendo nas margens da sociedade. Como se alimentavam? Como pagavam gasolina e hospedagem?

— Dinheiro vivo, presumo.

— Mas de onde vinha esse dinheiro? — Rizzoli virou-se para o mapa. — Era assim que ganhavam dinheiro.

— Não entendo.

— Algumas pessoas pescam, algumas colhem maçãs. Amalthea e seu parceiro também eram coletores. — Ela olhou para O'Donnell. — Há quarenta anos, Amalthea vendeu duas filhas recém-nascidas para pais adotivos. Ganhou quarenta mil dólares com isso. Não acredito que os filhos fossem dela.

O'Donnell franziu o cenho.

— Está se referindo à Dra. Isles e sua irmã?

— Sim.

Rizzoli sentiu uma pontada de satisfação ao ver a expressão atônita de O'Donnell. Essa mulher não faz idéia de com quem está lidando, pensou Rizzoli. A psiquiatra que tão regularmente se associava a monstros foi pega de surpresa.

— Eu examinei Amalthea — disse O'Donnell. — Falei com outros psiquiatras...

— Que ela era psicótica?

— Sim.

O'Donnell suspirou profundamente.

— O que você está me mostrando aqui... isso é uma criatura completamente diferente.

— Não uma louca.

— Eu não sei. Eu não sei o que ela é.

— Ela e o primo matam por dinheiro. Isso parece bem são para mim.

— Possivelmente.

— Você se dá bem com assassinos, Dra. O'Donnell. Você conversa com eles, passa horas com pessoas como Warren Hoyt. — Rizzoli fez uma pausa. — Você os compreende.

— Eu tento.

— Então, que tipo de assassina é Amalthea? É um monstro? Ou apenas uma mulher de negócios?

— Ela é minha paciente. Isso é tudo que tenho a dizer.

— Mas está questionando seu diagnóstico agora, não está? — Rizzoli apontou para a tela. — *Isso* que vê aí é comportamento lógico. Caçadores nômades, perseguindo a presa. Ainda acha que ela é louca?

— Eu repito, ela é minha paciente. Preciso proteger seus interesses.

— Não estamos interessados em Amalthea. É o outro que queremos. Elijah.

Rizzoli aproximou-se de O'Donnell até ficarem face a face.

— Ele não parou da caçar, você sabe.

— O quê?

— Amalthea já está presa há cinco anos. — Rizzoli olhou para Frost. — Mostre os pontos desde que Amalthea Lank foi presa.

Frost retirou a transparência anterior e posicionou outra sobre o mapa.

— No mês de janeiro — disse ele. — Uma mulher grávida desapareceu na Carolina do Sul. Em fevereiro, desaparece outra na Geórgia. Em março, em Daytona Beach.

Colocou outra lâmina.

— Seis meses depois, acontece o mesmo no Texas.

— Amalthea Lank estava na cadeia nessa época — disse Rizzoli. — Mas os seqüestros continuaram. A Besta não parou.

O'Donnell olhou para a marcha implacável de pontos. Um ponto, uma mulher. Uma vida.

— Onde estamos agora? — perguntou ela.

— Há um ano — disse Frost —, chegou à Califórnia e começou a se mover para o norte outra vez.

— E agora? Onde está?

— O último desaparecimento registrado foi há um mês. Em Albany, Nova York.

— Albany? — O'Donnell olhou para Rizzoli. — Isso significa que...

— Agora, ele está em Massachusetts — disse Rizzoli. — A Besta está na cidade.

Frost virou-se para o projetor e o súbito desligar do ventilador fez a sala mergulhar em um silêncio assustador. Embora a tela agora estivesse vazia, a imagem do mapa parecia permanecer gravada na memória de todos. O celular de Frost pareceu tocar ainda mais alto naquela sala silenciosa.

Frost disse:

— Desculpem-me — e saiu.

Rizzoli disse para O'Donnell:

— Fale-nos da Besta. Como encontrá-lo?

— Do mesmo modo que fazem para encontrar qualquer outra pessoa. Não é isso que vocês da polícia fazem? Já têm o nome. Vão atrás dele.

— Ele não tem cartão de crédito, conta bancária. É difícil de rastrear.

— Não sou um cão farejador.

— Você tem falado com a pessoa mais próxima a ele. Aquela que deve saber como encontrá-lo.

— Nossas sessões são confidenciais.

— Ela alguma vez se referiu a ele pelo nome? Deu alguma pista de que seria seu primo Elijah?

— Não tenho a liberdade de compartilhar nenhuma conversa particular que tive com a minha paciente.

— Elijah Lank não é seu paciente.

— Mas Amalthea é, e você está tentando montar um caso contra ela também. Múltiplas acusações de homicídio.

— Não estamos interessados em Amalthea. É *ele* quem queremos.

— Não é meu trabalho ajudá-los a pegar esse homem.

— E quanto à sua maldita responsabilidade civil?

— Detetive Rizzoli — disse Marquette.

O olhar de Rizzoli permaneceu sobre O'Donnell.

— Pense naquele mapa. Todos aqueles pontos, todas aquelas mulheres. Ele está aqui, agora. Esperando a próxima vítima.

O olhar de O'Donnell voltou-se para o abdome dilatado de Rizzoli.

— Então, acho melhor tomar cuidado, detetive, não é mesmo?

Rizzoli observou em silêncio enquanto O'Donnell pegava sua pasta executiva.

— De qualquer modo, duvido poder acrescentar muito — disse ela. — Como você disse, esse assassino é movido por lógica e praticidade, não por luxúria ou prazer. Ele precisa de dinheiro para viver, pura e simplesmente. Só que a ocupação que encontrou é um tanto fora do comum. Perfil criminal não vai ajudar a pegá-lo. Por que ele não é um monstro.

— Estou certa de que você saberia identificar, caso fosse.

— Aprendi a fazê-lo. Mas, afinal, você também.

O'Donnell virou-se para a porta. Então parou e olhou para trás com um sorriso sem graça.

— Por falar em monstros, detetive, seu velho amigo pergunta por você toda vez que eu o visito.

O'Donnell não precisou dizer o nome. Ambas sabiam que ela falava de Warren Hoyt. O homem que continuava a aparecer nos pesadelos de Rizzoli, cujo bisturi fizera cicatrizes nas palmas de suas mãos havia quase dois anos.

— Ele ainda pensa em você — disse O'Donnell. Outro sorriso, discreto e dissimulado. — Achei que gostaria de saber que é lembrada.

Ela foi até a porta.

Rizzoli sentiu o olhar de Marquette esperando por sua reação. Esperando para ver se ela perderia aquela. Ficou aliviada quando ele também saiu da sala, deixando-a a sós para guardar o pesado retroprojetor. Pegou as transparências, desligou a máquina e enrolou o fio, concentrando toda sua raiva naquilo. Empurrou o projetor até o corredor e quase colidiu com Frost, que acabava de fechar o celular.

— Vamos — disse ele.

— Para onde?

— Natick. Uma mulher desapareceu.

Rizzoli franziu o cenho para ele.

— Ela...

Ele assentiu.

— Está no nono mês de gravidez.

25

— Se quiser minha opinião — disse o detetive Sarmiento, de Natick —, esse é apenas outro caso Laci Peterson. Casamento em crise, o marido arranja uma amante.

— Ele admitiu ter uma amante? — perguntou Rizzoli.

— Ainda não, mas consigo farejar essas coisas, sabe? — Sarmiento tocou o próprio nariz e riu. — O cheiro da outra.

É, ele provavelmente *podia* farejar esse tipo de coisa, pensou Rizzoli enquanto Sarmiento guiava ela e Frost por mesas com telas de computadores iluminadas. Ele parecia um homem familiarizado com o aroma de mulheres. Tinha o caminhar confiante dos mocinhos, o braço direito pendendo longe do corpo devido aos diversos anos em que usou uma pistola presa à cintura, o movimento característico que indica um policial. Barry Frost nunca pegaria aquele jeito. Perto do musculoso e moreno Sarmiento, Frost parecia um escriturário pálido com sua caneta e bloco de notas.

— O nome da mulher desaparecida é Matilda Purvis — disse Sarmiento, parando em sua mesa para pegar uma pasta, que entregou a Rizzoli.

— Trinta e um anos, branca. Casada há sete meses com Dwayne Purvis. Ele é o representante da BMW na cidade. Viu a mulher na última sexta-feira, quando apareceu para visitá-lo no trabalho. Parece que discutiram, porque testemunhas dizem que ela foi embora chorando.

— Quando ele registrou o desaparecimento? — perguntou Frost.

— No domingo.

— Ele demorou dois dias para tomar uma atitude?

— Após a briga, ele disse que pretendia deixar as coisas acalmarem entre os dois, então ficou em um hotel. Só voltou para casa no domingo. Encontrou o carro da mulher na garagem, a correspondência de sábado ainda na caixa de correio. Deu-se conta de que algo estava errado. Pegamos o depoimento dele no domingo à noite. Então, esta manhã, vimos o alerta que nos enviou, sobre mulheres grávidas desaparecidas. Não estou certo se essa se encaixa no seu padrão. Parece mais com uma briga doméstica clássica.

— Você verificou o hotel onde ele se hospedou? — perguntou Rizzoli.

Sarmiento respondeu com um sorriso afetado.

— Da última vez em que falei com ele, teve dificuldade para se lembrar qual foi o hotel.

Rizzoli abriu a pasta e viu uma fotografia de Matilda Purvis e seu marido, tirada no dia de seu casamento. Se estavam casados havia apenas sete meses, então ela já estava grávida de dois meses quando a fotografia fora tirada. A noiva tinha um belo rosto, cabelo e olhos castanhos e bochechas redondas e infantis. Seu sorriso refletia pura felicidade. Era a expressão de uma mulher que acabava de realizar o sonho de uma vida. Ao lado dela, Dwayne Purvis parecia cansado, quase entediado. A fotografia podia ter a legenda *problemas pela frente*.

Sarmiento conduziu-os por um corredor até uma sala em penumbra. Através de um espelho falso, viam a sala de entrevistas ao lado, desocupada naquele momento. Tinha paredes muito brancas, uma mesa e três cadeiras e uma câmera de vídeo montada em um canto. Uma sala projetada para extrair a verdade das pessoas.

Através do espelho falso, viram a porta se abrir e dois homens entrarem. Um deles era um policial, careca e barrigudo, de rosto inexpressivo, impassível. O tipo de rosto que faz a gente desejar ver um lampejo de emoção.

— O detetive Ligett vai cuidar disso desta vez — murmurou Sarmiento. — Vai ver se consegue algo novo dele.

— Sente-se — ouviram Ligett dizer.

Dwayne sentou-se de frente para o espelho falso. Será que se dava conta de que havia olhos observando-o ali atrás? Por um instante, seu olhar pareceu deter-se em Rizzoli. Ela suprimiu a vontade de recuar, de retroceder ainda mais na escuridão. Não que Dwayne Purvis parecesse particularmente ameaçador. Tinha trinta e poucos anos, vestia-se casualmente, uma camisa branca de botões, sem gravata, e calças cáqui. Em seu pulso havia um relógio Breitling — péssima escolha a sua ir a um interrogatório policial usando uma jóia pela qual um policial não podia pagar. Dwayne tinha uma beleza insípida e uma autoconfiança arrogante que algumas mulheres achavam atraentes — caso gostassem de homens que ostentassem relógios caríssimos.

— Deve vender um bocado de BMWs — disse ela.

— Está hipotecado até as orelhas — disse Sarmiento. — O banco é dono da casa dele.

— De quanto é o seguro da esposa?

— 250 mil.

— Não o bastante para valer a pena matá-la.

— Ainda assim, são 250 mil dólares. Mas sem um corpo, vai ter dificuldade de receber. Até agora, não temos nenhum.

Na sala ao lado, o detetive Ligett disse:

— Tudo bem, Dwayne, só quero confirmar alguns detalhes.

A voz de Ligett era plana como sua expressão facial.

— Já falei com aquele outro policial — disse Dwayne. — Esqueci o nome dele. O que parece com aquele ator. Você sabe, Benjamin Bratt.

— O detetive Sarmiento?

— É.

Rizzoli ouviu Sarmiento emitir um resmungo de satisfação. É sempre legal ouvir dizer que você parece com Benjamin Bratt.

— Não sei por que você está perdendo tempo aqui — disse Dwayne. — Você devia estar na rua, procurando minha mulher.

— Estamos, Dwayne.

— E como isso pode ajudar?

— Nunca se sabe. Nunca se sabe qual pequeno detalhe que você se lembre que pode fazer uma diferença na busca. — Ligett fez uma pausa. — Por exemplo.

— O quê?

— Aquele hotel onde você se hospedou. Já se lembrou do nome?

— Era apenas um hotel.

— Como pagou?

— Isso é irrelevante!

— Você usou o cartão de crédito?

— Acho que sim.

— Acha?

Dwayne emitiu um gemido de desespero.

— É, tudo bem. Usei o cartão de crédito.

— Então o nome do hotel deve estar em seu extrato. Tudo o que temos de fazer é verificar.

Silêncio.

— Tudo bem, lembro-me agora. Era o Crowne Plaza.

— Em Natick?

— Não. Em Wellesley.

Sarmiento, ao lado de Rizzoli, pegou um telefone na parede e murmurou:

— Aqui é o detetive Sarmiento. Ligue-me com o Crowne Plaza Hotel, em Wellesley...

Na sala de interrogatório, Ligett disse:

— Wellesley é meio longe de sua casa, não?

Dwayne suspirou.

— Precisava de um pouco de espaço. Um pouco de tempo comigo mesmo. Sabe, Mattie tem estado tão grudenta ultimamente. Aí, vou para o trabalho e todo mundo lá também quer um pedaço de mim.

— Vida difícil, hein? — disse Ligett, sem demonstrar o sarcasmo que devia estar sentindo.

— Todo mundo quer negociar. Tenho de rir forçado para clientes que desejam o impossível. Não posso lhes dar o impossível. Se você quer uma máquina como uma BMW, tem de pagar por ela. E o que me mata é saber que eles têm dinheiro. Têm dinheiro e ainda querem tirar de mim cada centavo que puderem.

A mulher está desaparecida, possivelmente morta, pensou Rizzoli, e ele está preocupado com clientes que pechincham?

— Por isso perdi a cabeça. A briga foi por causa disso.

— Com sua mulher?

— É. Não era por *nossa* causa. Foi o trabalho. O dinheiro está curto, sabe? Esse é o problema. Estamos apertados.

— Os empregados que testemunharam a briga de vocês...

— Que empregados? Com quem falou?

— Havia um vendedor e um mecânico. Ambos disseram que sua mulher parecia muito perturbada ao ir embora.

— Bem, ela está grávida. Ela fica alterada com qualquer coisa. Com todos aqueles hormônios, elas ficam fora de controle. Não dá para argumentar com uma mulher grávida.

Rizzoli sentiu-se corar. Perguntou-se se Frost achava o mesmo *dela*.

— Além do mais, ela está sempre cansada — disse Dwayne. — Chora por qualquer coisa. As costas doem, os pés também. Tem de correr ao banheiro a cada dez minutos.

Ele deu de ombros.

— Acho que lido bem com isso, considerando as circunstâncias.

— Sujeito simpático — disse Frost.

Sarmiento desligou o telefone subitamente e saiu. Então, através do espelho, viram-no enfiar a cabeça dentro da sala de interrogatório e gesticular para Ligett. Ambos os detetives deixaram a sala. Dwayne ficou sozinho à mesa, olhou para o relógio, remexeu-se na cadeira, olhou para o espelho e franziu o cenho. Tirou uma escova de bolso e penteou o cabelo à perfeição. O marido preocupado, preparando-se para aparecer no noticiário das 17 horas.

Sarmiento voltou à sala onde estavam Rizzoli e Frost e deu uma piscadela.

— Peguei ele — sussurrou.

— O que tem?

— Veja.

Pelo espelho, viram Ligett voltar à sala de interrogatório. Ele fechou a porta e ficou parado, apenas olhando para Dwayne. Dwayne ficou muito quieto, mas o pulsar de seu pescoço era visível apesar do colarinho da camisa.

— Então — disse Ligett —, quer me dizer a verdade agora?

— Sobre o quê?

— Aquelas duas noites no Crowne Plaza Hotel?

Dwayne riu, resposta inadequada, dadas as circunstâncias.

— Não sei o que quer dizer.

— O detetive Sarmiento acabou de falar com o Crowne Plaza. Eles confirmaram que você esteve lá hospedado durante duas noites.

— Bem, está vendo? Eu disse...

— Quem era a mulher que se hospedou com você, Dwayne? Loura, bonita. Tomou café da manhã com você no restaurante do hotel dois dias seguidos.

Dwayne ficou em silêncio. Engoliu em seco.

— Sua mulher sabe da loura? Foi por isso que você e Mattie estavam discutindo?

— Não...

— Então ela não sabe?

— Não! Quero dizer, não foi por isso que discutimos.

— Claro que foi.

— Você está encarando isso da pior maneira possível!

— Por quê, a loura não existe? — Ligett se aproximou, ficando face a face com Dwayne. — Não vai ser difícil encontrá-la. Ela provavelmente irá *nos* procurar. Vai ver seu retrato nos jornais e dar-se conta de que é melhor aparecer e revelar a verdade.

— Isso nada tem a ver com... Quero dizer, sei que parece esquisito, mas...

— Certamente.

— Tudo bem — Dwayne suspirou. — Tudo bem, eu saí da linha, está bem? Muita gente faz o mesmo na minha posição. É difícil quando a sua mulher está tão grande que não dá mais para fazer sexo com aquele barrigão. E ela simplesmente não tem interesse em sexo.

Rizzoli olhou rigidamente em frente, imaginando se Frost e Sarmiento estavam olhando para ela. É, aqui estou. Outra barriguda. Com um marido fora da cidade. Ela olhou para Dwayne e imaginou Gabriel sentado naquela cadeira, dizendo as mesmas palavras. Meu Deus, não faça isso consigo mesma, pensou, não confunda sua cabeça. Esse não é Gabriel, mas um perdedor chamado Dwayne Purvis pego com a amante e que não sabe lidar com as conseqüências. *Sua mulher descobre que tem uma substituta, e você está pensando: adeus relógios Breitling, metade da casa e 18 anos de pensão para o filho. Esse babaca certamente é culpado.*

Ela olhou para Frost. Ele balançou a cabeça. Ambos podiam ver que aquilo era apenas a repetição de uma velha tragédia que já haviam visto dezenas de vezes.

— Ela ameaçou se divorciar? — perguntou Ligett.

— Não. Mattie nada sabia a respeito dela.

— Ela simplesmente apareceu no seu trabalho e começou uma briga?

— Foi estupidez. Falei com Sarmiento a respeito.

— Por que ficou furioso, Dwayne?

— Porque ela fica dirigindo por aí com uma droga de um pneu furado e nem se dá conta! Quero dizer, você tem de ser muito idiota para não perceber que está destruindo um aro! Foi um vendedor que notou. Um pneu novinho todo esfarrapado, pronto para ir para o lixo. Vi isso e acho que gritei com ela. Daí ela ficou chorosa, e isso só me irritou ainda mais, porque me faz parecer um cretino.

Você é um cretino, pensou Rizzoli. Ela olhou para Sarmiento.

— Acho que ouvimos o bastante.

— O que eu lhe disse?

— Você nos informará caso alguma coisa nova aconteça?

— Pois é. — Sarmiento voltou o olhar para Dwayne. — É fácil quando são burros assim.

Rizzoli e Frost viraram-se para ir embora.

— Quem sabe quantos quilômetros ela rodou assim? — dizia Dwayne. — Droga, já devia estar vazio quando ela foi ao médico.

Rizzoli de repente estancou. Voltando-se para o espelho falso, ela encarou Dwayne. Sentiu as têmporas pulsarem. *Meu Deus. Quase ia deixando passar.*

— De que médico ele está falando? — ela perguntou a Sarmiento.

— Dra. Fishman. Falei com ela ontem.

— Por que a Sra. Purvis foi vê-la?

— Apenas rotina. Consulta na obstreta, nada anormal quanto a isso.

Rizzoli olhou para Sarmiento.

— A Dra. Fishman é obstetra?

Ele assentiu.

— Tem um consultório na Clínica de Mulheres. Na rua Bacon.

A Dra. Susan Fishman passara a maior parte da noite no hospital, e seu rosto era um retrato da exaustão. O cabelo castanho não lavado estava amarrado para trás em um rabo-de-cavalo, e o avental amarrotado que usava tinha bolsos tão carregados de instrumentos de exame que o tecido parecia estar puxando os ombros dela para o chão.

— Larry da segurança trouxe as fitas das câmeras de vigilância — disse ela enquanto escoltava Rizzoli e Frost até a recepção ao longo de um corredor. Seus tênis guinchavam sobre o chão de linóleo.

— Ele está montando o equipamento de vídeo na sala dos fundos. Graças a Deus que não tenho de fazer isso. Nem mesmo tenho um videocassete em casa.

— Sua clínica ainda tem as gravações de uma semana atrás? — perguntou Frost.

— Temos um contrato com a Minute Man Security. Eles mantêm as fitas durante pelo menos uma semana. Pedimos que fizessem assim, dadas as ameaças.

— Quais ameaças?

— Esta é uma clínica pró-escolha, você sabe. Não fazemos abortos aqui, mas só o fato de nos chamarmos de clínica *feminina* parece incomodar o pessoal da ala de direita. Gostamos de ficar de olho em quem freqüenta o prédio.

— Então tiveram problemas antes?

— Os de sempre. Cartas ameaçadoras. Envelopes com anthrax falso. Idiotas tirando fotos de pacientes. Por isso mantemos a câmera de vídeo no estacionamento. Não podemos ficar de olho em todo mundo que entra pela porta da frente.

Ela os conduziu ao longo de outro corredor decorado com os mesmos cartazes alegres e genéricos que parecem adornar todas as clínicas de obstetrícia. Diagramas sobre como amamentar, nutrição materna, os "cinco sinais de que você tem um parceiro perigoso". Uma ilustração anatômica de uma mulher grávida, o conteúdo de seu abdome revelado em um corte lateral. Aquilo fez Rizzoli se sentir incômoda ao lado de Frost, com aquele cartaz exposto na parede revelando sua anatomia. Intestino, rins, útero. Feto enrodilhado em um emaranhado de membros. Ainda na semana passada, Matilda Purvis passara diante daquele mesmo cartaz.

— Estamos todos tristes por causa de Mattie — disse a Dra. Fishman. — Ela é um amor de pessoa. E estava tão ansiosa pelo bebê.

— Tudo bem nesta última consulta? — perguntou Rizzoli.

— Oh, sim. O coração do feto estava firme e forte, boa posição no útero. Tudo parecia muito bem.

Fishman olhou para Rizzoli e perguntou:

— Acha que foi o marido?

— Por que pergunta?

— Bem, geralmente não é o marido? Ele só veio com ela aqui uma vez, bem no começo. Pareceu entediado durante toda a consulta. Depois disso, Mattie passou a vir sozinha. Para mim, essa é a deixa. Se fazem um bebê juntos, devem vir juntos. Mas essa é apenas minha opinião.

Ela abriu a porta.

— Esta é nossa sala de reunião.

Larry, da Minute Man Security Systems, esperava por eles na sala.

— Estou com o vídeo pronto — disse ele. — Separei o intervalo de tempo em que vocês estão interessados. Dra. Fishman, precisará observar a filmagem para nos mostrar quando sua paciente aparecer no vídeo.

Fishman suspirou e sentou-se diante do monitor.

— Nunca tive de assistir a isso antes.

— Sorte sua — disse Larry. — Na maioria das vezes são muito chatos.

Rizzoli e Frost sentaram-se ao lado de Fishman.

— Tudo bem — disse Rizzoli. — Vamos ver o que tem aí.

Larry apertou a tecla PLAY.

No monitor, apareceu uma tomada da entrada da clínica. Um dia luminoso, o sol refletindo nos carros estacionados em frente ao prédio.

— Esta câmera está montada sobre um poste de luz no estacionamento — disse Larry. — Podem ver a hora aqui, no canto: 14h05.

Um Saab entrou e estacionou em uma vaga. A porta do motorista se abriu e uma morena alta saiu do carro. Ela entrou na clínica.

— A consulta de Mattie era às 13h30 — disse a Dra. Fishman. — Talvez devesse voltar o filme um pouco.

— Apenas veja — disse Larry. — Ali. Duas e meia da tarde, não é ela?

Uma mulher acabava de sair do prédio. Fez uma rápida pausa sob o sol, passou a mão sobre os olhos, como se estivesse ofuscada pela luz.

— É ela — disse Fishman. — É Mattie.

Mattie começou a se afastar do edifício naquele passo de pato tão característico de mulheres grávidas. Demorou-se procurando as chaves do carro na bolsa enquanto caminhava, distraída, sem prestar atenção. De repente parou e olhou ao redor, confusa, como se tivesse esquecido onde deixara o carro. Sim, esta é uma mulher que não perceberia estar com o pneu vazio, pensou Rizzoli. Agora, Mattie virou-se e caminhou em uma direção completamente diferente, sumindo da vista da câmera.

— É tudo o que tem? — perguntou Rizzoli.

— Era o que queria, não? — disse Larry. — Confirmação da hora em que ela deixou o prédio?

— Mas onde está o carro? Nós não a vemos entrando no carro.

— Há alguma dúvida de que não entrou?

— Só quero vê-la deixar o estacionamento.

Larry levantou-se e foi até o equipamento de vídeo.

— Há outro ângulo que posso mostrar, de uma câmera do outro lado do estacionamento — disse ele, mudando a fita. — Mas não creio que ajude, porque é muito de longe.

Ele pegou o controle remoto e voltou a apertar a tecla PLAY.

Outra visão apareceu. Desta vez, apenas um canto do prédio da clínica era visível. A maior parte da tela estava ocupada por carros estacionados.

— Este estacionamento é compartilhado com a clínica de cirurgia médica do outro lado da rua — disse Larry. — Por isso há tantos carros. Muito bem, veja. Não é ela?

A distância, via-se a cabeça de Mattie passando detrás de uma fileira de carros. Então ela saiu de quadro. Um momento depois, um carro azul dava marcha à ré saindo da vaga e também saía de quadro.

— É tudo o que temos — disse Larry. — Ela sai do prédio, entra no carro e vai embora. O que quer que tenha acontecido, não foi aqui nesse estacionamento.

Ele estendeu a mão para pegar o controle remoto.

— Espere — disse Rizzoli.
— O quê?
— Volte.
— Quanto?
— Uns trinta segundos.

Larry rebobinou a fita e *pixels* digitais passaram brevemente pelo monitor e então se recompuseram em uma imagem de carros estacionados. Ali estava Mattie, entrando no carro. Rizzoli levantou-se da cadeira, foi até o monitor e viu Mattie ir embora, ao mesmo tempo que uma mancha branca aparecia em um canto do quadro, na mesma direção do BMW de Mattie.

— Pare — disse Rizzoli. — Com a imagem congelada, Rizzoli tocou a tela. — Ali. Aquela van branca.

Frost disse:

— Está se movendo paralelamente ao carro da vítima.

A vítima. Já prevendo o pior no destino de Mattie.

— E daí? — disse Larry.

Rizzoli olhou para Fishman.

— Você reconhece aquele veículo?

A médica deu de ombros.

— Eu não presto atenção em carros. Nada sei sobre marcas e modelos.

— Mas já viu essa van branca antes?

— Não sei. Para mim parece com qualquer outra van branca.

— Por que está interessada naquela van? — perguntou Larry. — Quero dizer, dá para ver que ela entrou no carro e foi embora em segurança.

— Volte a fita — disse Rizzoli.

— Quer que eu repita esta parte?
— Não. Quero voltar mais — Ela olhou para Fishman. — Você disse que a consulta dela era às 13h30?
— Sim...
— Volte para as 13h.

Larry apertou o controle remoto. No monitor, os *pixels* se embaralharam, então, voltaram a se organizar. A hora no fundo era 13h02.

— Está bom — disse Rizzoli. — Pode soltar.

Enquanto passavam os segundos, viram carros entrarem e saírem, de vista. Viu uma mulher estacionar e sair do carro com dois filhos pequenos com as mãos firmemente agarradas às dela.

Às 13h08, a van apareceu. Passou lentamente diante da fila de carros, então saiu de quadro.

Às 13h25, o BMW azul de Mattie Purvis entrou no estacionamento. Estava parcialmente oculto pela fileira de carros entre ela e a câmera, e viram apenas o topo de sua cabeça quando saiu do carro e caminhou em direção ao prédio.

— Basta? — perguntou Larry.
— Continue.
— O que está esperando?

Rizzoli sentiu o pulso acelerar.

— Por isso — disse ela.

A van branca estava de volta à tela. Cruzou lentamente diante da fileira de carros e parou entre a câmera e o BMW azul.

— Merda — disse Rizzoli. — Está bloqueando a nossa visão! Não podemos ver o que o motorista está fazendo.

Segundos depois, a van se foi. Não conseguiram nenhum relance do rosto do motorista nem da placa do veículo.

— Do que se trata? — perguntou a Dra. Fishman.

Rizzoli olhou para Frost. Ela não teve de dizer uma única palavra. Ambos compreenderam o que acontecera no estacionamento. *O pneu furado. Theresa e Nikki Wells também estavam com um pneu furado.*

É assim que ele as encontra, pensou. Em um estacionamento de clínica. Com mulheres grávidas indo visitar seus médicos. Um rápido corte no pneu e, daí em diante, é um jogo de espera. Siga sua presa enquanto ela sai do estacionamento. Quando parar, lá estará você, bem atrás dela.

Pronto para oferecer ajuda.

Enquanto Frost dirigia, Rizzoli pensava na vida que trazia dentro de si. Em como era fina a parede de pele e músculos que protegia seu filho. Uma lâmina não teria de cortar muito fundo. Uma rápida incisão abdome abaixo, do esterno ao púbis, sem se preocupar com cicatrizes, pois não haveria cicatrizações, sem se preocupar com a saúde da mãe. Ela é apenas uma casca descartável aberta para revelar o tesouro que contém. Apertou a barriga com as mãos e de repente sentiu-se nauseada pela idéia do que Mattie Purvis poderia estar passando naquele momento. Certamente Mattie não imaginou imagens tão grotescas enquanto olhava para seu próprio reflexo no espelho. Talvez olhasse para as estrias que se espalhavam por seu abdome e se sentisse infeliz por estar perdendo o poder de atração. A triste sensação de que, agora, quando o marido a olhava, era com desinteresse e não com desejo. Nem com amor.

Você sabia que Dwayne estava tendo um caso?

Ela olhou para Frost.

— Ele precisa de um atravessador.

— O quê?

— Quando ele põe as mãos em um novo bebê, o que ele faz? Tem de levá-lo a um intermediário. Alguém que realize a adoção, prepare os documentos. E pague em dinheiro.

— Van Gates.

— Sabemos que já o fez, ao menos uma vez.

— Isso foi há quarenta anos.

— Quantas adoções já arranjou até hoje? Quantos outros bebês trocou por dinheiro? Tem de haver dinheiro nisso.

Dinheiro para manter a mulher-troféu em roupas de ginástica cor-de-rosa.

— Van Gates não vai cooperar.

— Não vai mesmo. Mas, agora, sabemos o que procurar.

— A van branca.

Frost dirigiu em silêncio por um instante, mas disse a seguir:

— Sabe, se aquela van aparecer na casa dele, isso provavelmente vai significar que...

Ele parou de falar.

Que Mattie Purvis está morta, pensou Rizzoli.

26

Mattie colou as costas contra uma parede, apoiou os pés contra a parede oposta e empurrou. Contou os segundos até suas pernas latejarem e o suor inundar seu rosto. *Vamos, mais cinco segundos. Dez.* Ela relaxou, ofegante, as coxas e panturrilhas tomadas de um calor agradável. Ela mal usara as pernas naquela caixa, passara horas demais enrodilhada e se lamentando com autopiedade enquanto seus músculos viravam mingau. Ela se lembrou da época em que pegou uma gripe, uma gripe forte que a deixou de cama, febril e tremendo. Alguns dias depois, ao sair da cama, sentia-se tão fraca que teve de engatinhar até o banheiro. É isso o que acontece quando se fica muito tempo deitado: você perde as forças. Logo ela precisaria daqueles músculos. Tinha de estar pronta quando ele voltasse.

Porque ele *voltaria*.

Chega de descanso. Pés contra a parede outra vez. Força!

Ela bufou, o suor porejando na testa. Pensou no filme *Até o limite da honra*, e em como Demi Moore parecia forte e em forma, levantando pesos. Mattie manteve aquela imagem na cabeça enquanto forçava as paredes de sua prisão. Visualize músculos. E reaja. Imagine-se surrando o desgraçado.

Ofegante, ela outra vez relaxou encostada à parede e descansou, respirando fundo enquanto a dor nas pernas diminuía. Estava a ponto de repetir o exercício quanto sentiu um aperto na barriga.

Outra contração.

Ela esperou, prendendo a respiração, esperando que passasse rápido. E já estava passando. Era apenas o bebê esticando os músculos, como ela estava esticando os dela. Não era doloroso, mas era sinal de que a hora estava chegando.

Espere, bebê. Você vai ter de esperar mais um pouco.

27

Mais uma vez, Maura se livrava de tudo aquilo que comprovasse sua identidade. Guardou a bolsa, o relógio, o cinto e as chaves do carro no armário. *Mas mesmo com meu cartão de crédito, carteira de motorista e número da previdência*, pensou, *também não sei quem realmente sou. A única pessoa que sabe a resposta está esperando por mim do outro lado.*

Ela entrou na sala de admissão de visitantes, tirou os sapatos e os colocou sobre o balcão para serem inspecionados. A seguir, passou pelo detector de metais.

Uma guarda esperava por ela.

— Dra. Isles?

— Sim.

— Você requisitou uma sala de entrevista?

— Preciso falar a sós com uma prisioneira.

— Ainda assim serão monitoradas visualmente. Compreende o que digo?

— Desde que nossa conversa seja sigilosa.

— É a mesma sala onde as prisioneiras se encontram com seus advogados. Portanto, terão privacidade.

A guarda conduziu Maura através da sala de recreação e um corredor. Ali, ela abriu uma porta e acenou para que Maura entrasse.

— Vamos trazê-la. Sente-se.

Maura entrou na sala de entrevistas e confrontou-se com uma mesa e duas cadeiras. Sentou-se na cadeira voltada para a porta. Uma janela de resina de alta resistência estava voltada para o corredor, e duas câmeras de vigilância observavam em cantos opostos da sala.

Ela esperou, com as mãos suando apesar do ar-condicionado. Ao erguer a cabeça outra vez, assustou-se ao ver os olhos escuros de Amalthea, olhando-a através da janela do corredor.

A guarda escoltou Amalthea até a sala e sentou-a em uma cadeira.

— Ela não está falando muito hoje. Não sei se vai falar com você, mas aí está.

A guarda curvou-se, atou uma algema de aço no tornozelo de Amalthea e prendeu-a ao pé da mesa.

— Isso é realmente necessário? — perguntou Maura.

— É apenas uma formalidade, por questão de segurança. — A guarda voltou a ficar de pé. — Quando terminar, aperte aquele botão, no interfone da parede. Viremos buscá-la. — Deu um tapinha no ombro de Amalthea. — Agora, você converse com ela, está bem, querida? Ela veio até aqui apenas para *vê-la*.

A guarda deu um olhar de *boa sorte* para Maura e então se foi, trancando a porta atrás de si.

Passou um instante.

— Estive aqui na semana passada visitando você — disse Maura. — Lembra-se?

Amalthea curvou-se em sua cadeira com olhos voltados para a mesa.

— Você me disse algo quando eu estava indo embora. Você disse, *agora você também vai morrer*. O que quis dizer com isso?

Silêncio.

— Você estava me avisando, não é? Dizendo-me para deixá-la em paz. Você não me queria investigando seu passado.

Outra vez, silêncio.

— Ninguém está nos ouvindo, Amalthea. Somos apenas nós duas nesta sala.

Maura colocou as mãos sobre a mesa, para mostrar que não trazia um gravador nem um bloco de notas.

— Não sou policial. Não sou promotora. Pode dizer o que quiser para mim, e apenas nós duas ouviremos o que disser.

Ela se inclinou e disse:

— Eu sei que você entende tudo o que eu digo. Então, olhe para mim, droga. Estou farta desse jogo.

Embora Amalthea não tenha erguido a cabeça, não havia como deixar de perceber a tensão em seus braços, o pulsar de seus músculos. *Ela está ouvindo, com certeza. Está esperando para ouvir o que tenho a dizer a seguir.*

— Aquilo foi uma ameaça, não foi? Quando você me disse que eu ia morrer, você estava me dizendo para eu ficar longe ou acabaria como Anna. Achei que fosse apenas conversa de psicótico, mas você falava a sério. Você está protegendo ele, não está? Você está protegendo a Besta.

Lentamente, Amalthea ergueu a cabeça. Olhos escuros encontraram os dela em um olhar tão frio, tão vazio, que Maura se afastou, arrepiada.

— Sabemos sobre ele — disse Maura. — Sabemos de vocês dois.

— O que sabem?

Maura não esperava que ela falasse. A pergunta foi dita em voz tão baixa que ela se questionou se de fato a tinha ouvido. Ela engoliu em seco. Respirou fundo, abalada pelo vazio negro daqueles olhos. Não havia loucura ali, apenas vazio.

— Você é tão normal quanto eu — disse Maura. — Mas não ousa deixar alguém saber disso. É tão mais fácil esconder-se atrás de uma máscara de esquizofrenia! É mais fácil se fazer de psicótica, porque as pessoas sempre deixam os loucos em paz. Eles não se importam em interrogá-la. Não cavam mais fundo, porque acham que é tudo delírio no fim das contas. Agora nem mesmo a medicam, porque é muito boa simulando os efeitos colaterais.

Maura forçou-se a olhar com mais atenção aquele vazio.

— Eles não sabem que a Besta é real. Mas você sabe. E você sabe onde ele está.

Amalthea ficou imóvel, mas a tensão tomou seu rosto. Os músculos ao redor de sua boca se estreitaram, e as veias de seu pescoço ficaram ressaltadas.

— Era sua única alternativa, não era? Alegar insanidade. Você não podia nada contra as provas: o sangue na chave de roda, as carteiras roubadas. Mas se os convencesse de que era uma psicótica, talvez pudesse evitar interrogatórios futuros. Talvez não viessem a saber de todas as outras vítimas. As mulheres que mataram na Flórida e na Virgínia. Texas e Arkansas. Estados com pena de morte. — Maura se aproximou ainda mais. — Por que simplesmente não desiste dele, Amalthea? Afinal, ele deixou que assumisse a culpa sozinha. E ainda está solto, matando. Ele continua sem você, visitando os mesmos lugares, os mesmos campos de caça. Ele acabou de pegar outra mulher, em Natick. Você pode pará-lo, Amalthea. Você pode dar um fim nisso.

Amalthea parecia estar contendo a respiração, esperando.

— Veja você, aqui na prisão. — Maura riu. — Que fracassada que você é. Por que está aqui e Elijah está solto?

Amalthea piscou. Em um instante, toda a rigidez pareceu se esvair de seus músculos.

— Fale comigo — pressionou Maura. — Não há ninguém mais nesta sala. Só você e eu.

O olhar da outra mulher ergueu-se para uma das câmeras instaladas em um canto da sala.

— Sim, eles podem nos ver — disse Maura. — Mas não podem nos ouvir.

— Todo mundo pode nos ouvir — sussurrou Amalthea. Ela olhou para Maura. O olhar insondável tornara-se frio, contido. E assustadoramente são, como se uma nova criatura tivesse emergido, olhando através daqueles olhos.

— Por que você está aqui?

— Quero saber se Elijah matou minha irmã.

Uma longa pausa. E, estranhamente, um brilho curioso nos olhos dela.

— Por que ele faria isso?

— Você sabe por que Anna morreu, não sabe?

— Por que não me faz uma pergunta para a qual eu tenha resposta? A pergunta que realmente veio me fazer. — A voz de Amalthea era baixa, íntima. — Isso é sobre você, Maura, não é mesmo? O que *você* quer saber?

Maura olhou-a, coração aos saltos. Uma simples pergunta presa na garganta.

— Quero que me diga...

— Sim? — Apenas um murmúrio, baixo como uma voz dentro da cabeça de Maura.

— Quem era minha mãe de verdade?

Um sorriso aflorou aos lábios de Amalthea.

— Quer dizer que não vê a semelhança?

— Apenas diga-me a verdade.

— Olhe para mim e depois se olhe no espelho. Ali está sua verdade.

— Não reconheço nenhuma parte sua em mim.

— Mas eu me reconheço *em você*.

Maura riu, surpresa por conseguir fazê-lo.

— Não sei por que vim até aqui. Esta visita foi uma perda de tempo.

Ela afastou a cadeira e começou a se levantar.

— Você gosta de trabalhar com os mortos, Maura?

Assustada com a pergunta, Maura fez uma pausa, metade do corpo para fora da cadeira.

— É o que faz, não é mesmo? — disse Amalthea. — Você os abre. Tira seus órgãos. Fatia seus corações. Por que faz isso?

— Meu trabalho exige.

— Por que escolheu esse trabalho?

— Não estou aqui para falar sobre mim.

— Sim, está. Só tem a ver com você. Sobre quem você realmente é.

Lentamente, Maura se sentou.

— Por que não me diz?

— Você abre as barrigas dos outros. Mergulha sua mão no sangue deles. Por que acha que somos diferentes? — A mulher começou a se aproximar de modo tão imperceptível que Maura se assustou ao subitamente dar-se conta de como Amalthea estava perto dela. — Olhe-se no espelho e verá a mim.

— Não somos nem da mesma espécie.

— Se é nisso que quer acreditar, quem seria eu para fazê-la mudar de idéia? — Amalthea encarou Maura sem piscar. — Sempre há o DNA.

Maura ficou sem ar. Um blefe, pensou. Amalthea está esperando para ver se eu caio. Se realmente desejo saber a verdade. O DNA não mente. Com uma amostra de sua boca, podia ter a resposta. Podia ter a confirmação de meu maior medo.

— Você sabe onde me encontrar — disse Amalthea. — Volte quando estiver pronta para a verdade.

Ela se levantou, a algema no tornozelo batendo contra a perna da mesa, e olhou para a câmera de vídeo. Um sinal para o guarda de que ela queria ir embora.

— Se é minha mãe — disse Maura —, então me diga quem é meu pai.

Amalthea olhou-a de volta, outra vez com um sorriso nos lábios.

— Ainda não adivinhou?

A porta se abriu, e a guarda meteu a cabeça para dentro da sala.

— Tudo bem aí?

A transformação foi incrível. Um instante antes Amalthea olhava para Maura com frio calculismo. Agora, aquela criatura desaparecera, substituída por uma mulher atordoada que forçava a algema do tornozelo, como se não soubesse por que não conseguia se livrar.

— Ir — murmurou. — Quero ir... quero ir.

— Sim, querida, claro que vamos.

A guarda olhou para Maura.

— Já terminou com ela?

— Por enquanto — disse Maura.

Rizzoli não esperava uma visita de Charles Cassell, de modo que ficou surpresa quando o sargento da recepção ligou para informar que o Dr. Cassell a esperava no lobby. Quando ela saiu do elevador e o viu, chocou-se com sua mudança de aparência. Em uma semana, ele parecia ter envelhecido dez anos. Ele claramente perdera peso, e seu rosto era agora esquálido e sem cor. Seu paletó, embora caro, parecia estar pendurado, informe, sobre seus ombros caídos.

— Preciso falar com você — disse ele. — Preciso saber o que está acontecendo.

Ela acenou com a cabeça para o sargento.

— Vou subir com ele.

Quando ela e Cassell entraram no elevador, ele disse:

— Ninguém me conta nada.

— Você se dá conta, é claro, de que esse é o procedimento padrão durante uma investigação.

— Vai me indiciar? O detetive Ballard diz que é apenas questão de tempo.

Ela olhou para ele.

— Quando ele lhe disse isso?

— Toda vez que fala comigo. É esta a estratégia, detetive? Amedrontar-me, obrigar-me a aceitar um acordo?

Ela nada disse. Não sabia que Ballard continuava a ligar para Cassell.

Eles saíram do elevador, e ela o levou até uma sala de entrevistas, onde se sentaram a um canto da mesa, um de frente para o outro.

— Tem algo de novo a me dizer? — perguntou ela. — Porque, senão, não há razão para este encontro.

— Eu não a matei.

— Você já disse isso.

— Não creio que tenha me ouvido.

— Há algo mais que queira me dizer?

— Você verificou minha viagem aérea, não foi? Eu lhe dei a informação.

— A Northwest Airlines confirmou que você estava naquele vôo. Mas isso ainda o deixa sem álibi para a noite do assassinato de Anna.

— E aquele incidente do pássaro morto na caixa de correio dela? Você se incomodou em confirmar onde eu estava quando aconteceu? Eu não estava na cidade. Minha secretária pode confirmar.

— Ainda assim, você compreende que não comprova a sua inocência. Você pode ter contratado alguma outra pessoa para quebrar o pescoço do pássaro e deixá-lo na caixa de correio de Anna.

— Eu admito as coisas que eu *fiz*. Sim, eu a segui, eu passei de carro umas seis vezes diante da casa dela. E, sim, eu *bati* nela naquela noite... não me orgulho disso. Mas nunca enviei qualquer ameaça de morte. Nunca matei pássaro algum.

— É tudo o que veio me dizer? Porque se for...

Ela começou a se levantar.

Para sua surpresa, ele pegou o braço dela, apertando tão forte que ela imediatamente reagiu em autodefesa. Ela agarrou-lhe a mão e torceu.

Ele grunhiu de dor e voltou a se sentar, parecendo atônito.

— Quer que eu quebre seu braço? — disse ela. — É só tentar isso outra vez.

— Desculpe — ele murmurou, olhando-a com olhos assustados. Qualquer que tenha sido a raiva que acumulou naquele encontro, ela pareceu subitamente ter se esvaído dele. — Meu Deus, desculpe-me...

Ela observou-o se encolher na cadeira e pensou: a tristeza dele é verdadeira.

— Só queria saber o que está acontecendo — disse Cassell. — Preciso saber que vocês estão *fazendo* alguma coisa.

— Estou fazendo meu trabalho, doutor.

— Tudo o que está fazendo é investigando *a mim*.

— Não é verdade. Esta é uma investigação ampla.

— Ballard disse...

— O detetive Ballard não está cuidando deste caso. Eu estou. E acredite, estou vendo o caso de todos os ângulos possíveis.

Ele assentiu, respirou fundo e se aprumou.

— Era tudo o que eu queria ouvir: que tudo está sendo feito. Que você não está se esquecendo de nada. Não importa o que pense de mim, a verdade honesta é que eu a amava. — Ele passou a mão no cabelo. — É terrível, quando as pessoas o abandonam.

— Sim, é.

— Quando você ama alguém, é natural desejar ficar com essa pessoa. Você faz coisas loucas, desesperadas...

— Até mesmo matar?

— Eu não a matei. — Ele olhou para Rizzoli. — Mas, sim. Eu teria matado por ela.

O celular de Rizzoli tocou. Ela se levantou.

— Desculpe — disse. E saiu da sala.

Era Frost:

— A vigilância acaba de reportar uma van branca na residência de Van Gates — disse ele. — Passou pela casa há uns 15 minutos, mas não parou. Há uma possibilidade de o motorista ter visto os nossos rapazes, então eles mudaram de posição.

— Acha que é a van certa?

— As placas eram roubadas.

— O quê?

— Foram roubadas de um Dodge Caravan há três semanas, em Pittsfield.

Pittsfield, pensou, na fronteira do estado, perto de Albany.

Onde uma mulher desapareceu no mês passado.

Seu ouvido contra o aparelho começou a pulsar.

— Onde está a van agora?

— Nossa equipe não seguiu o veículo. Quando souberam das placas, a van já havia ido embora. Não voltou.

— Vamos mudar e mover nosso carro para uma rua paralela. Traga uma segunda equipe para vigiar a casa. Se a van voltar, podemos fazer uma perseguição dupla. Dois carros se revezando.

— Certo, estou indo para lá agora.

Ela desligou e voltou-se para a sala de entrevistas onde Charles Cassell ainda estava sentado junto à mesa, de cabeça curvada. Seria aquilo uma demonstração de amor ou obsessão?, ela se perguntou.

Às vezes, não dava para ver a diferença.

28

A luz do dia se esvaía quando Rizzoli chegou à Dedham Parkway. Ela viu o carro de Frost e estacionou atrás. Em seguida, saiu de seu carro e entrou no dele.

— Então? — disse ela. — O que está acontecendo?

— Droga nenhuma.

— Merda. Faz mais de uma hora. Será que o assustamos?

— Há sempre a possibilidade de não ser Lank.

— Van branca, placas roubadas em Pittsfield?

— Bem, não está pelas redondezas. E não voltou.

— Quando foi a última vez que Van Gates saiu de casa?

— Ele e a mulher foram fazer compras por volta do meio-dia. Estão em casa desde então.

— Vamos passar em frente, quero dar uma olhada.

Frost passou diante da casa, devagar o bastante para ela dar uma espiada na propriedade. Passaram pela equipe de vigilância, estacionaram no outro extremo da quadra, então dobraram a esquina e pararam.

Rizzoli disse:

— Tem certeza de que estão em casa?

— A equipe não viu ninguém sair desde o meio-dia.

— Esta casa está parecendo muito escura para mim.

Ficaram ali sentados durante alguns minutos, à medida que as trevas se adensavam e o desconforto de Rizzoli aumentava. Ela não vira qualquer luz acesa. Estariam dormindo? Teriam saído sem que a equipe de vigilância tivesse visto?

O que aquela van estava fazendo na vizinhança?

Ela olhou para Frost.

— É isso. Não vou esperar mais. Vamos fazer uma visita.

Frost voltou a circundar a casa e estacionou. Tocaram a campainha, bateram à porta. Ninguém respondeu. Rizzoli deixou a varanda da frente, voltou até o passeio e olhou para a fachada sul com suas priápicas colunas brancas. Também não havia luz lá em cima. A van, pensou. Estava aqui por um motivo.

Frost disse:

— O que acha?

Rizzoli podia sentir o coração começar a pulsar e comichões de inquietação pelo corpo. Inclinou a cabeça, e Frost entendeu a mensagem: *Vamos entrar pelos fundos.*

Ela foi até o pátio lateral e abriu um portão. Viu apenas um passeio estreito de tijolos, adjacente a uma cerca. Não havia espaço para um jardim, e mal havia lugar para as duas latas de lixo que ali estavam. Ela entrou pelo portão. Não tinham certeza, mas havia algo de errado ali, algo que estava fazendo suas mãos tremerem, as mesmas mãos que foram marcadas pela lâmina de Warren Hoyt. Um monstro deixa marcas na sua pele, nos seus instintos. Para sempre você será capaz de sentir quando um outro está por perto.

Com Frost bem atrás dela, passou diante de janelas escuras e uma unidade de ar-condicionado central que soprou ar quente sobre sua pele gelada. Silêncio, silêncio. Estavam invadindo uma propriedade privada, mas tudo o que queria era espiar pela janela, olhar pela porta dos fundos.

Ela dobrou a esquina e descobriu um pequeno quintal cercado. O portão de trás estava aberto. Ela foi até o portão e olhou para o beco mais além. Ninguém ali. Começou a caminhar para a casa e estava quase diante da porta dos fundos quando notou que estava entreaberta.

Ela e Frost trocaram um olhar. Ambos sacaram as armas. Acontecera tão depressa, de maneira tão automática, que ela nem se lembrava de ter sacado a dela. Frost empurrou a porta, abrindo-a e revelando um arco de azulejos de cozinha.

E sangue.

Ele entrou e ligou o interruptor na parede. As luzes da cozinha se acenderam. Havia mais sangue nas paredes, nas bancadas, uma imagem tão poderosa que Rizzoli voltou atrás como se tivesse sido empurrada. O bebê no seu útero deu um súbito chute de alarme.

Frost deixou a cozinha e entrou no corredor. Mas ela ficou onde estava, olhando para Terence van Gates, que então parecia um nadador flutuando com olhos vidrados em uma piscina vermelha. *O sangue ainda nem secou.*

— Rizzoli! — ela ouviu Frost gritar. — A mulher... ela ainda está viva!

Ela quase escorregou na corrida. O terror continuava no corredor, uma trilha de esguicho de sangue arterial pelas paredes. Seguiu a trilha até a sala de estar, onde Frost estava ajoelhado, gritando pelo rádio por uma ambulância enquanto apertava a mão contra o pescoço de Bonnie van Gates. O sangue escapava por entre seus dedos.

Rizzoli ajoelhou-se ao lado da mulher caída. Os olhos de Bonnie estavam arregalados, aterrorizados, como se estivesse vendo a própria Morte pairando acima dela, esperando para dar-lhe as boas-vindas.

— Não consigo estancar! — disse Frost enquanto o sangue continuava a escorrer entre seus dedos.

Rizzoli pegou uma capa de pano do braço do sofá e enrolou-a no punho. Ela se inclinou para aplicar a proteção improvisada no pescoço de Bonnie. Frost tirou a mão, liberando um jato de sangue pouco antes de Rizzoli cobrir o ferimento. O tecido ficou imediatamente encharcado.

— As mãos dela também estão sangrando! — disse Frost.

Olhando para baixo, Rizzoli viu um fluxo contínuo de sangue vertendo da palma cortada de Bonnie. *Não podemos estancar tudo isso...*

— Ambulância? — perguntou ela.

— A caminho.

A mão de Bonnie agarrou o braço de Rizzoli.

— Fique quieta! Não se mexa!

Bonnie golpeou com ambas a mãos, como um animal em pânico atacando seu agressor.

— Mantenha-a deitada, Frost!

— Meu Deus, ela é forte.

— Bonnie, pare! Estamos tentando ajudá-la!

Outra arremetida, e Rizzoli não conseguiu segurar. Sentiu um líquido quente no rosto, depois o gosto de sangue. Foi calada por aquele calor vermelho. Bonnie virou de lado, suas pernas se debatiam como pistões.

— Ela está em convulsão! — disse Frost.

Rizzoli forçou o rosto de Bonnie contra o tapete e voltou a tapar o ferimento com o tecido. O sangue estava por toda parte agora, na camisa de Frost, encharcando a jaqueta de Rizzoli enquanto ele tentava manter a pressão sobre a pele escorregadia. Tanto sangue. Meu Deus, quanto sangue uma pessoa pode perder?

Ouviram passos pela casa. Era a equipe de vigilância, que estava estacionada na rua. Rizzoli nem ergueu a cabeça quando os dois homens entraram na sala. Frost gritou para que contivessem Bonnie. Mas não era mais necessário. Suas convulsões se resumiam agora a tremores de agonia.

— Ela não está respirando — disse Rizzoli.
— Vire-a de costas! Vamos, vamos.

Frost colocou os lábios sobre os de Bonnie e soprou. Em seguida, ergueu a cabeça e disse com os próprios lábios manchados de sangue:

— Sem pulso!

Um dos policiais começou as compressões no peito de Bonnie. Um, dois, três, com as palmas das mãos afundadas entre o vão dos seios hollywoodianos de Bonnie. A cada compressão, um pouco de sangue escorria do ferimento. Havia pouquíssimo sangue em suas veias para circular, para nutrir seus órgãos vitais. Estavam bombeando um poço seco.

A equipe da ambulância chegou com seus tubos, monitores e garrafas de soro. Rizzoli afastou-se para ceder-lhes lugar, e de repente sentiu-se tão tonta que teve de se sentar. Afundou em uma poltrona e baixou a cabeça. Deu-se conta de que se sentava sobre tecido branco, provavelmente manchando-o com o sangue de suas roupas. Quando ergueu a cabeça outra vez, viu que Bonnie fora entubada. Sua blusa estava rasgada e seu sutiã tinha sido retirado. Havia fios de eletrocardiograma por todo o peito. Havia apenas uma semana, Rizzoli pensara naquela mulher como uma boneca Barbie, tola e plastificada, vestindo blusa cor-de-rosa e sandálias de salto alto. Agora ela parecia plastificada de fato, a pele macilenta, os olhos sem um lampejo de alma. Rizzoli viu uma das sandálias de Bonnie a alguns metros dali e se perguntou se ela tentara fugir com aqueles calçados impossíveis. Imaginou-a correndo freneticamente pelo corredor e batendo com seus saltos no chão enquanto seguia o rastro de sangue. Mesmo depois que a equipe de emergência médica levou Bonnie, Rizzoli ainda olhava para aquelas sandálias inúteis.

— Ela não vai sobreviver — disse Frost.

— Eu sei. — Rizzoli olhou para ele. — Você está com sangue na boca.

— Você devia se olhar no espelho. Diria que ambos fomos inteiramente expostos.

Ela pensou em sangue e em todas as coisas horríveis que pode transmitir: HIV, hepatite...

— Ela parecia ser muito saudável — foi tudo o que conseguiu dizer.

— Ainda assim — disse Frost. — Você estando grávida...

Então, o que diabos ela estava fazendo ali, banhada no sangue de uma mulher morta? Devia estar em casa diante da TV, pensou, com meus pés inchados para cima. Isto não é vida para uma mãe. Não é vida para ninguém.

Tentou se levantar da poltrona. Frost estendeu-lhe a mão, e, pela primeira vez, ela aceitou, permitindo que ele a ajudasse a se levantar. Às vezes, pensou ela, a gente tem de aceitar ajuda. Às vezes, é preciso admitir que você não pode fazer tudo sozinho. Sua camisa estava endurecida, suas mãos, com torrões marrons de sangue coagulado. O pessoal da perícia chegaria logo, depois a imprensa. Sempre a maldita imprensa.

Hora de se limpar e trabalhar.

Maura saiu de seu carro sob o assédio desorientador de lentes de câmeras e microfones empurrados em sua direção. As luzes dos carros de polícia brilhavam em azul e branco, iluminando uma multidão de curiosos que se reunia no limite da faixa de isolamento da polícia. Ela não hesitou e não deu à imprensa qualquer chance de se aproximar enquanto caminhava apressada até a casa. Ali, acenou com a cabeça para o guarda que tomava conta da cena.

Ele retribuiu o aceno com uma expressão de confusão.
— Ahn... O Dr. Costas já está aqui...
— Eu também — disse ela, e passou por baixo da fita.
— Dra. Isles?
— Ele está lá dentro?
— Sim, mas...

Ela continuou a andar, sabendo que ele não a desafiaria. Seu ar de autoridade garantia-lhe um acesso que poucos policiais questionariam. Fez uma pausa na porta da frente para vestir luvas e protetores de sapato, acessórios necessários quando havia sangue envolvido. Então entrou, e os técnicos da perícia mal olharam para ela. Todos a conheciam. Não tinham por que questionar sua presença. Ela caminhou, sem ser detida, do saguão até a sala de estar, e viu o tapete sujo de sangue e o lixo deixado para trás pela equipe da ambulância. O chão estava repleto de seringas, embalagens rasgadas e chumaços de gaze suja. Nenhum corpo.

Começou a caminhar por um corredor onde a violência marcara sua presença nas paredes. De um lado, esguichos de sangue arterial. Do outro, mais sutil, as gotas de sangue que pingaram da lâmina do agressor.

— Doutora? — Rizzoli estava no outro extremo do corredor.
— Por que não me chamou? — perguntou Maura.
— Costas está cuidando deste caso.
— Foi o que me disseram.
— Você não precisava estar aqui.
— Podia ter me contado, Jane.
— Este caso não é seu.
— Este caso envolve minha irmã e me diz respeito.
— Por isso não é seu caso. — Rizzoli caminhou em direção a ela com o olhar inflexível. — Não preciso lhe dizer isso. Você sabe.
— Não estou pedindo para fazer a perícia médica deste caso. O que me chateia é o fato de você não ter me contado.

— Ainda não tive chance, está bem?
— Essa é a desculpa?
— Mas é a verdade, droga! — Rizzoli apontou para o sangue nas paredes. — Tivemos duas vítimas aqui. Não jantei. Não lavei o sangue do meu cabelo. Pelo amor de Deus, nem tive tempo de fazer xixi.

Ela deu-lhe as costas.

— Tenho mais o que fazer além de me explicar para você.
— Jane.
— Vá para casa, doutora. Deixe-me fazer meu trabalho.
— Jane! Desculpe, eu não devia ter dito isso.

Rizzoli virou-se para encará-la, e Maura viu o que não conseguira ver até então. Os olhos fundos, os ombros curvados. *Ela mal consegue se manter de pé.*

— Também peço desculpas.

Rizzoli olhou para a parede suja de sangue.

— Nós perdemos a van *por um triz* — disse ela, juntando o polegar e o indicador de uma mão. — Tínhamos uma equipe na rua, observando a casa. Não sei como ele viu o carro, mas o fato é que ele passou direto, deu a volta e entrou pelos fundos. — Ela balançou a cabeça. — De alguma forma ele sabia. Sabia que estávamos procurando por ele. Por isso Van Gates era um problema...

— *Ela* o advertiu.
— Quem?
— Amalthea. Tem de ser ela. Um telefonema, uma carta, algo passado por intermédio de um dos guardas. Ela está protegendo o parceiro.
— Você acha que ela é racional o bastante para fazê-lo?
— Sim, acho.

Maura hesitou.

— Fui visitá-la hoje.
— Quando me contaria isso?

— Ela sabe segredos a meu respeito. Ela sabe as respostas.
— Ela ouve vozes, pelo amor de Deus.
— Não, não ouve. Estou convencida de que ela é perfeitamente sã, que sabe exatamente o que faz. Ela está protegendo o parceiro, Jane. Ela nunca o denunciará.

Rizzoli olhou-a em silêncio por um instante.

— Talvez seja melhor você vir aqui ver isso. Precisa saber contra quem estamos lutando.

Maura seguiu-a até a cozinha e parou à porta, atônita com a carnificina que viu naquele cômodo. Seu colega, o Dr. Costas, estava agachado junto ao corpo. Ele olhou para Maura com uma expressão intrigada.

— Não imaginei que você fosse pegar este caso — disse ele.
— Não vou. Só vim ver...

Ela olhou para Terence van Gates e engoliu em seco.

Costas ergueu-se.

— Esse cara é tremendamente eficiente. Não há ferimentos defensivos, nenhum indício de que a vítima esboçou reação. Um único corte, de orelha a orelha. Aproximou-se por trás. A incisão começa mais acima à esquerda, atravessa a traquéia e termina um pouco mais baixo do lado direito.

— Um agressor destro.
— E forte, também.

Costas agachou-se e gentilmente curvou a cabeça para trás, revelando um anel aberto de cartilagem brilhante.

— Dá para ver a coluna vertebral daqui.

Ele liberou a cabeça, que tombou para a frente, e as bordas da incisão novamente se juntaram.

— Uma execução — murmurou ela.
— É o que parece.
— A segunda vítima... na sala...
— A mulher. Morreu no CTI há uma hora.

— Mas essa execução não foi tão eficiente — disse Rizzoli. — Achamos que o assassino pegou o homem primeiro. Talvez Van Gates estivesse esperando a visita. Talvez até o tenha convidado a entrar na cozinha, achando tratar-se de um assunto de negócios. Mas ele não esperava o ataque. Não havia ferimentos defensivos, nenhum sinal de luta. Ele deu as costas para seu assassino e caiu como um cordeiro sacrificado.

— E a mulher?

— Bonnie foi outra história — Rizzoli olhou para Van Gates, para os tufos tingidos de cabelo transplantado, símbolos da vaidade de um velho. — Acho que Bonnie chegou na hora. Ela entrou na cozinha, viu o sangue. Viu o marido sentado no chão com o pescoço cortado. O assassino também ainda estava aqui, empunhando a faca. O ar-condicionado estava ligado, todas as janelas fechadas. Painéis duplos, para isolamento térmico. Nossa equipe estacionada do outro lado da rua não ouviu os gritos. Se é que ela conseguiu gritar.

Rizzoli virou-se para olhar a porta que dava para o corredor. Fez uma pausa como se visse a mulher ali parada.

— Ela viu o assassino se aproximar. Mas, ao contrário do marido, reagiu. Tudo o que podia fazer, ao ver aquela faca vindo em sua direção, era agarrá-la pela lâmina. A faca cortou a palma de sua mão, feriu a carne, tendões, foi até o osso. Cortou tão profundamente que seccionou uma artéria.

Rizzoli apontou para a porta e para o corredor mais além.

— Ela correu naquela direção, com a mão jorrando sangue. Ele correu atrás dela e a encurralou na sala. Ainda assim ela tentou lutar, tentou evitar a lâmina com os braços. Mas ele finalmente conseguiu cortá-la, na garganta. Não tão profundamente quanto a incisão que fez no pescoço do marido, mas fundo o bastante.

Rizzoli olhou para Maura.

— Ela estava viva quando nós a encontramos. Para você ter uma idéia de como chegamos perto.

Maura olhou para Terence van Gates, tombado contra o gabinete. E pensou naquela casinha na floresta onde dois primos selaram o seu vínculo doentio. *Um vínculo que dura até hoje.*

— Você se lembra do que Amalthea lhe disse no primeiro dia que você foi visitá-la? — disse Rizzoli.

Maura assentiu. *Agora, você também vai morrer.*

— Ambas pensamos ser conversa de psicótico — disse Rizzoli. E olhou para Van Gates. — Parece bem claro agora que foi um aviso. Uma ameaça.

— Por quê? Não sei mais do que você.

— Talvez por quem você *seja*, doutora. A filha de Amalthea.

Um calafrio percorreu a espinha de Maura.

— Meu pai — disse ela. — Se realmente sou filha dela, então quem é meu pai?

Rizzoli não disse o nome de Elijah Lank. Não precisava.

— Você é a prova viva de sua parceria — disse Rizzoli. — Metade de seu DNA é dele.

Ela fechou e trancou a porta da frente. Então parou, pensando em Anna e em todos os ferrolhos e correntes com os quais adornara sua casinha no Maine. Estou me transformando em minha irmã, pensou ela. Logo estarei me escondendo por trás de barricadas ou fugindo de casa em busca de uma nova cidade, uma nova identidade.

Faróis de automóveis iluminaram as cortinas fechadas de sua sala de estar. Ela olhou e viu um carro de patrulha. Não de Brookline desta vez, mas um carro de patrulha do DEPARTAMENTO DE POLÍCIA DE BOSTON. Rizzoli deve tê-lo requisitado, pensou.

Ela foi até a cozinha e preparou um drinque. Nada sofisticado hoje à noite, nem mesmo seu *cosmopolitan* de sempre, apenas suco de laranja, vodca e gelo. Ela se sentou à mesa da cozinha para beber, os cubos de gelo chacoalhavam no copo. Bebendo sozinha. Não era bom sinal mas, que diabos. Ela precisava da anestesia, precisava parar de pensar no que vira naquela noite. O ar-condicionado do teto soprava seu hálito frio. Nenhuma janela aberta esta noite. Tudo trancado e em segurança. O copo gelado esfriava seus dedos. Ela se sentou e olhou para a palma da mão, para o rubor pálido de seus vasos capilares. *Será que o sangue deles corre em minhas veias?*

A campainha tocou.

Ela ergueu a cabeça de súbito e olhou para a sala, com o coração aos pulos e cada músculo do corpo rígido. Lentamente, ela se levantou e moveu-se silenciosa pelo corredor até a porta da frente. Ali fez uma pausa, imaginando com que facilidade uma bala podia penetrar aquela madeira. Foi até a janela lateral e viu Ballard na varanda.

Com um suspiro de alívio, abriu a porta.

— Ouvi falar do que aconteceu com Van Gates — disse ele. — Você está bem?

— Um pouco abalada. Mas estou bem.

Não, não estou. Meus nervos estão à flor da pele, e estou bebendo sozinha na cozinha.

— Por que não entra?

Ele nunca estivera na casa dela. Entrou, fechou a porta e olhou para a tranca.

— Você precisa de um sistema de segurança, Maura.

— Estou pensando em instalar.

— Instale logo, está bem? — Ele olhou para ela. — Posso ajudá-la a escolher o melhor.

Ela assentiu.

— Adoraria seu conselho. Quer um drinque?

— Hoje não, obrigado.

Foram até a sala de estar. Ele fez uma pausa, olhando para o piano no canto.

— Não sabia que você tocava.

— Desde criança. Não pratico o bastante.

— Você sabe, Anna também tocava... — Ele parou de falar. — Acho que não sabia disso.

— Não sabia. É tão estranho, Rick, como toda vez que descubro algo sobre Anna, ela parece cada vez mais comigo.

— Ela tocava muito bem. — Ele foi até o piano, abriu a tampa do teclado e tirou algumas notas. Fechou a tampa e ficou olhando para a superfície preta brilhante. Olhou para ela. — Estou preocupado com você, Maura. Especialmente hoje à noite, depois do que houve com Van Gates.

Ela suspirou e sentou-se no sofá.

— Perdi o controle da minha vida. Não consigo nem mais dormir com a janela aberta.

Ele também se sentou. Escolheu a cadeira virada para ela, de modo que, caso ela erguesse a cabeça, teria de olhá-lo.

— Não acho que você devesse ficar sozinha aqui esta noite.

— Esta é a minha casa. Não vou embora.

— Então não vá.

Uma pausa.

— Quer que eu fique com você?

Ela ergueu o olhar para ele.

— Por que está fazendo isso, Rick?

— Por que acho que você precisa que a protejam.

— E é você quem vai fazer isso?

— Quem mais? Olhe para você! Vive uma vida tão solitária, sozinha nesta casa. Penso em você sozinha aqui e fico com medo do que pode acontecer. Quando Anna precisou de mim, eu não estava lá. Mas posso estar aqui com você. — Ele segurou as mãos dela. — Posso estar ao seu lado sempre que precisar de mim.

Ela olhou para as mãos dele, cobrindo as dela.

— Você a amava, não é? — Quando ele não respondeu, ela ergueu a cabeça para olhá-lo. — Não é, Rick?

— Ela precisava de mim.

— Não foi o que eu perguntei.

— Não podia deixar que ela se ferisse. Não por aquele homem.

Eu deveria ter visto desde o começo, pensou ela. Sempre esteve ali, no modo como ele me olhava, no modo como ele me tocava.

— Se você a tivesse visto naquela noite — disse ele. — O olho roxo, os ferimentos. Olhei uma vez para ela e tive vontade de espancar quem fez aquilo. Não perco a cabeça facilmente, Maura, mas homem que bate em mulher... — Ele inspirou com força. — Não deixaria aquilo acontecer com ela outra vez. Mas Cassell não desistia. Continuava ligando, seguindo-a, então tive de intervir. Ajudei-a a instalar algumas trancas. Passei a visitá-la todo dia para ver como estava. Então, certa noite, ela me convidou para ficar para o jantar e...

Deu de ombros, vencido.

— Foi como começou. Ela estava com medo e precisava de mim. É instinto, você sabe. Talvez instinto de policial. Você quer proteger.

Especialmente quando é uma mulher atraente.

— Tentei mantê-la a salvo, é só isso. — Ele olhou para ela. — Então, sim. Acabei me apaixonando por ela.

— E o que é isso, Rick? — Ela olhou para as mãos dele, ainda segurando as dela. — O que está acontecendo aqui? Isto é por mim ou por ela? Porque eu não sou Anna. Não sou sua substituta.

— Estou aqui porque você precisa de mim.

— Isso parece uma reprise. Você assume o mesmo papel, como guardião. E eu sou apenas a substituta que faz o papel de Anna.

— Não é assim.
— E se você não tivesse conhecido minha irmã? Se eu e você fôssemos duas pessoas em uma festa? Você ainda estaria aqui?
— Sim, estaria. — Ele se inclinou em direção a ela, ainda apertando-lhe as mãos com firmeza. — Sei que estaria.

Por um instante, ficaram sentados em silêncio. Quero acreditar nele, ela pensou. Seria fácil acreditar nele.

Mas ela disse:
— Não acho que deva ficar aqui esta noite.

Lentamente, ele se aprumou. Seus olhos ainda olhavam para os dela, mas agora havia distância entre eles. E decepção.

Ela se levantou. Ele também.

Em silêncio, caminharam até a porta da frente. Ali, ele fez uma pausa e se virou para ela. Gentilmente ele ergueu a mão e tocou-lhe o rosto, um gesto do qual ela não se esquivou.

— Tome cuidado — disse ele, e se foi.

Ela trancou a porta.

29

Mattie comeu a última tira de carne-seca. Mascou aquilo como um animal selvagem alimentando-se de carniça dissecada, pensando: proteína dá força. Força para a vitória! Ela pensou em atletas se preparando para maratonas, preparando seus corpos para a atuação de suas vidas. Aquela seria uma maratona também. Uma chance para vencer.

Perca e você está morta.

A carne-seca parecia couro, e quase se engasgou ao engoli-la, mas conseguiu empurrá-la com um gole de água. A segunda jarra estava quase vazia. Estou nas últimas, pensou. Não posso agüentar mais tempo. E agora ela tinha uma outra preocupação: suas contrações estavam começando a ficar desconfortáveis, como um punho forçando para baixo. Ainda não era doloroso, mas era um anúncio de coisas por vir.

Onde ele estava, droga? Por que a deixara só durante tanto tempo? Sem relógio para saber as horas, não sabia se haviam se passado horas ou dias desde sua última visita. Ela se perguntou se o aborrecera ao gritar com ele. Seria esta sua punição? Estaria tentando assustá-la um pouco, fazê-la compreender que devia ser bem-educada e demonstrar-lhe algum respeito? Durante toda a vida ela fora bem-educada, e veja aonde aquilo a levara. Meninas bem-educadas não são respeitadas. Ficam empacadas no fim da fila, onde ninguém lhes dá atenção. Casam com homens que logo se esquecem de que elas existem. Bem, chega de ser bem-educada, pensou. Se eu sair daqui, vou ser mais durona.

Mas primeiro tenho de sair daqui. E isso significa que terei de *fingir* que sou bem-educada.

Tomou outro gole d'água. Sentia-se estranhamente saciada, como se tivesse comido bem e tomado vinho. Espere, pensou. Ele vai voltar.

Enrolando o cobertor ao redor dos ombros, ela fechou os olhos.

E despertou em meio a uma contração. Ai, não, pensou, esta dói. Esta definitivamente dói. Ficou deitada, suando no escuro, tentando se lembrar das aulas de Lamaze, mas pareciam ter sido em outra vida. A vida de outra pessoa.

Inspire, expire. Limpe...

— Moça.

Ela ficou tensa. Olhou para a grade, de onde a voz sussurrava. Seu pulso acelerou. *Hora de agir, GI Jane.* Mas, deitada no escuro, sentindo-se aterrorizada, pensou: não estou pronta. Nunca estarei pronta. Por que achei que seria capaz de fazer isso?

— Moça. Fale comigo.

Esta é a sua única chance. Faça.

Ela inspirou profundamente.

— Preciso de ajuda — choramingou.

— Por quê?

— Meu bebê...

— Diga.

— Está vindo. Estou sentindo dores. Oh, por favor, deixe-me sair! Não sei quanto tempo mais eu tenho... — Ela soluçou. — Deixe-me sair. Preciso sair. O bebê está vindo.

A voz ficou em silêncio.

Ela se agarrou ao cobertor, com medo de respirar, com medo de perder o mais leve sussurro dele. Por que não respondeu? Teria ido embora outra vez? Então ouviu o baque surdo e um raspar.

Uma pá. Ele começara a cavar.

Uma chance, pensou. Só tenho esta chance.

Mais baques surdos. A pá trabalhava afastando a terra, seu barulho era tão irritante quanto o ruído de giz em um quadro-negro. Ela respirava rapidamente agora, seu coração pulsava no peito. Eu vivo ou morro, pensou. Tudo se decide agora.

O som da pá parou.

Suas mãos estavam geladas, os dedos, rígidos enquanto agarravam o cobertor ao redor dos ombros. Ela ouviu a madeira ranger, e então as dobradiças guincharam. A terra caiu em sua prisão, sobre seus olhos. *Ah, meu Deus, ah, Deus, não conseguirei ver. Preciso ver!* Ela se virou para proteger o rosto contra a terra que caía em seu cabelo. Piscou para afastar a terra dos olhos. Com a cabeça baixa, ela não podia vê-lo de pé mais acima. E o que ele via olhando para dentro do buraco? Sua cativa sob um cobertor, suja, vencida. Tomada pelas dores do parto.

— É hora de sair — disse ele, desta vez pessoalmente e não através de uma grade. Uma voz calma, tremendamente comum. Como o mal podia soar tão normal?

— Ajude-me — ela soluçou. — Não posso subir ate aí.

Ela ouviu madeira bater contra madeira, e sentiu algo tombar ao seu lado. Uma escada. Ao abrir os olhos, ela ergueu a cabeça e viu apenas uma silhueta contra as estrelas. Após as trevas de sua prisão, o céu noturno parecia-lhe lavado de luz.

Ele ligou uma lanterna, apontando-a para a escada.

— São apenas alguns degraus — disse ele.

— Dói tanto.

— Vou pegar sua mão. Mas você tem de subir a escada.

Fungando, ela se levantou devagar. Cambaleou e caiu de joelhos. Não ficava em pé havia dias e ficou chocada com quanto se sentia fraca apesar de suas tentativas de se exercitar, apesar da adrenalina que agora invadia seu sangue.

— Se quer sair, terá de ficar de pé — disse ele.

Ela resmungou e voltou a ficar de pé, instável como um bezerro recém-nascido. A mão direita ainda estava dentro do cobertor, segurando o objeto contra o peito. Com a mão esquerda, ela agarrou a escada.

— Isso. Suba.

Ela pisou no primeiro degrau e fez uma pausa para se firmar antes de estender a mão livre até o degrau seguinte. Outro passo. O buraco não era fundo. Mais alguns degraus e ela sairia dali. Sua cabeça e seus ombros já estavam à altura da cintura dele.

— Ajude-me — ela implorou. — Me puxe.

— Deixe o cobertor.

— Estou com frio. Por favor, me puxe!

Ele deixou a lanterna no chão.

— Dê a sua mão — disse ele, e se curvou em direção a ela, uma sombra sem face, um tentáculo estendido em sua direção.

É isso. Ele está perto o bastante.

A cabeça dele estava pouco acima dela, ao alcance do golpe. Por um instante ela vacilou, sentindo repulsa ao pensar no que estava a ponto de fazer.

— Pare de desperdiçar meu tempo — ordenou. — *Suba!*

De repente, era o rosto de Dwayne que ela imaginou estar olhando para ela. A voz de Dwayne gritando com ela, desprezando-a. *Imagem é tudo, Mattie, e olhe para você!* Mattie, a vaca, agarrada à escada, com medo de se salvar. Com medo de salvar seu bebê. *Você simplesmente não serve mais para mim.*

Sim, eu sirvo. SIM, EU SIRVO!

Ela deixou cair o cobertor. Ele escorregou de seus ombros, descobrindo o que ela segurava por baixo: sua meia, recheada com as oito pilhas da lanterna. Ela ergueu o braço, brandindo a meia como uma maça, o arco impulsionado por pura fúria. A pontaria foi ruim, desleixada, mas ela sentiu o satisfatório ruído de pilhas se chocando contra um crânio.

A sombra cambaleou para o lado e tombou.

Em segundos ela estava fora do buraco. O medo não a fez congelar; aguçou seus sentidos, tornou-a rápida como uma gazela. Na fração de segundo depois de seu pé tocar o chão, ela registrou uma dezena de detalhes ao mesmo tempo. Uma lua em quarto crescente por trás dos galhos de uma árvore. O cheiro de terra e folhas molhadas. E árvores por toda parte, um círculo de sentinelas altíssimos que bloqueavam tudo exceto um pequeno domo de estrelas lá em cima. *Estou em uma floresta.* Em um único olhar ela viu tudo isso, tomou uma decisão de momento e correu para aquilo que parecia ser um espaço entre as árvores. Ela se viu subitamente caindo em uma ladeira íngreme, atravessando sarças e galhos finos que não se rompiam mas voltavam com força contra seu rosto em sinal de vingança.

Caiu sobre as mãos e os joelhos. Levantou-se e, em um instante, estava correndo outra vez, mas agora mancava, seu tornozelo direito estava torcido e dolorido. Estou fazendo muito barulho, pensou, como um pesado elefante. Mas não pare, não pare... ele pode estar bem atrás de você. Apenas continue a se mover!

Mas ela estava cega naquela floresta, com apenas as estrelas e aquela lua minguada para mostrar-lhe o caminho. Sem luz, sem referências. Sem idéia de onde estava ou em que direção devia estar a ajuda. Ela nada sabia sobre aquele lugar e estava perdida como em um pesadelo. Abriu caminho através da vegetação rasteira, instintivamente descendo a encosta, deixando a gravidade decidir que direção devia tomar. Montanhas levam a vales. Vales a cursos de água. Cursos de água levam a pessoas. Ah, droga, aquilo soava bem, mas seria verdade? Seus joelhos já estavam enrijecendo, conseqüência da queda. Outra igual e não seria mais capaz de andar.

Agora, outra dor a tomava. Pegou-a de surpresa. Uma contração. Ela se curvou, esperando que passasse. Quando finalmente voltou a ficar de pé, estava encharcada de suor.

Algo farfalhou atrás dela. Ela se virou e topou com uma parede de sombras impenetráveis. Sentiu o mal se aproximar. Novamente viu-se correndo para longe dele, os galhos das árvores golpeando-lhe o rosto, o pânico gritando: *mais rápido, mais rápido.*

No declive montanha abaixo, ela perdeu o equilíbrio, começou a tropeçar, e teria caído de barriga no chão caso não tivesse se agarrado em um galho. *Pobre bebê, eu quase caí em cima de você!* Ela não ouvia qualquer som de perseguição, mas sabia que ele deveria estar bem atrás dela, seguindo-a. O terror a fez avançar por uma rede de galhos entrelaçados.

Então as árvores magicamente evaporaram. Ela atravessou um emaranhado de galhos e seus pés pisaram sobre terra batida. Atônita e ofegante, viu um lago e uma estrada iluminados pela lua.

E, a distância, equilibrada em um promontório, a silhueta de uma pequena cabana.

Ela deu alguns passos e parou, gemendo, quando outra contração a tomou, tão forte que não podia respirar. Nada mais podia fazer a não ser se agachar ali na estrada. A náusea tomou conta de sua garganta. Ouviu a água golpeando a margem e o canto de um pássaro no lago. A tontura a tomou de assalto, ameaçando fazê-la ficar de joelhos. *Aqui não! Não pare aqui, assim, tão exposta no meio da estrada.*

Ela cambaleou para a frente, a contração diminuindo. Forçou-se a prosseguir, a cabana era uma esperança remota. Ela começou a correr, seu joelho latejava a cada passada na estrada de terra. Mais rápido, pensou. Ele pode vê-la contra o reflexo do lago. Corra antes que comece a próxima contração. Quantos minutos até a próxima? Cinco, dez? A cabana parecia tão distante.

Ela dava tudo de si agora, as pernas pulsando, o ar entrando e saindo de seus pulmões. A esperança era como combustível de foguete. *Vou viver. Vou viver.*

As janelas da cabana estavam às escuras. Ainda assim, bateu à porta, sem ousar gritar com medo de que sua voz fosse ouvida. Não houve resposta.

Ela hesitou apenas um segundo. *Para o diabo com esse negócio de ser uma boa menina. Simplesmente quebre a maldita janela!* Ela pegou uma pedra perto da porta da frente e jogou-a contra uma vidraça, e o som de vidro quebrando rompeu o silêncio da noite. Com a mesma pedra, quebrou os estilhaços remanescentes, enfiou a mão pelo buraco e destrancou a porta.

Invadindo agora. Vá, GI Jane!

Lá dentro, sentiu cheiro de cedro e ar mofado. Uma casa de férias fechada e negligenciada havia muito. O vidro rangia sob seus sapatos enquanto ela procurava um interruptor na parede. Um instante depois de as luzes se acenderem, ela se deu conta: ele vai ver. *Tarde demais agora. Encontre um telefone.*

Ela olhou ao redor do quarto e viu uma lareira, madeira empilhada, móveis com estofado xadrez, mas nenhum telefone.

Ela correu para a cozinha e viu um telefone no balcão. Pegou-o e já estava discando para a emergência quando se deu conta de que não havia tom de discar. A linha estava muda.

Da sala de estar, veio o barulho de vidro quebrado arrastado no chão.

Ele está na casa. Saia. Saia agora.

Ela saiu pela porta da cozinha e fechou-a silenciosamente. Viu-se em uma pequena garagem. A luz da lua entrava através de uma única janela, clara o bastante para ela ver a silhueta de um bote aninhado em seu trailer. Nenhum lugar onde se esconder. Ela se afastou da porta da cozinha, ocultando-se o mais que podia em meio às trevas. Bateu com as costas contra uma estante, chacoalhando metais e fazendo subir a poeira havia muito acumulada. Procurou cegamente por uma arma na prateleira e tateou velhas latas de tinta, as tampas fechadas. Sentiu pincéis com as cerdas duras de tinta seca. Então seus dedos tocaram uma chave de fenda, e ela a pegou. Que arma desprezível, quase tão letal quanto uma lixa de unha. A prima pobre de todas as chaves de fenda.

A luz sob a porta da cozinha oscilou. Uma sombra passou pelo vão iluminado. Parou.

Ela prendeu a respiração. Recuou até o portão da garagem, o coração na garganta. Só lhe restava uma chance.

Ela procurou a maçaneta e puxou. A porta rangeu ao abrir, um som que anunciava: *Aqui está ela! Aqui está ela!*

No momento em que a porta da cozinha se abriu, ela saiu pelo portão da garagem e correu noite afora. Ela sabia que ele podia vê-la correndo ao longo da margem. Ela sabia que não poderia correr mais do que ele. Contudo, continuou avançado ao longo do lago prateado pela lua, com a lama agarrada a seus sapatos. Ela ouviu-o se aproximando através dos juncos. Nade, pensou ela. Entre no lago. Ela se dirigiu para a água.

E subitamente se curvou quando outra contração a dominou. Uma dor como nenhuma outra que já tivesse sentido a fez cair de joelhos. Ela se ajoelhou na água enquanto a dor aumentava tanto que sua visão escureceu e ela se sentiu tombando de lado. Sentiu gosto de lama. Contorcida, tossindo, deitada, indefesa como uma tartaruga virada de costas. A contração diminuiu. As estrelas lentamente iluminaram o céu. Ela sentia a água acariciando o seu cabelo, lambendo o seu rosto. Não era fria, mas quente como água de banho. Ela ouviu o chapinhar de passos dele, o quebrar dos juncos. Viu os juncos se abrirem.

E então lá estava ele, de pé sobre ela. Pronto para reclamar seu prêmio.

Ele se ajoelhou ao lado dela, e a luz da lua sobre a água rebrilhou em seus olhos. O que trazia em mãos também brilhou: o reflexo prateado de uma faca. Ao se agachar junto a seu corpo, ele sabia que ela estava exausta. Que sua alma apenas esperava ser libertada daquela concha exaurida.

Ele segurou o cós de suas calças para gestante e puxou, revelando o volume branco de sua barriga. Ainda assim ela não se moveu. Em vez disso, ficou ali parada, catatônica. Já vencida, já morta.

Ele pousou uma mão sobre seu abdome. Com a outra, pegou a faca, baixando-a sobre a carne nua, curvando-se sobre ela para fazer o primeiro corte.

A água espirrou prateada quando a mão de Mattie ergueu-se de repente da lama, direcionando a ponta da chave de fenda contra o rosto dele. Com os músculos rijos de fúria, ela golpeou para cima, a pequena e patética arma súbita e letalmente direcionada para o olho de seu agressor.

Isto é por mim, seu babaca!

E isto é pelo meu bebê!

Ela golpeou fundo, sentindo a arma penetrar osso e cérebro, até o cabo encostar na órbita e não poder afundar mais.

Ele caiu sem emitir um som.

Durante um instante, ela não conseguiu se mexer. Ele caiu deitado sobre as coxas dela, e ela podia sentir o calor de seu sangue encharcando suas roupas. Os mortos são ainda mais pesados que os vivos. Ela o empurrou, grunhindo com o esforço, com nojo de tocá-lo. Finalmente, conseguiu afastá-lo e ele tombou de costas sobre os juncos.

Ela se levantou e cambaleou em busca de um lugar mais alto, longe da água, longe do sangue. Ela caiu na margem, sobre um trecho de grama. Ali ficou quando a contração seguinte veio e se foi. E a seguinte e a seguinte. Através de olhos apertados de dor viu a lua cruzar a abóbada celeste. Viu as estrelas se apagarem e um brilho rosado surgiu no céu a leste.

Quando o sol nasceu no horizonte, Mattie Purvis deu as boas-vindas a sua filha neste mundo.

30

Os abutres traçavam círculos preguiçosos no céu, como arautos de asas negras de carniça fresca. A morte não escapa durante muito tempo à atenção da Mãe Natureza. O perfume da decomposição atrai moscas-varejeiras e besouros, corvos e roedores, todos convergindo sobre o butim da morte. Sou diferente deles?, pensou Maura ao caminhar pela margem gramada em direção à água. Ela também era atraída pelos mortos e revolvia a carne fria como qualquer animal necrófago. Aquele era um lugar muito bonito para uma tarefa tão lúgubre. O céu estava azul, sem nuvens, o lago plácido como uma lâmina de vidro prateado. Mas, à beira d'água, um lençol branco cobria aquilo que os abutres que circulavam mais acima estavam tão ansiosos para devorar.

Jane Rizzoli, Barry Frost e dois policiais do estado de Massachusetts adiantaram-se para receber Maura.

— O corpo estava ali no raso, sobre aqueles juncos. Nós o puxamos para a margem. Só queria que soubesse que foi movido.

Maura olhou para o cadáver coberto, mas não o tocou. Ainda não estava pronta para confrontar o que estava embaixo daquele lençol de plástico.

— A mulher está bem?

— Vi a Sra. Purvis na emergência. Está um tanto abalada, mas vai ficar bem. E o bebê está ótimo.

Rizzoli apontou para a margem, onde cresciam tufos de grama.

— Ela teve o bebê logo ali. Sozinha. Quando o guarda do parque passou por aqui, por volta das 7h, encontrou-a sentada na beira da estrada, ninando o bebê.

Maura olhou para a margem e pensou na mulher dando à luz a céu aberto, seus gritos de dor não ouvidos, enquanto a uns dez metros dali um cadáver esfriava e endurecia.

— Onde ele a prendia?

— Em um buraco, a uns três quilômetros daqui.

Maura franziu o cenho.

— Ela fez todo o caminho a pé?

— É. Imagine correr no escuro, entre as árvores. E fazer isso em trabalho de parto. Ela desceu aquela encosta ali, saindo da floresta.

— Não consigo imaginar.

— Você precisa ver a caixa onde ele a enterrou, é como um caixão. Enterrada viva por uma semana... Não sei como saiu dessa ainda sã.

Maura pensou na jovem Alice Rose, presa em um buraco havia tantos anos. Apenas uma noite de desespero e escuridão a perseguiu pelo resto de sua curta vida. Por fim, aquilo a matou. Contudo, Mattie Purvis saiu daquilo não apenas sã, mas preparada para reagir. Para sobreviver.

— Encontramos a van branca — disse Rizzoli.

— Onde?

— Está estacionada mais acima, em uma das estradas de manutenção, a uns quarenta metros de onde ele a enterrou. Nós nunca a teríamos encontrado ali.

— Encontraram restos mortais por aí? Tem de haver vítimas enterradas por perto.

— Começamos a procurar agora. Há muitas árvores, uma área enorme a revistar. Vai demorar até vasculharmos toda a colina.

— Todos esses anos, todas aquelas mulheres desaparecidas. Uma delas podia ser minha...

Maura parou e olhou para as árvores na colina. *Uma delas pode ter sido minha mãe. Talvez eu não tenha sangue de monstro em minhas veias. Talvez minha mãe verdadeira estivesse morta todos esses anos. Outra vítima, enterrada em algum lugar nesta floresta.*

— Antes de especular, precisa ver o cadáver — disse Rizzoli.

Maura franziu o cenho. Olhou para o corpo coberto a seus pés. Ela se agachou e estendeu a mão para descobri-lo.

— Espere. Devo adverti-la...

— Sim?

— Não é o que você está esperando.

Maura hesitou com a mão pairando sobre o lençol. Insetos zumbiram, ansiosos por terem acesso à carne fresca. Ela inspirou e puxou o lençol.

Por um instante, nada disse ao olhar para o rosto que acabara de expor. O que a deixou pasma não foi o olho esquerdo arruinado ou o cabo da chave de fenda cravado profundamente na órbita. Aquele detalhe macabro era apenas um detalhe, a ser mentalmente arquivado quando ela ditasse o relatório. Não, foi o rosto que lhe chamou a atenção, que a horrorizou.

— Ele é muito jovem — murmurou. — Este homem é jovem demais para ser Elijah Lank.

— Deve ter 30, 35 anos.

Maura emitiu um suspiro chocado.

— Não entendo.

— Você está vendo, não está? — perguntou Rizzoli. — Cabelo preto, olhos verdes.

Como eu.

— Quero dizer, claro, deve haver um milhão de sujeitos com olhos e cabelos dessa cor, mas a semelhança... — Ela fez uma pausa. — Frost também viu. Todos vimos.

Maura recolocou o lençol sobre o cadáver, recusando a verdade evidente no rosto do morto.

— O Dr. Bristol está a caminho — disse Frost. — Achamos que não quisesse fazer essa necropsia.

— Então, por que me chamaram?

— Porque você disse que queria ser mantida informada — respondeu Rizzoli. — Porque prometi que o faria. E porque...

Rizzoli olhou para o corpo coberto.

— Porque cedo ou tarde você descobriria quem é esse homem.

— Mas não sabemos quem ele é. Você acha que vê uma semelhança. Isso não é prova.

— Tem mais. Algo que só descobrimos esta manhã.

Maura olhou-a.

— O quê?

— Andamos tentando descobrir o paradeiro de Elijah Lank. Procurando algum lugar onde seu nome aparecesse. Prisões, multas de trânsito, qualquer coisa. Esta manhã, recebemos um fax de um escrivão de Noah, Carolina. Era um atestado de óbito. Elijah Lank morreu há oito anos.

— Oito anos? Então ele não estava com Amalthea quando ela matou Theresa e Nikki Wells.

— Não. A essa altura, Amalthea estava trabalhando com um novo sócio. Alguém que ocupou o lugar de Elijah. Para continuar o negócio da família.

Maura virou-se e olhou para o lago, suas águas agora ofuscantes de tão luminosas. Não quero ouvir o resto da história, pensou. Não quero saber.

— Há oito anos, Elijah morreu de ataque cardíaco em um hospital de Greenville — disse Rizzoli. — Deu entrada na emergência reclamando de dores no peito. De acordo com os registros, foi levado à emergência por familiares.

Familiares.

— Sua esposa, Amalthea — disse Rizzoli. — E seu filho, Samuel.

Maura inspirou profundamente e sentiu cheiro de carne decomposta e aromas de verão. Vida e morte misturadas em um único perfume.

— Lamento — disse Rizzoli. — Lamento você ter de saber disso. Ainda há a chance de estarmos errados a respeito deste homem. Ainda há a chance de ele não ser parente deles.

Mas eles estavam errados, e Maura sabia disso.

Eu soube quando vi o rosto dele.

Quando Rizzoli e Frost entraram no J.P. Doyle naquela noite, os tiras no bar os saudaram com uma barulhenta e tumultuada salva de palmas que fez Rizzoli corar. Diabos, até mesmo aquelas pessoas que não gostavam particularmente dela aplaudiam, reconhecendo seu sucesso — que naquele momento estava sendo alardeado no noticiário das 17h na TV acima do bar. A multidão começou a bater os pés em uníssono, enquanto Rizzoli e Frost se aproximavam do balcão, onde o barman sorridente já havia preparado dois drinques para eles. Para Frost, uma dose de uísque, e para Rizzoli...

Um copo de leite duplo.

Quando todos caíram na gargalhada, Frost inclinou-se e sussurrou no ouvido dela:

— Sabe, meu estômago está meio revolto. Quer trocar de bebida?

O engraçado era que Frost realmente *gostava* de leite. Ela empurrou o copo para ele e pediu um refrigerante para o barman.

Enquanto seus colegas policiais se aproximavam para cumprimentá-la, ela e Frost comiam amendoins e bebiam suas bebidas virtuosas. Ela sentia falta de sua cerveja Adams habitual. Sentia falta de um bocado de coisas naquela noite: seu marido, sua bebida. Sua cintura. Contudo, fora um bom dia. Sempre é um bom dia quando morre um bandido.

— Ei, Rizzoli! As apostas estão em 200 dólares se for menina, 120 se for menino.

Ela olhou de lado e viu os detetives Vann e Dunleavy a seu lado no bar. O hobbit gordo e o hobbit magro, segurando suas canecas gêmeas de Guinness.

— E se eu tiver ambos? — perguntou ela.

— Gêmeos?

— Ah — disse Dunleavy. — Não consideramos a possibilidade.

— Então, quem ganha?

— Acho que ninguém.

— Ou todo mundo? — disse Vann.

Ambos ficaram pensando a respeito. Sam e Frodo, presos na Montanha da Perdição dos dilemas.

— Bem — disse Vann. — Acho que devemos acrescentar outra categoria.

Rizzoli riu.

— É, façam isso.

— A propósito, bom trabalho — disse Dunleavy. — Espere para ver. A seguir você estará na revista *People*. Um assassino como aquele, todas aquelas mulheres. Que matéria!

— Quer a verdade sincera? — disse Rizzoli, suspirando e baixando o copo de refrigerante. — Não merecemos os créditos da captura.

— Não?

Frost olhou para Vann e Dunleavy.

— Não fomos nós quem o abateu. Foi a vítima.

— Apenas uma dona-de-casa — disse Rizzoli. — Uma dona-de-casa comum, assustada e grávida. Não precisou de uma arma ou de um cassetete, apenas de uma meia cheia de pilhas.

Na TV, as notícias locais haviam acabado e o barman mudou de canal para a HBO. Um filme com mulheres de saia curta. Mulheres com cintura.

— E quanto à Black Talon? — perguntou Dunleavy. — Como isso se encaixa?

Rizzoli ficou calada por um instante, bebendo o seu refrigerante.

— Ainda não sabemos.

— Encontrou a arma?

Ela pegou Frost olhando-a e sentiu um leve desconforto. Esse era o detalhe que os preocupava. Não acharam armas na van. Havia cordas com nós e facas com sangue seco. Havia um bloco de notas cuidadosamente mantido com os nomes e números de telefone de nove outros atravessadores de bebês no país. Terence van Gates não era o único. E havia registros de pagamentos em dinheiro feitos aos Lank ao longo dos anos, um carregamento de informações que manteria os investigadores ocupados durante anos. Mas a arma que matara Anna Leoni não estava na van.

— Oh, bem — disse Dunleavy. — Talvez apareça. Ou ele se livrou dela.

Talvez. Ou talvez estejamos deixando passar alguma coisa.

Estava escuro quando ela e Frost saíram do Doyle. Em vez de ir para casa, ela foi de carro até a Schroeder Plaza, a conversa com

Vann e Dunleavy ainda pesava em sua mente, e sentou-se em sua mesa, que estava coberta por uma montanha de arquivos. No topo estavam os registros do CNIC, diversas décadas de relatórios de gente desaparecida compilados durante sua caçada à Besta. Mas fora o assassinato de Anna Leoni que precipitara tudo aquilo, como uma pedra atirada na água, criando ondulações cada vez mais largas. O assassinato de Anna foi o que os levou a Amalthea e, finalmente, à Besta. Contudo, a morte de Anna continuava um assunto ainda não resolvido.

Rizzoli afastou os arquivos do CNIC até encontrar a pasta de Anna Leoni. Embora tivesse lido e relido tudo o que havia ali, ela voltou a folhear o arquivo, relendo os depoimentos das testemunhas, os relatórios da necropsia, da análise de cabelo e fibras, digitais e DNA. Chegou ao relatório da balística, e seu olhar pairou sobre as palavras *Black Talon*. Ela se lembrou da forma estrelada da bala na radiografia do crânio de Anna Leoni. Lembrou-se também da trilha de devastação que deixou em seu cérebro.

Uma bala Black Talon. Onde estava a arma que a disparou?

Ela fechou a pasta e olhou para a caixa de papelão que estava ao lado de sua mesa havia uma semana. Continha os arquivos que Vann e Dunleavy haviam lhe emprestado, sobre o assassinato de Vassily Titov. Ele fora a única vítima de uma bala Black Talon na área de Boston nos cinco anos anteriores. Ela retirou as pastas daquela caixa e as empilhou em sua mesa, suspirando ao ver como a pilha era alta. Até mesmo uma investigação simples gera pilhas de papel. Vann e Dunleavy já haviam resumido o caso para ela, e ela lera o bastante de seus arquivos para concordar que fizeram a prisão certa. O julgamento que se seguiu e a rápida condenação de Antonin Leonov apenas reforçou tal crença. Contudo, lá estava ela revendo um caso que não dava margem à dúvida de que o homem certo fora condenado.

O relatório final do detetive Dunleavy era cabal e convincente. Leonov estava sendo vigiado pela polícia havia semanas, antecipando a entrega de um carregamento de heroína do Tadjiquistão. Enquanto os dois detetives observavam de seu veículo, Leonov estacionou diante da casa de Titov, bateu à porta da frente e entrou. Momentos depois, dois tiros foram disparados dentro da casa. Leonov saiu, entrou no carro, e estava a ponto de ir embora quando Vann e Dunleavy se aproximaram e o prenderam. Dentro da casa, Titov foi encontrado morto na cozinha, duas Black Talons no cérebro. A balística confirmou que ambas as balas foram disparadas pela arma de Leonov.

Aberto e fechado. O assassino condenado, a arma sob custódia da polícia. Rizzoli não podia ver ligação entre a morte de Vassily Titov e a de Anna Leoni, exceto pelo uso de balas Black Talon, uma munição cada vez mais rara, mas não o bastante para constituir alguma conexão real entre os assassinatos.

Contudo, ela continuou folheando os arquivos, lendo ao longo de toda a hora do jantar. Quando chegou à última pasta, estava quase cansada demais para prosseguir. Mas vou terminar, pensou, então vou empacotar os arquivos e esquecer este assunto.

Ela abriu a pasta e encontrou um relatório da revista feita no depósito de Antonin Leonov. Continha a descrição que o detetive Vann fez sobre a batida, uma lista dos empregados de Leonov que foram presos, e um inventário de tudo o que fora confiscado, de caixotes de dinheiro a livros-caixa. Ela leu até chegar à lista de policiais presentes à cena. Dez policiais do Departamento de Polícia de Boston. Seu olhar se fixou em um nome em particular, um nome que ela não notara quando leu o relatório havia uma semana. *Apenas uma coincidência. Não quer dizer necessariamente que...*

Ela se sentou e pensou naquilo por um instante. Ela se lembrou de uma batida antidrogas que fizera quando era uma jovem policial. Muito barulho, muita excitação. E confusão... Quando uma dúzia de policiais com adrenalina no sangue convergem para um edifício hostil, todo mundo está nervoso, todo mundo está muito atento a si mesmo. Você pode não notar o que o seu colega policial está fazendo. O que ele está metendo no bolso. Dinheiro, drogas. Uma caixa de munição da qual ninguém sentiria falta. A tentação de levar uma lembrança está sempre presente, uma lembrança que pode lhe ser útil algum dia.

Ela pegou o telefone e ligou para Frost.

31

Os mortos não eram boa companhia.
Maura estava sentada ao microscópio, observando pedaços de pulmão, fígado e pâncreas — pedaços de tecido retirados dos restos mortais de um suicida, preservados sob vidro e manchados de rosa e lilás por um preparado de hematoxilina-eosina. Com exceção do ocasional tilintar das lâminas e do suave sibilar do ar-condicionado, o prédio estava em silêncio. Contudo, não estava vazio de pessoas. No refrigerador lá embaixo, meia dúzia de visitantes silenciosos aguardava dentro de suas mortalhas. Convidados nada exigentes, cada um com uma história para contar, mas apenas para aqueles desejosos de cortar e sondar.

O telefone tocou na escrivaninha. Ela deixou a secretária eletrônica atender. *Ninguém aqui além dos mortos. E de mim.*

A história que Maura agora via sob as lentes de seu microscópio não era novidade. Órgãos jovens, tecidos saudáveis. Um corpo projetado para viver muitos anos mais, caso a alma desejasse, caso alguma voz interior sussurrasse para aquele homem desesperado: *espere um instante, dor-de-cotovelo é algo temporário. Esta dor passará, e algum dia você encontrará outra mulher para amar.*

Ela terminou a última lâmina e guardou-a na caixa. Ficou sentada por um instante; sua mente não estava nas lâminas que acabara de ver, mas em outra imagem: um jovem com cabelo escuro e olhos verdes. Ela não assistira à necropsia dele. Naquela tarde, enquanto ele era aberto e dissecado pelo Dr. Bristol, ela permaneceu em seu escritório. Mas mesmo ditando relatórios e verificando as lâminas de microscópio tarde da noite, ainda pensava nele. *Realmente desejo saber quem sou?* Ela ainda não decidira. Mesmo ao se levantar da mesa e pegar a bolsa e uma braçada de arquivos, ela não tinha certeza da resposta.

Novamente, o telefone tocou. Novamente ela o ignorou.

Caminhando pelo corredor silencioso, passou por portas fechadas e escritórios desertos. Ela se lembrou de outra noite em que caminhara por aquele edifício vazio e encontrara as marcas de garra em seu carro, e seu coração começou a bater um pouco mais rápido.

Mas ele se foi, agora. A Besta está morta.

Ela saiu pelos fundos, em uma cálida noite de verão. Fez uma pausa sob a luz do prédio para observar o estacionamento sombrio. Atraídas pela luz, as mariposas enxameavam e ela ouvia suas asas batendo na lâmpada. Então, ouviu outro som: o fechamento da porta de um carro. Uma silhueta caminhou até ela, tomando forma e feições à medida que se aproximava do brilho da lâmpada.

Maura emitiu um suspiro de alívio ao ver Ballard.

— Estava esperando por mim?

— Vi seu carro no estacionamento. Tentei falar com você por telefone.

— Depois das 17h, deixo a secretária eletrônica atender.

— Você também não estava atendendo o celular.

— Desliguei. Você não precisa ficar preocupado, Rick. Estou bem.

— Está mesmo?

Ela suspirou enquanto caminhavam até o carro. Ela olhou para o céu, onde as estrelas eram ofuscadas pelas luzes da cidade.

— Devo decidir o que fazer quanto ao DNA. Se realmente quero saber a verdade.

— Então não faça. Não importa se você é parente deles ou não. Amalthea nada tem a ver com quem você é.

— Era isso o que eu diria antes.

Antes de saber de quem eu descendia. Antes de saber que eu posso ter vindo de uma família de monstros.

— O mal não é hereditário.

— Ainda assim, não é uma boa sensação saber que tenho assassinos em massa na família.

Ela destrancou a porta do carro e sentou-se ao volante. Havia acabado de colocar a chave na ignição quando Ballard inclinou-se junto à janela.

— Maura — disse ele —, jante comigo.

Ela fez uma pausa, sem olhar para ele, olhando apenas para o brilho esverdeado das luzes do painel, enquanto considerava o convite.

— Na noite passada — disse ele — você me fez uma pergunta. Você perguntou se eu teria me interessado por você caso não tivesse amado sua irmã. Não acho que tenha acreditado em minha resposta.

Ela olhou para ele.

— Não há como saber realmente, não é? Porque você *realmente* a amava.

— Então, me dê a chance de conhecê-la. Eu não imaginei aquilo que aconteceu lá na floresta. Você sentiu, eu também. *Havia algo entre nós.* — Ele se aproximou e disse: — É apenas um jantar, Maura.

Ela pensou nas horas que passara trabalhando naquele prédio estéril, com apenas os mortos a lhe fazer companhia. Hoje à noite, pensou, não quero ficar só. Quero ficar com os vivos.

— Chinatown fica rua abaixo — disse ela. — Por que não vamos até lá?

Ele sentou no banco do passageiro, ao lado dela, e eles se entreolharam durante um instante. O brilho da luz do poste iluminava metade do rosto dele, deixando a outra metade no escuro. Ele estendeu a mão para tocar-lhe a face. Então, seu braço fez menção de puxá-la mais para perto, mas ela já estava lá, apoiando-se contra ele, pronta para encontrá-lo a meio caminho. Mais que a meio caminho. Suas bocas se encontraram e ela se ouviu suspirar. Sentiu-se envolvida pelo calor de seus braços.

A explosão a sobressaltou.

Ela recuou instintivamente quando a janela de Rick se estilhaçou, quando pedaços de vidro feriram-lhe a face. Ela voltou a abrir os olhos e olhou para ele. Para o que restava do rosto dele, agora uma massa ensangüentada. Lentamente, seu corpo tombou contra o dela. A cabeça dele repousou sobre as coxas de Maura, e o calor de seu sangue encharcou seu colo.

— Rick. *Rick!*

Um movimento lá fora atraiu seu olhar atônito. Ela ergueu a cabeça e das trevas viu emergir uma figura vestida de preto, movendo-se em direção a ela com robótica eficiência.

Está vindo me matar.

Dirija. Dirija.

Ela empurrou o corpo de Rick, lutando para tirá-lo de cima da alavanca de marcha, o rosto arruinado vertendo sangue e fazendo suas mãos ficarem escorregadias. Ela conseguiu engatar a ré e acelerou.

O Lexus lançou-se para trás, para fora da vaga.

O atirador estava em algum lugar atrás dela, aproximando-se.

Ofegando com o esforço, ela empurrou o rosto de Rick e seus dedos afundaram em carne ensangüentada. Ela engatou a primeira.

O pára-brisa traseiro explodiu, e ela trincou os dentes enquanto o vidro chovia sobre seu cabelo.

Acelerou. O Lexus arrancou. O atirador bloqueara a saída mais próxima do estacionamento. Havia apenas um caminho para aonde ir agora, em direção ao estacionamento ao lado do Centro Médico da Universidade de Boston. Os estacionamentos eram divididos por um meio-fio. Ela arrancou em direção ao meio-fio, preparando-se para o solavanco. Maura sentiu o queixo ser projetado para a frente e os dentes se chocarem quando os pneus atingiram o concreto.

Outra bala. O pára-brisa se desintegrou.

Maura se abaixou quando o vidro quebrado choveu sobre o painel, ferindo-lhe o rosto. O Lexus seguiu em frente, descontrolado. Ela ergueu a cabeça e viu o poste de luz bem à frente. Inevitável. Fechou os olhos pouco antes de o air bag explodir e ela ser empurrada para trás contra o banco.

Lentamente abriu os olhos, atordoada. A buzina disparara, incessante. E não parou de tocar, mesmo quando ela saiu de cima do *air bag* já vazio, mesmo quando abriu a porta e tombou para fora, sobre o chão.

Ela se ergueu, cambaleante, com os ouvidos zumbindo por causa da buzina, que continuava a tocar. Conseguiu se esconder atrás de um carro estacionado. Com as pernas instáveis, ela se obrigou a continuar se movendo ao longo da fileira de carros, até parar subitamente.

Havia uma longa extensão de terreno aberto à sua frente.

Ela se ajoelhou atrás de um pneu e esticou a cabeça para olhar à altura do pára-choque. Sentiu o sangue gelar em suas veias quando viu a figura de preto sair em meio às trevas, implacável como uma máquina, movendo-se em direção ao Lexus batido. A figura foi iluminada pela luz do poste.

Maura viu o brilho de cabelos louros amarrados em um rabo-de-cavalo.

O atirador escancarou a porta do passageiro e inclinou-se para olhar o corpo de Ballard. De repente, ergueu a cabeça novamente, o olhar perscrutando o estacionamento.

Maura voltou a se esconder atrás da roda. Suas têmporas pulsavam e ela ofegava, em pânico. Olhou para o terreno aberto, amplamente iluminado pela luz de outro poste. Mais além, do outro lado da rua, a placa vermelha da EMERGÊNCIA do centro médico. Bastava atravessar aquele terreno aberto e, depois, a rua Albany. A buzina de seu carro já deveria ter atraído a atenção do pessoal do hospital.

Tão perto. A ajuda está tão perto.

Com o coração aos pulos, ela se apoiou sobre as pontas dos pés. Com medo de se mover, com medo de ficar parada, ela lentamente olhou ao redor do pneu.

Viu botas negras plantadas do outro lado do carro.

Corra.

Em um instante ela estava correndo pelo espaço aberto. Não pensou em movimentos evasivos, não pensou em correr em ziguezague, apenas uma corrida movida pelo pânico. A placa de EMERGÊNCIA brilhava mais adiante. Eu vou conseguir, pensou, eu posso...

Sentiu a bala como uma pancada forte no ombro e foi jogada para a frente, tombando sobre o asfalto. Tentou ficar de joelhos, mas o braço esquerdo não respondeu. O que há de errado com meu braço, pensou, por que não posso usar meu braço? Gemendo, ela se deitou de costas e viu o brilho da lâmpada do poste bem acima.

E o rosto de Carmen Ballard.

— Eu matei você uma vez — disse Carmen. — Agora, tenho de fazer tudo de novo.

— Por favor. Rick e eu... nós nunca...

— Ele não estava disponível. — Carmen ergueu a arma. O cano era um olho escuro, olhando para Maura. — Desgraçada.

Sua mão enrijeceu, a ponto de dar o tiro final.

Uma voz se fez ouvir. Um homem.

— Largue a arma!

Carmen piscou, surpresa. Olhou de lado.

A alguns metros havia um guarda de segurança do hospital com a arma apontada para Carmen.

— Você me ouviu, senhora? — ele gritou. — Largue!

Carmen vacilou. Olhou para Maura, então de volta para o guarda, sua fúria, sua sede de vingança lutando contra a realidade das conseqüências.

— Nunca fomos amantes — disse Maura, a voz tão fraca que ela não sabia se Carmen conseguia ouvi-la acima da buzina do carro. — Nem eles eram amantes.

— Mentirosa. — O olhar de Carmen voltou para Maura. — Você é igualzinha a ela. Ele me deixou por causa dela. Ele me deixou.

— Não foi culpa de Anna...

— Sim, foi. Agora é sua.

Ela se concentrou em Maura, mesmo ao ouvir pneus derrapando em uma freada brusca. Mesmo quando ouviu a voz:

— Policial Ballard! Largue a arma!

Rizzoli.

Carmen olhou de lado, um último olhar calculista enquanto ponderava suas escolhas. Duas armas estavam apontadas para ela. Ela havia perdido. Não importando o que escolhesse, sua vida estava acabada. Quando Carmen voltou a olhar para ela, Maura pôde ver nos olhos da outra a decisão que tomara. Maura viu

Carmen estender o braço, apontando a arma em sua direção para o tiro final. Ela viu as mãos de Carmen se estreitarem ao redor do cabo da arma, preparadas para apertar o gatilho.

O tiro deslocou Carmen para o lado. Ela cambaleou. Caiu.

Maura ouviu passos pesados, um crescendo de sirenes. E uma voz familiar murmurando.

— Ah, meu Deus. Doutora!

Ela viu o rosto de Rizzoli pairando mais acima. As luzes da rua piscaram. Ao redor, sombras se aproximavam. Fantasmas dando-lhe as boas-vindas a seu mundo.

32

Olhando as coisas do outro lado, como paciente e não como médica, Maura via as luzes do teto passarem enquanto a maca era empurrada pelo corredor e a enfermeira com gorro bufante olhava para ela com preocupação. As rodas guinchavam e a enfermeira ofegava enquanto empurrava a maca através de portas duplas até a sala de operações. Agora luzes diferentes brilhavam mais acima, mais fortes, ofuscantes. Como as luzes da sala de necropsia.

Maura fechou os olhos. Quando as enfermeiras da sala de operações a transferiram para a mesa, ela pensou em Anna, nua sob luzes idênticas, o corpo aberto, estranhos olhando dentro dela. Ela sentiu o espírito de Anna pairando sobre ela, observando, exatamente como Maura certa vez olhara para Anna. *Minha irmã*, pensou, quando o pentobarbital entrou em suas veias, quando as luzes se apagaram. *Você está esperando por mim?*

Mas quando ela despertou, não foi Anna quem ela viu e, sim, Jane Rizzoli. Faixas de luz do dia brilhavam através das persianas parcialmente fechadas, projetando barras horizontais no rosto de Rizzoli enquanto esta se inclinava sobre Maura.

— Oi, doutora.

— Oi — sussurou Maura.
— Como se sente?
— Não muito bem. Meu braço... — Maura fez uma careta. — Parece que é hora de tomar mais analgésicos.

Rizzoli apertou o botão chamando a enfermeira.

— Obrigada. Obrigada por tudo.

Ficaram em silêncio quando a enfermeira injetou uma dose de morfina no soro. O silêncio continuou quando a enfermeira saiu, e a droga começou a fazer efeito.

— Rick... — Maura disse.
— Lamento. Você sabe que ele está...

Eu sei. Ela piscou afastando as lágrimas dos olhos.

— Não tivemos chance.
— Ela não queria que tivessem. Aquela marca de garra na porta de seu carro, tudo tinha a ver com ele. Tudo tinha a ver com manter-se afastada do marido dela. O pássaro morto na caixa de correio, todas as ameaças que Anna atribuía a Cassell... Acho que era Carmen todo o tempo, tentando fazer com que Anna fosse embora da cidade e deixasse seu marido em paz.

— Mas então Anna voltou para Boston.

Rizzoli assentiu.

— Ela voltou porque soube que tinha uma irmã.

Eu.

— Então, Carmen descobriu que ela estava de volta à cidade — disse Rizzoli. — Anna deixou aquela mensagem na secretária eletrônica de Rick, lembra-se? A filha ouviu e contou para a mãe. Lá se ia qualquer esperança de reconciliação de Carmen. A outra mulher voltara a invadir *seu* território. *Sua* família.

Maura lembrou-se do que Carmen dissera: *Ele não estava disponível.*

— Charles Cassell me disse algo sobre o amor — disse Rizzoli. — Ele disse que há um tipo de amor que nunca acaba, não importa o que se faça. Soa quase romântico, não é mesmo? Até que a morte nos separe. Então você pensa na quantidade de gente que morre porque um parceiro não quer que acabe, porque não desiste.

Àquela altura, a morfina se espalhara por sua corrente sangüínea. Maura fechou os olhos, dando boas-vindas à droga.

— Como soube? — ela murmurou. — Como pensou em Carmen?

— A Black Talon. Era a pista que eu devia ter seguido todo o tempo. Aquela bala. Mas perdi a pista por causa dos Lank. Por causa da Besta.

— Eu também — sussurrou Maura. Ela sentiu a morfina induzindo-a ao sono. — Acho que estou pronta, Jane. Para a resposta.

— A resposta para o quê?

— Amalthea. Preciso saber.

— Se ela é sua mãe? Mesmo que seja, não quer dizer nada. É apenas biologia. O que ganha sabendo disso?

— A verdade. — Maura suspirou. — Ao menos vou saber a verdade.

A verdade, pensou Rizzoli ao voltar para o carro, raramente é aquilo que as pessoas desejam ouvir. Não seria melhor se apegar à tênue esperança de que você não é cria de monstros? Mas Maura pediu os fatos, e Rizzoli sabia que seriam brutais. A equipe de busca já havia encontrado duas ossadas femininas na encosta arborizada, não longe de onde Mattie Purvis fora confinada. Quantas outras mulheres grávidas haviam conhecido os horrores daquela mesma caixa? Quantas acordaram em meio às trevas e arranharam, aterrorizadas, aquelas paredes impenetráveis? Quantas compreenderam, como Mattie compreendera, que um final terrível as esperava quando sua utilidade como incubadoras humanas terminasse?

Teria sobrevivido a tal horror? Jamais saberei a resposta. Não até ser eu naquela caixa.

Quando chegou a seu carro no estacionamento, ela se viu verificando os quatro pneus para ver se estavam intactos, observando os carros ao redor, em busca de alguém que pudesse estar observando. É isso que esse trabalho faz com a gente, pensou. Você começa a sentir o mal em toda parte ao seu redor, mesmo quando não está lá.

Ela entrou em seu Subaru e ligou o motor. Esperou um instante enquanto o motor esquentava, e o ar dos respiradouros esfriava lentamente. Ela procurou o celular na bolsa: preciso ouvir a voz de Gabriel. Preciso saber que não sou Mattie Purvis, que meu marido *de fato* me ama. Do modo como eu o amo.

A chamada foi atendida na primeira chamada.

— Agente Dean.

— Oi — disse ela.

Gabriel soltou uma gargalhada.

— Eu estava a ponto de ligar para você.

— Estou com saudade.

— Era o que eu esperava que dissesse. Estou indo para o aeroporto agora.

— O aeroporto? Isso significa que...

— Vou pegar o próximo vôo para Boston. Então, que tal sair com seu marido hoje à noite? Poderia me agendar este encontro?

— Em tinta permanente. Volte para casa. Por favor, apenas volte para casa.

Uma pausa. Então ele disse:

— Você está bem, Jane?

Lágrimas inesperadas afloraram em seus olhos.

— Ah, esses malditos hormônios. — Ela enxugou o rosto e riu. — Preciso de você agora mesmo.

— Continue pensando assim. Porque estou a caminho.

Rizzoli sorria enquanto dirigia até Natick para visitar um hospital diferente, um paciente diferente. O outro sobrevivente dessa história de matanças. São duas mulheres extraordinárias, pensou, e tenho o privilégio de conhecer ambas.

A julgar por todas aquelas vans de TV no estacionamento do hospital e todos os repórteres junto ao saguão de entrada, a imprensa, também, decidira que Mattie Purvis era uma mulher que valia a pena conhecer. Rizzoli teve de atravessar um corredor de repórteres para entrar no saguão. A história de uma mulher enterrada viva dentro de uma caixa desencadeou um frenesi nacional e Rizzoli teve de mostrar seu distintivo para dois seguranças diferentes antes de finalmente ter acesso ao quarto de Mattie. Ao não ouvir resposta, ela entrou.

A TV estava ligada sem som. As imagens passavam na tela sem serem vistas. Mattie estava deitada na cama, olhos fechados, bem diferente da jovem noiva na foto de casamento. Seus lábios estavam feridos e inchados. Seu rosto era um mapa de cortes e arranhões. Um tubo de soro estava atado à mão com dedos feridos e unhas quebradas. Pareciam as garras de uma criatura feroz. Mas a expressão no rosto de Mattie era serena. Um sono sem pesadelos.

— Sra. Purvis? — disse Rizzoli.

Mattie abriu os olhos e piscou algumas vezes antes de conseguir enxergar direito a visitante.

— Ah, detetive Rizzoli, você voltou.

— Vim ver como estava. Como se sente hoje?

Mattie suspirou profundamente.

— Muito melhor. Que horas são?

— Quase meio-dia.

— Dormi a manhã toda?
— Você merecia. Não, não se sente, apenas relaxe.
— Mas estou cansada de ficar deitada.

Mattie afastou o cobertor e se sentou, seus cabelos despenteados caindo em cachos sobre seu rosto.

— Vi seu bebê pela janela do berçário. Ela é linda.
— Não é mesmo? — Mattie sorriu. — Vou chamá-la de Rose. Sempre gostei desse nome.

Rose. Um calafrio percorreu a espinha de Rizzoli. Era apenas uma coincidência, uma dessas inexplicáveis convergências do universo. *Alice Rose. Rose Purvis.* Uma menina morta havia muito tempo, a outra começando a viver. Outro vínculo, embora frágil, que ligou as vidas de duas meninas ao longo das décadas.

— Tem mais perguntas a fazer? — perguntou Mattie.
— Bem, na verdade...

Rizzoli puxou uma cadeira para perto da cama e se sentou.

— Eu perguntei tantas coisas para você ontem, Mattie. Mas não perguntei como você fez aquilo. Como conseguiu.
— Consegui o quê?
— Ficar lúcida. Não desistir.

O sorriso nos lábios de Mattie desapareceu. Ela olhou para Rizzoli com olhos assustados e murmurou:

— Não sei como consegui. Nunca imaginei que pudesse...

Ela parou de falar.

— Eu queria viver, isso é tudo. Queria que meu bebê sobrevivesse.

Ficaram em silêncio por um instante. Então, Rizzoli disse:

— Devo adverti-la quanto à imprensa. Todos vão querer um pedaço de você. Tive de atravessar um corredor de repórteres lá fora. Até agora, o hospital está conseguindo mantê-los longe de você, mas quando for para casa a história vai ser diferente. Especialmente agora que...

Rizzoli fez uma pausa.

— Agora que o quê?

— Eu só queria que você estivesse preparada, isso é tudo. Não deixe ninguém lhe impor algo que você não deseja.

Mattie franziu o cenho. Então seu olhar se ergueu para a TV silenciosa onde passavam as notícias do meio-dia.

— Ele tem aparecido em todos os canais — disse ela.

Na tela, Dwayne Purvis enfrentava um mar de microfones. Mattie pegou o controle remoto e aumentou o volume.

— Este é o dia mais feliz da minha vida — disse Dwayne para a multidão de repórteres. — Tenho minha mulher e minha filha maravilhosas de volta. Foi uma experiência terrível que mal posso descrever. Um pesadelo que nenhum de vocês pode imaginar. Obrigado, Senhor, obrigado, *Deus*, por esse final feliz.

Mattie desligou a TV. Mas seu olhar continuou na tela.

— Não parece real — disse ela. — É como se nunca tivesse acontecido. Por isso posso ficar aqui sentada e me sentir tão calma a esse respeito, porque não acredito que estive de fato lá, naquela caixa.

— Você esteve, Mattie. Vai demorar até você processar isso. Você pode ter pesadelos. Flashbacks. Você pode entrar em um elevador ou olhar para um armário e, de repente, se sentir de volta àquela caixa. Mas vai melhorar, eu prometo. Lembre-se apenas disso: vai melhorar.

Mattie olhou-a com olhos úmidos.

— Você sabe.

Sim, eu sei, pensou Rizzoli, as mãos se fechando para esconder as cicatrizes. Eram a evidência de sua própria experiência, de sua própria batalha pela sanidade. *A sobrevivência é apenas o primeiro passo.*

Houve uma batida à porta, e Rizzoli se levantou quando Dwayne Purvis entrou, trazendo uma braçada de rosas vermelhas. Foi direto à cama da esposa.

— Oi, querida. Teria vindo antes, mas está um zoológico lá embaixo. Todos querem entrevistas.

— Nós o vimos na TV — disse Rizzoli tentando soar neutra, embora não pudesse olhar para ele sem se lembrar da conversa que haviam tido na delegacia de Natick. Ah, Mattie, pensou. Você merece coisa melhor.

Ele se voltou para olhar para Rizzoli, e ela viu o seu terno de alfaiate, sua gravata de seda. O cheiro de seu perfume superava a fragrância das rosas.

— Como me saí? — perguntou ele, ansioso.

Ela disse a verdade.

— Parecia um profissional de TV.

— É? É incrível, todas aquelas câmeras. Todo mundo está tão empolgado. — Ele olhou para a mulher. — Sabe, querida, precisamos documentar tudo. Assim teremos um registro disso.

— Como assim?

— Tipo agora. Este momento. Precisamos de uma fotografia deste momento. Eu trazendo flores para você na cama do hospital. Já tenho uma foto do bebê. A enfermeira aproximou-o da janela. Mas precisamos de closes. Você segurando ela, talvez.

— O nome dela é Rose.

— E também não temos fotos de nós dois juntos. Definitivamente, precisamos de fotografias de nós dois. Trouxe uma câmera.

— Estou despenteada, Dwayne. Estou um lixo. Não quero fotografias.

— Ora vamos. Todos estão pedindo.

— Quem? Para quem são as fotografias?

— Isso é algo que podemos decidir depois. Podemos esperar, avaliar as ofertas. A matéria vai valer muito mais se tiver fotografias.

Ele tirou a câmera do bolso e a entregou para Rizzoli.

— Você se incomoda de tirar esta fotografia?

— Depende de sua mulher.

— Está tudo bem, tudo bem — insistiu ele. — Apenas tire a foto.

Ele se inclinou junto a Mattie e estendeu-lhe o buquê de rosas.

— Que tal assim? Eu entregando as flores. Vai ficar ótimo.

Ele sorriu, dentes brilhando, o marido protegendo a esposa amada.

Rizzoli olhou para Mattie. Não viu protesto em seu olhar, apenas um brilho estranho, vulcânico, que ela não conseguia interpretar. Ergueu a câmera, centralizou o casal e apertou o botão.

O flash disparou a tempo de capturar a imagem de Mattie Purvis golpeando o rosto do marido com o buquê de rosas.

33

Quatro semanas depois.

Desta vez não houve encenação, nenhum fingimento de insanidade. Amalthea Lank entrou na sala de entrevistas, sentou-se à mesa, e o olhar que dirigiu a Maura ostentava olhos límpidos e perfeitamente sãos. Seu cabelo, até então despenteado, estava preso em um rabo-de-cavalo, destacando suas feições. Olhando para as proeminentes maçãs da face de Amalthea, seu olhar direto, Maura pensou: por que me recusei a ver isso antes? É tão óbvio. Estou olhando para meu rosto daqui a 25 anos.

— Sabia que voltaria — disse Amalthea. — E aí está você.

— Sabe por que estou aqui?

— Você está com os resultados do teste, não é? Agora sabe que eu estava lhe contando a verdade e você não queria acreditar.

— Precisava de provas. As pessoas mentem todo o tempo, mas não o DNA.

— Ainda assim, você devia saber a resposta. Mesmo antes de ter o resultado de seu precioso teste.

Amalthea inclinou-se para a frente na cadeira e olhou-a com um olhar quase íntimo.

— Você tem a boca de seu pai, Maura. Sabia? E tem os meus olhos, minhas maçãs da face. Vejo Elijah e a mim em seu rosto. Somos uma família. Temos o mesmo sangue. Você, eu, Elijah. E seu irmão. — Ela fez uma pausa. — Você sabe quem era ele?

Maura engoliu.

— Sim.

O bebê com que você ficou. Você vendeu a mim e a minha irmã, mas ficou com seu filho.

— Você não me disse como Samuel morreu — disse Amalthea. — Como aquela mulher o matou.

— Foi autodefesa. É tudo o que tem de saber. Ela não teve escolha senão reagir.

— E quem é esta mulher, Matilda Purvis? Quero saber mais sobre ela.

Maura nada disse.

— Vi a fotografia dela na TV. Não me pareceu nada de especial. Não vejo como pôde fazê-lo.

— As pessoas fazem qualquer coisa para sobreviver.

— Onde ela mora? Que rua? Disseram na TV que ela é de Natick.

Maura olhou os olhos escuros da mãe e sentiu um súbito arrepio. Não por ela, mas por Mattie Purvis.

— Por que quer saber?

— Tenho o direito de saber. Como mãe.

— Mãe? — Maura quase riu. — Você realmente acha que merece esse título?

— Mas eu sou a mãe dele. E você é irmã de Samuel. — Amalthea inclinou-se mais para perto. — É nosso direito saber. Somos a família dele, Maura. Nada na vida é mais forte do que o sangue.

Maura olhou para aqueles olhos, tão assustadores quanto os seus, e reconheceu inteligência ali, até mesmo brilhantismo. Mas era uma luz que se pervertera, um reflexo em um espelho quebrado.

— O sangue não quer dizer nada — disse Maura.

— Então, por que está aqui?

— Vim porque queria vê-la uma última vez. Então, irei embora. Porque decidi que não importa o que o DNA diga, você não é minha mãe.

— Então, quem é sua mãe?

— A mulher que me amou. Você não sabe amar.

— Eu amei seu irmão. Poderia amá-la.

Amalthea estendeu o braço e acariciou o rosto de Maura. Um toque delicado, tão quente quanto o de uma mãe de verdade.

— Dê esta chance para mim — sussurrou ela.

— Adeus, Amalthea.

Maura levantou-se e apertou o botão chamando a guarda.

— Acabei — disse ela no interfone. — Estou pronta para ir embora.

— Você vai voltar — disse Amalthea.

Maura não olhou para ela e nem mesmo olhou para trás por sobre os ombros enquanto se afastava ao ouvir Amalthea gritar:

— Maura! Você *vai* voltar.

No vestiário de visitantes, Maura parou para pegar a bolsa, a carteira de motorista, o cartão de crédito. Todas as provas de sua identidade. Mas eu já sei quem sou, pensou.

E sei quem não sou.

Lá fora, no calor de uma tarde de verão, Maura fez uma pausa e respirou fundo. Sentiu o ar quente do dia limpar de seus pulmões a atmosfera viciada da prisão. Sentiu também o veneno de Amalthea Lank deixar sua vida.

Em seu rosto, em seus olhos, Maura trazia a prova de seu parentesco. Em suas veias, corria o sangue de assassinos. Mas o mal não era hereditário. Embora ela carregasse seu potencial em seus genes, o mesmo carregava qualquer criança já nascida. *Nisso, não sou diferente. Todos somos descendentes de monstros.*

Ela se afastou daquele prédio de almas cativas. Adiante estava seu carro e a estrada para casa. Ela não olhou para trás.